Bernd Kern

Zwischen den Ferien

Schicksalstage eines Lehrers

Roman

Für meine Eltern
Für Gero und Aline

Nirgends strapaziert sich der Mensch so sehr
wie bei der Jagd nach Erholung.

Laurence Sterne

Bernd Kern

Zwischen den Ferien

Schicksalstage eines Lehrers

Roman

Bibliografische Information der Deutschen Nationalbibliothek:
Die Deutsche Nationalbibliothek verzeichnet diese Publikation in der Deutschen
Nationalbibliografie; detaillierte bibliografische Daten sind im Internet über
http://dnb.dnb.de abrufbar.

Herstellung und Verlag: BoD – Books on Demand, Norderstedt
ISBN: 9783751958974

Lektorat: Katrin und Michael Zimmermann
Korrektorat: Lissy Brommer-Kern
Umschlaggestaltung: Gerhard Link

Am Boden zerstört

Zuerst hatten wir kein Glück,
und dann kam auch noch Pech dazu.

Jürgen Wegmann, Mittelstürmer

Geschlagen ziehen wir nach Haus, die Enkel fechten's besser aus!
Dummerweise fehlten Uli Wagner die Enkel, welche dereinst
ausrücken würden, um an seiner Stelle dem Batura II, einem
hohen Siebentausender im Karakorum-Gebirge, als erste
Menschen aufs eisige Haupt zu steigen. Seine drei Gefährten und
er waren jedenfalls jämmerlich gescheitert und im Grunde
genommen konnten sie froh sein, halbwegs unversehrt aus
diesem Abenteuer heimkehren zu können. Lediglich einen blau
gefrorenen Zeh hatte Wagner zu beklagen und er wusste, dass
hier wohl die alte Regel der Höhenbergsteiger zum Tragen
käme: Im Sommer erfrieren, im Winter amputieren. Seine für die
Weihnachtsferien geplante Traversierung der Allgäuer und
Lechtaler Alpen konnte er also schon mal vergessen.

Auch Kinder fehlten Uli Wagner, um irgendwann mit
kraxelnden Enkeln beglückt zu werden, und selbst eine Frau
hatte er nie dauerhaft an sich zu binden vermocht. Er war der
unbestrittene Meister der flüchtigen Affäre, die er zwischen
seinen großen Expeditionen gerade noch in seinem mit
Abenteuern prall gefüllten Leben unterzubringen vermochte.
Doch nun wartete zum ersten Mal nach der großen
Sommerexpedition eine Frau auf ihn: Claudia Kobler, die
Tochter des größten Verlegers der Stadt.

Ein Abend und eine leidenschaftliche Nacht hatten genügt, um diese ausnehmend attraktive Frau an ihn, den Abenteurer mit Pensionsanspruch, wie sie am Morgen danach scherzend bemerkt hatte, zu binden. Mit ihr wollte er die Grundlage für sein spätes Glück auf Dauer legen und ihr zuliebe würde er sogar seine großen Expeditionen künftig zeitlich so straffen, dass am Ende der Sommerferien ein verlängertes Wochenende für beide herausspränge.

Er wunderte sich selbst über sich, wie weit er für diese Frau zu gehen bereit war. Das letzte Mal, dass er für eine Frau solch umfassende Zugeständnisse gemacht hatte, lag mehr als zwanzig Jahre zurück. Der schönen Ella zuliebe hatte er damals eine endlos lange Woche an einem Sandstrand an der Côte d'Azur verbracht. Diese Beziehung war unter anderem zerbrochen, weil Ella ihm jeden Abend eine fürchterliche Szene machte, nur weil er den ganzen Tag über missmutig am Strand gehockt und seine Steigeisen anklagend in den Sand gerammt hatte.

Fast sieben Wochen waren sie jetzt unterwegs gewesen, Wochen, in denen Wagner exzessiv seinen Todestrieb an diesem lebensgefährlichen Berg ausgelebt hatte. Nun gewann immer mächtiger seine Libido die Oberherrschaft über diesen destruktiven Trieb. Während der Zug im Bahnhof einfuhr, malte Wagner sich schon den Abend aus, wie sie heißblütig übereinander herfallen würden. In den bitterkalten Nächten im Karakorum hatten ihm diese Bilder geholfen, zähneklappernd bis zum Morgen durchzuhalten. Jetzt endlich würde er seine nächtlichen Phantasien mit Claudia ausleben.

Das Kreischen der Bremsen riss ihn aus seinen Tagträumen. Wagner wuchtete seinen schweren Seesack auf die Schultern und folgte seinen Expeditionskameraden humpelnd durch den Gang des Zuges. Draußen auf dem Bahnsteig konnte er im Gewimmel sofort drei Frauen erkennen, welche offensichtlich die gescheiterten Helden erwarteten. Jürgen Groß lag kurz darauf in den Armen seiner Anneliese. Die schluchzte mit tränenerstickter Stimme: „Bitte, bitte, tu so etwas nie wieder!" Thomas Zumstein wurde von seiner Frau samt allen drei Kindern der größte Bahnhof bereitet: Wie Kletten hingen sie an ihrem heimgekehrten Helden. Wagner musste unwillkürlich an die erschütternden Szenen aus alten Filmdokumentationen denken, wenn ein Zug mit Spätheimkehrern aus der Kriegsgefangenschaft in den Bahnhof einfuhr. Robert Metzler war schon auf dem Beifahrersitz eines Cabrios gelandet, an dessen Steuer sich eine provokant junge und unverschämt gut aussehende Dame lasziv räkelte. Wagner vermutete sofort, dass es sich um jene willfährige Krankenschwester handeln musste, die Metzler die Wartezeit zwischen zwei Operationen zu versüßen pflegte und von der er im Basislager immer wieder vieldeutig erzählt hatte. Wie diese Dame hieß, wusste Wagner nicht, vermutlich wusste es nicht einmal Metzler selbst, nannte der doch alle seine Geliebten konsequent Schatzi, um nicht die Namen in der Hitze des Beischlafs durcheinanderzubringen.

Claudia fehlte. Vermutlich erwartete sie ihn zu Hause im abgedunkelten Schafzimmer in ihrem schwarzen raffinierten Dessous, welches er ihr selbstlos vor seiner Abreise geschenkt hatte. Was für ein durchtriebenes Luder sie doch war! Wagner winkte sofort ein Taxi herbei, nachdem er sich von den anderen hastig verabschiedet hatte.

Durch das herunter gekurbelte Fenster nahm er beruhigt wahr, dass in Konstanz seit seinem Aufbruch vor sechseinhalb Wochen alles beim Alten geblieben war. Die Fußgängerzone quoll über von Einkaufstouristen, von denen die meisten aus der benachbarten Schweiz kamen. Die Straßencafés waren bis auf den letzten Platz besetzt und die Frauen in ihren luftigen Sommerkleidern schufen den denkbar größten Kontrast zu den Vollverschleierten, welche Wagner noch gestern vor ihrem Abflug in den Straßen von Rawalpindi in Pakistan gesehen hatte. Wenn dort im hohen Norden nicht grandiose Berggiganten stehen würden, wäre Wagner nie auf die Idee gekommen, in dieses streng islamisch geprägte Land zu reisen.

Daheim hetzte er die Treppen hoch, schloss seine Wohnungstür auf und stellte sofort den süßlichen Fäulnisgeruch fest, der über allem lastete. Von Claudia fehlte jede Spur. Dafür hatte sich über seiner Obstschale auf dem Büffet eine mehrschichtige Schimmelkultur gebildet. Aus einzelnen Blumentöpfen klagten ihn abgestorbene Pflanzengerippe an. Nur die Bilder an der Wand, auf denen Wagner in Siegerpose auf den verschiedensten Gipfel dieser Erde zu sehen war, schienen den Sommer unbeschadet überstanden zu haben. Auf dem Küchentisch lagen akkurat nebeneinander gefügt all die Gegenstände, mit denen er Claudia jemals beglückt hatte: Ganz zuoberst über allem ausgebreitet das schwarze Dessous, darunter eine Fleece-Jacke, ein Paar Wanderschuhe – und was ihn ganz besonders schmerzte: Auch das sündhaft teure Paar Titansteigeisen hatte sie auf dem Tisch abgelegt. Unübersehbar in der Mitte lag ein weißer Zettel, darauf Zeilen mit Claudias unverkennbarer Handschrift.

Lieber Uli,

du weißt, warum ich dich verlassen habe: Ich brauche einen Mann, der für mich da ist, und keinen, der, kaum dass er wieder heimkommt, schon sein nächstes Abenteuer plant. Ich habe es satt, nur deine Lückenbüßerin zu sein.

Und nun habe ich mich in diesem langen Sommer ohne dich in einen anderen Mann verliebt. Du kennst ihn: Es ist dein Kollege Robert Grundmann. Ich weiß, dass du schlecht über ihn denkst, aber für ihn bin ich genau das Abenteuer, nach dem er sich immer gesehnt hat, und ich fühle mich in seinen starken Sportlerarmen geborgen.

Es kommt mir ein wenig vor wie das Sprichwort von der Taube auf dem Dach und dem Spatz in der Hand. Narre du mich nicht länger auf dem Dach, du hast ausgegurrt, fliege weiter davon! Ich habe beschlossen, mich mit dem Spatzen in der Hand zu begnügen. Dieser Entschluss ist endgültig. Erspare mir also deine schalen Wiedereroberungsversuche. Lebe wohl!

Befreite Abschiedsgrüße

Claudia

Ausgerechnet Robert Grundmann, dieser hirnlose Sportlehrer und verhinderte Ruderolympionike! Dieser Dreckspatz hatte seine Abwesenheit offenbar schamlos ausgenutzt, um ihm die Freundin auszuspannen. Vermutlich hatte er seine ölige Baywatch-Nummer abgezogen und sie im Strandbad damit betört. Und das, obwohl sich in der Stadt längst herumgesprochen haben musste, dass die vermeintliche Wasserhalbleiche, welche er vor den Augen seines neuen weiblichen Opfers wiederbelebte, von ihm zuvor mit ein paar Gläsern Aperol Spritz bestochen worden war.

Wie konnte seine Claudia nur auf solch einen billigen Trick hereinfallen und dem scheinbaren Lebensretter gleich hemmungslos verfallen? Nun blieb dem verzweifelten Heimkehrer nur noch ein winziger Trost: sein wohl sortierter Weinkeller, den er an diesem Abend erheblich zu leeren gedachte.

Nach zweieinhalb Flaschen *Châteauneuf-du-Pape* verfiel er in eine dumpfe Bewusstlosigkeit. Kurz vorher schoss ihm noch die vernichtende Erkenntnis durch den Kopf, dass zum Scheitern am Batura II, dem Verlust seines Zehs und seiner Freundin sich auch noch am nächsten Morgen die wohl schlimmste Katastrophe von allen gesellen würde: Der erste Schultag nach den Sommerferien, den er als Lehrer schwerlich ignorieren konnte.

Erster Schultag

Trinkt der Bauer morgens Rum,
werden alle Furchen krumm.

Kalenderspruch

Das Geräusch von Rotorblättern zerfetzte die Stille und zu den markanten Gitarrenklängen setzte die Stimme Jim Morrisons ein: *This is the end*!

Wagner erwachte neben seinem zerwühlten Laken, spürte seinen schmerzenden Schädel, der im Stakkato der Rotorblätter hämmerte, und hatte vorläufig genug damit zu tun, den Würgereiz in seiner Kehle zu bekämpfen. An der Decke zerteilte der Ventilator die schwüle Bodenseeluft und auf dem Schlafzimmerboden verstreut lagen die Weinflaschen und leere Chipstüten herum. Durch einen Befreiungsschlag mit dem Kopfkissen gelang es ihm, den Radiowecker zum Schweigen zu bringen. Als er sich in sein Bad geschleppt hatte, blickte ihm im Spiegel der unrasierte Sprecher einer Obdachlosen-Initiative mit verquollenen Augen entgegen. Erst nachdem er sich literweise eiskaltes Wasser über seinen Kopf gegossen hatte, realisierte er, dass es sich bei seinem Spiegelbild um keinen Geringeren als ihn selbst handeln musste: Oberstudienrat Uli Wagner, gescheiterter Extrembergsteiger und als Frauenheld seit gestern erwiesenermaßen ein hoffnungsloses Auslaufmodell. Vor ihm lag ein endlos lang erscheinendes Schuljahr, in das er wie üblich völlig unvorbereitet starten würde. Wagner überlegte kurz, ob er am ersten Schultag mit Sonnenbrille erscheinen sollte, verwarf jedoch diesen Gedanken sofort, da ihn dieses Auftreten noch mehr der allgemeinen Aufmerksamkeit aussetzen würde.

Sein Hauptbestreben nach dieser gescheiterten Expedition war es, jetzt unterzutauchen. Wagner verfluchte den ganzen Medienrummel, den er vor dem Aufbruch zu diesem Bergabenteuer selbst inszeniert hatte. Am liebsten hätte er sich unsichtbar gemacht, um dem unweigerlichen mit Häme durchtränkten, gespielten Mitleid seiner Kolleginnen und Kollegen zu entgehen. Ganz kurz spielte er mit der Idee, sich krankschreiben zu lassen, aber dann würde ihn wohl sein Schulleiter nie mehr beurlauben, wenn er wieder einmal ein paar Schultage benötigte, um für eine Expedition seine Ferien zu verlängern. Nein, Standhalten hieß jetzt die Devise. Immerhin hatte er mit seinem abgestorbenen Zeh einen Trumpf im Schuh. Den konnte er jederzeit wirkungsvoll ausspielen, um als tragischer Held doch noch die allgemeine Bewunderung einzuheimsen. Er dachte sogar kurz daran, auf Krücken im Lehrerzimmer zu erscheinen, verwarf jedoch sofort auch diese Idee. Zu groß war die Gefahr, dass er damit auf Grundmann eindreschen und so seine private Schmach öffentlich machen würde. Den Triumph wollte er seinem Widersacher keinesfalls gönnen. Diesen jämmerlichen Wicht würde er sich bei anderer Gelegenheit vornehmen.

Jetzt kam es erst einmal darauf an, seinen durch den nächtlichen Alkoholexzess zerstörten Körper so weit zu restaurieren, dass er seinen Hintern auf sein Fahrrad schwingen und zur Schule radeln konnte. Sollte er ausnahmsweise sogar seinen Akten-koffer mitnehmen? Wagner fiel jedoch beim besten Willen nicht ein, was er darin verstauen sollte. Er wusste noch nicht einmal, welche Klassen er im neuen Schuljahr unterrichten würde und welche Schulbücher er dafür brauchte. Ein Pausenvesper, der einzige sinnvolle Inhalt, der ihm passend erschien, musste er sich erst noch beim Schulbäcker kaufen. Er befürchtete allerdings, dass sein lädierter Körper zu diesem frühen Zeitpunkt jede Nahrung verweigern würde.

Wenn er sich die Strapazen des ersten Schultages vergegenwärtigte, wurde ihm noch schlechter: Allgemeine Begrüßung durch die Schulleitung, Klassenlehrerstunde, dann regulärer Unterricht und schließlich noch die Eröffnungskonferenz am Nachmittag. Diese würde sich durch die notorischen Vielredner wie üblich unerträglich in die Länge ziehen.

Beim Radeln zur Schule musste er sich voll darauf konzentrieren, nicht durch ihn schwatzend überholende Schülerhorden vom Radweg gedrängt zu werden. Immerhin belebte die frische Luft sein umnebeltes Gehirn und half ihm, in die richtige Straße zu seiner Schule abzubiegen. Sobald er das Schulgebäude betrat, wurde er vom Lärm herumtobender Schüler geradezu gefoltert. So schnell es ihm in seinem angeschlagenen Zustand möglich war, flüchtete er in das Lehrerzimmer, um dort in den Lärmschwall der Lehrerschaft einzutauchen. Offenbar hatte sich in den meisten Lehrern nach der wochenlangen Abstinenz von der Schule ein starkes Bedürfnis nach Nähe zueinander aufgestaut. Denn nur so waren die innigen Umarmungsszenen zu erklären. Manche klammerten sich so heftig aneinander, als habe man sich gerade gegenseitig vor dem Ertrinken gerettet.

Wagner erschrak kurz, als sich vor ihm Karin Pfeifer aufbaute. Die hatte er als attraktive brünette Endfünfzigerin in Erinnerung und nun stand sie ihm mit grauen Strähnen im Haar gegenüber. Sollte auch sie in den Ferien durch ein schicksalhaftes Erlebnis über Gebühr gealtert sein?

„Hallo, lieber Uli, während du weg warst, bin ich Oma geworden! Du kannst dir nicht vorstellen, wie süß die Kleine ist."
Uli Wagner konnte sich das tatsächlich nicht vorstellen. Für ihn sahen alle Frischgeborenen gleichermaßen hässlich und verschrumpelt aus.
„Ab jetzt weiß ich, was ich in meiner freien Zeit zu tun habe. Ich habe gleich nach der Geburt Dr. Burger eine E-Mail geschrieben, dass ich ab sofort für Schullandheimaufenthalte nicht mehr zur Verfügung stehe."
Wagner mutmaßte, dass seine Kollegin bedingt durch ihre neue Aufgabe als Großmutter auch optisch in den Status der Ungeschlechtlichen übergewechselt war. Seit ihrer Scheidung vor zwei Jahren war sie alleinstehend, was nicht unbemerkt geblieben war und dazu geführt hatte, dass etliche Herren sich um diese attraktive Dame bemühten. Nun signalisierte sie wohl allen paarungsbereiten Männchen durch ihre grauen Haare ihre Nichtmehrverfügbarkeit, was auch durch die robuste Freizeitkleidung unterstrichen wurde, welche wohl in erster Linie dazu diente, Flecken beim Füttern oder Fläschchengeben problemlos zu verkraften.

Nach dieser Begegnung schaffte es Wagner, sich mit wenigen zur Seite gehauchten Küsschen links und Küsschen rechts zu seinem Platz im hinteren Teil des Lehrerzimmers durchzukämpfen und sich abseits vom allgemeinen Trubel hinzusetzen. Dort sackte er in sich zusammen und schwor sich, seinem Körper künftig nur noch in Ausnahmesituationen - und dann auch nur in homöopathischen Mengen - Alkohol einzuverleiben. Erst als es im Lehrerzimmer schlagartig still wurde, blickte Wagner auf. Schulleiter Dr. Hans Burger, wie immer akkurat im Anzug mit Krawatte, hatte sich hinter dem Rednerpult aufgebaut und übermittelte betont beiläufig die Grußworte des Kultusministers. Er wünschte allen einen erfolgreichen Start ins neue Schuljahr, um dann noch die Neuzugänge im Kollegium zu begrüßen:

„Ich werde dieses Mal das Alphabet von hinten aufrollen, um endlich auch einmal Menschen, die nicht das Glück haben, Adam oder Burger zu heißen, zuerst die Ehre zu geben."

Dr. Burger registrierte befriedigt, wie seine sorgsam gewählte Pointe allgemeine Lacher erzeugte.

„Ganz besonders freue ich mich, mit Florian Wessenberg, einem frischgebackenen Studienassessor mit der Fächerkombination Deutsch und Englisch, einen besonderen Coup gelandet zu haben. Alle anderen Gymnasien der Stadt werden uns um diesen Kollegen beneiden." Dr. Burger ließ eine kleine Kunstpause verstreichen, um dann fortzufahren: „Florian Wessenberg hat als Bester seines Jahrgangs den pädagogischen Innovationspreis für Referendare verliehen bekommen. Er wird unserer Schule mit seinem Ideenreichtum neues Leben einhauchen und so manchen unserer alten Hasen aus dem Gebüsch hochschrecken."

Das Plenum applaudierte verhalten. Wagner registrierte nervöses Zischen und Getuschel mancher Kollegen, welche es offenbar leid waren, dass immer wieder eine neue Sau durchs Dorf getrieben wurde. Kollegen, die wie Wagner tickten, waren ohnehin Verfechter des finalen Unterrichtsentwurfs, welcher, nachdem er sich einmal in der Praxis bewährt hatte, vom Referendariat bis zur Pensionierung unverändert eingesetzt werden konnte. Da musste nicht alle paar Jahre die Pädagogik neu erfunden werden.

Anschließend widmete sich Dr. Burger einer weiteren Personalie. Gabriele Reemtsma, die Suchtpräventionsbeauftragte der Schule, war aus ihrem Mutterschaftsurlaub zurückgekehrt, was mit verhalten-wohlwollendem Klopfen auf die Tische quittiert wurde. Uli Wagner nahm dies gequält zur Kenntnis, wusste er doch, dass die Konferenzen sich durch die Rückkehr dieser streitbaren Kollegin merklich in die Länge ziehen würden. Er spürte bereits, wie sich zwischen ihm und den nächsten Sommerferien ein kafkaeskes Labyrinth aufbaute, welches er wohl oder übel zu betreten gezwungen war, da er ohne seine Einnahmen aus dem Lehrerberuf kaum dazu in der Lage wäre, sein Leben als Abenteurer zu finanzieren.

„Und zu guter Letzt darf ich Ihnen Tanja Buhl vorstellen, Deutsch und Französisch. Sie hat vier Jahre an der deutschen Schule in Paris verbracht und freut sich jetzt auf neue Herausforderungen am Bodensee."
Wagners Restalkohol verdampfte auf einen Schlag, sein Puls schoss hoch auf 180 und seine weit aufgerissenen Augen weideten sich am Anblick dieses Vollweibes, unter dessen Bluse sich ein phänomenaler Busen wölbte. Bisher hatte Uli Wagner sein Lehrerzimmer für den unerotischsten Platz auf dem Planeten gehalten. In mancher Liebesnacht hatte ihm der gezielte Gedanke an diesen Ort geholfen, den Höhepunkt noch etwas hinauszuzögern. Doch mit dem Auftritt dieser sinnlichen Frau hatte sich das schlagartig geändert. Wagner ahnte, dass er wie am Batura II auch hier scheitern konnte. Aber wie beim Batura wusste er, dass er alles versuchen würde, um den Erfolg zu erzwingen. Dass diese Kollegin wie er Französisch unterrichtete, erschien ihm da wie ein Fingerzeig des Himmels. Und war es denn keine Vorsehung, dass ausgerechnet zu dem Zeitpunkt,

nachdem Claudia Kobler ihn schmählich verlassen hatte, ihm Tanja Buhl wie eine verheißungsvolle Lichtgestalt erschien? Hatte jene sich etwa mit seinem ärgsten Widersacher verbündet, um ihn gerade noch rechtzeitig freizugeben für diese Fleisch gewordene Umsetzung seiner ausschweifendsten Männerphantasien? Vorerst hielt er es für ratsamer, sich der neuen Kollegin noch nicht vorzustellen, sondern dies auf den nächsten Tag zu verschieben, wenn er ihr ohne verquollene Augen und ohne wie ein leckes Weinfass auszudünsten gegenübertreten konnte.

Das allgemeine Getümmel im Lehrerzimmer riss ihn aus seinen strategischen Überlegungen. Offenbar startete man nun zu den Klassenzimmern durch, um mit dem Unterricht zu beginnen. Die zielstrebigen Schritte ließen den Schluss zu, dass im Gegensatz zu Wagner allen klar war, was sie dort gleich tun würden. Wagner zwängte sich ungelenk durch die Menge, um sich aus seinem Postfach den Stundenplan zu greifen, damit er wenigstens wusste, in welches Klassenzimmer er jetzt zu gehen hatte. Klasse 7c, Geschichte. Deren Klassenzimmer lag im hintersten Winkel des dritten Obergeschosses. Bis er da oben ankam, waren schon die ersten fünf Minuten vorbei. In seinem desolaten Zustand bedeutete dies einen wertvollen Zeitgewinn. Vor der Klassenzimmertür hielt er inne, um sich von den Strapazen des Treppensteigens zu erholen und sich nebenbei einen Unterrichtsverlaufsplan für die verbleibende Zeit zu überlegen. Stutzig machte ihn allerdings, dass es im Innern des Klassenzimmers vollkommen ruhig war, wo doch in dieser Jahrgangsstufe ohrenbetäubender Lärm zu erwarten gewesen wäre.

Forsch riss Wagner die Tür auf und landete völlig konsterniert vor Grundmann, der vorn am Pult saß, als wolle er ihm ganz gezielt auch noch dieses Revier streitig machen.

„Erst spannst du mir die Frau aus und dann noch die Klasse!", wollte Wagner schon lospoltern, bis er den befremdlichen Mienen der Schüler entnahm, dass hier irgendetwas nicht stimmen konnte.

„Herr Kollege, Sie sind im falschen Klassenzimmer."

„Wieso, laut Plan habe ich doch jetzt hier Geschichte?"

„Das mag sein, aber jetzt ist Klassenlehrerstunde. Ihre Klasse erwartet Sie sicher schon sehnsüchtig."

Am liebsten hätte er Grundmann das süffisante Grinsen aus der Fresse poliert, aber es war wohl besser, vorläufig seine Rachegelüste zu zügeln und den höflichen Kollegen zu mimen:

„Danke, Herr Kollege, dann wünsche ich Ihnen gutes Unterrichten." Und zur Klasse gewandt sagte er: „Wir sehen uns dann demnächst wieder."

Schleunigst hastete Wagner wieder die Treppen hinab ins Lehrerzimmer, um all die restlichen Unterlagen aus seinem Postfach zu holen, die er bislang für entbehrlich gehalten hatte. Darunter befanden sich auch der Stundenplan seiner Klasse und die entsprechenden Materialien, welche er zum Schuljahresbeginn an die Schülerschaft auszuteilen hatte. Weitere fünf Minuten später betrat er das Klassenzimmer der 9b, welche zu seiner Beruhigung bis zur Selbstbetäubung lärmte. Das Schuljahr konnte nun seinen geordneten Lauf nehmen.

Sieben quälend lang dahin kriechende Stunden später taumelte ein völlig erschöpfter Uli Wagner aus dem Schulhaus. Im Grunde genommen war der Erholungseffekt der Sommerferien jetzt schon verpufft. Dazu kam der Sachverhalt, dass er nach seiner strapaziösen Expedition eigentlich ferienreif und nun dazu gezwungen war, durch regelmäßiges Unterrichten seinen geschwächten Organismus grob fahrlässig weiter zu strapazieren, anstatt ihm die dringend benötigte Erholung zu gönnen.

Er radelte heim und begab sich auf direktem Weg ins Schlafzimmer, um sofort in eine komatöse Starre zu verfallen, die bis zum nächsten Morgen anhielt.

Die Klassenkonferenz

Ach, was muss man oft von bösen
Kindern hören oder lesen!

Wilhelm Busch, *Max und Moritz*

Vier anstrengende Schulwochen waren mittlerweile vergangen und Wagner spürte, wie sein Akku jetzt schon fast leer war. Wieder einmal zeigte sich, dass die Doppelbelastung von Beruf und Haushalt ihn auszuzehren drohte. Als alleinlebender Mann war Wagner außerdem gezwungen, selbst einzukaufen, selbst zu kochen und selbst zu putzen. Da blieb dann kaum noch Zeit, den Unterricht vorzubereiten, geschweige denn für die nächste Expedition zu trainieren. Ob sein oberster Dienstherr eigentlich wusste, dass er mit dieser übermenschlichen Unterrichts-verpflichtung Wagners Erschöpfungstod im Gebirge billigend in Kauf nahm?

Und es kam noch schlimmer: Wieder einmal entzog man Uli Wagner einen Teil seiner ohnehin viel zu knapp bemessenen unterrichtsfreien Zeit, denn heute Nachmittag war zu seinem großen Verdruss eine Klassenkonferenz anberaumt worden. Erst gestern hatte er sein Aufbautraining einer endlos langen Sitzung am Nachmittag opfern müssen. Er arbeitete nämlich seit dem Schuljahresbeginn in einem Ausschuss mit, dessen Ziel es war, ein Arbeitszeitkonto für das Kollegium aufzubauen, um die Arbeitsbelastung möglichst gerecht auf alle Schultern zu verteilen. Eigentlich hatte er sich erhofft, dass er am Schluss möglichst viel von seinem Pensum auf seine Kolleginnen und Kollegen abwälzen konnte.

Mittlerweile verfluchte er jedoch den Tag, an dem er sich freiwillig in dieses Gremium gemeldet hatte. Seither brütete seine Arbeitsgruppe über irgendwelchen ausgeklügelten Modellen, um möglichst jede Tätigkeit aufzulisten, welche im weitesten Sinn mit der Schule zu tun hatte. Da führte ein junger Kollege ins Feld, man solle ihn von der ersten Unterrichtsstunde verschonen, weil er diese benötige, um seine zwei kleinen Kinder vollständig anzukleiden. Eine andere Kollegin beanspruchte die Befreiung von der Pausenaufsicht als Ausgleich für die zeitraubenden Fahrten zur Kindertagesstätte und zurück. In der letzten Sitzung war Wagner der Kragen geplatzt:

„Wenn das so ist, dann fordere ich einen späteren Unterrichtsbeginn für Nassrasierer wie mich. Das ist nämlich derart zeitintensiv, was sich natürlich meine jungen Kollegen mit ihren Dreitagebärten überhaupt nicht vorstellen können."

Vor einigen Jahren dachte Wagner schon, der Vollbart im Kollegium sei vom Aussterben begriffen: Der letzte Bartträger stand kurz vor der Pensionierung. Mittlerweile aber schienen seine neu hinzugekommenen Kollegen sich allesamt auf einen Vollbart verständigt zu haben und wer dies nicht tat, kultivierte zumindest seinen Dreitagebart. Die konnten alle bis zur letzten Minute im Bett ausharren, während er jeden Morgen beim Blick in den Spiegel den niemals endgültig zu besiegenden Feind vor sich sah, den er gründlich bekämpfen musste, bis kein ganzes Härchen mehr im Gesicht übrig blieb. Das kostete Zeit und wurde nicht vergütet, während Heike Mattern wegen ihres Winzlings erst am späten Morgen erscheinen konnte. Zuvor musste sie offenbar einen erbitterten Kampf gegen überquellende Babywindeln führen. Wie er dieses Gefeilsche um Stundennachlass hasste.

Und heute war schon wieder ein Nachmittag futsch, für nichts und wieder nichts. Nach und nach tröpfelten die in der Klasse unterrichtenden Lehrkräfte ein und setzten sich an einen der Tische, welche in Hufeisenform im Klassenzimmer der 10b angeordnet waren. Als Letzter erschien Karlheinz Kammerer:

„Entschuldigung, ich habe gerade noch mit Stuttgart telefoniert."

Damit stellte er klar, wer hier an der Schule wirklich wichtig war. Uli Wagner hatte noch nie mit einer Stadt und schon gar nicht mit der Landeshauptstadt telefoniert. Der zu spät Gekommene genoss sichtlich die bedeutungsschwere Stille, die er durch seine Entschuldigung erzeugt hatte. Der Klassenlehrer der 10b, Leon Adam, ergriff das Wort:

„Liebe Kolleginnen und Kollegen, ich darf euch zu unserer Klassenkonferenz begrüßen. Ich weiß, dass ihr bis über beide Ohren mit Arbeit zugedeckt seid, aber hier muss zeitnah und entschlossen gehandelt werden. Damit alle auf dem gleichen Stand sind, fasse ich die ungeheuerlichen Vorfälle vom letzten Donnerstag kurz zusammen:

Unsere Kollegin Heike wollte in der dritten Stunde in ihrer 9a eine Englischarbeit schreiben lassen. Offenbar hatten einige Schüler für diese Arbeit überhaupt nichts gelernt. Zwei Mädchen kontaktierten deshalb Konrad Büchner und Philipp Karcher aus der 10b und stachelten deren Ehrgeiz an, diese Klausur zu verhindern. Leider konnten wir den Schülerinnen auch im strengsten Kreuzverhör nicht entlocken, welchen Preis sie den beiden Burschen dafür in Aussicht stellten."

Grundmann raunte seinem Banknachbarn etwas ins Ohr und grinste dabei süffisant. Leon Adam blickte strafend in Grundmanns Richtung und fuhr dann fort:

„Fünf Minuten nach Beginn der besagten Stunde kletterten Konrad und Philipp aus dem benachbarten Klassenzimmer im dritten Stock durch das Fenster und hangelten sich anschließend auf dem schmalen Sims hinüber zum Klassenzimmer der 9a. Ein Ausrutschen hätte wohl ihren sicheren Tod bedeutet! Dort saßen alle Schüler über ihrer Englischklausur. Das Fenster war kurz zuvor von einer der beiden Neuntklässlerinnen geöffnet worden, angeblich weil die Luft im Raum zu stickig war.

Konrad und Philipp warfen nahezu gleichzeitig zwei Stinkbomben von außen durchs geöffnete Fenster und verschwanden wieder. Bei dem Gestank, der sich rasch verbreitete, kam eine Fortsetzung der Klausur natürlich nicht mehr in Betracht.

Pech für die beiden Missetäter: Mittlerweile war unser Kollege Karlheinz Kammerer in deren Klassenzimmer eingetroffen. Der zog nämlich jedem der beiden, sobald er durchs Fenster hereingestiegen war, die Sturmhaube vom Kopf. Tja, da hatten sich die Jungs wohl verkalkuliert: Nicht immer telefoniert unser Kollege zu Beginn einer Unterrichtsstunde ausgiebig mit dem Kultusministerium."

Allgemeines Gelächter folgte auf diese Pointe, auch Kammerer verzog sein Gesicht zu einem gequälten Grinsen.

„Soweit die nüchternen Fakten", fuhr Adam fort, „Dass es sich genau so zugetragen hat, geht aus meinen intensiven Befragungen in beiden Klassen hervor. Letztendlich blieb den Beschuldigten nichts anderes übrig, als ihre Schandtat zu gestehen. Und nun bitte ich um eure Meinung, wie wir mit den beiden verfahren sollen

Wagner war wild entschlossen, für die angeklagten Übeltäter leidenschaftlich Partei zu ergreifen. Zum einen imponierte ihm als Bergsteiger deren waghalsige Kletterpartie und zum anderen erfüllte es ihn mit reiner Schadenfreude, dass es sich beim Opfer der Stinkbombenattacke um Heike Mattern handelte. Allein durch deren körperliche Anwesenheit im Lehrerzimmer fühlte sich Wagner bis aufs Blut provoziert. Für ihn war sie eine jener berechnenden Frauen, die mit dem Satz *Ich bin alleinerziehende Mutter!* jede Form schulischer Verpflichtung auf den Rest des Kollegiums abzuwälzen wusste.

Ihr Stundenplan war auf die Bedürfnisse ihrer Kinderfrau zugeschnitten worden, nur um im Stundenplanzimmer ihre gefürchteten Heulkrämpfe und Zusammenbrüche zu vermeiden, wenn ihr nicht jeder Sonderwunsch erfüllt worden war. So pflegte man ihr unter anderem stets in Englisch drei Parallelklassen zuzuteilen, damit sie eine vorbereitete Stunde gleich dreimal verwerten konnte. Aus Solidarität mit ihrem kleinen Racker teilte Heike Mattern oft tagelang dessen Krankenbett. Dabei nahm sie ohne Rücksicht in Kauf, dass auch Wagner sie im Unterricht vertreten musste. Er geriet dadurch in seiner Expeditionsvorbereitung in einen lebensgefährlichen Rückstand. Wenn sie morgens zur großen Pause in das Lehrerzimmer stürmte, schien sie allgemeinen Dank zu erwarten, dass sie es einmal wieder trotz widriger Umstände geschafft hatte, sich für den Unterricht freizueisen. Und nach der fünften Stunde verließ sie fluchtartig die Schule, um ihre schon ungeduldig wartende Kinderfrau abzulösen und sich höchstpersönlich wieder ganz ihrem Lebensentwurf Maximilian zu widmen.

Zu Wagners Leidwesen hatten die beiden Stinkbomben ihr eigentliches Ziel verfehlt. Wie er in der folgenden Debatte erfuhr, war die eine knapp an Heike Mattern vorbeigeflogen und an der Wand zerplatzt, die andere war immerhin auf dem Pult zerschellt, sodass Heike Matterns Bluse wenigstens einige Spritzer der stinkenden Flüssigkeit abbekommen hatte. Diese kleinen Spritzer zeigten jedoch große Wirkung. Anscheinend ließ sich das kontaminierte Kleidungsstück nur durch eine teure Spezialreinigung wieder in einen tragbaren Zustand versetzen. Noch schlimmer als ihre stinkende Bluse war vermutlich die Tatsache, dass Heike Mattern nun mindestens eine neue Klausur konzipieren musste, denn eigentlich wollte sie diese wie üblich im unmittelbaren Anschluss auch noch in der Parallelklasse verwenden.

Petra Gehring-Schüsselhard ergriff das Wort:
„Wie ihr alle wisst, bin ich sowohl Streitschlichterin als auch eure Beauftragte für Chancengleichheit. Was ich sage, hat also doppeltes Gewicht, und hier ist zweifellos einer Frau in Gestalt der geschätzten Kollegin Heike Mattern besonders perfide mitgespielt worden."
Uli Wagner spürte, wie eine Riesenwut auf diese Dame hochstieg. Er nannte beharrlich die Beauftragte für Chancengleichheit *Frauenbeauftragte*, denn schließlich durfte sie nur vom weiblichen Teil des Kollegiums gewählt werden.
„Das ist wieder einmal ein weiteres erschreckendes Beispiel für die weibliche Pädagogik, die hier immer mehr um sich greift!", begann sich Wagner in Rage zu reden.
„Ihr Frauen könnt es einfach nicht ertragen, dass Jungs risikofreudiger und meinetwegen auch aggressiver sind – übrigens alles Eigenschaften, welche später den beruflichen Erfolg garantieren, während eure brav angepassten Mädchen im späteren Leben oft kläglich auf der Strecke bleiben."
Petra Gehring-Schüsselhard zog wutverzerrt den Giftpfeil, den Wagner auf sie abgefeuert hatte, aus ihrem Körper und entgegnete kämpferisch:

„Lieber Uli, dein Urteilsvermögen wird einmal mehr durch deine toxische Männlichkeit stark eingetrübt. Wenn du glaubst, dein Leben in den Bergen aufs Spiel setzen zu müssen, um deine leere Existenz mit ein bisschen Sinn zu füllen, so ist das deine Sache. Hier an unserer Schule ist es unsere gottverdammte Pflicht, solch machohaftes Imponiergehabe rigoros zu bestrafen – auch um mögliche Nachahmer abzuschrecken. Schon aus diesem Grund halte ich einen mehrtägigen Schulausschluss für die angemessene Strafe. Und da ist das ungeheuerliche Stinkbombenattentat noch gar nicht eingerechnet. Aber unser Kollege Wagner lebt vermutlich in seiner eigenen Welt, in der es völlig normal ist, dass Frauen mit chemischen Waffen attackiert werden."

„Immerhin schafft man es in meiner Welt noch, zwischen Lausbuben und gemeingefährlichen Terroristen zu unterscheiden!", blaffte Wagner zurück.

„Liebe Kolleginnen und Kollegen, lasst uns doch bitte sachlich bleiben!", rief Leon Adam in die aufbrandende Unruhe hinein.

„Über all diese Themen können wir gern einmal an einem pädagogischen Tag diskutieren. Bei mir daheim liegen noch zwei Stapel Mathe-Arbeiten auf dem Schreibtisch und die meisten von euch haben wohl auch noch Wichtigeres zu tun, als den ganzen Nachmittag im Schulhaus zu verbringen. Ich schlage vor, dass wir nun ganz ruhig überlegen, wie wir mit den beiden Übeltätern verfahren. Die Faktenlage scheint wohl eindeutig zu sein. Und, lieber Uli, bei allem Verständnis: Um die Männlichkeit zu stärken, ist es beileibe nicht erforderlich, als Fassadenkletterer eine Kollegin mit Stinkbomben zu bewerfen."

Beifälliges Trommeln auf den meisten Tischen folgte. Wagner spürte, dass er heute auf verlassenem Posten stand, und zog es vor, zu schweigen. Offenbar hatten alle anderen ohnehin keine Lust, die Klassenkonferenz unnötig in die Länge zu ziehen. Wagner blieb nur noch, durch eine Enthaltung das Gesicht zu wahren, als man in der Folge einstimmig beschloss, der Schulkonferenz zu empfehlen, die beiden Übeltäter eine Woche vom Unterricht auszuschließen. Außerdem sollten sie die Reinigungskosten für die Bluse und die Wand im Klassenzimmer übernehmen.

Raabes Montag

Viel Feind' viel Ehr'!

Georg von Frundsberg

Uli Wagner hasste Montage. Denn dann türmte sich vor dem spät in der Nacht aus den Bergen Heimgekehrten ein Gebirge von Arbeit auf und fünf endlos anmutende Schultage trennten ihn vom nächsten Wochenende.

Roland Raabe dagegen liebte Montage. Die meisten seiner Kollegen hatten im Gegensatz zu ihm so wie Wagner ihr Wochenende mit Freizeit verbummelt. Deutschlehrer wiederum zelebrierten am Montag ihren großen Auftritt, wenn sie ihre Übermüdung nach durchkorrigierten Nächten ostentativ zur Schau stellen konnten. Karlheinz Kammerer sagte man sogar nach, er bediene sich am Montagmorgen aus dem Schminkkoffer seiner Frau, um seine Augen noch dunkler gerändert erscheinen zu lassen. Raabe war der Einzige, der die unterrichtsfreie Zeit genutzt hatte, um juristisch wasserdichte Schriftsätze zu verfassen, damit er sich bei der Schulleitung über einzelne Kollegen beschweren oder beim Regierungspräsidium Klage gegen die vermeintlichen Verfehlungen der Schulleitung führen konnte. Nichts ahnend betraten seine Kolleginnen und Kollegen am Montagmorgen nacheinander das Schulgebäude, während Roland Raabe bestens präpariert bis in alle Verästelungen seine schriftlichen Beschwerden ausformuliert hatte, um einen von ihnen zur Strecke zu bringen oder zumindest wochenlang zur verbissenen Verteidigung zu nötigen.

Jemand musste Josef K. verleumdet haben, denn ohne dass er etwas Böses getan hätte, wurde er eines Morgens verhaftet. Wie er diesen Romanbeginn liebte. In Raabes Strafphantasien wurden seine Opfer genauso wie in Franz Kafkas Werk *Der Prozess* in den Strudel eines aussichtslosen Gerichtsverfahrens gezogen, um am Ende restlos vernichtet zu werden.

Im Grunde genommen bestand sein ganzes Leben aus einem endlosen Prozess, den er gegen seine Kollegen und die Schulleitung führte. Da ihn dies nur teilweise auslastete, prozessierte er auch mit derselben Leidenschaft gegen Eltern, die sich in sträflicher Weise vor ihre verdorbenen Kinder stellten, anstatt an seiner Seite ihren Nachwuchs in die Schranken zu weisen. Schüler betrachtete er ohnehin als seine natürlichen Feinde. Wie sein von Heinrich Mann geschaffenes pädagogisches Vorbild Professor Unrat misstraute er diesen *mausgrauen, unterworfenen und heimtückischen Wesen* und wie dieser empfand er Oberstufenschüler als *gemeingefährliches Vieh, das man leider nicht totschlagen darf.* Da Roland Raabe sich in den Paragraphen des Schulrechts wie kaum ein Zweiter auskannte, hatte er fast alle dieser Prozesse gewonnen und nur in ganz wenigen Fällen war er zu seinem Leidwesen zu einem Vergleich genötigt worden.

„Warum sind Sie eigentlich Lehrer geworden?", hatte ihn einmal mit entwaffnender Offenheit die Redakteurin der Schülerzeitung gefragt und er hatte mit derselben Offenheit geantwortet:
„Weil ich Kinder hasse!"
Aus diesem Grunde hatte er auch Mathematik und Physik nicht nach seiner Neigung ausgewählt, sondern sich für die beiden Fächer mit besonders hohem Drohpotenzial entschieden.

Als Religionslehrer beispielsweise hätte er sich womöglich im Lauf der Jahre noch zur Nächstenliebe verbiegen lassen. Selbst seine erbittertsten Gegner mussten anerkennen, dass Raabe sich niemals jemandem anbiederte oder in irgendeiner Form Zugeständnisse machte, um etwa in einem besseren Licht zu erscheinen. Im Gegenteil: Raabe schien sich geradezu im Hass, welcher ihm von allen Seiten entgegenschlug, zu suhlen. Ein externer Mediator diagnostizierte bei ihm eine unheilbare Form des Sozialautismus, was Raabe als eine besondere Form der Auszeichnung befriedigt entgegennahm und als einen weiteren amtlichen Beleg für sein erfolgreiches pädagogisches Wirken verbuchte.

Roland Raabe wusste, dass er an dieser Schule im Gegensatz zu vielen seiner Kolleginnen und Kollegen unverzichtbar war. Er war die unumstrittene Hassfigur, die man in jedem Lehrerzimmer braucht, um selbst eingefleischte Einzelkämpfer durch die gemeinsame Gegnerschaft zu einer verschworenen Schicksalsgemeinschaft zusammenzuschweißen. Wie sollte man sich denn sonst als guter Pädagoge fühlen, wenn es nicht wenigstens einen gab, der unter einem stand, der quasi durch sein Fehlverhalten das eigene Wirken in umso hellerem Licht erscheinen ließ?
Allein mit seiner Anwesenheit stiftete er Zusammenhalt durch die einvernehmliche Hetze gegen ihn. Während es über die meisten seiner Kolleginnen und Kollegen zwiespältige Meinungen gab, waren sich in seinem Fall alle einig: Roland Raabe war das unbestrittene Universalarschloch der ganzen Schule.

Sicher, es gab ein paar andere Kolleginnen und Kollegen, welche ebenfalls die Fähigkeit zur Niedertracht besaßen. Diese wüteten jedoch, bedingt durch ihre schwankenden Launen, lediglich punktuell. Ihr boshaftes Wirken reichte im Regelfall, weil es eben nur sprunghaft war, höchstens zum Quartalsfiesling. Damit wurden sie zwar von einem Teil der Schülerschaft ebenfalls verachtet, zum Hass führte dies jedoch in den wenigsten Fällen. Mal hatten sie schlechte Laune, manchmal aber auch gute. Auf diese Weise konnten sie die fiesen Seiten ihres Charakters nicht konsequent durchhalten. Außerdem schafften es viele dieser Lehrkräfte, sich durch rudimentär kollegiales Verhalten im Lehrerzimmer einen friedlichen Rückzugsraum zu verschaffen.

Roland Raabe hingegen kämpfte mit wahrer Wollust und durchschlagendem Erfolg an allen Fronten. Er sah nicht ein, warum sein Hass auf seine Mitmenschen ausgerechnet an der Lehrerzimmertür enden sollte, wo sich doch gerade hier die lohnendsten Gegner geballt versammelt hatten. Sein überschaubarer Beitrag zum ohnehin schon komplizierten Miteinander im Lehrerzimmer bestand lediglich darin, zuverlässig in bestimmten Zeitintervallen Öl ins Feuer zu gießen, indem er mögliche Fürsprecher durch verbale Attacken verprellte, ahnungslosen Neulingen einen Stundentausch verweigerte oder zur Rushhour kurz vor der ersten Stunde simultan an beiden Kopiergeräten stapelweise Material kopierte, bis die Warteschlange weit hinaus in den Schulflur reichte und die Wut sich in allgemeinen unflätigen Flüchen Bahn brach.

Einem glücklichen Zufall hatte es Raabe zu verdanken, dass der allgemeine Hass auf ihn auch außerhalb des Schulgebäudes nicht endete. An dieser Schule gab es zum Leidwesen der großen Autofahrerfraktion nur zehn Stellplätze, wobei die Nummer eins schon seit der Erfindung des Automobils dem Schulleiter vorbehalten war. Die Parkplätze Nummer zwei bis neun waren Frauenparkplätze, welche nach einem komplizierten Schlüssel jedes Schuljahr neu vergeben wurden. Hierfür gab es eine eigene Steuerungsgruppe, bestehend aus drei Kolleginnen, welche in wochenlanger akribischer Arbeit die erforderlichen Daten mittels einer Präferenzmatrix auswerteten und auf dieser Basis dann ein Lehrerinnenparkplatz-Ranking erstellten. Die höchste Punktzahl - und somit die höchste Stufe der Bedürftigkeit - konnte beispielsweise eine Kollegin erzielen, welche alleinerziehend war und dazu noch außerhalb der Stadt und mehr als zehn Gehminuten von einer Bushaltestelle entfernt wohnte. Bei gleicher Entfernung zur Schule und gleicher Kinderzahl konnte das Alter der Kinder oder das Einkommen des Mannes ausschlaggebend sein. War letzteres hoch, konnte der Kollegin das gebührenpflichtige Parkhaus schräg gegenüber der Schule zugemutet werden. Vor einigen Jahren war eine Kollegin für immer aus der Anwärterinnenliste gestrichen worden, weil sie perfide eine Schwangerschaft vorgetäuscht hatte, nur um ihr Punktekonto für den begehrten Parkplatz aufzubessern.

Der Lehrerparkplatz Nummer zehn war schmaler dimensioniert als die übrigen und daher für Lehrerinnen als unzumutbar empfunden worden. Aus einer spontanen Laune heraus hatte man vor vielen Jahren diesen Stellplatz als Lebenszeitparkplatz in einer Tombola unter den männlichen Kollegen als Hauptgewinn verlost. Ausgerechnet Roland Raabe hatte damals als Sieger triumphiert und pflegte seitdem seine Kollegen bis zur Weißglut zu reizen, wenn er wochenlang den Parkplatz nicht nutzte oder provokativ sein Fahrrad darauf abstellte. Auf seinem Parkplatz abgestellte Fahrzeuge ließ er umgehend abschleppen, was als erwünschten Nebeneffekt hatte, dass ihm schon aus diesem Grunde die Feinde niemals ausgingen.

Dr. Burger wusste, dass er diesen Querulanten dennoch brauchte, auch wenn die ständigen Beschwerden von Eltern, Schülern und Kollegen die Hälfte seiner Arbeitszeit absorbierten. Roland Raabe spielte nämlich Kontrabass. Damit war er der einzige Kontrabassist in der ganzen Schulgemeinschaft und somit unersetzlich. Als einmal von einer möglichen Versetzung Raabes an ein anderes Gymnasium die Rede war, drohte Alexander Zeisig offen damit, die Leitung des Schulorchesters hinzuwerfen und fortan höchstens noch in der Vorweihnachtszeit mit dem Unterstufenchor durch die Altersheime zu tingeln. Außerdem war vor vielen Jahren Dr. Burgers diskreter Versuch gescheitert, diesen widerspenstigen Zeitgenossen aus seinem Kollegium wegzuloben:

„Werter Kollege, im *Kultus und Unterricht* ist eine attraktive Stelle im Regierungspräsidium Freiburg ausgeschrieben. Die ist Ihnen wie auf den Leib geschneidert. Ich könnte meine Beziehungen spielen lassen, um Ihnen diesen Posten zu ermöglichen."

Raabe hatte damals empört abgelehnt, vorgeblich, weil er als leidenschaftlicher Pädagoge vor seiner Klasse stehen müsse, um sich entfalten zu können, und als Bürohengst kläglich verkümmern würde. In Wahrheit aber verwahrte er sich gegen die Zumutung, fortan hinter einem Schreibtisch gegen anonyme Gegner anwüten zu müssen. Er wollte in die von Hass verzerrten Gesichter seiner Gegner blicken oder sich am Anblick einer heulenden Kollegin oder eines um Gnade winselnden Schülers von Angesicht zu Angesicht weiden.

Hauke Boysen, die unbestrittene Koryphäe an der Schule mit der Fächerkombination Deutsch, Geschichte und Philosophie, hatte einst in einer klugen Rede Raabes Wirken an der Schule in den Rang des Dämonischen erhöht. Er bescheinigte ihm, alles Diabolische aufs Trefflichste in seiner Person zu vereinen. Auch er hob die Gemeinschaft stiftende Wirkung hervor, welche Raabe ungewollt erzielte. Denn wie Goethes Mephisto sei auch Raabe *ein Teil von jener Kraft, die stets das Böse will und stets das Gute schafft.*

Eine von ehemaligen Schülern gegründete Black-Metal-Band namens *Raaben Aas* hatte es sogar vor einigen Jahren mit dem düsteren Titel *Roh-Land* in die Charts geschafft, bevor die Band sich aus unerfindlichen Gründen aufgelöst hatte und deren Mitglieder in alle Richtungen verstreut wurden. Wilde Gerüchte schossen ins Kraut und eines davon lautete, Roland Raabe persönlich habe den Leadgitarristen zu sich zitiert und ihn anschließend in seinem Hausarrest im Keller qualvoll verenden lassen.

Uli Wagner und Roland Raabe waren vor vielen Jahren das letzte Mal aneinandergeraten. Im Zuge eines erlebnispädagogischen Tages sollte die Teambildung gefördert werden. Wagner und Raabe waren einer Gruppe zugelost worden. Als Wagner sich dann als vertrauensbildende Maßnahme rückwärtsfallen ließ, um vom hinter ihm stehenden Raabe aufgefangen zu werden, war jener einen Schritt zurückgetreten und Wagner voll auf den Kopf geknallt. Die schwere Gehirnerschütterung hatte ihn die kompletten Pfingstferien schachmatt gesetzt und vom Höhentraining in den Walliser Alpen abgehalten. Seitdem einte die beiden ihr ebenbürtiger Hass aufeinander.

An diesem Montagmorgen war Harald Schmuck an der Reihe. Den hatte Raabe schon lange auf seiner Abschussliste. Wie er hatte auch Schmuck die Fächerkombination Mathematik und Physik und Raabe war überzeugt, dass dieser Kollege ihm absichtlich übers Wochenende wichtige Teile seiner physikalischen Versuchsanordnung auf dem mühsam aufgebauten rollbaren Wagen durcheinandergebracht hatte. Im vergangenen Schuljahr hatte sich Raabe eine klaffende Platzwunde am Kopf geholt, als er seinen Schülern die Stärke eines Elektromagneten demonstrieren wollte und sich mit einem solchen Magneten an die Decke des Physiksaals gehängt hatte. Irgendwer musste dann plötzlich den Strom abgestellt haben, denn Raabe knallte auf den Boden und der schwere Magnet unter dem schadenfrohen Gejohle der Klasse auf seinen Kopf. Drei von den Schülern, welche damals am hässlichsten gelacht hatten, blieben am Schuljahresende sitzen, weil er sie mit einer Physik-Sechs zur Strecke gebracht hatte. Raabe war sich damals hundertprozentig sicher, kurz bevor ihm schwarz vor den Augen wurde und das Blut aus seiner Platzwunde stoßweise den Boden rot einfärbte, Schmuck im Durchgang verschwinden gesehen zu haben. Der hatte mit Sicherheit am Sicherungskasten den Schalter umgelegt. Aber zu seinem Leidwesen konnte er ihm dieses Attentat nie beweisen. Seitdem zog Raabe alle Register, um diesen hinterhältigen Kollegen zu erlegen.

Jetzt endlich war es soweit: Er wusste, dass Schmucks Frau kurz vor den letzten Sommerferien mit dem Kollegen einer anderen Schule durchgebrannt war. Nachdem er die üblichen Phasen der Wut und Trauer durchlaufen hatte, war er nach qualvollen Monaten wieder in einem paarungsbereiten Zustand und bemühte sich gleich in zwei Partnerschaftsportalen um eine Beziehung.

Dies war auch Raabe nicht verborgen geblieben. Durch einen glücklichen Zufall gelang es Raabe, Schmucks Zugang zu *parship.de* und *elitepartner.de* zu knacken. Somit wusste er stets Bescheid, welches Rendezvous jeweils anstand. Nun konnte er in Ruhe ans Werk gehen, um dafür zu sorgen, dass das Treffen für Schmuck jedes Mal in einem unerklärlichen Desaster endete. Selbst schuld, wenn der so doof war, sein Universalpasswort auf einem Zettel neben dem Schul-PC zu vergessen.

Schon kurz darauf bot sich ihm die Gelegenheit, seine neue gewonnene Macht als Herr der Portale auszuloten. Schmuck hatte sich nämlich eine herzallerliebst anzuschauende Mitt- vierzigerin geködert. Bis diese allerdings zu einem ersten Rendezvous einwilligte, musste der arme Schmuck mehrere Stapel Süßholz raspeln.

Schon als ich zum ersten Mal deine einfühlsamen Zeilen las, habe ich alle anderen Kontaktanfragen gelöscht. Seitdem weiß ich, dass Seelenverwandtschaft keine leere Worthülse ist. Raabe kostete es eine nahezu übermenschliche Anstrengung, nicht schon in den hin und her wogenden E-Mail-Verkehr einzugreifen und Unfrieden zu stiften. Das erste Rendezvous war auf den kommenden Sonntag um 18 Uhr festgesetzt. *Ich werde dich klopfenden Herzens im Hafen unter der überlebensgroßen Statue der Imperia erwarten.*

Harald Schmuck galt als einer der fleißigsten Physiklehrer der Schule. Seine Versuche für den Montag pflegte er seit Jahren am Sonntagnachmittag im Physikvorbereitungsraum aufzubauen. Raabe war sich sicher, dass daran auch ein Rendezvous nichts ändern würde. Frühzeitig fand er sich daher im verwaisten Schulhaus ein und lauerte.

Um 16 Uhr endlich hallten Schritte über den Flur. Roland Raabe zog sich gerade noch rechtzeitig ins Lehrerklo zurück. Als sich wieder sonntägliche Stille über das Schulhaus gelegt hatte, schlich sich Raabe mit der Geschmeidigkeit einer Großkatze über den Flur und horchte an der Tür zum Physikvorbereitungsraum, wo er befriedigt das gedämpfte Klappern diverser Gerätschaften vernahm. Ganz vorsichtig schloss er von außen die Tür ab. Anschließend griff er in seine Jackentasche und sprühte eine harzige Flüssigkeit ins Türschloss. Nun musste er nur noch unbemerkt in den Physiksaal nebenan gehen und die Verbindungstür zum fensterlosen Vorbereitungsraum auf dieselbe Weise versperren. Im Physiksaal lag auf dem Pult Schmucks Jacke. Mit einem geübten Griff in deren Innentasche stellte Raabe fest, dass sich dort das Smartphone des Kollegen befand. Nur mit Mühe konnte er einen Jubelschrei unterdrücken. Rasch drehte er den Schlüssel zum Vorbereitungsraum um und versiegelte mit seinem Spray auch hier das Schloss. Drinnen schien der Kollege nichts bemerkt zu haben. Raabe rieb sich die Hände, wenn er an den hilflos eingekerkerten Kollegen dachte und verließ, seine Schuhe in der Hand tragend, auf leisen Sohlen wieder das Schulgebäude.

Als er sich draußen auf sein Fahrrad schwang und nach Hause fahren wollte, besann er sich jedoch rasch eines Besseren. Die im Hafen vergeblich Wartende würde sein Triumphgefühl noch viel wirkungsvoller steigern. Vielleicht könnte er sich ja der Dame als Seelentröster anbieten. Der einzige regelmäßige Kontakt, den er zu einer Frau hatte, lief über seinen Scheidungsanwalt. Er hätte nicht gedacht, dass sich seine Noch-Frau, welche sich vor einem Jahr von ihm getrennt hatte, als derart ernste Gegnerin erweisen würde. Schon jetzt war er gezwungen, auf seine finanziellen

Reserven zuzugreifen, um das teure Studium ihrer beiden Kinder zu finanzieren. Wenn er da nicht höllisch aufpasste, würde sie ihn bis aufs letzte Hemd ausziehen. Mit jedem Anwaltsschreiben, das er aus seinem Briefkasten zog, stieg Klara, seine Noch-Frau, in seiner Achtung. Ihm schauderte, wenn er daran dachte, welche Bosheiten sie ihrem Meister in all den gemeinsamen Ehejahren noch abgeschaut haben könnte.

Mit einem Blick konnte Raabe die im Hafen vergeblich Wartende identifizieren. Er unterdrückte den Impuls, auf sie zuzugehen und sie anzusprechen. Das war vielleicht keine so gute Idee und könnte sogar seinen Vernichtungsfeldzug kurz vor dem Sieg doch noch vereiteln. Stattdessen ging er an Bord der *Historischen Fähre Konstanz*, welche an schönen Tagen wie diesen direkt gegenüber der Imperia im Hafen lag, und kletterte schnurstracks aufs Oberdeck. Dort ließ er sich vom Kellner die Getränkekarte bringen und orderte den teuersten Wein. Als er über die Reling gelehnt nach unten spähte, wo die Wartende sichtlich entnervt ihr Handy vom Ohr nahm und in ihrer Handtasche verstaute, rieb er sich vergnügt die Hände. Wenig später umfasste er das kalte Weißweinglas und schloss befriedigt die Augen, nachdem er einen Schluck gekostet hatte. Als er sah, wie unten die Dame verloren von dannen stöckelte, spürte er ganz intensiv das Glück, das seinen Körper durchströmte. Jetzt war sich Roland Raabe sicher, dass Schmuck bald reif war für den finalen Todesstoß.

Einige Wochen später war es so weit. Nach einer langen Durststrecke mit unzähligen ins Leere laufenden E-Mails hatte wieder eine Dame angebissen und war bereit zum ersten persönlichen Kennenlernen – wieder im Hafen unter der Imperia und wieder an einem Sonntag. Und hier traf es sich gut, dass Raabe gerade seiner Mieterin gekündigt hatte. Diese hatte ihm nämlich die Miete erst einen Tag nach der gesetzlichen Frist überwiesen. Raabe bot der verzweifelten Dame großzügig an, die Kündigung zurückzunehmen, wenn sie ihm einen kleinen Gefallen erweisen würde. Tags darauf fand sie sich unter der Hafenstatue ein, wo schon die andere Dame wartete. Raabe hatte in der Zwischenzeit dafür gesorgt, dass Schmucks Fahrrad, welches auf dem Gehsteig vor der Schule an der Hauswand lehnte, einen platten Hinterreifen hatte. Der Rest lief wie abgesprochen.

Mit dem einleitenden Satz „Warten Sie auch auf jemanden?" war der Kontakt zwischen den beiden Damen auf der Hafenmole hergestellt. Und bald stellte sich heraus, dass beide vermeintlich einem Schwindler auf den Leim gegangen waren, einem völlig verpeilten obendrein, der nicht einmal dazu in der Lage schien, seine Rendezvous-Termine zeitlich auseinander zu halten. So wurde *frau* sich rasch einig, den gemeinsamen Frust in einem benachbarten Lokal bei einigen Gläsern Aperol Spritz zu ertränken, gerade noch rechtzeitig, bevor der hektisch herbei radelnde Harald Schmuck dieses Zusammensein noch verhindern konnte. Seine verzweifelten Telefonanrufe und WhatsApp-Nachrichten wurden von beiden Damen geflissentlich ignoriert. Hier leistete Raabes Mieterin ganze Arbeit, als sie ihrem Gegenüber gleich nach dem Betreten des Lokals erzählte, gerade habe Schmuck ihr geschrieben, dass er ihr wohl das falsche Datum für das Treffen mitgeteilt habe. Auf diese Weise fühlte sich die vermeintliche Schicksalsgenossin nicht mehr dazu aufgelegt, die folgenden Anrufe Schmucks entgegenzunehmen.

Als Dr. Burger am Montag darauf später im Lehrerzimmer verkündete, dass der Kollege Schmuck auf unbestimmte Zeit ausfalle, weil er in das Zentrum für Psychiatrie Reichenau eingewiesen werden musste, konnte Raabe nur mit größter Mühe seinen Jubelschrei unterdrücken. Nun wollte er alles daransetzen, dass dies nicht der letzte Kollege war, den er in die Klapsmühle trieb. Vielleicht bot sich Wagner an, der von seinem Tisch aus ganz offensichtlich zu Tanja Buhl am gegenüberliegenden Ende des Lehrerzimmers starrte.

Die alkohol- und rauchfreie Schule

Askese, bis der Ashram wackelt!

Wolfgang Wissler, Schriftsteller

„Heute ist ein historischer Tag, bietet sich doch die einmalige Chance, die altehrwürdige Anstalt, welche schon seit Jahrhunderten einen gesunden Geist beherbergt, um einen gesunden Körper zu bereichern."

In besonderen Momenten pflegte Dr. Burger stets mit Pathos zu sprechen. „Ich bin mir daher sicher", fuhr Dr. Burger fort, „dass in dieser Konferenz die Vernunft über kleinliche Egoismen triumphiert und ein beispielstiftendes Alkohol- und Rauchverbot beschlossen wird. Ich jedenfalls bin schon einmal mit gutem Beispiel vorangeschritten, habe meinen Whisky aus dem Schrank entfernt und den Inhalt der Lehrertoilette überantwortet."

„Bedeutet das etwa, dass ich ab sofort im Schullandheim auf das abendliche Bier verzichten muss?", fiel Rainer Barmer dem Direktor ins Wort und fügte hinzu, dass er sich außerstande fühle, ohne drei Betäubungsbiere auch nur eine Nacht in der Lärmhölle solcher Unterkünfte zu überstehen. Er sehe es ohnehin nicht ein, sich in seinem Alkoholkonsum unnötig einschränken zu lassen, schließlich gebe es da einen Unterschied zwischen Erwachsenen und Jugendlichen. Dr. Burger wies den sich Eifernden brüsk zurecht:

„Ich möchte Sie daran erinnern, dass es hier in der Gesamtlehrerkonferenz eine Rednerliste gibt und dass ich mit meinen einleitenden Ausführungen noch nicht zu Ende bin.

Für Notfälle wie Kolleginnen mit Nervenzusammenbruch werde ich auch künftig eine Flasche Likör als Seelentrösterin bereithalten, und selbstredend bin ich auch offen für zwingende Ausnahmeregelungen. Ein geselliger Umtrunk am Abend im Kollegenkreis wird selbstverständlich auch weiterhin möglich sein. Hier geht es nicht darum, eine starre Regel über Ihre Köpfe hinweg durchzusetzen, sondern unser Ziel ist es, die Jugend für die Gefahren des Alkoholmissbrauchs zu sensibilisieren. In diesem Sinne eröffne ich nun die Debatte und freue mich auf Ihre sachkundigen Beiträge.“

Carola Blum ergriff als erste das Wort. So sehr sie Dr. Burgers guten Willen schätze, seine Alkoholbestände zu vernichten, so entschieden müsse sie als bekennende Umweltaktivistin dessen fahrlässiges Verhalten anprangern:
„Können Sie sich denn nur ansatzweise vorstellen, welches Martyrium Sie der Bodenseeforelle bereitet haben, deren Lebensraum nun mit Whisky kontaminiert ist? Und komme mir jetzt bloß niemand mit der zu vernachlässigenden homöopathischen Verdünnung, welche eine Flasche Whisky im Untersee bewirkt. In einer Felchen-Population haben erst kürzlich Limnologen der Universität Konstanz Rückstände vom letzten Weinfest entdeckt und daran vermochte auch eine dreistufige Kläranlage nichts zu ändern.“

Pfarrer Friedlein war der nächste auf der Rednerliste und versuchte die Wogen zu glätten:
„Der Whisky lässt sich nun einmal nicht mehr auf seinem verhängnisvollen Weg zur Bodenseeforelle aufhalten. Ich werde das gemarterte Geschöpf in mein Gebet einschließen.

Weiterhin gilt es zu bedenken, dass einem angeheiterten Fisch immerhin mindestens eine gerettete Kollegenleber gegenübersteht. Mich bewegt vielmehr die Frage, was mit dem in den letzten Jahren von Schülern konfiszierten Alkohol geschehen soll. Soweit ich weiß, lagert ein beachtlicher Bestand in der Lehrerbibliothek. Ich schlage vor, zusammen mit der Schülerschaft ein rauschendes Fest zu veranstalten und sich gemeinsam trinkend dieser alkoholischen Altlasten zu entledigen. Dies scheint mir eine reinigende Handlung zu sein und daher in besonderem Maße geeignet, die neue Ära der alkoholfreien Schule einzuläuten und auch die Schüler aktiv mit einzubeziehen."

Kaltenbach, der Kunsterzieher, bot sich an, dieses Fest unter dem Motto *Trinken für trockenere Tage* zu organisieren und auch dafür zu sorgen, dass diese Veranstaltung von der Lokalpresse ausführlich gewürdigt werde. Frenetischer Applaus setzte ein und die Zertifizierung als alkoholfreie Schule schien nur noch eine reine Formsache zu sein. Kammerer löste einen Heiterkeitssturm aus, als er an Knut Finke gewandt bemerkte, nun dürfe der streitbare Altlinke wenigstens eine „flaschenlose" Gesellschaft erleben, nachdem er sich für die „klassenlose" in den letzten Jahrzehnten vergebens abgemüht habe.

Da ergriff Barmer nochmals das Wort:
„Auf die Gefahr hin, alle Gralshüter der *Political Correctness* vor den Kopf zu stoßen, will ich dennoch auf eine umfassende pädagogische Studie hinweisen, welche sich mit den Auswirkungen von Alkohol im Unterricht intensiv auseinandersetzt. Dieser Studie zufolge ist der Unterricht von Lehrkräften, die zuvor bis zu einen Liter Bier oder einen halben

Liter Prosecco konsumiert hatten, von Schülern als qualitativ höher eingestuft worden als jener von nüchternen Kollegen. Und erst ab einem Quantum von mehr als zwei Litern Bier hat sich die Unterrichtsqualität signifikant verschlechtert, wobei auch dies nur auf lehrerzentrierte Unterrichtsformen zutrifft.

Schülerzentrierter Unterricht wie etwa Still- oder Gruppenarbeit konnte von routinierten Lehrkräften sogar noch in volltrunkenem Zustand ohne messbaren Qualitätsverlust durchgeführt werden. Gewohnheitstrinker waren erst ab zwei Flaschen Rotwein oder zehn Flaschen Bier nicht mehr dazu in der Lage, ein erkennbares Unterrichtsziel anzusteuern."

„Allerdings", so fügte er zaghaft hinzu, „ist auch bei der nüchternen Vergleichsgruppe bei immerhin einem Viertel der Probanden ebenfalls kein Unterrichtsziel zu erkennen gewesen. Bei vielen Kolleginnen hatte ein Glas Sekt unmittelbar vor der Stunde eingenommen nachweislich Angst hemmende Wirkung entfaltet und unter dem Einfluss von einer Flasche Sekt konnten sogar berüchtigte Problemklassen spielend ertragen werden. Dies hängt natürlich auch damit zusammen", ergänzte Barmer abschließend, „dass mit wachsender Alkoholmenge die Lärmtoleranz steigt und selbst eine randalierende Klasse bei der alkoholisierten Lehrkraft keine erhöhte Herzfrequenz mehr bewirkt. Sie sehen, liebe Kolleginnen und Kollegen, und damit komme ich zum Schluss meiner Ausführungen: Alkohol und Lehrer bilden im Regelfall eine fruchtbare Symbiose. Alkohol ist erst dann abzulehnen, wenn der Konsum in den Pausen zum Selbstzweck verkommt und dazu führt, dass die Unterrichtsräume nur noch sporadisch oder gar nicht mehr aufgesucht werden."

Dr. Burger bedankte sich für diese Information und betonte abermals, dass man die Alkoholfreiheit der Schule ohnehin nicht sklavisch, sondern mit dem entsprechenden Augenmaß umzusetzen gedenke. Gott sei Dank sprang Pfarrer Friedlein in die Bresche und fand mit seinem Kompromissvorschlag, das Wörtchen *zeitweise* einzufügen, breite Zustimmung. Der Auszeichnung als *zeitweise* alkoholfreier Schule stand somit nichts mehr im Wege.

Wagner sah gerade auf die Uhr und stellte befriedigt fest, dass man sehr gut in der Zeit lag, als sich Carola Blum abermals zu Wort meldete:

„Ich weiß zwar, dass dieses ein eigener Tagesordnungspunkt ist und heute nicht zur Debatte steht, aber indirekt hat mein Anliegen auch mit unmäßigem Alkoholkonsum und dem daraus resultierenden starken Harndrang zu tun. Die Anregung der Beauftragten für Chancengleichheit, im Schulhaus alle Pinkelschalen zu entfernen, um die Männer auf diese Weise in die Hocke zu zwingen und ihnen die Unart des Stehpinkelns auszutreiben, ist ja kürzlich leider mit knapper Mehrheit abgelehnt worden. Nun habe ich aber gehört, dass der Hausmeister, um die Treffsicherheit der Stehpinkler zu erhöhen, in der Schüsselmitte eine Fliegenattrappe angebracht hat. Darüber bin ich mehr als nur entsetzt. Auf der einen Seite brüsten wir uns, weltoffen zu sein, und auf der anderen Seite nehmen wir billigend in Kauf, dass kein buddhistischer Gast mehr das Herren-WC benutzen kann, weil dort unverhohlen der Fliegenmord eingeübt wird. Man stelle sich nur einmal vor, ein Abgesandter des Dalai Lama besucht anlässlich des nächsten *Wir-sind-eine-Welt-Projektes* unsere Schule!

Ich fordere deshalb meine männlichen Kollegen massenhaft zum zivilen Ungehorsam auf. Jeder, der künftig beim Wasserlassen patzt, ist ein Kämpfer für die geschundene Kreatur und verdient meine persönliche Hochachtung."

Das nun einsetzende Tohuwabohu konnte nur dank Grundmanns beherztem Eingreifen beendet werden. Er schlug vor, die Fliegen durch ein kleines Tornetz zu ersetzen, natürlich ohne den Torwart. Er habe dies einmal in dem Vereinsheim eines norddeutschen Ruderclubs gesehen und könne gerne in Erfahrung bringen, woher man diese Tore beziehen könne. Damit schlage man – Carola Blum möge ihm dieses Bild ausnahmsweise verzeihen – zwei Fliegen mit einer Klappe: Der Respekt vor der Kreatur bleibe gewahrt und der Toilettenboden trocken. Mit allgemeinem Trommeln auf die Tische wurde dieser Vorschlag dankend angenommen.

Für den zweiten Teil der Tagesordnung, die beantragte Rauchfreiheit, erteilte Dr. Burger der Suchtpräventionsbeauftragten Gabriele Reemtsma das Wort. Uli Wagner wusste, dass ihre nun unweigerlich drohende Brandrede über die tödlichen Folgen des Rauchens mindestens eine halbe Stunde beanspruchen würde. Das Lehrerzimmer wurde leicht verdunkelt, damit die drastischen Bilder, welche Gabriele Reemtsma über den Beamer an die Leinwand projizierte, wirkungsvoller zur Geltung kamen. Faulende Raucherbeine, Bluthusten, Lungen geschwärzt wie Briketts frisch aus der Kohlengrube …
Für diesen Fall hatte er sich gewappnet und packte seinen Stapel Geschichtsklausuren aus, welche er mit etwas Glück im Dämmerlicht zu Ende korrigieren würde. Notfalls konnte er die Heftseiten mit seiner Stirnlampe beleuchten.

Nur gelegentlich drangen einige Wortfetzen an sein Ohr: Die Legionen qualvoll verendeter Passivraucher, Schüler, die ihre Frühinvalidität vorsätzlich herbeirauchten, oder die am Herzinfarkt im Dienst dahingerafften nikotinabhängigen Oberstudienräte. Aber erst die verzweifelten Raucherrabeneltern über dem kleinen weißen Kindersarg holten ihn zurück ins Konferenzgeschehen, sodass er Gabriele Reemtsmas flammendes Schlussplädoyer für eine rauchfreie Schule, in der nie mehr eine Zigarette glimmen dürfe, mit wachen Sinnen verfolgte. Keiner wagte eine Gegenrede. Zu offensichtlich war, dass jeder Befürworter einer liberalen Lösung als potenzieller Schülermörder im ewigen Fegefeuer filterloser Zigaretten schmoren müsste. Die Fachschaft Kunst wurde vom Direktor beauftragt, ein neues Schul-Logo mit dem Zusatz *rauch- und zeitweise alkoholfrei* zu entwerfen.

Schon herrschte allgemeine Aufbruchsstimmung, als Carola Blum noch einmal das Wort erbat:
„Ich rege an, die Gelegenheit beim Schopf zu packen und endlich nicht nur nachzuahmen, sondern vorzureiten und uns als erste Schule im Land zur autofreien Schule zu erklären. Ich habe schon konkrete Visionen, wie sich der Lehrerparkplatz begrünen und in ein ökologisches Kleinod verwandeln lässt.
Schon lange leide ich darunter, wie unsere Schule sich aus dem Klimaschutz zu stehlen versucht. Hier bietet sich endlich das Zeichen, das man schon längst hätte setzen sollen. Ich weiß von skandinavischen Schulen, wo selbst die Tische im Lehrerzimmer begrünt wurden, und aus den Postfächern der Kollegen sprießt dort herb duftendes Tundragras. Der Schulbus ist selbstverständlich solarbetrieben und der Strom für die Schulhaus-

beleuchtung wird im Keller mittels riesiger Tretmühlen durch Schüler im Sportunterricht erzeugt."

Tumultartige Unruhe kam auf, blanker Hass schlug Carola Blum entgegen, allen voran die Sportler zeterten. Offenbar waren sie dazu gezwungen, unentwegt in ihrem Auto prall gefüllte Netze mit Volleybällen von einer Sporthalle zu nächsten zu transportieren. Die Umweltschützerin Blum sei gern dazu eingeladen, dies dann mit einem solarunterstützten Tretmobil zu bewerkstelligen, dann könne man über ihren Vorschlag ernsthaft weiterreden. Anschließend meldeten sich die Mütter zu Wort, welche in ihrer knapp bemessenen freien Zeit ihre Kinder zwischen Ballett, frühkindlicher Leseförderung und Musikschulunterricht hin und her chauffieren mussten.

Wagner befürchtete schon, einen weiteren Abend zum Trainieren einzubüßen und in diesem stickigen Lehrerzimmer verbringen zu müssen, als ihm die Beauftragte für Chancengleichheit Petra Gehring-Schüsselhard unerwartet zu Hilfe kam: „Auch ich finde es wichtig, über diese Vision zu diskutieren, aber bitte zu einem späteren Zeitpunkt. Die vielen Mütter im Kollegium drängen zum Aufbruch, deren Kinder daheim, unser aller Faustpfand für eine gesicherte Zukunft, harren schon viel zu lange ihrer ausbleibenden Mütter. Und noch sind wir leider nicht so weit, dass die Männer hier im erforderlichen Maß ihre Frauen entlasten."
Schon lange nicht mehr hatte Wagner der Beauftragten für Chancengleichheit applaudiert, und er tat es dieses eine Mal umso ausgiebiger.

Harte Zeiten

Nach dem Spiel ist vor dem Spiel.

Sepp Herberger

Draußen auf dem Schulhof witterte Wagner die Schneeluft aus den nahen Bergen. Ein heftiger Kaltlufteinbruch hatte den Spätsommer jäh unterbrochen. Wagner zog sich die Anorak-Kapuze über den Kopf und federte mit ausladenden Schritten nach Hause. Nach solchen Mammutsitzungen in überhitzten Räumen war sein Bedürfnis nach Wildnis besonders ausgeprägt. Daher nahm er sich vor, die heutige Nacht an der Nordwand seines Hauses unter dem Balkon an einem Karabiner hängend zu verbringen, zumal die angekündigten heftigen Böen die ersehnten Entbehrungen deutlich erhöhen würden. Dort in der klammen Hängematte holte er sich die Härte für die entbehrungsreichen Biwaknächte in den Bergen der Welt. Seinen Nachbarn war mittlerweile die Silhouette einer Riesen-fledermaus an der Hauswand vertraut, und niemand alarmierte mehr die Polizei, um den vermeintlichen Fassadenkletterer zu verhaften. Im Gegenteil: Seit er draußen nächtigte, pflegten die Stadtfüchse das Revier zu meiden, und auch die Tauben und Krähen schmutzten entlegenere Hausfassaden ein. Der Bezug dieser luftigen Schlafstätte bildete stets die Hauptschwierigkeit und Wagner musste sich sehr darauf konzentrieren, nicht ab-zustürzen. Nachdem dies geschafft war, dauerte es nicht lange, bis wohlige Wärme den ganzen Körper durchströmte.

Unten auf der Straße konnte er schemenhaft die Gestalt seines Kollegen Armin Krombacher erkennen, welcher wie jeden Abend um diese Zeit zusammen mit seiner Frau den gemeinsamen Spanielrüden Bodo um den Block führte. Bodo war aus der bewussten Entscheidung des Ehepaares Krombacher gegen ein Kind hervorgegangen. Sein Kollege hatte einmal in großer Runde im Lehrerzimmer erläutert, warum der Hund über den Kinderwunsch gesiegt hatte. Man habe einfach ein Blatt Papier in zwei Spalten unterteilt und dann aufgelistet, welche Gründe jeweils für ein Kind und für einen Hund sprachen. Nachdem trotz angestrengten Nachdenkens die Kinderspalte leer geblieben, die des Hundes dagegen eng beschrieben gewesen sei, habe sich Armin Krombacher am nächsten Tag im Krankenhaus einen Termin für seine Sterilisation geben lassen und zwei Wochen später sei man dann mit dem Rasse-Welpen Bodo beglückt worden, und dieses Glück sei bis heute ungetrübt.

Als in der Nacht der Sturm auffrischte, wurde Wagner rhythmisch gegen die Wand geschleudert, was ihn jedoch, nachdem der anfängliche Schrecken abgeklungen war, sanft in den Schlaf wiegte. Den Kaffee pflegte er nach solchen Freinächten einarmig an der Küchentürleiste hängend einzunehmen, um sich zum Abschluss den Weg ins Bad oben an seinem Regal entlang zu hangeln, ohne den Boden zu berühren. Hierfür war eine hundertfach erprobte ausgeklügelte Grifffolge erforderlich. Sein ganzes Gewicht ruhte auf den Fingerkuppen, während er an der Hangelleiste seines Regals Meter um Meter eroberte und sich dabei anhand der einzelnen Buchrücken orientierte, welchen Teil der Route er schon gemeistert hatte. Noch war es weit bis zu den *Ausstiegsrissen*, noch nicht einmal die Hälfte der Kletterstrecke lag hinter ihm. Mit einem beherzten Spreizschritt überwand er das *Erste Eisfeld*, wo sich seine Polarliteratur stapelte.

Seine Linke klammerte sich zwischen Kafka und Kleist, während er mit seiner Rechten nach Thomas Mann fasste und unter den *Buddenbrooks* vorläufig einen sicheren Halt fand. Vor dem Rückweg auf der gegenüberliegenden Flurseite musste der Raum im Bereich der Wohnungstür durchquert werden. Das Regalbrett über dieser Tür beherbergte Werke zum Buddhismus, für den sich Wagner interessierte, seit er vor einigen Jahren das tibetanische Hochland in seine alpinen Träume mit einbezogen hatte. Stoßweise ging sein Atem, als er diesen *Götterquergang* überwand, um sich auf der Gegenseite zollweise dem schwierigen Finale zu nähern, der Schlüsselstelle seiner morgendlichen Kletterroute. An der Wand klebte, von ihm beim letzten Renovieren an die Raufasertapete geweißelt, die *Weiße Spinne*. Hier war er einst unter einer Lawine von Büchern begraben worden, als sein Billy-Regal unter der Last seines Körpergewichts zusammengebrochen war. Ein Schreiner hatte ihm danach ein solides Bücherbord gezimmert, das den Belastungen eines Freikletterers besser gewachsen war.

Schon überströmte der Duft von Badeessenzen seinen Schweißgeruch; er wusste, dass er sich unmittelbar unter den *Ausstiegsrissen* befand, von wo aus der Sprung in die zuvor gefüllte Badewanne reine Routine war. Selbstredend hatte er das Badezimmerfenster sperrangelweit offen gelassen. Die für sein Unbehagen zwingend erforderlichen Eiswürfel hatte er in später Nacht in die Wanne geschüttet. Nun trieben die Reste schon einladend auf der Wasseroberfläche, als er in der Wanne landete und das arktische Nass über seinem Kopf zusammenbrandete. Mit zusammen gekniffenen, sich immer mehr ins Bläuliche färbenden Lippen murmelte er sein Mantra und registrierte, wie allmählich alle störenden Gedanken aus seinem Bewusstsein wichen, die Kältestarre von seinen Gliedmaßen Besitz ergriff und in seinen Rumpf zu kriechen begann. Im letztmöglichen Moment befreite er sich aus dem Würgegriff der Kälte und absolvierte auf dem Flokati-Teppich sein spartanisches Wiederbelebungsprogramm: Kniebeugen und Liegestützen, welche er mit Nasenklammer und Trinkhalm im Mund zu absolvieren pflegte, um die dünne Luft in der eiskalten Todeszone zu simulieren. Die abschließende Nassrasur erledigte er mit einem Krummdolch, den ihm ein jemenitischer Rebell einst nach dreiwöchiger Geiselhaft als Anerkennung für die tapfer ausgestandenen Todesängste geschenkt hatte.

Nur die härtesten Übungen schienen ihm angemessen, um die übermenschlichen Anforderungen einer neuerlichen Batura-Expedition zu meistern. Selbst beim Toilettenpapier verwendete er die härteste Sorte, welche auf dem Markt erhältlich war. Carola Blum hatte ihm einen örtlichen Anbieter genannt, der aus Gründen des Umweltschutzes mehrfach recycelte Schuhkartons zu einem ockerfarbenen, backsteinförmigen Toilettenpapierersatz verarbeitete. Von einem Nachbarn hatte er erfahren, dass rumänische Schwarzarbeiter diese Marke als billigen Schmirgelpapierersatz zweckentfremdeten. Im Sommer am Batura II würde er sich ohnehin aus Gewichtsgründen mit Gletscherwasser oder Schnee behelfen müssen. Dieses Mal musste er Erfolg haben und den Gipfelsieg erzwingen.

Tanja Buhl hatte er kürzlich angeboten, sie zu ihrem Französisch-Kurs ins Dachgeschoss zu tragen, aber diese hatte – vermutlich aus falsch verstandenem Stolz – dieses Angebot brüsk abgelehnt. Seitdem war er peinlich darauf bedacht, den schulischen Bereich frei von seinen asketischen Trainingseinheiten zu halten.

Das bot sich ohnehin an, um Grundmann das wahre Ausmaß seines Muskelzuwachses zu verheimlichen. Denn eines stand für ihn unumstößlich fest: Nach seiner triumphalen Rückkehr vom Batura II würde er sich diesen erbärmlichen Wicht richtig vornehmen, diese ewige Neun des Deutschland-Achters, der mit seinen abgestandenen Geschichten von knapp verpassten Siegen gerade noch dem weiblichen Reinigungspersonal der städtischen Sporthallen ein unterwürfiges Lächeln abzuringen vermochte. Nach dieser finalen Demütigung hätte Grundmann dann die Wahl zwischen einem Versetzungsantrag an eine Schule in Badisch-Sibirien oder dem Rheinfall von Schaffhausen. Er sah ihn schon mit dem Rücken zum Abgrund mit der immer reißenderen Strömung pfeilschnell dem Abgrund entgegen schießen; Grundmanns Angstschrei vom Donner der herabstürzenden Wassermassen erstickt, der Bug für Sekundenbruchteile waagrecht in der Luft, bevor durch den zerschmetternden Fall alles zerbarst, Grundmann zermahlen und für immer eins mit dem nassen Element. Aber während sich Wagner dieses Ende ausmalte, wusste er auch, dass Grundmann zu solch einer tragischen Fallhöhe einfach das Format fehlte.

Ein prall gefüllter Dienstag

Des Lehrers Kraft ruht in der Methode.

Adolph Diesterweg, Schulreformer

Nach der Expedition war vor der Expedition. Daher bedeutete die zeitraubende Unterrichtsvorbereitung in jeder Phase des Schuljahres eine lästige Störung seines gezielten Aufbautrainings. Wagner wünschte sich in solchen Zeiten, ein Profibergsteiger und somit allen Notwendigkeiten des bürgerlichen Gelderwerbs enthoben zu sein. Denn was er da im Unterricht trieb, war im Grunde Raubbau an seinem Körper. Da sorgte es auch nur bedingt für Entlastung, wenn er in Geschichte bevorzugt Schulstunden füllende Filme zeigte. Als er auf einem Elternabend einmal darauf angesprochen worden war, beschied er den verdutzten Eltern, dass die moderne Didaktik vom Lehrer ausdrücklich verlange, sich zurückzunehmen und anderen Darbietungsformen Raum zu gewähren. Er habe sich daher nach reiflicher Überlegung für den informativen Film und gegen das ohnehin meist nicht zielführende Unterrichtsgespräch mit den Schülern entschieden. Abgesehen davon genoss er es, im Schummerlicht des Vorführraumes noch eine halbe Stunde zu schlafen. Dank seines Handys mit Vibrationsalarm konnte er sich von Schülern unbemerkt wieder in den Wachzustand zurückversetzen, bevor der Abspann allgemeine Unruhe im Raum erzeugte.

Nach Bauernkriegen und Russlandfeldzug peinigte er seine Schüler in der nächsten Stunde noch mit dem *passé simple*. Dabei wusste er dieses Mal das Nölen der Schülerschaft, warum man sich dieses Tempus einverleiben müsse, obwohl kein Franzose ihn in der gesprochenen Sprache benutze, geschickt zu umschiffen.

Wagner beneidete oft seine Latein-Kollegen. Diese Apologeten einer toten Sprache besaßen wenigstens die Gewissheit, dass kaum neue Texte ausgegraben wurden. So hatte sich sein Kollege Kuno Keller in den vergangenen Jahren neben den seit Jahren immergleichen Schulbüchern einen überschaubaren Fundus an Texten aufgebaut, darunter solche, die den römischen Alltag in drastischen Farben schilderten und die Schüler durchaus zu fesseln vermochten. Keller wiederum beneidete Wagner, unterrichtete dieser doch ein Fach, wo sich auf Fortbildungen reichlich die Gelegenheit bot, mit attraktiven Französischlehrerinnen Kontakte zu knüpfen, während in den Zusammenkünften der Lateiner offenbar verbissen gegen den Untergang des Faches angekämpft wurde. Wagner beließ seinen Lateinkollegen in dieser Illusion von erotischen Dienstfahrten mit Reisekostenvergütung und verschwieg die Neigung seiner Kolleginnen, seine abendlichen vitalen Bedürfnisse zu zerreden. Immerhin waren ihm bei solchen Veranstaltungen mannigfaltige Einblicke in die Abgründe des Ehelebens vergönnt. Ihm war rätselhaft, warum ausgerechnet er bei den Frauen jedes Mal zuverlässig eine wahre Flut an intimen Bekenntnissen auslöste. In solchen Momenten beglückwünschte er sich zu seiner Ehelosigkeit, welche wenigstens einer Frau auf dieser Erde das Unglücklichsein ersparte.

Nach dieser Französisch-Stunde klingelte es endlich zur großen Pause. Wie immer um diese Zeit betrat Heike Mattern das Lehrerzimmer. In den frühen Vormittagsstunden konnte sie wegen ihres kleinen Kindes noch nicht eingesetzt werden und in den Nachmittagsstunden aus demselben Grund schon nicht mehr.

Zuvor hatte sie ein bereitstehender Schüler vom Lehrerinnenparkplatz mit einem Schirm bis zum Schulgebäude begleitet, während ihr in der Zwischenzeit eilig im Treppenhaus der rote Teppich ausgerollt worden war. Mit dieser vorauseilenden Fürsorge honorierte Dr. Burger, dass die alleinerziehende Mutter zwischen Kindertagesstätte und zermürbender Arbeit im Haushalt an drei Unterrichtstagen einen kurzen Abstecher in die Schule einrichten konnte. Jede Woche wurden Schüler, welche sich dadurch den Arrest ersparen konnten, zu diesem Schirm- und Teppichdienst eingeteilt. Nach Klassenarbeiten waren zusätzlich Schüler-Sherpas erforderlich, welche die schweren Arbeitshefte für Heike Mattern über die Flure schleppten. Per psychologischem Gutachten hatte sich Heike Mattern von Vertretungsstunden, sämtlichen Pausenaufsichten und außerunterrichtlichen Veranstaltungen befreien lassen, sehr zum Ärger der restlichen Kolleginnen und Kollegen, welche diese Dienste nun zusätzlich verrichten mussten.

Am Kopierer und an der Espresso-Maschine bildete sich gerade rasch eine Menschentraube. Wagner mied die Nähe zur Küchenzeile, seit ihm Barmer vertraulich mitgeteilt hatte, dass dessen Tinnitus vermutlich durch den Lärm dieser Espresso-Maschine ausgelöst worden sei. Seit seiner Batura-Expedition wurde er ohnehin vom pfeifenden Schneesturm in seinen Ohren gemartert. Große Menschenansammlungen floh er aus diesem Grunde, er, der die Menge um sich herum zuvor geradezu gesucht hatte. Hinter Kammerer stauten sich am Kopierer wie üblich die Kollegen. Die Witze über den unangefochtenen Kopierkönig wurden mit jeder Minute Wartezeit gereizter vorgetragen, was Kammerer jedoch nicht aus der Ruhe brachte. Schüler, die mehrere Jahre von diesem Dauerkopierer unterrichtet worden waren, pflegte man an deren windschiefem Gang, welcher vom Schleppen der schweren Papierlasten herrührte, zu erkennen. Immerhin war es Kammerer einmal vor Jahren gelungen, bei den Baden-Württembergischen Kopiermeisterschaften als Landessieger in der DIN-A3-Klasse hervorzugehen. Dr. Burger, der von besorgten Eltern mit orthopädischen Gutachten eingedeckt worden war, hatte dies dennoch nicht davon abgehalten, Kammerer dazu zu verpflichten, pro Schultag nicht mehr als ein Kilogramm Kopien an seine Schüler auszugeben, worunter Kammerer seitdem sichtlich litt. Seine sonstige Schwatzsucht war einer geradezu Angst einflößenden Einsilbigkeit gewichen. Diese überwand er nur, wenn eine junge Kollegin seinen pädagogischen Rat erflehte oder in Konferenzen sein Sachverstand gefragt war.

Vom Flur brandete durch die geöffnete Tür der Lärm von 800 entfesselten Schülern. Wie ein Schatten seiner selbst schlüpfte ein kleines gebeugtes grauhaariges Männlein herein. Wagner erkannte mit einem Blick seinen ehemaligen Kollegen Christian Bülow. Der war vor mehr als einem Jahrzehnt pensioniert worden. Seitdem galt er als entwurzelt. An der Seepromenade hatte er, getrieben von seiner existenziellen Leere, schon drei Schwäne zu Tode gefüttert. Stundenlang pflegte er um das Schulhaus zu streichen. Immer wieder zog es ihn in das Lehrerzimmer, und weil niemand in der allgemeinen Hektik Zeit für ihn hatte, schlich er nach der großen Pause traurig von dannen. Ein Nachbar hatte einmal nachts die Polizei alarmiert, weil er wimmernde Geräusche vor der eichenen Schulhaustür vernommen hatte. Der vermeintliche Einbrecher hatte sich dann als Christian Bülow entpuppt, der vergeblich versucht hatte, zum Ort all seiner Sehnsüchte vorzudringen.

Wagner verspürte absolut keine Lust auf ein Gespräch über „die guten alten Zeiten" und suchte daher rasch das Weite, bevor Christian Bülow ihn als lohnendes Opfer ausmachen konnte. Er balancierte seine randvoll gefüllte Kaffeetasse an das andere Ende des Lehrerzimmers und steuerte direkt den *Heiligen Tisch* an, wo die Religionslehrer ihren festen Platz hatten. Markus Friedlein schien schon auf ihn gewartet zu haben. Seitdem ihm Wagner durch seine Erzählungen vom Batura II, wo er im Schneesturm von einem Unbekannten mit seinen, nämlich Friedleins Gesichtszügen, ins sichere Basislager und somit zurück ins Leben geleitet worden war, den Gottesbeweis geliefert hatte, konnte sich Friedlein an seinen Geschichten nicht satthören. Aber auch allgemeine philosophische Fragestellungen wurden erörtert und immer häufiger geschah es in letzter Zeit, dass andere Kollegen sich um die beiden scharten, um sich an dieser geistreichen Unterhaltung zu ergötzen, zumal Friedlein auch im Ruf stand, die besten und unanständigsten Witze zu erzählen. Lediglich Tanja Buhl hatte sich noch nie an diesen Tisch verirrt, obwohl Wagner alle Register zog, um sie auf die debattierende Runde aufmerksam zu machen. Heute schwärmte Friedlein einmal wieder von seinem Studium im Vatikan. Papst Woytila hatte ihm seinerzeit anerkennend die Hand auf die Schulter gelegt, als Friedlein über seine Bücher gebeugt im Lesesaal saß.

„Im selben Moment drang von draußen ein Sonnenstrahl herein und beleuchtete das Kreuz an der Wand. Ihr könnt euch nicht vorstellen, welche unglaubliche Energie von diesem heiligen Manne auf mich übergeströmt ist", schwärmte Friedlein mit weltentrücktem Blick.

Er habe von da an gespürt, dass Gott ihn dazu ausersehen habe, als Priester Großes im Kleinen zu bewirken. Friedlein, der hin und wieder auch in Soutane unterrichtete, um seinen Sendungsdrang zu unterstreichen, war nach eigenem Bekunden dazu in der Lage, jede Kollegin und jeden Kollegen konfessionell zuzuordnen; vor allem die katholische Sozialisation hinterlasse Spuren, welche sich auch durch einen späteren Kirchenaustritt kaum verwischen ließen. Die barock überbordende Lebensweise mit der regelmäßigen Möglichkeit des Sündennachlasses schaffe entspanntere Gesichtszüge als der zur lebenslänglichen Askese anhaltende Protestantismus, welcher verbiestert-verhärmte Mienen geradezu zwangsläufig erzeuge. Den Rest seiner Wutrede hielt Friedlein im Stehen, gleichsam von seiner Kanzel herab: „Ich bin mir ziemlich sicher, dass die jüngste Nichtraucherkampagne von protestantischen Kreisen angestiftet wurde. Der Staat als Gouvernante seiner Bürger, die er zu einem tugendhaften, lasterfreien Leben zwingen will. Das ist typischerweise in protestantisch geprägten Staaten wie in Skandinavien oder den USA eine weit verbreitete Vorstellung. Dort reglementiert man folglich auch den Alkoholkonsum seiner Bürger, prüde ist man obendrein, und wir in Deutschland sind leider auf dem besten Weg, diesen Spaßverderbern nachzueifern."

Als Friedleins didaktische Spezialität galt das zehnminütige meditative Schweigen im Unterricht, was er je nach Stimmung und Klasse auf eine ganze Stunde ausdehnen konnte. Vor schweren Klausuren pflegte er seinen Schülern gregorianische Gesänge vorzuspielen.

Nach solchen Stunden schwärmten viele von den existenziellen Einblicken in ihre Seele, von der Stille und der gleichzeitig intensiv empfundenen Sendung ihres Religionslehrers. Bisweilen half Friedlein auch mit Weihrauch nach, um eine rituelle Unterrichtsatmosphäre aufzubauen und vor Klassenarbeiten scheute er sich auch nicht, die Füllfederhalter seiner Schüler mit Weihwasser zu segnen.

An diesem Morgen empfing ihn Friedlein mit verdrießlicher Miene. Eine quirlige Unterstufenklasse hatte ihn mit ihrem hohen Lärmpegel, unkontrolliertem Gezappel und albernem Gekicher zur Weißglut getrieben und etwas von diesem Schwelbrand glomm noch in der Pause nach, als er Wagner zuzischte: „Herodes war ein guter Pädagoge!"

Am anderen Tischende grübelte die protestantische Pfarrerin Barbara von Waltershausen über einer Grabrede, welche sie am Nachmittag halten musste. Offensichtlich nahm dies ihre ganze Aufmerksamkeit gefangen, denn normalerweise pflegte sie auf Friedlein'sche Provokationen prompt zu reagieren. Auch die folgenden rhetorischen Bälle, welche Friedlein ihr zuspielte, passte sie nicht zurück, was außergewöhnlich war, denn ansonsten sehnte sie sich die große Pause regelrecht herbei, um ihren katholischen Widerpart mit Bosheiten einzudecken, wobei vor allem die Äußerungen erzkonservativer Bischöfe oder der Zölibat den Nährstoff lieferten.

Wagner mochte Friedlein, diesen Mittvierziger, der mit seinen überkommenen Ansichten und seinem orthodoxen, schon polnisch gefärbten Katholizismus wie ein Saurier in die Moderne hineinragte. Er erinnerte Wagner an seine eigene Kindheit im

Schwarzwald, wo der sonntägliche Kirchgang noch Pflicht war und Jungen wie er selbstverständlich als Ministranten ihren Dienst taten und das Weihrauchfass so zu schwingen wussten, dass der ganze Kirchenraum vom betäubenden Duft geschwängert wurde. In der Sakristei gelang es hin und wieder, vom begehrten Weihrauchharz etwas abzuzweigen, um in den Wäldern abseits des Dorfes die eigenen Rituale der Jugend zu zelebrieren. Die Gebete vorn am Altar wurden damals noch in lateinischer Sprache gemurmelt, ohne dass sich deren Wortsinn den Buben offenbarte. Er hatte viele Jahre später einmal im Himalaya buddhistische Mönche beim Gebet belauscht und sich bei deren Gemurmel in seine Kindheit im Schwarzwald zurückversetzt gefühlt. Am nachdrücklichsten in Erinnerung waren ihm die Prozessionen durch Feld und Flur geblieben.

Er an der Spitze des Zuges windschief gegen die Stange mit der heiligen Fahne gestemmt, hinter ihm die Gemeinde, deren Gebete und Gesänge mit dem Wind schwallartig an sein Ohr drangen und wieder verebbten. Mädchen durften damals noch nicht ministrieren. Deren Stunde schlug an Fronleichnam, wenn in aller Herrgottsfrühe aus Hunderten von Blüten wahre Kunstwerke von Blumenteppichen an den verschiedenen Stationen auf dem Boden gestaltet werden mussten. Wagner hatte sich damals erfolglos um eines jener Blumenmädchen bemüht. Bevor er dazu kam, den bittersüßen Schmerz jener Tage nachzukosten, klingelte es zum Pausenende und er sortierte sein Material, um die restlichen drei Stunden mit Anstand über die Bühne zu bringen.

Neben ihm bibberte Cosima Baierlein ihrem nächsten Unterrichtseinsatz entgegen. Sie hatte es sich schon lange angewöhnt, noch einige Minuten nach dem Läuten im sicheren Gefechtsstand des Lehrerzimmers auszuharren, um das Gemetzel im Unterricht zeitlich so knapp wie möglich zu halten. Er war einmal aus Versehen in ihre Stunde geplatzt. Aus dem Klassenzimmer war der Lärm eines Indianerüberfalls gedrungen und als offenbar auch noch dumpfe Geschosse gegen die Tür prasselten, war er in das Zimmer gestürmt, um die vermeintlich unbeaufsichtigte Klasse zur Ordnung zu rufen. Beim Anblick seiner verschüchterten Kollegin, welche unter dem Hagel von Papierkugeln ihre Verzweiflung gegen die Klasse anzuschreien versuchte, versagten Wagner die Nerven und er packte den Rädelsführer am Kragen. Erst als der so unsanft Angefasste nach Luft zu röcheln begann und der Lärm in der Klasse in betretenes Schweigen umgeschlagen war, kam er wieder zur Besinnung, lockerte den Griff und verließ den Raum.

Merkwürdigerweise hatte in der Folgezeit niemand versucht, ihn wegen dieses schweren Übergriffes disziplinarisch zu belangen. Wagner wertete dies als stummes Eingeständnis der Schülerschaft, dass man bisweilen die moderne Schmusepädagogik überwinden musste, um sich durchzusetzen.

Auch Wagner ließ sich nicht von der allgemeinen Aufbruchstimmung im Lehrerzimmer anstecken, als das Läuten der Schulglocke ertönte. *Zeit einsparen lässt sich am wirkungsvollsten am Beginn der Unterrichtsstunde!* lautete seine Devise. Auf diese Weise versuchte er seine ständig steigende Arbeitsbelastung wenigstens teilweise zu kompensieren. Mittlerweile hatte sich die Menschentraube am *Müttertisch* gegenüber aufgelöst und gab die Dame in deren Zentrum frei. Wagner erkannte erschrocken, dass es sich um seine Kollegin Anja Neuhaus handelte. Die war gerade im Mutterschutz und nun im Begriff, zielstrebig auf ihn zuzugehen und ihm ihren Säugling wie eine Trophäe vor die Nase zu halten. Wagner wusste, dass er nun nicht die Wahrheit aussprechen durfte, sondern diesen krebsroten Krähling, der ihn zahnlos mit seinen wasserblauen Augen anstarrte, in den höchsten Tönen als das süßeste Kleinkind, das ihm jemals untergekommen sei, zu loben hatte. Es galt als stille Übereinkunft im Kollegium, dass solche Lobeshymnen zu erfolgen hatten, um die stolze Mutter mittelfristig wieder an den Ort ihres Triumphes zum Arbeiten zu bewegen.

Mit Anja Neuhaus verband ihn eine leidenschaftliche Affäre, die sich allerdings auf eine Nacht beschränkte. Nach einer Gesamtlehrerkonferenz war damals eine kleine Gruppe im Lehrerzimmer übrig geblieben, die sich schon auflösen wollte, als jemand in die Runde warf, dass im Keller noch als Überbleibsel von der letzten Kollegenverabschiedung mehrere Flaschen Sekt und ein Kasten Bier lagerten. Vor allem Letzteren müsse man dringend vor dem Verfallsdatum retten. Stunden später saß ihm dann eine kichernde Anja Neuhaus auf dem Schoß, welche eigensinnig darauf bestand, seinen jemenitischen Krummdolch noch in dieser Nacht in Augenschein zu nehmen. Wagner gelang es nur unter größter Mühe, seine Kollegin in ein Taxi und danach in sein Schlafzimmer zu verfrachten. Vom Morgen danach an herrschte zwischen den beiden die stille Übereinkunft, im Schulhaus und auch außerhalb nur noch distanziert beruflich miteinander zu verkehren.

Als Anja Neuhaus' Schwangerschaft nicht mehr zu übersehen war, begann Wagner verzweifelt nachzurechnen. Spätestens nach der Geburt des Babys war er hundertprozentig sicher, dass er als Vater nicht in Frage kam. Von einer zehneinhalbmonatigen

Schwangerschaft hatte er jedenfalls noch niemals gehört und ein nochmaliger Blick auf Anjas mit den Oberärmchen zappelnden Winzling bestärkte ihn in dieser Auffassung.

„Lass uns doch mal zusammen einen Kaffee trinken gehen, ich muss jetzt leider in den Unterricht!" Mit diesem leeren Versprechen ließ Wagner fluchtartig das Lehrerzimmer und eine perplexe Anja Neuhaus hinter sich. Auf dem Weg zu seiner Klasse schoss ihm der jähe Gedanke durch den Kopf, kein anderer als Grundmann müsse der leibliche Vater sein. Wie sonst ließen sich die hektischen Ruderbewegungen des Babys erklären? Doch er kam nicht dazu, diesen Gedanken zu vertiefen, denn ihm wurde zudem schlagartig klar, dass er seine nächste Stunde in Französisch überhaupt nicht vorbereitet hatte. Noch gravierender war, dass er sich auch nicht an die vorausgegangenen Stunden erinnern konnte. Nun galt es wieder einmal, durch ein geschicktes fragend-entwickelndes Verfahren herauszufinden, was sich in den letzten Stunden in seinem Unterricht überhaupt ereignet hatte. Wichtig war, dass die Schüler stets im Irrglauben gehalten wurden, der Lehrer habe souverän seinen Stoffverteilungsplan unter Kontrolle. Am Ende dieses viel Fingerspitzengefühl erfordernden Prozesses staunte Wagner manchmal über sich selbst, wenn sich ihm dann wider Erwarten ein roter Faden und ein erkennbares Unterrichtsziel offenbarten, auf dem er sinnvoll aufbauen konnte.

Wagners angestrengtes Nachdenken auf dem Weg zum Klassenzimmer wurde an diesem Tag durch den allgemeinen Lärmpegel im Schulhaus massiv beeinträchtigt. Dies war die unweigerliche Folge des offenen Unterrichts, zu dem sich neuerdings nicht nur die jüngeren Kollegen, sondern zu seinem Befremden auch einige seiner Altersgenossen bekannten.

Irgendein pädagogischer Scharlatan hatte ihnen im Rahmen einer Fortbildung das Hirn gewaschen und sie mit dem Gedanken infiziert, das Klassenzimmer sei für den Unterricht nur noch als Notbehelf geeignet; es gelte vielmehr, das ganze Schulhaus, die Stadt und deren Umland als Unterrichtsräume zu entdecken und zu erobern. In den meisten Fällen schien das darauf hinauszulaufen, dass die Klasse durch das Schulhaus tobte, während die zuständige Lehrkraft sich an wechselnden Orten aufhielt, mit dem für Wagner einzig erkennbaren Ziel, für die Schüler unauffindbar zu bleiben. Ganz gewiefte Kollegen hatten dieses Prinzip längst auf die Spitze getrieben und moderierten das, was sie noch für Unterricht hielten, von ihrem Urlaubsort oder von zu Hause aus.

Um diesem anarchischen Treiben Einhalt zu gebieten, hatte Dr. Burger vor kurzem verfügt, dass jeder Schüler zu bestimmten Kernzeiten im Schulhaus anwesend sein musste, und auch den Kollegen wurde eine gewisse Schulhauspräsenz aufgebürdet. Das ging natürlich den älteren Kollegen, zu denen sich auch Wagner mittlerweile zählte, nicht weit genug, aber ihre Stimme verlor mit jedem Mal, wenn einer aus ihren Reihen pensioniert wurde, an Gewicht. Den jüngeren Lehrkräften erschienen sie ohnehin als Fossile einer längst untergegangenen Zeit, als es noch Pulte gab und der Lehrer sich meist vorn mit dem Rücken zur Tafel aufzuhalten pflegte.

Der Kollege Wagner hält noch Frontalunterricht für sinnvoll. Mit diesem vernichtenden Aktenvermerk wurden vor einigen Jahren seine Karriereträume für immer begraben. An seiner Stelle war damals seine Kollegin Gehring-Schüsselhard befördert worden, zumal diese rechtzeitig zuvor ein Seminar als Streitschlichterin absolviert hatte. Diese sorgte überdies mit ihrer Methode des *Schreibens nach Gehör* dafür, dass ihre Schüler frei von irgendwelchen Zwängen der Rechtschreibung seitenlange Konvolute erzeugten, welche nur noch von phantasiereichen Zeichendeutern entschlüsselt werden konnten. Hella Frey-Barenbeck hatte diesem methodischen Mummenschanz einst die direktoralen Weihen erteilt und den Unterricht der Kollegin als *geradezu finnisch* gerühmt, was offensichtlich als Gegensatz zu den herkömmlichen Unterrichtsformen, wie auch Wagner sie praktizierte, gedacht war. Bei der letzten Konferenz hatte auch Dr. Burger auffallend häufig zu Barmer und ihm geblickt, wenn er von den Pisa-Verlierern sprach.

In der fünften Stunde konnte Wagner endlich zur Bestform auflaufen: Er hatte einen französischen Originaltext von Maurice Herzog vervielfältigt, in dem jener drastisch schildert, unter welchen entsetzlichen Strapazen ihm und seinem Gefährten die Erstbesteigung der Annapurna gelang. Fast alle Finger hatte ihn der Gipfelsieg an diesem Achttausender gekostet und machte ihn schon aus diesem Grunde zu seinem Bruder im Geiste: *Was mir die Annapurna genommen hat, kann jeder sehen; was mir die Annapurna gegeben hat, weiß nur ich allein.* Die Möglichkeit, in dieser Stunde das Thema auf die eigene Batura-Expedition zu lenken, drängte sich geradezu auf. Allein der Gedanke, dass vielleicht einer seiner Schüler noch nichts von seinem abgefrorenen Zeh wusste, beflügelte ihn.

Kurzweilige 45 Minuten später ging er als strahlender Sieger vom Platz. Eine Schülerin hatte ihn zu seinem Entzücken geradezu genötigt, seine Heldengeschichte in der ausführlichen Version zu erzählen und seine Kriegsverletzung zur veranschaulichenden Dokumentation freizulegen. Am Schluss lastete über dem Raum eine weihevolle Stille, wie sie nur dann erzeugt wird, wenn ein Held aus dem Olymp herabsteigt und sich mit den gewöhnlichen Sterblichen gemein macht. „Mein Vater schafft es gerade noch, auf einen Barhocker zu klettern", war das Letzte, was Wagner noch vernahm, als er den Raum verließ und innerlich jubelte, weil er diesen Tag zu den gelungenen zählen durfte.

Die letzte Stunde an diesem Vormittag verbrachte er mit seiner Geschichtsklasse im Computerraum, vordergründig um dort in Kleingruppen im Internet recherchieren zu lassen. Die Hintergründe zum Überfall auf Pearl Harbor sollten vertieft werden, aber in Wirklichkeit wollte er die Schüler sich selbst überlassen, um den Triumph der vorausgegangenen Stunde noch einmal in Ruhe nachzukosten.

Die Mittagspause verbrachte er bei Ömer Yilmaz, dem Dönerbudenbetreiber mit dem unstillbaren Heimweh nach der Schwarzmeerküste. Hier war er Stammkunde, seit Osman Yildirim, der ehemalige Wirt seines Vertrauens, in einem Anfall verzweifelten Liebeskummers mit seinem Döner-Spieß Harakiri begangen hatte. Auch Knut Finke pflegte hier gelegentlich seinen Mittagsimbiss einzunehmen, doch im Gegensatz zu ihm ging Finke nicht zum Türken, sondern zum „Wirt mit Migrationshintergrund".

Heute war der Gastraum jedoch lehrerfrei. Nur ein paar Jugendliche saßen an einem Tisch und falafelten wortlos ihr Gericht in sich hinein, den Blick jeweils starr auf das Display des Smartphones neben dem Teller gerichtet, und ganz hinten in der

Ecke hockten versteinert zwei Männer - ihrem Habitus nach zu urteilen Landsleute von Ömer - vor ihrem halb ausgetrunkenen Teeglas. Aus den Boxen dudelte türkische Schlagermusik und versetzte Wagner in Gedanken in einen Bus, welcher im kargen Hochland von Anatolien eine Staubfahne hinter sich herzog. Im Inneren saß der junge Uli Wagner, das Wetter gegerbte Gesicht hinter einem noch nicht ergrauten Vollbart verborgen, den unbekannten Bergen des wilden Kurdistans entgegen reisend. Hirten in Pumphose und breiter Schärpe säumten den Straßenrand und in der Ferne zeichnete sich das wild zerklüftete Grenzgebirge im Dreiländereck zwischen Iran und Irak ab. Die dort verbrachten Tage und Nächte mit kurdischen Rebellen, die Begegnung mit dem Bären und der Sturz in den reißenden Bach gerieten wieder in sein Bewusstsein, als ob es gestern und nicht vor einem Vierteljahrhundert gewesen wäre. Gletschermilch, eisige Kälte und das Schrammen über den Bachgrund, dann der beherzte Griff des Eselstreibers; hinterher der heiße Tee am Feuer, über ihnen der prachtvolle Sternenhimmel, der über seiner lichtverschmutzten Heimatstadt nur blass zu erahnen war. Das Gefühl, dieses eine Leben ganz intensiv zu spüren, das allmählich abklang und in eine stille Wehmut überging - wie vergänglich dies alles doch war.

Ömer schabte noch etwas Lamm vom Drehspieß und lächelte schief, als Wagner die Zwiebelringe verweigerte.

„Hast wohl noch was vor!", raunte Ömer mit Verschwörermiene und Wagner grinste männerbündisch zurück, wohl wissend, dass er auch heute ohne Tanja Buhl unter seine Daunen würde kriechen müssen. Diese hatte ihn den ganzen Morgen über keines Blickes gewürdigt, obwohl er sich sehr angestrengt hatte, um sich ihr optisch aufzudrängen. Er nahm sich vor, die Ära des sanften Werbens abzuschließen und künftig die Brechstange einzusetzen. Vielleicht sollte er sich mit seinen Nöten doch einmal Ömer anvertrauen, dem nachgesagt wurde, dass er bei seinen erotischen Eroberungsfeldzügen noch nie die weiße Fahne hissen musste. Dieser robuste Anatole, der Frauenemanzipation nur aus den befremdlichen Schilderungen seiner deutschen Gäste kannte, war in seinem bisherigen Leben noch nie dazu genötigt worden, seine Rolle als Mann kritisch zu hinterfragen. Entsprechend unbefangen und erfolgreich ging er bei den Damen vor, was auch daher rührte, dass Ömer in einer der örtlichen Schwitzbuden ein gern gesehener Dauergast war und dort im Lauf der Jahre beachtliche Muskelberge aufgebaut hatte, von denen Wagner, welcher eher einem verhärmten sehnigen Asketen glich, nur träumen konnte. Man munkelte hinter vorgehaltener Hand, dass auch schon manche von seinen Kolleginnen in den starken Armen dieses athletischen Kleinasiaten jene Erfüllung gefunden hatten, welche ihnen im Unterricht versagt geblieben war.

An manchen Tagen wie dem heutigen pflegte Wagner nach dem Mittagessen noch durch die Altstadt zu bummeln, um im *Shiva* einen Kaffee einzunehmen. Mit Monika Strauß, der Besitzerin dieses Cafés, welches unter der intellektuellen Schickeria Kultstatus genoss, verkehrte er auf freundschaftlichem Fuß, zumal diese mit ihm vor vielen Jahren studiert hatte. Bei einer gemeinsamen Paris-Reise war man sich damals sogar sehr nahegekommen. Im Quartier Latin gab es da abseits der Touristenströme verschwiegene Gassen, wo die Stadtverwaltung mit der Straßenbeleuchtung geizte, was Wagner geistesgegenwärtig ausnutzte, um seine Silhouette mit der, welche ihm damals so viel bedeutete, zu verschmelzen. Er erinnerte sich noch lebhaft an das italienische Lokal, wo aus sämtlichen Boxen ein Sänger in flehentlichen Tönen nach *amore* schmachtete, was auch seine damalige Begleiterin in eine gesteigerte erotische Bereitschaft versetzte. Allerdings hatte sie sich bald darauf nicht nur gegen den Schuldienst, sondern auch gegen ihn entschieden, um sich stattdessen in das risikoreiche Leben der freien Wirtschaft zu stürzen. Seitdem räumte sie regelmäßig Gastronomiepreise für ihr nachhaltig-innovatives Konzept ab und erzielte, nachdem sie das Titelbild eines bekannten Lifestyle-Magazins geziert hatte, sogar bundesweite Aufmerksamkeit. Trotz dieser Erfolge blieb sich Monika Strauß stets ihrer kleinbürgerlichen Herkunft bewusst und schien sich sogar in letzter Zeit wieder herzlicher ihrem Freund aus längst verflossenen Studientagen anzunähern.

Wagner nahm an, dass ihr sein behäbig-spießiger Beamtenstatus als wirksame Folie für ihren kometenhaften Erfolg diente. Im Beruf setzte er tatsächlich auf das Berufsbeamtentum mit lebenslanger Arbeitsplatzgarantie, während er in seiner Freizeit das Risiko suchte, und bei der Erfolgsgastronomin verhielt es sich eben umgekehrt. Sie pushte hin und wieder ihren Adrenalinpegel durch hochriskante Finanzgeschäfte, während sie in ihrer Freizeit Wellnesshotels im deutschsprachigen Raum bevorzugte und jene Schurkenstaaten peinlichst mied, zu denen Wagner anscheinend magisch hingezogen wurde. Während er sich im wild zerklüfteten Eisbruch heimisch fühlte, konnte Monika Strauß nach eigenem Bekunden Eis nur mit reichlich Sahne ertragen.

Ein Markenzeichen des Cafés waren die zahlreichen extravaganten und durchgängig unbequemen Sitzmöbel. Wagner fühlte auf ihren schrägen oder simsartigen Flächen die vertraute

Verwandtschaft zu seinen entbehrungsreichen Biwakplätzen in den großen Alpenwänden. Gäste mit mehr Bedürfnis nach Sitzkomfort hatten schon kurz nach der Eröffnung des Cafés die Schaufensterauslage als einzig mögliche Fläche entdeckt, wo man seine Gliedmaßen entspannt ausstrecken konnte, wodurch auch der Schaufensterbummel viele Passanten zum *Shiva* zog. Wem die Preise dieses Etablissements zu hoch erschienen, fand ein gewisses Vergnügen darin, außen am Lokal vorbei zu flanieren und die in der Auslage sitzenden Menschen ungeniert zu betrachten.

Zu seinem Leidwesen entdeckte Wagner an einem Tischchen vor dem Eingang seinen Kollegen Kai Kaltenbach, der seinen leichenblassen Teint ungeschützt der grellen Mittagssonne aussetzte. Als Künstler fühlte Kaltenbach sich dazu bemüßigt, sich in existenzialistisches Schwarz zu kleiden und grundsätzlich seinen Dreitagebart zur Schau zu stellen. Vermutlich wollte er dadurch zeigen, wie sehr er wieder nächtelang in Abgründe geschaut und der Kunst ihre letzten Geheimnisse abgerungen hatte. Wagner weidete sich an der Vorstellung, diesen Künstler einmal in eine Wand zu führen und ihn dort am Seil hängend in Todesangst wimmern zu hören. Vermutlich müsste Kaltenbach hinterher Dutzende von Granitquadern behauen, um die traumatische Erfahrung wieder abzuarbeiten.

Noch vor wenigen Jahren hatte sich Wagner dazu überreden lassen, Kaltenbachs dilettantische Skulpturen auf einer Vernissage hymnisch als bahnbrechend zu würdigen. Eine Kollegin schwärmte hinterher, erst Wagner habe ihr die Augen für Kaltenbachs Kunst geöffnet. Zuvor habe sie dessen Skulpturen aus Blech und Alteisen verständnislos gegenüber gestanden.

Wagner war sich von Anfang an sicher gewesen, dass es da überhaupt nichts zu verstehen gab. Nur Kaltenbach zuliebe hatte er sich entschlossen, der Öffentlichkeit zu verschweigen, dass sein Auto nach einem Frontalzusammenstoß mit einer Mauer vieldeutiger ausgeschaut hatte, als das, was Kaltenbach da in seinem Hinterhof zusammenhämmerte und -schweißte. Kaltenbach sei ein radikaler Neuerer, ein Visionär, welcher aus Versatzstücken der konsumgierigen Wohlstandsgesellschaft den Zerrspiegel vor die entstellte Fratze halte, hatte er damals seine überschwängliche Laudatio beendet. Wenig später allerdings war er in eine feuchtfröhliche Runde geplatzt, wo Kaltenbach gerade eine Lachsalve mit der Bemerkung auslöste, im Gegensatz zu Wagner müsse er nicht extra ins Berner Oberland, um eine Jungfrau zu besteigen. Dass seine Kolleginnen am schrillsten gelacht hatten, würde Wagner diesem aufgeblasenen Möchtegern-Bohème nie verzeihen.

Seine vermutlich wieder vom nächtlichen Suff geröteten Augen verbarg Kaltenbach hinter einer Sonnenbrille und demonstrativ weltentrückt rührte er in seinem Latte Macchiato. Überhaupt Kai Kaltenbach: Wer immer glaubte, nur Frauen seien launisch, der kannte nicht diese wetterwendische Diva. Dass Kunsterzieher Sensibelchen waren, galt allen als zwangsläufige Begleiterscheinung des Faches Kunst. Kai Kaltenbach jedoch wandelte durch das Lehrerzimmer wie eine Stange Dynamit, deren Lunte jederzeit zum Lodern bereit war. Ein tödliches Beleidigtsein konnte schon erfolgen, wenn Kai Kaltenbach vor der ersten Stunde das Lehrerzimmer betrat und nicht jedermann mitten im Satz das Gespräch abbrach, um diesen Kollegen euphorisch zu begrüßen. Im Grunde genommen erwartete dieser Künstler bei seinem Auftritt ungeteilte Aufmerksamkeit und strafte jeden mit

Verachtung, der ihm die vorauseilende Lobeshymne verweigerte.

Nachdem Wagner an der Theke seinen Kaffee bestellt und entgegengenommen hatte, steuerte er einen kleinen Holzklotz mit schiefer Sitzfläche an, da alle anderen Plätze schon belegt waren. Zerstreut rührte er den Zucker ein, als er unvermittelt von seiner Tischnachbarin mit seinem Namen angesprochen wurde. Erst jetzt erkannte er Lisa Behrens, die äußerst attraktive Mutter einer Schülerin aus seinem Neigungsfach Französisch, die in einem Kleid, welches mehr preisgab als verhüllte, vor ihrem Cappuccino saß. Instinktiv spähte er nach draußen und stellte beruhigt fest, dass Kaltenbach im Aufbruch begriffen war und offensichtlich keine Witterung von der Dame neben ihm aufgenommen hatte. Bisher hatte er noch keinen Gedanken an Lisa Behrens verschwendet, fiel sie doch in seiner Denkwelt unter die Rubrik *verheiratete Mutter*, was sie für ihn in den Rang einer Geschlechtslosen emporhob, an die man keinerlei Gedanken an ein noch so kleines Abenteuer verschwendete. Doch jetzt erinnerte er sich schlagartig eines Klatsches im Lehrerzimmer, wo von Lisa Behrens' Mann die Rede gewesen war. Der stand im Ruf, eine äußerst erfolgreiche Anwaltskanzlei zu betreiben, mit Vorzimmerdamen, welche das Herz jedes männlichen Klienten höherschlagen ließen. Mit einer dieser langbeinigen Schönheiten war Behrens kürzlich in eine Penthouse-Wohnung, ausgestattet mit Whirlpool sowie See- und Alpenblick, gezogen und hatte seine schöne Lisa samt Töchterchen in der herrschaftlichen Villa mit einer üppigen Apanage zurückgelassen. Hier schien jemand des männlichen Trostes nicht abgeneigt zu sein. Fand er hier unverhofft eine offene Tür, während er bei Tanja Buhl gegen eine Wand anrannte?

Lisa Behrens raspelte stapelweise Süßholz und rühmte seine vermeintlich überragenden pädagogischen Fähigkeiten:

„Meine Tochter ist des Lobes übervoll und jetzt, da Sie leibhaftig vor mir sitzen, kann ich meine Tochter nur allzu gut verstehen. Sie hat mir auch erzählt, welchen Gefahren Sie sich in den Bergen aussetzen. Ich bewundere Männer wie Sie, welche ihr Leben für eine kühne Idee aufs Spiel setzen."

Wagner überlegte, ob er ihr mit einem Baudelaire-Vers ein zartes Kompliment machen oder brachial François Villon zum Besten gebe sollte: *Ich bin so wild nach deinem Erdbeermund, ich schrie mir schon die Lungen wund nach deinem weißen Leib, du Weib!* Das war vielleicht am frühen Nachmittag zwischen Lehrer und Mutter doch etwas deplatziert, auch wenn sich Wagner notfalls hinter dem lyrischen Ich verschanzen konnte, und er gab daher Baudelaire den Vorzug: *„Ich trag nach Schutz und Hütte nicht Verlangen! Lawine komm, im Sturz mich zu umfangen!"*

Damit signalisierte er, dass es ihm auf die Frau ankam und nicht um die Villa mit Seeblick ging, und diese Zeilen, welche elegant das plumpe Du ausklammerten, über den Cappuccino hinweg zu den dunklen Rehaugen bedeutungsschwer gesprochen, röteten den dunklen Teint ihm gegenüber.

„Schon lange habe ich mich nicht mehr von einem Mann so intensiv wahrgenommen gefühlt. Mein Gatte, dieser Schuft, hat mich wie ein Möbelstück behandelt und seit Jahren keinen Zugang mehr zu meinen Gefühlen gesucht. Alles, aber auch wirklich alles habe ich ihm geopfert, meine Karriere als Juristin – *summa cum laude!* – meine Malerei. Dieser Egomane hat neben sich keine weitere Lebensäußerung ertragen. Dann hat er mich eiskalt mit fünfundvierzig ausgemustert, weil ich diesem zwanghaft Ewigjungseinwollenden wohl zu sehr in die Jahre gekommen war.

Vermutlich befremdet es Sie, wenn ich mein Inneres nach außen kehre. Ich wundere mich selbst über mich. Sie sind der erste, dem ich mich so rückhaltlos öffne. Hoffentlich stehle ich Ihnen nicht Ihre kostbare Zeit. Sicher ertrinken Sie in Korrekturen, die Unterrichtsvorbereitung raubt Ihnen nun den Nachtschlaf, an Ihre notwendige Erholung von den Strapazen des Schulvormittags wage ich gar nicht zu denken."

Wagner beteuerte, dass ihm für sie kein Opfer zu hoch sei. Zwar schaffe er es wegen dieses auch ihn aufwühlenden Nachmittags sicher nicht mehr, bis zum Schuljahresende mit dem vollständigen Lehrplan durchzukommen, aber diesen Preis wolle er gern bezahlen, wenn er dafür ihre nähere Bekanntschaft gemacht habe. Er schlug ihr unverblümt vor, am kommenden Sonntag einen kleinen Ausflug in die Berge zu unternehmen. Er kenne da ein paar verschwiegene Almmatten, mühelos in einer kleinen Bummelei zu erreichen, wo man dann inmitten von Enzian und Murmeltier picknicken könne, während der Steinadler hoch über einem schwebe und seine Fittiche schützend ausbreite.

„Können wir diesen Ausflug nicht vorverlegen? Bis zum Sonntag zu warten, übersteigt vermutlich meine Kräfte!", hauchte die schöne Lisa dem verblüfften Oberstudienrat zu. Der besann sich rasch eines zeitigeren Termins und schlug vor, schon jetzt am Donnerstag, wo er ausnahmsweise schon ab der großen Pause unterrichtsfrei hatte, mit ihr in die Berge zu fahren.

„Das reicht immer noch für das Picknick auf der Wiese, und außerdem brauche ich in der Gesellschaft einer solch bezaubernden Frau die hereinbrechende Nacht nicht zu fürchten."

Mit einem bewegten Händedruck und einem dahin gehauchten „Danke vielmals, ich werde die langsam dahin kriechenden Stunden bis zum Donnerstag zählen!", entschwebte Lisa Behrens wie eine jener luftigen Märchenfeen, an deren Existenz er in seinen Kindertagen im Schwarzwald noch ganz fest geglaubt hatte.

Wagner war wie betäubt von dieser wunderbaren Frau; ihr schweres Parfüm lag noch in der Luft, als sie schon längst seinem Blick entschwunden war. Endlich einmal eine Frau, welche instinktiv spürte, dass von einem Draufgänger wie ihm Gefahr ausging, im Gegensatz zu all ihren bisherigen Schattenparkern, Schuhgeschäftbegleitern und Spülmaschinenausräumern. Erst allmählich gelang es ihm, seine Gedanken zu ordnen und seine Aufmerksamkeit wieder den Niederungen des Alltags zu widmen. So viel stand fest, er würde heute Nachmittag seinen Unterricht nicht vorbereiten und den nächsten Schultag mit spontanen Eingebungen bestreiten. Er liebte ohnehin dieses prickelnde Gefühl, langsam durch den Flur auf das Klassenzimmer zuzuschreiten und sich dabei fieberhaft zu überlegen, wie er die nächste Stunde gestalten sollte. *Schwellenpädagogik* hatte Kammerer einmal scherzhaft diesen Zustand bezeichnet, wenn einem erst an der Klassenzimmertür der rettende Einfall für die folgende Stunde in den Sinn kam.

Er beschloss, Zumstein zu einem längeren Waldlauf zu überreden und mit ihm durch die grünen Lichtdome zu traben. Besonders wenn er aus den wüstenhaften Hochgebirgen Asiens wieder heimkehrte, pflegte er wie ein Verdurstender in diese Schatten spendenden heimischen Mischwälder einzutauchen. Auf dem Nachhauseweg kaufte er noch in einem Kaufhaus eine schnell trocknende Picknickdecke, schlüpfte eine halbe Stunde später in seine Laufklamotten und trabte mit Zumstein zwei Stunden lang durch den Wald, dessen Laub sich schon herbstlich verfärbt hatte. Wagner musste unwillkürlich an Altweibersommer denken. Nein, ein altes Weib war Lisa Behrens beileibe nicht, eher eine Frau im besten Alter. Schon nach wenigen Minuten schüttete sein Körper massenhaft Endorphine aus. Sie erzeugten in ihm die Bilder, die er jetzt brauchte, Bilder einer völlig enthemmten Lisa Behrens, welche ihm *summa cum laude* die Nacht versüßte. Zumstein musste ihn immer wieder hechelnd bitten, das mörderische Tempo zu drosseln. Das gelang ihm auch immer wieder für eine Weile, bevor er wieder von seinen ausschweifenden Phantasien zu einer rascheren Schrittfolge getrieben wurde.

Nach Tagen wie diesem tauschte Wagner sein entbehrungsreiches Hängebiwak an der Hauswand gegen sein bequemes Federbett. Dort schlummerte er sanft ein, wälzte sich lustvoll in duftenden Blumenwiesen, ein sprudelndes Bächlein labte ihn mit kühlem Nass und herzallerliebst anzuschauende Quellnymphen mit den edlen Gesichtszügen von Lisa Behrens liebkosten den schlafenden Helden.

Florian Wessenberg, der radikale Neuerer

Was dieser heute baut,
reißt jener morgen ein.

Andreas Gryphius, Es ist alles eitel

Am nächsten Morgen gestaltete sich Wagners Unterrichts-vormittag überschaubar: In seiner Doppelstunde in seinem Neigungskurs Geschichte ging es darum, den Islamismus am Beispiel von Pakistan zu erörtern, was für ihn als intimen Kenner der Landesgeschichte auf ein Heimspiel hinauslief. Außerdem hielt in einer der beiden Stunden ein Schüler ein zum Thema passendes Referat. Er sollte der Frage nachgehen, ob die fehlenden Entfaltungsmöglichkeiten in Biergärten bei manchen jungen Männern Pakistans den Gebrauch von Sprengstoff-gürteln begünstigten.

Die folgende Doppelstunde hatte er eigentlich fest eingeplant, um den restlichen Unterrichtstag vorzubereiten. Doch ein zufälliger Blick auf den Vertretungsplan belehrte ihn eines Besseren: Florian Wessenberg fehlte, Wagner musste ihn vertreten, und das in einer quirligen und renitenten Mittelstufen-klasse. An ruhiges Arbeiten war hier gar nicht zu denken. Wo sich dieser Kollege bloß herumtrieb, wo man ihm doch nachsagte, sogar in der Schule zu übernachten?

Alle altgedienten Kollegen hassten ihn, den Apologeten des Fortschritts, den Feind des pädagogischen Stillstandes: Wessen-berg, den jungen Kollegen, bei dem nicht wenige seiner Schüler-innen ab der Mittelstufe in hysterische Verzückung gerieten.

Hochgewachsen und von schlanker Statur, die langen braunen Haare sorgfältig zu einem Pferdeschwanz gebändigt, glatte, fast feminine Gesichtszüge und stets extravagant modisch gekleidet, hätte dieser umtriebige Kollege durchaus Chancen, bei einer Casting-Show bis ins Finale vorzustoßen. Nach jeder Stunde fütterte Wessenberg öffentlich im Lehrerzimmer mit seinem differenziert ausformulierten Stundenentwurf den Reißwolf, weil er auf diese Weise den Schulalltagstrott aus seiner Lehrerbiografie fernzuhalten suchte.

Florian Wessenberg lächelte spöttisch-nachsichtig, wenn er einen altgedienten Kollegen mit seinem zerlesenen und mit Randbemerkungen aus Jahrzehnten vollgesudelten Reclam-Heftchen in den Unterricht schleichen sah. Er selbst pflegte seine verbleibende Pause damit zu verbringen, von ihm selbst entworfene Fragebögen auszufüllen, um mit sich selbstkritisch ins Gericht zu gehen und seine vorausgegangene Unterrichtsstunde gnadenlos zu zerpflücken. Einen reinigenden Akt nannte er diese Prozedur der Selbstzerfleischung. Je rücksichtsloser er ihn gegen sich selbst durchführe, desto Erfolg versprechender sei die Aussicht, dass ihm in ferner Zukunft endlich einmal eine Stunde gelinge, orakelte er. Das hämische Grinsen seiner graumelierten Kollegen wertete er als sicheren Beleg dafür, dass er den richtigen Weg gewählt hatte. Für Kollegen wie Wagner oder auch Grundmann, welche die Selbstevaluation mit einem Klopfen auf die eigene Schulter und dem selbstgerecht gefällten Urteil *Mann, war ich wieder einmal spitze!* zu erledigen pflegten, hatte er nur blanke Verachtung übrig. Solche Lehrkräfte sollten eigentlich abgeordnet werden, das Flachdach der Turnhalle zu begrünen, um im Unterrichtsgeschehen Leuten vom Schlage Wessenbergs endgültig das Feld zu räumen.

Die alte Pädagogenriege hatte er endgültig gegen sich aufgebracht, als er im Klassenbuch seiner Klasse eine Spalte eingerichtet hatte, in der die Schüler ihren Lehrern einen Eintrag verpassen durften. Florian Wessenberg hatte auf diese Weise schon zweimal am Nachmittag einen Arrest angetreten, zu dem ihn eine Schülerin verdonnert hatte, weil er zu spät in den Unterricht gekommen war. Lehrern vom Schlage eines Kammerer oder Wagner war dies überhaupt nicht nachvollziehbar: *Zu spät ist, wer nach mir das Klassenzimmer betritt!* lautete deren ehernes Gesetz. Außerdem pflegte Wessenberg in seinen Klassen detaillierte Klassenverträge auszuarbeiten, in denen beispielsweise festgelegt war, dass man sich nicht beschimpfen oder verprügeln durfte, also alles, was zumindest den Jungen Spaß machte, und man stattdessen dem Unterrichtsgeschehen aufmerksam zu folgen hatte. Im Gegenzug verpflichtete sich die Lehrkraft dazu, sich unentwegt um einen lebendigen Unterricht zu bemühen, um die anspruchsvolle Schülerschaft bei Laune zu halten. Wenn in einer Stunde mehrmals ein genervtes „Laaangweilig!" ertönte, dann wurde dies als schwerer Verstoß gegen den Klassenvertrag gewertet und konnte in den Folgestunden günstigstenfalls durch Schokoküsse für alle, im Normalfall aber durch ausgedehnte Bußübungen vor der Klasse wieder wettgemacht werden. Wagner war selbst einmal unfreiwilliger Augenzeuge solch einer öffentlichen Buße geworden, als er in Wessenbergs Klassenzimmer platzte, wo dieser gerade die Tafel mit der schonungslosen Selbstanklage *Ich bin ein Versager!* füllte.

Am meisten wunderte sich Wagner jedoch darüber, dass Wessenberg noch Kreide benutzte. Bei ihm hätte er das am allerwenigsten erwartet. Einige von Wagners jungen

Kolleginnen und Kollegen hatten sich nämlich schon im letzten Schuljahr ärztlich bescheinigen lassen, dass in einem Klassenzimmer, in dem zuvor pädagogische Fossile wie Kammerer, Herwig oder Wagner unterrichtet hatten, die hohe Kreidestaubbelastung ihrer Gesundheit massiv schadete. In solch einem kontaminierten Raum war ihnen folglich erst wieder Unterricht zumutbar, nachdem das Klassenzimmer intensiv nass gereinigt worden war.

Während die jungen Kolleginnen an seinem Tisch lautstark jede Freistunde dazu nutzten, kaffeedurchtränkt ihre häuslichen Probleme zu erörtern – Ärger mit der Putzfrau, zu kurze Kindergartenöffnungszeiten, schon wieder eine ungerechte Vertretungsstunde und dann auch noch die erhöhten Gebühren für den Lehrerinnenparkplatz –, nutzte Wessenberg diese, um bei anderen Kollegen in deren Unterricht zu hospitieren. Menschen wie Wagner oder Barmer, welche nicht im Traum daran dachten, sich auch noch in ihren Freistunden im Unterricht ihrer Kollegen zu langweilen, attestierte Wessenberg eine fehlende Feedbackkultur.

Deutschaufsätze pflegte Wessenberg in der darauffolgenden Stunde den Schülern unkorrigiert zurückzugeben, damit diese nochmals die Gelegenheit hatten, ihr Werk sozusagen aus der Distanz einer überschlafenen Nacht heraus zu überarbeiten. Besonders bei Diktaten pflegte er auf diese Weise Traumergebnisse zu erzielen, was ihm den ungeteilten Beifall der Schüler- und Elternschaft sicherte und die pädagogischen Fossile im Kollegium noch mehr gegen ihn aufbrachte.
Wessenbergs *Schüler*innensprechstunden* hatten es sogar in ein richtungsweisendes politisch korrektes Pädagogikhandbuch

geschafft. Wichtigste Bestandteile waren dabei der öffentliche, von allen einsehbare Ort und eine Kollegin als anwesende Zeugin des Gesprächs.

Wagner dagegen suchte für solche Gespräche mit einer Schülerin, wenn sie sich denn überhaupt nicht vermeiden ließen, eine möglichst ruhige Ecke im Schulhaus aus, auch wenn er dadurch Gefahr lief, hinterher womöglich des versuchten sexuellen Übergriffs bezichtigt zu werden. Als weitaus größere Gefahr empfand er allerdings, dass es diese ruhigen Ecken im Schulhaus bald nicht mehr geben würde, weil die moderne Pädagogik mit ihren lärmenden Kleinarbeitsgruppen auch in die entferntesten und stillsten Winkel des Schulhauses vordrang.

Wessenberg hatte einmal vergeblich versucht, ihn von den Vorzügen dieser mobilen Gruppenarbeit zu überzeugen, indem er ihm die wichtigsten Spielregeln erläuterte. Als Erstes wurden in einem zeitaufwändigen Verfahren, etwa durch das Austeilen von Spielkarten, die Gruppen gebildet, also beispielsweise Herz-Bube zu Herz-Dame, Karo-Ass zu Kreuz-Ass und so weiter. Nach diesem mühseligen Gruppenfindungsprozess, welcher durch Vetorecht und neuerliches Mischen der Karten sich erheblich in die Länge ziehen konnte, wurden dann im nächsten Schritt die jeweiligen Rollen innerhalb der Gruppe ausgehandelt. Die Auswahl erfolgte in geheimer Abstimmung, wobei bei Stimmengleichheit dann das Los entscheiden musste. Besonders erstrebenswert war es offenbar, *Hüter der Zeit* zu werden. Dies ermächtigte dazu, sich aus der späteren Gruppenarbeit komplett herauszuhalten und sich stattdessen unentwegt mit dem Smartphone zu beschäftigen und in bestimmten Intervallen der Gruppe mahnend die verbleibende Zeit mitzuteilen.

Der *Materialbeschaffer* stand auch hoch im Kurs, lieferte einem doch dieses Amt den Vorwand, das Klassenzimmer oder gar die Schule auf unbestimmte Zeit zu verlassen, solange der *Hüter der Zeit* nicht einschritt. Kammerer hatte einmal in seiner Freistunde einen dieser *Materialbeschaffer* dabei ertappt, wie dieser an einer Imbissbude für seine Arbeitsgruppe fünf Döner geholt hatte. Der *Materialbeschaffer* sorgte außerdem dafür, dass Kopien sinnvoll verteilt und anschließend wieder in der richtigen Reihenfolge eingesammelt wurden.

Wessenberg hatte eigens wegen der Gruppenarbeit für die ganze Schule drei Dutzend Dezibelmesser anschaffen lassen. Damit konnten mindestens sieben Klassen gleichzeitig Gruppenarbeit betreiben und den jeweiligen *Lautstärkewächter* in der Gruppe mit diesem Gerät ausstatten. Wagner, der einmal bei seinem Gang zur Lehrertoilette in solch eine Arbeitsgruppe hineingeraten war, hatte sich von dem *Lautstärkewächter* den gerade herrschenden Lärmpegel melden lassen und zu Hause festgestellt, dass der gemessener Wert ziemlich genau einem in unmittelbarer Nähe landenden Verkehrsflugzeug entsprach.

Der *Gruppensprecher* (oder auch *Präsentierer* genannt) musste dann am Schluss im Plenum die Ergebnisse vortragen.

Wer bei der Wahl leer ausging oder die wenigsten Stimmen auf sich vereinigte, bekam die Rolle der *Arbeitsbiene* beziehungsweise des *Schreibers* zugewiesen und war somit der Einzige, der in der Folgezeit wirklich etwas leisten musste.

Manche Gruppen besetzten heimlich zusätzlich das Amt des *Spions*. Dieser hatte die Aufgabe, sich an sogenannte Strebergruppen heranzuschleichen, um diesen unbemerkt deren ausgearbeitete Resultate abzulauschen, und so die eigene *Arbeitsbiene* zu schonen. Dies war eigentlich verboten, weshalb manchmal Arbeitsgruppen auch mit einem *Regelwächter* ausgestattet waren. Dessen Hauptaufgabe bestand darin, diese Spionagetätigkeit zu unterbinden. Natürlich war dieser *Regelwächter* bei den anderen Gruppen nicht sonderlich beliebt. Einmal war Wagner in eine Klasse gekommen, wo auf dem Pult der Papierkorb stand und in ihm hoffnungslos eingeklemmt einer der kleinsten Schüler steckte. Offenbar hatte man ihn dort hineingesteckt, weil er sich als *Regelwächter* zu viele Feinde gemacht hatte.

Wessenberg mit seinen stets ostentativ dunkel geränderten Augen schien außerhalb der Schule keinen weiteren Lebensmittelpunkt zu besitzen. Man munkelte, dass ihm vier Stunden Schlaf reichen mussten, um seinen Unterricht wenigstens halbwegs so vorzubereiten, dass er seinen hohen Ansprüchen genügte, und dass seine letzte Freundin ihm entnervt den Laufpass gegeben hatte, nachdem es ihr im letzten Schuljahr nur wenige Male vergönnt war, in einer Freistunde ihre ersehnte Zweisamkeit mit Wessenberg auf einer Sprungmatte im Geräteraum der Sporthalle auszuleben.

Petra Gehring-Schüsselhard verehrte diesen jungen Kollegen geradezu abgöttisch und geriet in orgiastische Verzückung, wenn Wessenberg mal wieder in seinem karierten Schottenrock im Lehrerzimmer auftauchte. Endlich bekenne sich ein Mann zum Rock, nachdem die Frau schon vor Jahrzehnten die Hose erobert habe, jubilierte in solchen Momente die Beauftragte für Chancengleichheit und übersah dabei geflissentlich, dass der Schottenrock in erster Linie dazu diente, Wessenbergs Englischunterricht lebensnaher zu gestalten. So konnte es ebenfalls passieren, dass er zu Schillers *Taucher* mit Neoprenanzug und

Schwimmflossen über den Flur watschelte oder als Matrose mit Feuerlöscher unter dem Arm – Theodor Fontanes *John Maynard* – in seiner Klasse gegen den drohenden Schiffbruch der MS Schwalbe ankämpfte. Nur einmal, als er als hässlicher Käfer im Lehrer*innenzimmer ein entsetztes Kreischkonzert ausgelöst hatte – Franz Kafkas *Die Verwandlung* –, sah sich Dr. Burger genötigt, Wessenberg in sein Zimmer zu bitten und ihn dort väterlich nachsichtig zu ermahnen, das Prinzip des lebendigen Unterrichts nicht auf die Spitze zu treiben.

Wagner immerhin hegte gewisse Sympathien für diesen Kollegen, hatte Wessenberg ihn doch schon zu Schuljahresbeginn darum gebeten, Wagners Hofaufsicht übernehmen zu dürfen. Er hatte zuerst an einen Hinterhalt geglaubt, war dann aber von Wessenberg überzeugt worden, dass ihm die Aufsicht in der großen Pause eine Herzensangelegenheit sei. Bei diesem *pupil watching* – so nannte er die Pausenaufsichten – wäre er ganz nah bei seinen Schülern und könne durch das Erlauschen von Gesprächen noch tiefer in deren Seelenleben vordringen. Dies ermögliche ihm dann im Unterricht, seine Schüler noch punktgenauer dort abzuholen, wo sie stünden. Wagner hatte vom Fenster aus beobachtet, dass Wessenberg tatsächlich mit Leib und Seele in der Schülerschar aufging und sogar unter lautem Gejohle mit den Unterstufenschülern Fangen und Verstecken mitspielte. Der Mensch sei *nur da ganz Mensch, wo er spielt* – mit diesem Schiller-Zitat erteilte Wessenberg seinem kindisch anmutenden Treiben die höheren Weihen und brachte die zahlreichen Spötter im Kollegium zumindest in seiner Gegenwart zum Verstummen.

Florian Wessenberg meldete sich auch immer freiwillig, wenn es darum ging, bei außerunterrichtlichen Veranstaltungen wie der *Lesenacht* Aufsicht zu führen. Älteren Kollegen wie Wagner konnte dies nur recht sein, denn sie kämen niemals auf die Idee, sich freiwillig am Wochenende eine Nacht mit völlig übernächtigten und durchs Schulhaus tobenden Kindern um die Ohren zu schlagen und mit etwas Glück ein, zwei Stunden Schlaf auf der Krankenliege zu ergattern: „Wozu sind eigentlich Eltern erfunden worden?"

Von solchen Plattitüden ließ sich der pädagogische Eiferer nicht beeindrucken. Er jedenfalls ging manisch beglückt aus diesen Veranstaltungen hervor.

Am Abend pflegte er bei schwierigen Schülern Hausbesuche zu machen, um das familiäre Umfeld auszuloten und gegebenenfalls die an solchen Abenden gewonnenen Erkenntnisse pädagogisch geschickt umzusetzen. Seine Ferien pflegte dieser engagierte junge Kollege entweder mit der Nach- und Vorbereitung seines Unterrichts auszufüllen oder für Fortbildungen zu nutzen.

Besonders Wessenbergs Bienenfleiß, nicht jedoch dessen innovatives Schaffen, imponierte auch Hauke Boysen, der diesem unermüdlichen Arbeiter in der neuesten Ausgabe der vierteljährig erscheinenden Schulchronik einen eigenen Aufsatz widmete, in dem er die *niemals erlahmende Schaffenskraft dieses Titanen der Leistung* geradezu hymnisch würdigte.

Wagner nippte im Lehrerzimmer missmutig an seinem Kaffee, nachdem er seine beiden Vertretungsstunden hinter sich gebracht hatte. Die Mittelstufenklasse war nur schwer zu bändigen gewesen, sodass er wie ein Dompteur permanent für Ruhe sorgen musste und nicht dazu kam, seine nächste Geschichtsstunde vorzubereiten. Gott sei Dank kam ihm der rettende Gedanke, die mittelalterliche Lebensweise in der Stadt seinen Schülern mit einem historischen Spaziergang durch die Altstadt erlebbar zu machen. Lagerte nicht noch in seinem Schrank ein Klassensatz mit Kopien einer ausgearbeiteten Stadtrallye? Wagner jubelte. Während seine Schüler in Kleingruppen durch die Stadt irrten, konnte er in aller Ruhe seine Einkäufe tätigen und hinterher in einem Straßencafé ganz entspannt das Ende dieser handlungsorientierten Unterrichtseinheit abwarten: *Gefühlte Aufsicht* praktizierte er da und darüber hinaus lupenreine Montessori-Pädagogik: *Hilf mir, es allein zu tun!* Entzückt stellte er fest, wie sein pädagogisches Wirken sich ganz zaghaft dem seines jungen Kollegen Wessenberg annäherte.

Mit Lisa Behrens auf der Almwiese

„Mädchen", spricht er – „sag mir ob."
Und sie lächelt: „Ja, Herr Knopp!"

Wilhelm Busch

Endlich kam der Donnerstag, an dem Uli Wagner seinem Über-Ich eine Pause gönnen und stattdessen sein triebhaftes Es von der Leine lassen wollte. Es handelte sich hier schließlich um eine volljährige Mutter und nicht um eine seiner Schülerinnen, bei der seine lärmende Libido selbstredend zu schweigen hatte. Schon mit dem Schlussläuten stürmte er aus seiner Französischklasse hinunter auf die Straße vor dem Hauptportal der Schule. Dort wartete schon Lisa Behrens auf ihn und betont dynamisch schwang er sich auf ihren Beifahrersitz. Als Uli Wagner im offenen BMW-Cabrio nochmals seinen Blick nach oben wandte, konnte er gerade noch sehen, wie Tanja Buhl zu ihm herunter sah und sich dann rasch vom Fenster des Lehrerzimmers ins Innere zurückzog. Gab es womöglich doch Zeichen des heimlichen Begehrens, welche er in den letzten Monaten übersehen hatte? War sein Werben zu zaghaft gewesen? Hätte er etwa entschiedener um Tanja buhlen sollen? Als wolle sie all diese aufkeimenden Zweifel zerstreuen, spürte er Lisas bestimmten Händedruck auf seinem Schenkel, der Motor röhrte auf und Wagner wurde sanft in den Sitz aus weißem Unschuldslammfell gepresst. Über ihnen wölbte sich ein tiefblauer Himmel und, wenn er neben sich blickte, sah er einen atemberaubenden Körper, der sich erwartungsfroh unter einem luftigen Sommerkleidchen dehnte.

Dies alles verhieß ein Schäferstündchen, wie es sich Wagner seit dem Zusammentreffen mit Lisa Behrens im *Shiva* immer wieder in neuen Variationen ausgemalt hatte.

Seine Kolleginnen und Kollegen mussten jetzt noch mehrere Stunden in der Schule verbringen, während er hier ganz neue Formen des Elternsprechtages auslotete. Vielleicht würde dieses Treffen am Ende richtungsweisend sein und die Basis bilden für Empfehlungen des Kultusministeriums zum neuen konstruktiven Miteinander. Alle redeten vom *Eltern-Lehrer-Tandem*, während er es schon mit Leben erfüllte. Wenn er es auf diese unkonventionelle Weise schaffte, die Schulgemeinschaft zu stärken, würde sogar ein Florian Wessenberg wie ein unbedarfter ABC-Schütze im Regen stehen.

Als sie den Waldparkplatz erreichten, schnappte sich Wagner den Picknickkorb. Hand in Hand lustwandelten sie der Almwiese entgegen, die er für ihr zartes Liebesspiel auserkoren hatte. In weniger als einer halben Stunde waren sie dort angekommen. Schon bald wurde die Luft erfüllt von Lisa Behrens` Ausrufen des Entzückens, welche der vollkommenen Alpenidylle, der atemberaubenden Bergkulisse am Horizont und schließlich dem sich vor ihren Augen hastig entblätternden Körper ihres sehnigen Bergsteigers galten.

Als Letztes flog Ulis schwarzer Slip himmelwärts und verdunkelte für den Bruchteil einer Sekunde den gleißend blauen Himmel. Wagner wusste, dass seiner schwarzen Funktionsunterwäsche dauerhaft keine Frau widerstehen konnte. Schon oft hatte er mit ihr auf Alpenvereinshütten selbst in miefigsten Matratzenlagern eine knisternde erotische Spannung erzeugt.

Und siehe da: Ehe er sich versehen konnte, schleuderte Lisa ihr Sommerkleid ebenfalls in hohem Bogen von sich und ließ kurz darauf keck die Unterwäsche folgen. Uli Wagner spürte, wie ihm das Herz bis zum Halse schlug. Was er hier sah, übertraf an Schönheit die wohl geformtesten Schwarzwaldhügel seiner Heimat und somit auch seine kühnsten Träume. Rasch breitete er auf der Wiese die Picknickdecke und kurz danach Lisa sich darauf aus.

Gerade wollte er sich daran machen, Lisa Behrens` nackten Körper näher zu erkunden, als am anderen Ende der Wiese hinter dem Latschengestrüpp das klagende Blöken von Schafen ertönte. Dieses Blöken wurde immer vielstimmiger, heftige Bewegungen im Gestrüpp folgten und dann brach die ganze Schafherde auf die Almwiese herein, wobei diese Herde sich gleich als eine Gruppe herumkriechender junger Menschen entpuppte, die offenbar alle mit einer Augenbinde ausgestattet waren. Lisa und ihn konnten sie daher sicher noch nicht entdeckt haben. Obwohl alle eine Augenbinde trugen, erkannte Wagner sofort, dass es sich hier zweifellos um seine Schüler aus der 10b handeln musste. Siedend heiß fiel ihm ein, dass diese Klasse gerade ihre erlebnispädagogische Woche in den Bergen verbrachte. Deshalb musste er seinen Kollegen gestern im Unterricht vertreten und genau aus diesem Grund war ja seine Doppelstunde heute ausgefallen und hatte ihm ein frühes Unterrichtsende beschert. Nun fiel ihm auch ein, dass Wessenberg ihm kürzlich begeistert von dieser Wahrnehmungsübung in den Bergen erzählt hatte. Wieder einmal rächte es sich, dass Wagner seine Ohren auf Durchzug zu stellen pflegte, wenn ihm seine jungen Kollegen von ihren ausgefuchsten unterrichtlichen und außerunterrichtlichen Aktivitäten berichteten.

Soweit sich Wagner noch erinnern konnte, wurde bei dieser Wahrnehmungsübung den Teilnehmern beschrieben, dass sie eine Schafherde bildeten. Da die Schäferin die Schafe am Abend nicht zusammengetrieben hätte, wären die Schafe überall verstreut. Ein Unwetter bräche in der Nacht herein und der Schäfer müsse nun im Dunkeln die Herde in den sicheren Stall bringen. Da Schafe in der Dunkelheit völlig blind seien und diese auch keine menschliche Sprache verstünden, blieben dem Schäfer nur akustische Signale. Wer der Schäfer ist, wird anfangs noch nicht verraten, sondern von dem Spielleiter bestimmt, sobald alle die Augen verbunden haben. Der Schäfer muss dann die einzelnen Schafe mittels akustischen Zeichen (da Sprechen nicht erlaubt ist) in den Schafstall lotsen. Dieser Schafstall wurde zuvor mit Grasbüscheln oder Ästen gekennzeichnet.

Wagner stellte entsetzt fest, dass er seine Picknickdecke ausgerechnet mitten auf dieser als Schafstall markierten Fläche ausgebreitet hatte. Währenddessen kroch und wälzte sich die sich immer entfesselter gebärdende Horde unaufhaltsam den beiden entgegen. Lisa Behrens bedeckte verzweifelt mit ihrem eilig aufgelesenen Kleid ihre Blöße, während Wagner sich schon hastig seine knappe Funktionsunterwäsche übergestreift hatte. Wo war hier bloß der Schäfer, der diese außer Kontrolle geratene Herde bändigen konnte? Dieser Frage nachzugehen, blieb keine Zeit mehr, wenn man sich vor der tobenden und blökenden Schulklasse retten wollte. Hastig packte Wagner Lisa Behrens am Arm und zog sie gerade noch rechtzeitig zur Seite, bevor sie von irgendwelchen aus ihrer Rolle gefallenen Erlebnispädagogik-Schafen begrapscht werden konnte. Als sie davonrannten, wären sie um ein Haar über zwei vor ihnen im Gebüsch liegende Menschen gestolpert. Wagner konnte sie unzweifelhaft als Petra

Gehring-Schüsselhard und Florian Wessenberg identifizieren. Die beiden wälzten sich eng ineinander verkeilt am Boden und blökten sich gierig an. Wagner wollte gern dieses Naturschauspiel am Boden vor sich noch eine Weile auf seine Sinne wirken lassen, schließlich geschah es im Schulalltag nie, dass ihm die Beauftragte für Chancengleichheit zu Füßen lag. Aber dieses Mal war es Lisa Behrens, welche ihn am Arm fasste und ihn geradezu unwirsch dazu nötigte, rasch zum Parkplatz zu eilen.

Die Rückfahrt verlief in einvernehmlichem Schweigen. Wagner dachte über die Herkunft des Wortes *Schäferstündchen* nach, ohne jedoch zu einer befriedigenden Antwort zu gelangen. Er spürte, dass die erotische Bereitschaft seiner Begleiterin auf Null gesunken war. Mittlerweile war die Nacht hereingebrochen und Wagner, der zwischenzeitlich eingenickt war, stellte erstaunt fest, dass sie bei seiner Schule angekommen waren. Im Schulhaus brannte nirgendwo mehr Licht; offenbar waren auch die ausdauerndsten Workaholics zu ihrer Schlafstätte heimgekehrt. Im Dämmerlicht der Straßenlaterne entdeckte er schemenhaft eine Gestalt, die aufgeschreckt das Weite suchte. Wagner war sich ziemlich sicher, dass es sich hier um seinen pensionierten Kollegen Christian Bülow handelte, der mal wieder vor Sehnsucht vergehend um das Schulhaus strich und vermutlich vergeblich an der Schulhaustür leise wimmernd um Einlass begehrt hatte.

Und Wagner saß hier vor seiner Schule auf dem Beifahrersitz und neben ihm das Objekt seiner Begierde. Zu seiner Verblüffung beendete Lisa Behrens das allgemeine Schweigen und forderte ihn mit einem hintergründig-lasziven Lächeln dazu auf, hoch in das Lehrerzimmer zu gehen, sich dort nackt auf einen der Tische zu legen und dann mit dem Ausknipsen des Lichts ihr das Zeichen zu geben, dass er nun für sie bereit sei. Die Vorfälle auf der Almwiese hätten sie dazu angeregt, auch einmal ihre Tastsinne zu schärfen und im Dunkeln die letzten Geheimnisse seines Körpers zu erkunden.

„Du darfst dann alles mit mir anstellen!", hauchte sie ihm ins Ohr und legte damit gleichzeitig in Wagners Sicherungskasten den Hauptschalter um. „Ich werde allerdings erst dann kommen, wenn du schon nicht mehr mit mir rechnest", fügte sie noch lächelnd hinzu und krönte diese Aussage mit einem zärtlichen Biss in sein Ohrläppchen. Nach diesen rätselhaften Worten, gurrend in sein Ohr geraunt, stürmte Wagner, nunmehr nur noch mittels seines Kleinhirns gesteuert, hoch in sein Lehrerzimmer, schob mit zwei beherzten Griffen sämtliche Hefte, Kaffeetassen und sonstigen Büroutensilien vom Tisch, welche klirrend auf dem Boden landeten, riss sich seine Kleider vom Leibe, löschte das Neonlicht und legte sich dann erwartungsvoll auf dem Tisch. Um die Zeit, bis Lisa kam, zu überbrücken, zählte er Schäfchen. Eins nach dem anderen ließ er sie über das Latschengestrüpp auf die Wiese springen und stellte dabei belustigt fest, dass nach dem 26. Schaf auch Petra Gehring-Schüsselhard und Florian Wessenberg sich mit einem beherzten Sprung zu den friedlich Grasenden auf der Wiese gesellten.

Irgendwann musste er wohl eingeschlafen sein, denn plötzlich schreckte er hoch, als im Nebenraum Geräusche zu hören waren. Um Gottes Willen, nicht auszudenken, wenn man ihn hier splitternackt auf dem Tisch entdeckte! Er schaffte es gerade noch, sich hastig seine Unterwäsche überzustreifen, als die Tür aufging und Robert Grundmann mit dynamisch federndem Schritt das Lehrerzimmer betrat. Ausgerechnet Grundmann.

Was suchte denn der zu dieser nachtschlafenden Zeit in der Schule? Sonst gehörte doch Grundmann zu den Lehrkräften, die Minuten nach dem morgendlichen Läuten über die Hintertreppe in ihr Klassenzimmer eilten, um auf diese Weise Dr. Burger und dessen missbilligendem Blick am Hauptportal zu entgehen.

„Willst du mit dieser plumpen Methode Carola Blum anbaggern? Die hat gleich Frühaufsicht. Allerdings steht unsere Umweltschützerin nur auf Kerle in Öko-Tex-Standard-100-Unterhosen und nicht auf deine Synthetikwäsche!"

„Spinnst du jetzt ganz, wie kommst du denn darauf? Ich habe gerade meine frühe Klettertrainingseinheit an der Schulhausfassade hinter mir und will mich eigentlich nur noch in Ruhe umziehen. Was willst eigentlich du hier zu dieser Zeit? Hat dich etwa deine Claudia vor die Tür gesetzt?"

Angriff war die beste Verteidigung, dachte sich Wagner. Am besten den Stier bis aufs Blut reizen, um ihn von dem Scherbenhaufen aus Tassen, Heften und Büroutensilien abzulenken, welche am Boden zerstreut um ihn herum herumlagen. Vielleicht war ja Claudia wider Erwarten wirklich wieder zu Verstand gekommen und hatte erkannt, was für eine lächerliche Luftnummer Grundmann im Grunde genommen doch war. Eigentlich hätte er zu so früher Stunde nur Philipp Kreuzer, den Scheidungsinvaliden im Kollegium, erwartet. Der nächtigte manchmal auf dem Matratzenwagen in der Sporthalle, wenn gerade keiner seiner Freunde und Bekannten ihm Gastrecht gewähren konnte, und pflegte dann im Lehrerzimmer ausgiebig zu frühstücken und dabei die dort ausliegenden Tageszeitungen durchzublättern.

„Das hättest du wohl gern!", konterte Grundmann mit einem süffisanten Grinsen.

„Dir ist wohl entgangen, dass heute die Mathematikolympiade stattfindet."

Wagner erinnerte sich vage, dass es so einen Wettbewerb gab.

„Gestern Abend habe ich festgestellt, dass die Klausurunterlagen unvollständig sind, und jetzt kopiere ich die fehlenden Teile, bevor Kammerer kommt und den Kopierer blockiert."

„Dann will ich dich nicht weiter aufhalten. Nicht, dass du dich noch verzählst!"

Er traute nämlich Grundmann nicht zu, dass er intellektuell dazu in der Lage war, ein Gespräch zu führen und nebenher fehlerfrei zu kopieren. Der Mann war doch ein Fleisch gewordenes Fragezeichen: *Multiasking* statt *Multitasking*! Er sparte sich jedoch weitere spöttische Bemerkungen, denn vorerst hatte er genug damit zu tun, sich vollständig anzuziehen, bevor er sich in seiner Unterwäsche dem restlichen Kollegium präsentierte.

Wagner fand insgeheim, dass er sich noch recht gut aus der Affäre gezogen hatte und ihm so die schlimmste Demütigung durch seinen ärgsten Widersacher erspart geblieben war.

Die Gesamtlehrerkonferenz

Es klapperten die Klapperschlangen,
bis ihre Klappern schlapper klangen.

Deutscher Schüttelreim

Draußen lastete zäher Novembernebel über der Stadt und drinnen tagte seit einer Stunde die Gesamtlehrerkonferenz, kurz: GLK. Notorische Vielredner sehnten diesen Termin herbei, denn hier wurde ihnen endlich maximale Aufmerksamkeit zuteil und niemand konnte entkommen. Dabei kam es gar nicht so sehr darauf an, einen eigenen Gedanken zu formulieren; vielfach genügte es, das schon mehrfach Gesagte in eigene Worte zu fassen. Wagner ließ seine Blicke und Gedanken durchs Lehrerzimmer schweifen. An Wagners Tisch saßen Holger Herwig und Karlheinz Kammerer, mit denen er schon mindestens zwei Jahrzehnte im Lehrerzimmer verbracht hatte.

Herwig, der Ältere von beiden, hatte schon mit mancher Mutter seiner jetzigen Schüler Berlinfahrten unternommen – die ersten Male noch mit Mauerschau und Fahrt im Transitzug; die langen Nächte ohne Sperrstunde; man war schon damals kein Kind von Traurigkeit.

Kammerer trug stets Anzug und Krawatte, um dem Schüler die Vorstellung auszutreiben, bei der Schule handle es sich um eine beliebige Spaßveranstaltung. Seine Schuhe glänzten stets akkurat geputzt, immerhin seien sie die Visitenkarte des gut gekleideten Kulturträgers. „Karlheinz Kammerer, konsequent konservativ", so pflegte er sich gern vorzustellen.

Für Finkes Schlabberpullis, ausgebeulte Cordjeans und Birkenstocksandalen hatte er nur hämischen Spott übrig, vor allem dessen Schuhwerk – „Apostelbereifung" – gemahne ihn an die Überbleibsel der Hippiebewegung. Überhaupt Knut Finke, die linke Socke. Dem bereitete es sichtlich großes Vergnügen, im örtlichen Strandbad der freien Körperkultur zu huldigen und seinen jämmerlichen Schniedelwutz öffentlich zur Schau zu stellen. Kammerer kannte Schülerinnen, welche lieber einige Kilometer in ein Vorortbad radelten, nur um eine zweite peinliche Begegnung mit ihrem splitternackten Lehrer zu vermeiden. Für Kammerer war FKK ein Auslaufmodell, was ihm auch seine sonntäglichen Spaziergänge auf der Seepromenade bestätigten: Offenbar musste man über 60 sein, um ein Vergnügen daran zu finden, dort dem vorbei promenierenden Publikum seinen schlaffen Körper hüllenlos zu präsentieren. Selbst beim letzten Wandertag war er im Sakko erschienen.

„Wer sich seinen Schülern im Habitus anbiedert, macht sich nur zum Kasper", lautete sein Credo. Carsten Klaasen, einer seiner Musterschüler, hatte ihm kürzlich erst mit Verschwörermiene zugetragen, dass er eine junge Kollegin im Freibad mit Piercings und Tätowierungen am ganzen Körper angetroffen habe.

„Sich freiwillig von einem Nadler irgendwelche dubiose Substanzen unter die Haut impfen lassen und hinterher im Bioladen einkaufen gehen!", schnaubte Kammerer. Dann ereiferte er sich stundenlang über tätowierte Menschen, die sich verzweifelt „irgendeinen Lebenssinn unter die Haut stechen" ließen und denen „kollektiv der Sinn für Ästhetik in die Hose gerutscht" sei. Manche hätten in absehbarer Zeit gar keinen Platz mehr frei auf ihrem Körper. Das werde vermutlich bald ein lukratives Geschäftsmodell, Tätowierungen gegen Bezahlung auf fremde

Körper auszulagern – *Wir halten für Sie unseren Arsch hin!* – und für die Eigentümer dann bei besonderen Anlässen wie Geburtstagen in feuchtfröhlicher Runde die Hose runterzulassen. Jedem im Kollegium war klar, dass man bei Kammerer dieses Thema nicht anschneiden durfte. Sonst drohten endlose Tiraden, denen man nur schwer entfliehen konnte.

Immerhin hatte Kammerer bei einem renommierten Verlag einen pädagogischen Klassiker publiziert: *Gymnasium lichterloh – Eine Brandrede zur Rettung der Bildung.* Das Buch verkaufte sich schleppend, aber das seit immerhin zwei Jahrzehnten. Wagner wusste, dass Kammerer an einem weiteren richtungsweisenden Werk arbeitete, in der verzweifelten Hoffnung, das Ruder noch einmal herumreißen zu können und die traditionellen Unterrichtsmethoden wiederzubeleben. Den Titel *Frontal – Mit voller Kraft rückwärts!* hatte Kammerer sich schon einmal sichern lassen. Ein Kapitel, so hatte ihm Kammerer einmal verraten, sollte *Mit Krawatte gegen Krawalle* heißen. Dahinter stand die Überzeugung, dass sich durch korrekte Kleidung, welche eine sichtbare Distanz zu den Schülern schuf, eine Rebellion schon im Ansatz ersticken lasse. Als abschreckendes Gegenbeispiel wollte er Jannes Fahlbusch ins Feld führen. Der hatte vor zwei Schuljahren sein Referendariat an der Schule abgeleistet. Dass man sich an ihn immer noch lebhaft erinnern konnte, war nicht dessen überschaubarem pädagogischen Einsatz geschuldet, sondern seinem bemerkenswerten Auftreten mit Rastalocken bis zum Hintern und schwarzer Schwermetallerkluft.

„Der passt nach Wacken, aber nicht zu uns!", lautete Kammerers vernichtende Vorverurteilung, als dieser Kollege zum ersten Mal das Lehrerzimmer betrat.

Wagner wurde aus seinen weitschweifenden Überlegungen gerissen, als sein Blick auf die vor ihm liegende Tagesordnung fiel. Entsetzt stellte er fest, dass von der langen Liste erst zwei Punkte abgearbeitet worden waren: Bei der Gestaltung des letzten Schultages vor den Weihnachtsferien hatte man sich darauf verständigt, dass nach einer weihnachtlichen Abschlussstunde in den Klassen der Pfarrer Markus Friedlein wieder als Weihnachtsmann das Kollegium in seiner altbewährten Weise bescheren würde. Danach stand die Frage im Raum, welche Tageszeitung man für das Lehrerzimmer abonnieren wollte. Hier hatten sich Knut Finke (*TAZ*) und Holger Herwig (*FAZ*) ein erbittertes Wortgefecht geliefert. Selbst der dafür eigens ausgebildeten Streitschlichterin Petra Gehring-Schüsselhard gelang es nicht, die tief klaffenden ideologischen Gräben zuzuschütten. Die darauffolgende Abstimmung endete in einem Patt. Tanja Buhl erntete großen Beifall mit ihrem rettenden Vorschlag, in diesem Fall ganz auf eine Tageszeitung zu verzichten und stattdessen für die Zerstreuung in der Kaffeepause ein wöchentlich oder monatlich erscheinendes Magazin zu abonnieren. Ihr Antrag, man möge dann doch am besten die *Brigitte* anschaffen, wurde mit deutlicher Mehrheit angenommen.

Alle weiteren Tagesordnungspunkte befassten sich mit außerunterrichtlichen Aktivitäten. Als erstes ging es um die Frage, ob die Schule im kommenden Februar einen Wintersporttag durchführen sollte. Corinna Nolte hatte diesen Antrag gestellt. Von ihr wusste man, dass sie jedes ihrer vier Kinder auf die Skier stellte, noch bevor diese das Laufen erlernt hatten. Neben Pistenskilauf sollten auch Rodeln und Schneeschuhwandern angeboten werden. Wagner setzte vorsorglich schon einmal seine Expertenmiene auf, da das Ganze ja in den Bergen stattfinden sollte, in welchen er sozusagen die Oberhoheit besaß. Gleichzeitig spürte er, wie ihm gleich eisiger Gegenwind entgegenwehen würde. Sofort ließ sich nämlich Carola Blum mit hektisch rot-gefClecktem Gesicht auf die Rednerliste setzen. Diese Flecken bekam sie immer, wenn Naturzerstörung drohte. Vorsorglich hob Wagner ebenfalls seine Hand, um gleich im Anschluss die erforderlichen Gegenargumente zu liefern. Gleichzeitig ahnte er, dass diese Konferenz sich weit in die Abendstunden hineinziehen würde. Nur die Konferenzen der Fachschaft Sport pflegten an seiner Schule noch ausufernder zu verlaufen. Kammerer hatte bei dieser Gelegenheit gemutmaßt, dass es da um solche spannende Fragen gehe wie: Brauchen wir einen neuen Volleyball oder sollen wir noch einmal den alten aufpumpen?

Corinna Nolte skizzierte in einer offenkundig zuvor sorgfältig ausformulierten Rede ihren Antrag: „Uns allen steht ein beglückendes gemeinschaftsstiftendes Erlebnis im Schnee bevor, was nachweislich nachhaltig das Unterrichtsklima verbessern wird. Dies geht auch aus einschlägigen Studien der sportwissenschaftlichen Fakultät der hiesigen Universität hervor. Und wer hier gelernt hat, Stahlkante zu zeigen, der lässt sich auch später im Beruf nicht so leicht unterkriegen."
„Und was machen die, deren Eltern sich nicht die teure Skiausrüstung für diesen exklusiven Sport leisten können?"
Corinna Nolte blicke sich mit gequälter Miene um, wer diesen Giftpfeil auf sie abgeschossen hatte. Barbara von Waltershausen, die als Religionslehrerin jede gemarterte Kreatur in ihr Gebet mit einzuschließen pflegte, fühlte sich offenbar auch verpflichtet, eine Lanze für die Kinder aus sozial schwachen Elternhäusern zu brechen.

„Liebe Barbara, ich kann dich beruhigen. Niemand ist zum Ski-fahren verpflichtet. Luise – also Frau Karrenbacher-Dellbrink – hat dankenswerterweise angeboten, mit einer Gruppe phantasie-volle Skulpturen im Schnee herzustellen."

„Schneemänner bauen – dafür lassen wir wertvollen Unterricht ausfallen!"

„Herr Kollege Herwig, Sie sind nicht an der Reihe, bitte halten Sie sich an die Rednerliste!", fuhr Dr. Burger dem Zwischenrufer ungehalten in die Parade.

„Wenn an dieser Schule etwas gebaut wird, dann sicher kein Schneemann, sondern allerhöchstens eine Schneefrau!"

Als der Schulleiter die Beauftragte für Chancengleichheit eben-falls zum Schweigen bringen wollte, ließ diese ihre beiden Zeigefinger in die Höhe schnellen. Das war das unlängst be-schlossene Zeichen für Sexismus-Alarm und gewährte automa-tisch der Beauftragten für Chancengleichheit, allgemein nur BfC genannt, unbeschränktes Rederecht, ungeachtet der Rednerliste.

„An dieser Schule wird überhaupt nie mehr ein Schneemann gebaut werden. Und nie mehr wird ein Schneemann uns Frauen mit seiner phallischen Karotte im Gesicht frech provozieren. Wir werden stattdessen Schneemenschinnen modellieren mit sanften Rundungen, welche dann in der Frühlingssonne dahin-schmelzen werden, ohne Spuren in der Landschaft zu hinterlassen."

Die aufbrandende Unruhe übertönend bedankte sich Dr. Burger bei der BfC und erteilte Carola Blum das Wort. Wagner wusste, was nun folgen würde: Der völlig aus dem Lot geratene Wasser-haushalt durch die Schneekanonen; von lärmenden Skifahrern traumatisierte und daher fortpflanzungsunfähige Schnee-hühner; die trostlose Artenarmut auf den sommerlichen

Pistenwiesen. Blauer Enzian: Fehlanzeige. Den gebe es in Wintersportgebieten nur noch aus Schnapsflaschen. Von den stinkenden Autokolonnen in ehemals einsamen Alpentälern ganz zu schweigen.

„Woraus man unschwer erkennen kann: Ein Wintersporttag, das bedeutet nichts anderes als nachhaltige Zerstörung von Flora und Fauna. Diese Art von Nachhaltigkeit haben wir hoffentlich nicht gemeint, als wir diesen Wert im Leitbild der Schule verankert haben."

Wagner sackte kraftlos in sich zusammen und ließ sich mit einem Handzeichen von der Rednerliste streichen. Er spürte, dass er dieser fundamentalen Wutrede nichts Gleichwertiges entgegenzusetzen hatte.

Mit einem Kopfnicken wurde Hauke Boysen bedeutet, dass somit er an der Reihe sei. Jeder spürte, dass Boysen nun etwas Grundsätzliches zum Fortbestand des Gymnasiums äußern würde. Man sah förmlich neben ihm den Steinmetz lauern, um jedes seiner Worte in eine Gesetzestafel einzumeißeln. Er erhob sich und wartete, bis auch am hintersten Tisch die Nebentätigkeiten eingestellt wurden und sich im Lehrerzimmer eine gespannte Stille einstellte.

„Werte Frau Kollegin Nolte, was ich Sie schon immer einmal fragen wollte: Glauben Sie eigentlich noch an den Bildungsauftrag unseres Gymnasiums?"

Die Angesprochene stammelte, nachdem mehrere Schrecksekunden verstrichen waren, perplex ein „Ja, natürlich!"

Boysen ließ eine weihevolle Pause verstreichen, um durch die Stille im Raum die Spannung auf das nun Folgende zu steigern.

„Dann, werte Frau Kollegin Nolte, finde ich es umso erstaunlicher, dass Sie all Ihre Phantasie darauf verwenden, diesen Bildungsauftrag zu unterhöhlen. Oder können Sie mir erklären, welchen Erkenntniszuwachs ein Schüler verbuchen kann, nachdem er dumpfselig einen wertvollen Unterrichtstag mit dem Glattbohnern einer ohnehin schon glatt gebohnerten Skipiste vergeudet hat? Wollen wir hier eigentlich ohne Not Kai Semmerling die ersehnte Steilvorlage liefern und seine These eindrucksvoll untermauern, unser Gymnasium sei seit dessen ungewolltem Abgang auf tristes Mittelmaß geschrumpft?"

Kai Semmerling, der Chef der Lokalredaktion und vor vielen Jahren in der Mittelstufe an diesem Gymnasium gescheitert, hatte diese Schmach bis heute noch nicht verkraftet. Daher ließ er keine Gelegenheit aus, eine Breitseite auf das Gymnasium abzufeuern, das ihn einst – nach dessen Wahrnehmung aus reiner Willkür – verstoßen hatte.

Boysen schwieg erneut, um auch den geistig Langsameren zu ermöglichen, die ungeheure Tragweite seiner Worte zu ermessen. Die stickige Luft begünstigte zusätzlich das komatöse Schweigen, welches mittlerweile über dem Lehrzimmer lastete. Dann fuhr er fort: „Auch Thomas Manns Held Tonio Kröger äußert ja in seinen Stunden der Schwäche jene *verstohlene und zehrende Sehnsucht nach den Wonnen der Gewöhnlichkeit*. Dennoch widersteht er dieser Sehnsucht und gibt seine eigentliche Bestimmung als Künstler nicht preis. Genauso tapfer sollten wir allen verlockenden Zerstreuungen widerstehen, welche uns der eigentlichen Aufgabe entfremden. Wir sind hier, um junge Menschen zum Abitur zu führen, ihnen eine umfassende Bildung zu vermitteln und somit auch den Wertekanon unserer abendländischen Kultur.

Dies ist eine wahre Herkulesaufgabe. Bitte, werte Frau Kollegin Nolte, klären Sie uns alle auf, wie uns Ihr Herumtollen im Schnee dabei helfen kann!"

Mit versteinerter Miene hatte Corinna Nolte Boysens Ausführungen angehört und sehr schnell begriffen, dass sie nur noch durch betroffenes Schweigen der allgemeinen Vernichtung entgehen konnte.

Dr. Burger bedankte sich bei Hauke Boysen und regte an, nun über den Wintersporttag abzustimmen, da alles Wesentliche gesagt worden sei. Mit überwältigender Mehrheit wurde beschlossen, in diesem Schuljahr auf den Wintersporttag zu verzichten. Dieses Ergebnis überraschte alle, denn es widersprach vollkommen der bisherigen Linie, sich dem Zeitgeist freudig zu unterwerfen und jede Gelegenheit zu nutzen, regulären Unterricht zu vermeiden. Manche schienen jetzt erst aufzuwachen und zögernd zu begreifen, wofür sie gerade fatalerweise gestimmt hatten.

Wagners Blick auf die Uhr verriet ihm, dass diese GLK auf dem besten Weg war, als längste Konferenz aller Zeiten Schulgeschichte zu schreiben. Denn auch der nächste Tagesordnungspunkt enthielt reichlich Zündstoff: *Studienfahrten in Kursstufe 1 – künftig nur noch klimafreundlich innerhalb von Europa?*
Den Anstoß für diesen Tagesordnungspunkt lieferte eine offenbar turbulent verlaufene Elternbeiratssitzung, auf der die in alle Erdteile ausufernden Studienfahrten wegen der horrenden Kosten zum Teil heftig kritisiert wurden. Angeblich hatte die örtliche Sparkasse einen eigenen Kreditberater abgestellt, um finanziell klammen Eltern die Studienfahrt ihres Kindes zu ermöglichen.

Hauke Boysen hob schon wieder die Hand. Offensichtlich war heute sein Großkampftag, sozusagen die entscheidende Schlacht, um das Gymnasium in seiner herkömmlichen Form vor dem völligen Untergang zu retten. Unter dem Dutzend weiterer Wortmeldungen konnte Wagner auch Tanja Buhls gereckten Arm erkennen. Die räkelte sich zwei Tische weiter in ihrem knappen Kostüm. Ihr hoch gerutschter Rock trieb seine Herzfrequenz in bedrohliche Höhen und die sich über ihrem üppigen Busen spannende Bluse seine Augen schier aus ihren Höhlen. Schmerzlich vermisste er einmal mehr seine Gletscherbrille. Die würde es ihm ermöglichen, dieses Naturwunder ungeniert zu bestaunen, ohne dass sein voyeuristisches Gebaren von den anderen bemerkt wurde. Barmer neben ihm schien in dieselbe Richtung zu starren, die dicken Brillengläser beschlugen und seine Hand griff nach der Packung mit den Beruhigungspillen. Unter dem Einfluss einiger Liter Bier hatte Barmer ihm einmal anvertraut, dass er an einem Schulvormittag je nach Bösartigkeit der Klasse eine halbe Schachtel davon brauche.

Nun war Tanja Buhl an der Reihe und Wagner musste sich höllisch konzentrieren, um sie im Fall von Widerworten aus dem Kollegium leidenschaftlich verteidigen zu können. Ihre Rede war kurz und einprägsam. Sie verteidigte ihre Studienfahrt, die sie als Begleitperson von Holger Herwig nach Moskau führen sollte:
„Erstens liegt Moskau bekanntermaßen ja noch innerhalb von Europa und zweitens ist diese Studienfahrt schon aus dem Grund unverzichtbar, weil sie einen entscheidenden Beitrag dazu leistet, die angespannten deutsch-russischen Beziehungen zu verbessern."

Verdammt, wie war es bloß Herwig, diesem Schuft, gelungen, sich die Buhl als begleitende Lehrkraft zu angeln? Ihm selbst hatte sie schon vor Wochen einen Korb gegeben, als er ihr vorschlug, man könne doch gemeinsam eine Studienfahrt nach Paris durchführen. Erst später dämmerte ihm, dass sie ja dort vier Jahre gelebt hatte und daher nicht besonders erpicht darauf war, mit Schülern diese ihr sattsam bekannte Stadt zu durchstreifen.

Was für eine atemberaubend sinnliche Frau sie doch war! Bei den nächsten Schulschwimmmeisterschaften würde er sich in ihre Riege eintragen lassen, um ihr am Beckenrand endlich die bis dann klaffende Lücke in seiner Zehenreihe zu demonstrieren. Ihre Frage nach dem Wie und Wann des Verlusts gedachte er ihr abends in einem sorgfältig ausformulierten Heldenepos bei einer Flasche Rotwein zu beantworten. Keller, der silbergraue Damenflüsterer, hatte ihm ein verschwiegenes Lokal genannt, in dessen Ambiente sogar im Geschlechterkampf gestählte Oberstudienrätinnen sich angeblich wieder willenlos in ihre atavistische Frauenrolle fügten. Er stellte sich schon vor, wie er den Wirt nach Mitternacht an den Zapfhahn ketten würde, um dann in seinem Gastraum ausschweifend zu wüten und seine seit Monaten angestauten Phantasien auszuleben. Dass Tanja Buhl, aufgekratzt durch die vorausgegangene Intimbeichte eines tragischen Helden, ihm zu Willen sein würde, stand für ihn unumstößlich fest. Grundmann müsste er aber zuvor ausschalten. Dieser verhinderte Ruderolympionike besaß sozusagen an der Schule die Seehoheit über sämtliche städtische Gewässer und würde mit Sicherheit Wagners Annäherungsversuch schon im Ansatz zu vereiteln suchen, indem er ihn einer anderen Riege zuteilte, um womöglich selbst an seiner Stelle Tanja Buhl mit seinem breiten Rudererkreuz zu betören. Eigentlich war es ja ausgeschlossen, dass die Buhl auf diesen aufgeblasenen Ruderknecht hereinfiel; im Zweifelsfall würde sie sich für den Abenteurer entscheiden. Abenteurer mit sattem Pensionsanspruch, dieser Trumpf müsste auf jeden Fall stechen, und dieses Teufelsweib sah nicht aus, als ob sie von einem träumte, der abends seine Trillerpfeife unter heißes Wasser hielt, um seine Sportstunden für den nächsten Morgen vorzubereiten. Allein die Bandbreite der Gesprächsmöglichkeiten neigte die Waage zu seinen Gunsten: Er pflegte regelmäßig Theater und Konzerte zu besuchen, hielt auf Vernissagen häufig die Laudatio, während Grundmann Dauergast in diversen Schwitzbuden war und an zwei Abenden in der Woche beleibte Damen in die Kunst des Nordic Walking einführte. Den hämischen Blick Wagners, als er beim Waldlauf Grundmann inmitten seiner keuchenden und Stock schwingenden Schar überholte, hatte ihm jener bis heute nicht verziehen.

Vermutlich hielt Grundmann Goethes *Faust* für ein unvollendetes Filmprojekt Sylvester Stallones. Er nahm sich fest vor, bei nächster Gelegenheit das universale Kulturbanausentum seines Widersachers öffentlich zu entlarven, an dem übrigens auch dessen zweites Unterrichtsfach Mathematik nichts zu ändern vermochte. Grundmann, der vor zwei Jahrzehnten als ewige Neun die Olympiaqualifikation für den Deutschland-Achter verpasst hatte, war für ihn der Inbegriff des Versagers, während er, Uli Wagner, am Batura II durchaus noch einmal anzugreifen gedachte und diesen Angriff genauso entschieden wie den auf Tanja Buhls Wäsche vortragen würde.

Hauke Boysen, der Geschichts- und Deutschlehrer mit dem legendären enzyklopädischen Wissen, hatte einst vor Wagners schicksalhaftem Aufbruch zum Batura eine leidenschaftliche Rede gehalten. Boysen, welcher leidenschaftlich dafür kämpfte, Stefan Zweig zu dem ihm gebührenden Recht in der Literaturgeschichte zu verhelfen – die Germanisten pflegten diesen Schriftsteller notorisch unterzubewerten – hatte sich im Verlauf der Jahre selbst dessen bisweilen gespreizt und altertümlich anmutende Diktion in seinen Reden angewöhnt:

Wir, die wir hier der Segnungen der Moderne teilhaftig sind, uns elektronische Post zusenden und denen jeder Winkel dieses Planeten sattsam bekannt ist, wir erkennen schaudernd, dass es noch einen Ort gibt, der seine Scham vor dem Menschen verborgen hält, einen eisigen Ort, geschützt durch eine Mauer des Grauens, unbestiegen sein Gipfel, obschon seit Jahren umworben von den besten Bergsteigern unserer Zeit. Unser Kollege und Kamerad Uli Wagner schickt sich nun an, diesen letzten Schleier zu lüften und dem Batura II aufs nie betretene Haupt zu steigen. Und wir bangen um sein Ringen, denn gefahrvoll ist der Weg durch Eislabyrinthe und Felsbarrieren, ständig bedroht vom verheerenden Wettersturz. Strebe empor zum Ruhme unseres Landes und unserer Schule!

Grundmann hatte damals alles unternommen, um Boysens Rede zu torpedieren. Den Hochgebirgen Zentralasiens galt Grundmanns leidenschaftliches Desinteresse; in seinen Augen handelte es sich bei diesen Landschaften ausnahmslos um regattauntaugliches Gelände. Der wahre Mann werde zwischen Ruderblättern und nicht unter einer Wollmütze geschmiedet.

Man munkelte hinter vorgehaltener Hand, dass Grundmann einmal auf dem Stuttgarter Fernsehturm beim Blick in die Tiefe einen Schwächeanfall erlitten habe; eine Kollegin, welche ihn darauf ansprach, hatte er wütend abgekanzelt und in Abrede gestellt, dass er die Berge deshalb hasse, weil er deren Höhe fürchte.

Wagner begann sich allmählich zu wundern, dass er immer noch im Lehrerzimmer saß, obwohl sich draußen schon Dunkelheit über die Stadt gelegt hatte. Neben ihm saß Barmer reglos auf seinem Stuhl. Vermutlich war er in den Zustand des wachsamen Dösens hinübergeglitten. Die Fähigkeit dazu hatte er sich in langwierigen Übungen angeeignet. Sie ermöglichte es ihm, nach außen hin als ein aufmerksamer Konferenzteilnehmer wahrgenommen zu werden, obwohl er in Wirklichkeit seinen Körper durch spezielle Atemtechniken in einen nahezu leblosen Ruhezustand versetzt hatte. Auf diese Weise konnte er auch aus quälend langen Konferenzen völlig erquickt an Leib und Seele hervorgehen. Offenbar hatten die aktiven Konferenzteilnehmer sich in Angreifer und Verteidiger aufgespalten. Jedenfalls wurde die Schlacht um Moskau äußerst erbittert geführt.
Die Leittiere schlugen krachend mit ihrem Geweih aufeinander ein und die Beauftragte für Chancengleichheit lauerte seit geraumer Zeit auf ein Opfer: Irgendwann würde schon einer der männlichen Kollegen nur von Schülern anstatt von Schülerinnen und Schülern reden und sich somit selbst zum Abschuss freigeben. Finke hatte diese politische Korrektheit so verinnerlicht, dass er kürzlich auch „die alten Häsinnen und Hasen im Kollegium" dazu aufforderte, schon in der Unterstufe Sprachschludereien strenger zu ahnden. In der Stadt kolportierte man, Finke habe in einem Baumarkt kürzlich mit Nachdruck eine FüchsInnenschwanzsäge verlangt und greife auch im Café konsequent nach der SahnespenderIn. Boysen hatte einmal süffisant vorgeschlagen, im Sinne der Gleichbehandlung auch

von Schulschwänzerinnen und Schulschwänzern und notorischen Störerinnen und Störern zu reden. Seitdem galt er dem Frauennetzwerk als suspekt, zumal Boysen mit der Anfrage, ob sie ihm einmal beibringe, das große Binnen-I in KollegInnen korrekt auszusprechen, schon bei anderer Gelegenheit die Beauftragte für Chancengleichheit erbost hatte. Nur die Tatsache, dass Boysen regelmäßig Kaffee für das Kollegium kochte, bewahrte ihn davor, vor den Frauenrat gezerrt und wegen seiner zahlreichen Sprachvergehen dauerhaft geächtet zu werden. Ein Kaffeebeauftragter genoss an dieser Schule Immunität und es war ein ungeschriebenes Gesetz, diese wichtigste Person im Lehrerzimmer nie über Gebühr zu provozieren. Boysen hatte Wagner einmal anvertraut, dass er dieses Amt nur deshalb übernommen habe, nachdem eine junge Kollegin ihn mit einem extrem starken Kaffee beinahe in den Herztod getrieben hätte. Er sei damals gerade abgemüdet aus einer schwierigen Deutschstunde gekommen, um sich an dem braunen Gold zu laben und seine Sinne erneut für die schwierigen Forderungen des Tages zu schärfen. Wochen habe er gebraucht, um seinen Körper nach diesem Missbrauch zu entgiften, und er sei sich heute noch sicher, dass der Kaffee von der Kollegin absichtlich zu hoch dosiert worden sei, um ihn hinwegzuraffen und sich auf diese Weise sozusagen seine Planstelle als Fachabteilungsleiter „freizubrühen".

Immer noch hatte man sich bei dem Tagesordnungspunkt der Studienfahrten an Moskau festgebissen.

„Mir ist aus verlässlicher Quelle mitgeteilt worden, dass Lenins Mumie in nächster Zeit aus dem Mausoleum entfernt und bestattet werden soll. Es besteht eine hohe Wahrscheinlichkeit, dass wir zu den letzten Menschen zählen werden, die Lenin noch aufgebahrt erleben dürfen. Will hier jemand allen Ernstes unseren Schülerinnen und Schülern diese einmalige Chance verweigern?"

Natürlich wollte das niemand. Tosender Applaus brandete auf, nachdem Herwig sein flammendes Bekenntnis zu Moskau beendet hatte.

Nachdem der Beifall abgeebbt war, erhob sich Armin Krombacher, räusperte sich vernehmlich und setzte an zu seinem leidenschaftlichen Plädoyer für die Fidschi-Inseln:

„Auch wenn die Eltern noch so heftig gegen diese Studienfahrt polemisieren, ich halte es für unverzichtbar, diese Südseeinseln wie schon im vergangenen Jahr einer interessierten Schüler-gruppe zu ermöglichen. Allein die reichhaltige Vogelwelt – man stelle sich nur vor: Hier brüten sage und schreibe 23 endemische Arten! – lohnt die weite Reise, ganz zu schweigen von der faszinierenden Unterwasserfauna, aus deren Fülle ich beispiel-haft die lebendgebärenden Zahnkarpfen hervorheben möchte.

Und komme mir jetzt niemand mit den ewigen kleinlichen Sicherheitsbedenken. Ja, es gibt dort das Gefährdungspotenzial durch herabfallende Kokosnüsse, aber genau aus dem Grund herrscht bei mir am Strand strenge Helmpflicht, und ja, hin und wieder fegt ein verheerender Zyklon über das Südseeparadies, aber zum Zeitpunkt der Studienfahrt ist solch ein Wirbelsturm mehr als unwahrscheinlich, wie mir die Geographen hier sicher bestätigen können."

Kuno Kellers bestätigendes fachmännisches Nicken wurde allgemein registriert. „Mein Biologieunterricht baut jedenfalls seit Jahren auf die in der Südsee erworbenen Erkenntnisse auf", fuhr Krombacher fort, „und außerdem wäre es jammerschade, beim nächsten geselligen Kollegenhock auf den Genuss des außergewöhnlich wohl mundenden *Fiji Water* zu verzichten. Selbstredend werden wir auch dieses Mal das komplette Freigepäck ausreizen, um dieses kristallklare Wasser heranzuschaffen."

Es folgte ein weiterer leidenschaftlicher Wortbeitrag, um das Kollegium von der Notwendigkeit einer Studienfahrt nach Namibia zu überzeugen. Tiefe Einblicke in die deutsche Kolonialgeschichte und die nähere Bekanntschaft mit den Buschleuten wurden als Trümpfe ins Feld geführt, aber letztlich konnte Karin Pfeifer mit dem Vorhaben punkten, dort eine Zebra-Patenschaft ins Leben zu rufen.

„Hier können wir übrigens wunderbar an die Zusammenarbeit mit dem hiesigen Reiterhof anknüpfen. Ihr alle wisst ja, wie es uns gelungen ist, ADHS in der Unterstufe auf dem Rücken der Ponys erfolgreich einzudämmen."

Wagner traf diese Kollegin häufiger im Wald als im Lehrerzimmer an. Einmal hatte ihr Pferd gescheut, als Wagner unvermutet aus einem Seitenweg herangejoggt kam. Kürzlich hatte er sie in der Stadt gesehen, als sie gerade aus einem Spielwarengeschäft für ihre frisch geborene Enkelin ein Schaukelpferd abtransportierte.

Die vierte Studienfahrt sollte nach New York gehen. Felicitas Fux und Leon Adam wechselten sich bei der Vorstellung ihrer Studienfahrt ab und setzten in ihrer Argumentation vor allem darauf, dass die Bedeutung einer New-York-Reise für den Englisch-Unterricht gar nicht hoch genug eingeschätzt werden könne und daher überhaupt nicht hinterfragt werden müsse. „Wir werden da auch der spannenden Frage nachgehen, wie sich die beiden bedeutenden Hafenstädte Konstanz und New York so weit auseinander entwickeln konnten. Vielleicht finden wir auch einen Weg, hier gegenzusteuern."

Dr. Burger erhob sich, bedankte sich bei allen Lehrkräften, die dazu bereit waren, „die neuerlichen Strapazen einer Studienfahrt" auf sich zu nehmen, und forderte das Kollegium zur Abstimmung auf. Hauke Boysen gab zuvor noch beleidigt zu Protokoll, „bei dieser Konkurrenz der Genüsse" werde er wohl wie in den vergangenen Jahren für seine Studienfahrt nach Weimar – *Auf den Spuren der Klassik* – keinen einzigen Schüler gewinnen und ziehe aus diesem Grund sein Angebot zurück: „Tröstlich nur, dass Schiller und Goethe das nicht mehr mitbekommen!" Mit drei Gegenstimmen und zehn Enthaltungen wurden die vier vorgestellten Studienfahrten mit großer Mehrheit beschlossen.

Hella Frey-Barenbeck, die stellvertretende Schulleiterin, welche Dr. Burger in der Konferenzleitung ablöste, bekundete ihr tiefes Bedauern, dass sie nach nunmehr drei Stunden den Tagesordnungspunkt *Erlebnispädagogischer Monat zwischen den Oster- und Pfingstfreien* vertagen müsse, um noch zum wesentlichen Tagesordnungspunkt zu gelangen, der *Gestaltung des diesjährigen Kollegenausflugs am Schuljahresende*. Dieser sei organisatorisch so aufwändig, dass die Vorarbeiten im Grunde genommen schon längst hätten begonnen haben müssen.
„Heute Nacht werde ich mich zwar wieder unruhig im Schlaf hin und her wälzen, weil ich die vielen spannenden Lebensäußerungen meiner Kolleginnen und Kollegen zum erlebnispädagogischen Monat unterdrückt habe, aber mit diesem Ungenügen muss ich ganz allein leben. Man hat mich, bevor ich dieses Amt angetreten habe, davor gewarnt, dass Macht einsam

macht. Ich erteile also dem Kollegen Wagner das Wort. Der plant nämlich, das Kollegium in die ihm wie seine Westentasche vertraute Welt des Hochgebirges einzuführen."

Nachdem er sich bei seiner Vizechefin bedankt hatte, skizzierte Wagner schwungvoll sein Vorhaben, mit einem Busausflug in das Schweizer Alpstein-Gebirge und einer kleinen Bergtour auf den Schäfler allen Teilnehmenden den Zauber der Berge zu vermitteln. Der Säntis schaue ja zumindest den im Dachgeschoss Unterrichtenden ständig bei der Arbeit über die Schulter und so sei es doch nur folgerichtig, wenn man wenigstens einem seiner niedrigeren Trabanten einen Gegenbesuch abstatte. Er sei sich sicher, dass der Funke auch auf den letzten Zweifler überspringen werde, zumal man die Wanderung durch einen feuchtfröhlichen Abschluss in einem Berggasthof krönen wolle.

Irgendetwas an diesem Antrag musste ökologisch unkorrekt gewesen sein, denn Carola Blum hob ihre Hand und ihr hektisch geflecktes Gesicht signalisierte, dass sie willens war, die bedrohte Natur bis zur letzten Blattlaus zu verteidigen.
Vor einigen Jahren war ihr Bild durch die Presse gegangen, als sie sich zusammen mit anderen Gesinnungsgenossinnen in die Krone einer mächtigen Blutbuche gekettet hatte, um deren Fällung zu verhindern. Der mittlerweile insolvente Investor hatte daraufhin, als sich die öffentliche Meinung gegen ihn zu wenden begann, zähneknirschend dem Erhalt der Blutbuche zugestimmt und sein auf ein Drittel der ursprünglich geplanten Größe geschrumpftes Hotel um dieses lebende Naturdenkmal herum gebaut.
Noch heute geriet Carola Blum ins Schwärmen, wenn sie daran dachte, wie sie den Baumfrevel verhindert hatte.

Ab und zu radelte sie zu ihrer Blutbuche hin, um in deren Rinde gekrallt mit der Baumriesin Zwiesprache zu halten. Dass Bäume nicht sprechen können, sei eines der verhängnisvollsten Vorurteile des Menschen gegenüber diesen sensiblen Lebewesen. Sie jedenfalls hole sich vor schwierigen Entscheidungen stets Rat von der Buche. Daher könne sie nur jedem Musiklehrer dringend dazu raten, das Volkslied vom Lindenbaum aus ihrem Kanon zu streichen; hier werde ja die Baummarter geradezu glorifiziert, wenn man sich da voller Stolz brüste, gar manch süßen Traum in die Rinde des Baumes geritzt zu haben. Und nun holte sie aus:

„Ich halte den Vorschlag des Kollegen Wagner, mit einem Bus zu einer Bergtour in die Schweiz zu fahren, schon aufgrund des viel zu hohen Ausstoßes von Treibhausgasen für verwerflich. Eine Grundschule aus dem Hegau hat im vergangenen Schuljahr ihren Kollegenausflug in einer Eiche verbracht, zu der man selbstredend geradelt ist. Hierbei ist es zu existenziellen Grunderfahrungen gekommen. Man plant dort sogar, komplette Unterrichtsstunden in Bäume zu verlegen. Ich biete mich daher an, einen geeigneten Baum in der Nähe auszukundschaften und in einer Arbeitsgruppe den möglichen Tagesablauf im Detail auszuarbeiten. Die Erlebnispädagogik eröffnet hier viele Freiräume von der barfüßigen Annäherung an den Stamm bis hin zu verschiedensten Atemtechniken in der Krone. Keiner braucht hier ein Blatt vor den Mund zu nehmen, um seine Bedürfnisse offen zu formulieren."

Kammerer schnellte von seinem Sitz empor und brüllte seine Vorrednerin an, ob sie einen in der Krone habe; er jedenfalls weigere sich wie ein Affe seine kostbare Zeit in einer Baumkrone zu verbringen, um sich anderntags auf der Titelseite der

Boulevardpresse wiederzufinden. Die Frage in fetten Lettern *Wer holt die Lehrer von den Bäumen?* dränge sich doch jedem Verstandesmenschen förmlich auf. Oder wolle man hier etwa Kai Semmerling die lang ersehnte Steilvorlage liefern?

Die Jeanne d'Arc des Waldes hob den Fehdehandschuh auf und blickte kämpferisch zu den beiden reinen Frauentischen, wohin sich nur selten ein Kollege verirrte, um über seine beschädigten Gefühle zu reden. Sie habe einmal in einer Vollmondnacht gemeinsam mit befreundeten Frauen in einem Kirschbaum meditiert. Solch ein nachhaltiges Erlebnis lasse sich in einer künstlichen Aura wie einem Ausflugslokal noch nicht einmal ansatzweise erzeugen. Falls etwa Kammerer um seinen feinen Anzug bange, so könne sie ihn beruhigen: Sie meide aus diesem Grunde Nadelgehölze und ziehe die nicht harzenden Laubbäume vor. Außerdem würde sie darauf bauen, dass Kammerer sich im Hinblick auf die gesteigerten Selbsterfahrungsmöglichkeiten textilfrei auf den Baum einlasse.

In den aufbrandenden Tumult warf sich mit der wild entschlossenen Geste eines Rettungsschwimmers Dr. Burger. Er als Schulleiter stehe auch in der Fürsorgepflicht gegenüber den älteren Kolleginnen und Kollegen, denen er solch eine waghalsige Baumkletterpartie allen existenziellen Grunderfahrungen zum Trotz nicht zumuten wolle. In gewisser Weise halte er auch die gastronomische Versorgung für höchst problematisch, das Wort *Stammtisch* sei in diesem Zusammenhang irreführend und schöpfe jedenfalls etymologisch aus anderen Quellen. Er rege daher an, den Vorschlag des Kollegen Wagner, in die nahe Schweiz zu fahren – wohlgemerkt mit öffentlichen Verkehrsmitteln – wohlwollend in Betracht zu ziehen.

Die dortige kleine Bergwanderung mit krönendem Abschluss in einem idyllisch am See gelegenen Ausflugslokal scheine ihm doch sehr reizvoll zu sein. So ein Bier schmecke doch nach vorausgegangener Strapaze am allerbesten.

„Nun bin ich aber entsetzt!", rief Gabriele Reemtsma dazwischen. „Ich habe bisher große Stücke auf Sie als meinen Schulleiter gehalten; diese Hochachtung droht nun aber schlagartig in blankes Entsetzen umzuschlagen. Ein Kollegenausflug ist eine Dienstveranstaltung, die Schule führt endlich in ihrem Briefkopf das Prädikat *rauch- und zeitweise alkoholfrei*, und da geht es doch wohl nicht an, dass die Lehrerschaft ihre Vorbildfunktion Lügen straft und womöglich exzessiv Alkohol konsumiert. Wir haben im Leitbild der Schule nachhaltiges Handeln gelobt, und was bitte schön ist am Biertrinken nachhaltig – außer der Vernichtung von Hirnzellen?"

Wagner spürte, dass die Stimmung gegen ihn zu kippen drohte, denn auch Grundmann ließ sich gerade auf die Rednerliste setzen. Um Hilfe ringend, blickte er zu Barmer hinüber, doch dessen Blick war mittlerweile starr auf Tanja Buhl fokussiert und die Medikamente bewirkten offenkundig eine allgemeine Abstumpfung gegenüber dem sonstigen Konferenzgeschehen. Immerhin sprang ihm Kammerer bei, der darauf hinwies, dass man ja nicht unentwegt Alkohol zu trinken gedachte, sondern wie im Briefkopf besiegelt nur zeitweise, also in den Marschpausen. So ganz schien jedoch Gabriele Reemtsmas Widerwille noch nicht überwunden.

„Ist denn dieser Bergsee schiffbar?", fragte Grundmann in Wagners Richtung in einem lauernden Tonfall. Wagner glaubte seinen Ohren nicht zu trauen.

„Soweit ich weiß schon", antwortete er verblüfft.

„Am Ufer des Seealpsees sind einige Ruderboote angekettet."

Es ärgerte ihn, dass er diesen Sachverhalt bei der Planung nicht beachtet hatte, denn Grundmanns innerer Jubel war sofort nach außen gedrungen und verzerrte seine Gesichtszüge zu einem dauerhaften Grinsen: Vermutlich kostete er jetzt schon den Triumph über Wagner aus, denn dass Grundmann in dieser sich hier geradezu aufdrängenden Hochgebirgsregatta seinen Gegner vernichtend schlagen würde, schien nur noch reine Formsache, wenn nicht noch ein Wunder geschah. Wagner musste wohl alles auf die Fahrt mit der Seilbahn setzen, welche schon Menschen ohne Höhenangst einen wohligen Schauder bescherte und Grundmann hoffentlich restlos einschüchtern würde.

Carola Blum unternahm einen letzten verzweifelten Versuch, den drohenden Ausflug in die Schweizer Bergwelt doch noch zu verhindern:

„Soweit ich informiert bin, hausen dort am Seeufer die letzten Querstreifenlurche diesseits des Urals. Allein schon der Gedanke an eine Bootspartie in diesem bedrohten Biotop grenzt ans Ungeheuerliche. Mit Lurchenmördern kann und will ich keine weitere Stunde unter diesem Schulhausdach verbringen!"

Zum Glück erwachte in diesem Moment Barmer, ebenfalls Biologe wie seine streitbare Kollegin, aus seiner Tanja-Buhl-Starre. Er bot sich an, als Amphibien-Beauftragter der Schule das Terrain zu erkunden und nach Möglichkeiten zu suchen, den bedrohten Tieren für die Dauer der Bootspartie in einem benachbarten Tümpel ein vorübergehendes Asyl zu bescheren – natürlich nur, falls ihn das Kollegium mit dem hierfür erforderlichen Mandat ausstatte.

Kammerers höhnischen Zwischenruf „Lurchi!" überhörte er geflissentlich, nahm dankbar das Angebot zweier jüngerer Kolleginnen an, ihm beim Transport der Lurche zu helfen, und suhlte sich im warmen Beifall seiner Kollegen.

Hauke Boysen, der sich schon vor längerer Zeit gemeldet hatte, stand auf und ergriff das Wort:

„An das selbst auferlegte, wenn auch nur zeitweise Alkoholverbot sind wir bei diesem Ausflug ohnehin nicht gebunden, das habe ich kürzlich mit einem befreundeten Staatsanwalt abgeklärt. In der Schweiz gilt das dortige Recht – was Alkoholkonsum unter Erwachsenen ausdrücklich billigt. Nebenbei stimme ich Blaise Pascal zu, dass alles Unglück der Menschen daher rührt, dass er es in seinem Zimmer nicht aushält. Ich selbst ziehe folglich regulären Unterricht einem Lehrerausflug vor. Dennoch beantrage ich – auch angesichts der fortgeschrittenen Zeit –, dass auf der Stelle über Wagners Antrag abgestimmt wird. Alle wichtigen Argumente liegen nun auf dem Tisch und die Nacht für die Unterrichtsvorbereitung wird für mich immer kürzer."

Dass die meisten Knöchel im Stakkato auf den Tischplatten nahezu wund getrommelt wurden, wertete Dr. Burger als allgemeine Zustimmung und kurz darauf wurde mit überwältigender Mehrheit Wagners Vorschlag gutgeheißen. Sogar Grundmann hatte zum ersten Mal seit Jahren nicht gegen ihn gestimmt.

Die Amputation

Operiert wird, was auf den Tisch kommt.

Alte Chirurgenweisheit

Eigentlich hatte sich Wagner schon an seinen tief dunkelblauen Zeh gewöhnt. Der Gedanke, dass da künftig eine Lücke klaffen würde, setzte in ihm melancholische Gefühle frei. Wie wohl die benachbarten Zehen auf die Lücke zwischen ihnen reagieren würden?

Immerhin hatte er es geschafft, den Operationstermin auf drei besonders arbeitsreiche Unterrichtstage vor den Weihnachtsferien zu legen. Auf diese Weise mussten ihn viele Kollegen im Unterricht vertreten. Dies schien ihm als kleiner symbolischer Beitrag zu seinem Leiden mehr als angemessen.

Wie schön wäre es gewesen, wenn die Operation gleich im Spätsommer stattgefunden hätte. Dann hätte er hinterher in seinen Trekkingsandalen strumpflos massenhaft das Mitleid im Lehrerzimmer einheimsen können. Um diese Jahreszeit konnte er nur darauf hoffen, dass sein demonstratives Humpeln wenigstens den einen oder anderen aufmerksamen Beobachter auf den Plan rufen würde. Kaum auszudenken, wenn er seinen Zeh verlor und niemand an der Schule davon etwas mitbekam.

Wagner überlegte, was wohl mit seinem amputierten Zeh passieren würde. Man würde ihn doch hoffentlich nicht in einer braunen Biomülltonne zusammen mit den Speiseresten aus der Krankenhauskantine entsorgen? Er erinnerte sich, gelesen zu haben, dass es im *Downtown Hotel* im kanadischen Goldgräberstädtchen Dawson City den skurrilen Brauch gab, einen so genannten *Sourtoe-Cocktail* am Tisch reihum zu reichen. Wer den im Cocktail eingelegten abgefrorenen Zeh mit seinen Lippen berührte, bekam ein Zertifikat. Und da es bisweilen passierte, dass ein Zeh versehentlich verschluckt oder gar geklaut wurde, musste von Zeit zu Zeit wieder ein neuer Spender-Zeh beschafft werden. Dem Spender winkte dann als Lohn die Aufnahme in die *Sourtoe Hall of Fame*. Nach reiflicher Überlegung war Wagner allerdings zum Entschluss gelangt, diesem Ruhm zu entsagen. Das Trinkritual erschien ihm dann doch zu makaber, als dass er dafür seinen Zeh spendieren würde.

Da fiel ihm ein, dass ihm kürzlich eine Unterstufenschülerin unter Tränen erzählt hatte, wie sie eigens für ihr verstorbenes Meerschweinchen ein kleines Holzhäuschen gebastelt und dieses auf das Grab gesetzt habe. Ein Pantheon in Miniatur – dies schien ihm der angemessenere Aufbewahrungsort für seinen amputierten Zeh zu sein. Er nahm sich vor, gleich nach seiner überstandenen Operation seine Kollegin und Kunsterzieherin Luise Karrenbacher-Dellbrink zu bitten, ein entsprechendes Mausoleum zu gestalten und im Schulgarten an zentraler Stelle zu errichten. Vielleicht ließe sich ja noch eine kleine würdige Gedenkfeier arrangieren, über die dann die Lokalpresse ausführlich berichten würde. Wagners Laune hellte sich spürbar auf.

Und noch etwas hob Wagners Stimmung: Durch die Amputation und die sich daraus ergebende dreitägige Abwesenheit vom Unterricht hatte er sich eine wertvolle Atempause verschafft, um endlich seine seit zwei Monaten überfälligen Klassenarbeiten zu korrigieren. Zwar schwor er sich nach jeder Klassenarbeit, sich daheim unverzüglich ans Werk zu begeben und die verhasste

Korrekturarbeit hinter sich zu bringen, aber jedes Mal triumphierte sein Widerwille über sein Pflichtgefühl und lieferte ihm immer neue spitzfindige Gründe, um diese Tätigkeit auf später zu verschieben. Die Folge waren ungeduldige Schüler, welche immer aufgebrachter nach dem Fortgang seiner Korrekturen fragten, auf welche er ebenfalls immer gereizter reagierte. Auch empörte Eltern schalteten spätestens nach sechs Wochen den Schulleiter ein, was in der Folge unersprießliche Kreuzverhöre auf der Direktion nach sich zog, bis irgendwann Wagners Widerstandskraft erlahmte und er in gesundheitsschädigenden Nachtsitzungen den ganzen Stapel an Korrekturen abarbeitete. Als sich Wagner jedoch beim Blick auf die unerledigten Heftstapel auf seinem Schreibtisch einen groben Überblick über den anstehenden Korrekturmarathon verschaffte, wurde ihm sofort klar, dass er gleich mehrere Zehen opfern müsste, um diese ganzen Stapel abzuarbeiten.

Aus dieser ausweglosen Lage konnte ihn nur einer befreien: Philipp Kreuzer. Der hatte mit Französisch und Geschichte dieselbe Fächerkombination wie Wagner und was noch viel wichtiger war: Philipp Kreuzer war ein Scheidungsopfer und finanziell ruiniert. Zeitweise hatte er sogar seine Nächte in seinem klapprigen VW-Bus in den Wäldern des Bodanrück verbracht, bis seine rachsüchtige Frau ihn dort aufgestöbert und auch noch diesen letzten Unterschlupf per richterlicher Verfügung dem Zugewinnausgleich zugeführt hatte. Mittlerweile wohnte der Kollege wechselweise bei Freunden und Bekannten. In seiner unterrichtsfreien Zeit schlug er sich an heißen Sommertagen als Eisverkäufer im Freibad durch, wo er beachtlich den Umsatz steigerte, weil sich kaum einer seiner Schüler dieses Schauspiel entgehen ließ, den armen Kerl zwischen Tiefkühlbox und Kasse hin und her zu jagen. An schönen Wochenenden konnte man ihn bisweilen auch unter einer grellen Warnweste als Parkplatzeinweiser auf der Insel Mainau seinen Dienst verrichten sehen, während er seine Abende in der Schule verbrachte, wo er Nachhilfestunden in Französisch gab. Nur durch diese vielfältigen Tätigkeiten konnte er sich wenigstens seine tägliche Nahrung selbst finanzieren.

Zu seiner Kleidung kam er, indem er stundenlang um den Altkleidercontainer beim Roten Kreuz herumstrich und dort die Leute abpasste, bevor diese ihre abgetragenen Klamotten entsorgten. Mittlerweile hatte er eine ziemliche Routine erworben, zielstrebig nur jene Männer anzusprechen, welche augenscheinlich über dieselbe Konfektionsgröße wie er verfügten. Sein Gehalt als Lehrer jedenfalls wurde fast vollständig aufgezehrt, um die Gläubiger zu bedienen und den kostspieligen nachehelichen Unterhalt zu finanzieren. Wagner wusste, dass Kreuzer gerade im Winterhalbjahr notorisch pleite war. Denn mit seinen gelegentlichen Einsätzen als Stadtführer konnte er seine laufenden Verbindlichkeiten kaum abdecken. Und noch eine wichtige Geldquelle war kürzlich versiegt. Zuvor war Kreuzer kurz nach Unterrichtsschluss durch die Klassenzimmer patrouilliert, dem städtischen Putztrupp immer den entscheidenden Schritt voraus, um die achtlos weggeworfenen PET-Pfandflaschen aus den Papierkörben zu fischen. Damit finanzierte er sich sein Mittagessen und mit viel Glück reichte es hin und wieder noch für ein Feierabendbier in seiner Stammkneipe. Dann lagerte die Stadt die Reinigungsdienste aus Kostengründen an einen bulgarischen Putztrupp aus. Dieser wurde von Igor Dimitrov befehligt, einem Zweizentnermann aus einem verrufenen Brennpunktviertel von Sofia. Gleich beim ersten

Arbeitseinsatz griff Igor dem durch die Klassenzimmer streunenden Flaschensammler mit seiner Greifzange zielsicher ins Gemächt: „Das mein Revier. Verstanden?"

In diesem Moment wurde Kreuzer schmerzhaft bewusst, dass er künftig seine Schule hungrig verlassen würde.

Dem Manne kann geholfen werden!, dachte sich Wagner und fühlte sich sofort erleichtert, als ihm dieser rettende Gedanke kam. Schon tags darauf, rechtzeitig vor der Operation, konnte Wagner seinem bedürftigen Kollegen sämtliche Korrekturstapel übergeben. Er wusste, dass er diesem routinierten Korrektor ruhigen Gewissens freie Hand lassen konnte und nur am Schluss nach dessen getaner Arbeit hinter der Note jeweils sein Kürzel zu setzen hatte. 13 Euro pro Stunde hatte er mit Kreuzer vereinbart, was jener dankbar akzeptierte, weil dies deutlich über dem Mindeststundenlohn lag. Es tat Wagner gut, in der Vorweihnachtszeit eine wirklich selbstlose Tat vollbracht zu haben.

Schon die kahlen sterilen Krankenhausflure und dazu der feine Geruch nach Desinfektionsmittel trieben Wagners Adrenalinausstoß nach oben. Jetzt fehlte nur noch, dass sich die Zeit im Wartezimmer endlos hinauszögerte. Normalerweise mied er solche Orte, so wie er überhaupt um Arztpraxen einen großen Boden machte.

„Mensch, Uli, was machst denn du hier? Du blockierst doch für richtig kranke Menschen wie mich nur den Behandlungsraum." Wagner wusste, dass er ab sofort wenigstens bis zu seiner OP bestens unterhalten würde. Sein pensionierter Kollege Hartmut Schneider, verwitwet und seitdem allein lebend, stürzte sich in seinem beigefarbenen ausgebeulten Leinenanzug auf ihn wie ein Ertrinkender, der einen rettenden Balken entdeckt hatte. Wagner lieferte pflichtschuldig eine knappe Zusammenfassung seines schicksalhaften Überlebenskampfes, um sich dann höflich nach dem Befinden seines Gegenübers zu erkundigen. Auf diese Frage schien Schneider sehnsüchtig gewartet zu haben, denn sofort begann er in aller Ausführlichkeit seine zahlreichen körperlichen Leiden und Gebrechen zu schildern, wobei er sich systematisch vom Fuß bis zum Kopf hoch vorarbeitete. Es schien keine Körperregion zu geben, welche nicht von Krankheit befallen war.

„Dabei geht es mir schon wesentlich besser als unmittelbar nach meiner Pensionierung. Da bin ich in ein großes schwarzes Loch gefallen – und knapp an einer Leberzirrhose vorbeigeschrammt. Unterschätze das nicht, lieber Uli: Du wirst von einem Tag auf den anderen bedeutungslos. Eltern grüßen dich nicht mehr, Schüler tun so, als ob sie dich nicht mehr kennen. Ist ja auch logisch: Kein Mensch ist mehr auf deine guten Noten angewiesen. Und vor allem: Vor dir türmt sich ein Gebirge von freier Zeit auf. Die Folge war, dass ich regelrecht verwahrloste: Im Bett herum liegen bis kurz vor Mittag. Dann eine Fertigpizza vom Discounter. Dazu schon mal ein, zwei Gläser Wein, um die aufkeimende trübe Stimmung aufzuhellen. Anschließend Zeitung lesen, ausgiebig durch die Fernsehprogramme zappen, um die Zeit zu überbrücken, bis das Weinlokal endlich aufmacht, aus dem man dann nach ein paar Stunden volltrunken nach Hause wankt. Ich war bald ziemlich unten angekommen. Ein Penner mit Pensionsanspruch, wenn du so willst. Ein guter Kumpel wollte sich mein Elend nicht länger ansehen und gab mir den dringenden Rat, meinem Tag eine Struktur zu geben. Diesen Rat habe ich Gott sei Dank befolgt, und seitdem geht es mit mir wieder bergauf."

„Und wie gibst du deinem Tag Struktur?", fragte Wagner, der sehr wohl wusste, dass ihm bald einmal genau dieselben Probleme ins Haus stehen würden.

„Das fängt damit an, dass ich fest gebucht bin als Wettermelder bei *Radio Seefunk*. Das zwingt mich dazu, jeden Morgen früh aufzustehen, damit ich kurz nach sieben den Hörern das Wetter verkünde: ‚Hallo, hier ist Hartmut Schneider. In Konstanz hat es zehn Grad und der Himmel ist leicht bedeckt.'

Dann studiere ich ausführlich die Heimatzeitung und anschließend die *Süddeutsche*. Bis ich dann noch meine Morgentoilette erledigt habe, ist es höchste Zeit, zum Discounter zu fahren und einzukaufen. Anschließend bereite ich mir eine einfache Tellermahlzeit zu und halte ausgiebig Mittagsschlaf. Den Nachmittag verbringe ich mit einem längeren Spaziergang und leichten Arbeiten im Haushalt.

Am frühen Abend stehen entweder ein VHS-Kurs oder der Besuch eines Tanzcafés auf dem Programm. Schau nicht so ungläubig. Ja: Tanzcafé. Du glaubst nicht, was da für ein Frauenüberhang herrscht. Je älter man als Mann wird, desto besser stehen die Chancen. Kennst du noch Fritz Kientzle?"

„Ja, den habe ich gerade noch erlebt, als ich ganz frisch an unsere Schule kam. Ein Jahr später ist der doch mit endlos langen Reden verabschiedet worden."

„Richtig, genau der. Kientzle ist kürzlich mit 88 ins Altersheim gezogen und muss sich seither die Frauen mit der Fliegenklatsche vom Leib halten. Er und noch ein weiterer Mann sitzen am Tisch mit zehn Frauen! Uli, das sind Perspektiven!"

Wagner versuchte sich gerade vorzustellen, wie einst eine wilde Mitachtzigerin leidenschaftlich um ihn werben würde, als er über Lautsprecher aufgefordert wurde, ins Behandlungszimmer zu kommen. Rasch verabschiedete er sich von seinem ehemaligen Kollegen, nicht ohne das leere Versprechen abzuliefern, man werde sich demnächst einmal außerhalb des Krankenhauses treffen, um die alten Zeiten nochmals richtig hochleben zu lassen.

„Herzlich willkommen zu Ihrer Operation, Herr Wagner!" Ein zwanghaft fröhlicher junger Weißkittel schüttelte ihm die Hand. „Dr. Daniel Moser! Sie können sich gewiss nicht mehr an mich erinnern. Ich saß damals in Ihrem Geschichtsleistungskurs."
Wagner erinnerte sich vage daran, diesen Menschen schon einmal gesehen zu haben. Vorsichtshalber log er, er habe sich natürlich sofort an seinen ehemaligen Schüler, den er immer ganz besonders geschätzt habe, erinnert. Womöglich stand hier jemand vor ihm, der mit ihm noch eine Rechnung offen hatte und sich nun zur Strafe nicht mit dem einen Zeh begnügen würde. Gott sei Dank war sein Zeh tief blau eingefärbt. Wagner hatte nämlich im Internet recherchiert und erfahren, dass es gar nicht so selten vorkam, dass die falschen Körperteile amputiert wurden. Solch ein ärztlicher Kunstfehler war wenigstens in seinem Fall ausgeschlossen. Außerdem schien sich sein ehemaliger Schüler regelrecht daran zu berauschen, dass sein Peiniger von einst ihn wider Erwarten in bester Erinnerung bewahrt hatte. Einer gewissenhaften Operation stand nun nichts mehr im Wege.

Drei Tage später verließ Bergveteran Uli Wagner das Krankenhaus als ein von totem Gewebe befreiter Mann. Die Luft draußen war erfüllt von frisch gefallenem Schnee. Er bedeckte die schmutzig-graue Straße auf seinem Nachhauseweg und Wagner nahm es als gutes Zeichen für seinen neuerlichen Versuch am

Batura II, dass er als Erster, wenn auch noch etwas unbeholfen, seine Fußspur in das jungfräuliche Weiß des Bürgersteigs zeichnen durfte. Unwillkürlich wurde Wagner wieder in den Strudel jener schicksalhaften Ereignisse am Batura gezogen, die ihn seitdem sogar in seinen Tagträumen quälten.

Die gescheiterte Batura-Expedition I

Ein lebendiger Esel ist besser als ein toter Löwe.

Ernest Henry Shackleton, Polarforscher

Ihre Expedition zum Batura II hatte von Beginn an unter keinem guten Stern gestanden. Im Grunde genommen lief das ganze Vorhaben von Anfang an auf ein Himmelfahrtskommando hinaus. Noch heute erschien es Wagner wie ein Wunder, dass keine Menschenleben zu beklagen waren. Den Auftakt bildete Zürich, wo der Flughafenzoll zwei Benzinkocher wegen ihres penetranten Benzingeruchs konfiszierte, was aufgrund der beiden Ersatzkocher gerade noch zu verschmerzen gewesen war. In der Transithalle von London Heathrow wurde Jürgen Groß, einer der Expeditionsteilnehmer, beim Gang zur Toilette von den Sicherheitsbehörden verhaftet. Wagner schäumte vor Wut, hatte er seinem Bergkameraden noch vor der Abreise dringend ans Herz gelegt, seinen Vollbart, mit dem er wie ein Talibankämpfer daherkam, radikal abzurasieren. Aufgrund seines orientalischen Teints sah Jürgen Groß ohnehin aus wie ein Wiedergänger Osama Bin Ladens. Offensichtlich zog sich das Verhör hin, sodass man gezwungen war, ohne ihn nach Islamabad weiterzufliegen. Jürgen Groß hatte das Sicherheitspersonal zusätzlich gegen sich aufgebracht, als er zu Protokoll gab, er sei genau so wenig ein Terrorist wie der Ball 1966 beim Wembley-Finale im Tor. Im Flughafen von Islamabad stellte man fest, dass ein Teil des Expeditionsgepäcks auf den Malediven gelandet war. Das maledivische Bodenpersonal hatte offensichtlich das Gepäck gefleddert, vermutlich in der irrigen Hoffnung, dort an die begehrten Sauerstoffflaschen zu gelangen, um sich dadurch einen Tauchgang zum Nulltarif zu erschleichen. Dort, mitten im Indischen Ozean ahnte man natürlich nichts vom Purismus Wagners und dessen Mannen, denen der Gebrauch von Flaschensauerstoff verpönt und das Damoklesschwert des dadurch verschärft drohenden Hirnödems einerlei war. Solch ein lebensgefährliches Ödem droht Bergsteigern, wenn sie sich in der sogenannten Todeszone über 7000 Metern aufhalten. Von solchen schwindelnden Höhen war die Expeditionsmannschaft allerdings noch Hunderte von Kilometern weit entfernt.

Dem finanziell klammen Thomas Zumstein zuliebe hatte man auf ein komfortables klimatisiertes Hotel im modernen Islamabad verzichtet und sich unten im überfüllten Stadtmoloch Rawalpindi mit einer billigen Absteige begnügt. Drei Tage untätigen Wartens in Rawalpindis sengender Hitze und dem mörderischen Verkehrslärm stellte die Gruppe auf eine erste Belastungsprobe, zumal schon am ersten Tag alle Expeditionsmitglieder von einem grauenhaften Durchfall geplagt wurden. Immerhin konnte Wagner als Expeditionsleiter sich infolge dieser zeitlichen Verzögerung völlig entspannt mit den pakistanischen Behörden in der Hauptstadt Islamabad auseinandersetzen, um die erforderlichen Bewilligungen für die Expedition zu erlangen und beim Militär Geld als Sicherheit zu deponieren, um im Notfall einen Rettungsflug ordern zu können.
Nach einigen Litern Tee und unzähligen Stunden in überfüllten Vorzimmern war die Expedition mit allen erforderlichen Papieren ausgestattet und gerade noch rechtzeitig, als der Bus eintraf, stieß Jürgen Groß wieder zur Truppe, nachdem ihn die Engländer als harmlosen Bergbesessenen eingestuft und für die Weiterreise freigegeben hatten.

Jürgen Groß schäumte immer noch vor Wut und presste zwischen seinen Zähnen hervor, er wünsche sich jetzt nichts sehnlicher als einen Wettlauf zum Batura mit englischen Bergsteigern, um endlich Rache für Wembley zu nehmen. Dem Fußballmuffel Zumstein musste man erklären, dass damals bei der Fußballweltmeisterschaft den Engländern zum Verdruss der Deutschen ein Tor zu Unrecht zuerkannt worden war.

Die Busfahrt entpuppte sich als zweitägiger Horrortrip. Wagner ärgerte sich am meisten über sich selbst, dass er tatsächlich geglaubt hatte, beim Karakorum Highway handle es sich um eine durchgängig asphaltierte Gebirgsautobahn. In Wirklichkeit war der Asphalt auf einem Drittel der Strecke durch Steinschlag zertrümmert oder durch Hangrutschungen hinab in den braun schäumenden Indus gespült worden. Rashid, ihr übernächtigter Fahrer, pflegte den überladenen Bus grundsätzlich mit der maximalen Geschwindigkeit über die mit Steinen und Schlaglöchern übersäte Straße zu prügeln und überholte bevorzugt vor unübersichtlichen Biegungen. Bei etlichen haarsträubenden Ausweichmanövern mahlten die Reifen über dem Abgrund. Wagner war versucht, sich auf einem der kleinen Bazare mit Opium einzudecken, um sich für den Rest der Busfahrt zu betäuben. Schmunzelnd stellte er sich vor, wie ein Lehrerausflug unter solchen Extrembedingungen verlaufen würde.

Die wenigen Siedlungen, welche sie noch passierten, schienen nur von Männern bevölkert zu sein. Eine Frau verlässt in diesen Gegenden, so sagte man den Bergsteigern, nur zweimal in ihrem Leben das Haus, einmal zum Heiraten, wenn sie ins Haus des Bräutigams übersiedelt, und einmal zum Sterben. Wagner nahm sich vor, gleich nach seiner Rückkehr seine Kollegin Petra

Gehring-Schüsselhard auf diesen Missstand hinzuweisen. In diesem Landstrich könnte die Beauftragte für Chancengleichheit und anerkannte Streitschlichterin ihren persönlichen Achttausender finden, indem sie sich anschickte, die eingeborenen Männer in deren Rollenverständnis elementar zu erschüttern. Die Nacht verbrachte die Truppe in einer einfachen Unterkunft in Chillas, einer öden Gebirgsoase. Deren Bewohner einte ihre unverhohlene Fremdenfeindlichkeit, die Umgebung war trostlos wüstenhaft und ein heißer Wind sorgte dafür, dass die Temperaturen auch nachts wie in einem Backofen waren. Alle sehnten die erfrischenden Nächte in eisigen Höhen herbei, während man hier nackt unter seiner dünnen Seidendecke schwitzte und oben an der Decke der Ventilator auf höchster Stufe die Heißluft aus dem Punjab zerteilte.

Im Morgengrauen brachen sie auf, um einen weiteren beschwerlichen Zwölfstundentag im staubigen Kleinbus, eingezwängt zwischen dem Expeditionsgepäck, zu verbringen. Nach vielen Stunden erreichten sie das Hunzaland. Deren Bewohner waren viel weltoffener als ihre Nachbarn im Süden und hingen dem ismailitischen Glauben an, einer liberalen Richtung des Islam. Dafür waren deren Berge im nördlichsten Winkel Pakistans umso schroffer, höher und abweisender. In Passu, einem Dorf umgeben von wilden Sechs- und Siebentausendern, wurden am Tag darauf die Lasten auf 50 einheimische Träger verteilt. Diese Arbeit bot den Bewohnern des Dorfes einen willkommenen Zusatzverdienst zu ihrem spärlichen Einkommen. Dann setzte sich der Tross zu einem mehrtägigen Marsch über den Batura-Gletscher in Bewegung. Die Szenerie wurde von Tag zu Tag wilder und alle fieberten dem Moment entgegen, an dem sie zum ersten Mal ihren Bergriesen erblicken würden.

Uli Wagner konnte sich noch genau daran erinnern, wie es war, als der Batura II hinter einer Biegung zum ersten Mal auftauchte. Die Gesichter, salz- und staubverkrustet, erstarrten auf einen Schlag. Alle verstummten, nicht einmal ein flapsiger Scherz kam über ihre Lippen, um die Nervosität zu vertuschen. Es war wie ein Schlag in die Magengrube: Das war keiner der Berge, mit denen sie es bisher zu tun hatten, das hier war eine Bestie, und zwar eine, die danach trachtete, sie zu vernichten. Batura II – der höchste aller bislang unbestiegenen Berge auf diesem Planeten!

In alten Bergbüchern hatte Wagner stets mit einer gewissen Belustigung registriert, dass man diese hohen Berge dämonisierte, ihnen eine Seele zuschrieb und diese Bergungeheuer zu menschenfressenden Monstern stilisierte. Über ihnen türmten sich die Wolken, welche von ihrem langen Weg vom Golf von Bengalen das feucht-heiße Tiefland mit ihrem Monsunregen durchtränkt hatten, im Hochgebirge ihre Schneefracht abluden und hier in der Batura-Mauer ihr letztes Bollwerk überwanden, bevor sie als trocken-heiße Fallwinde das Tarim-Becken ausdörrten und sich im menschenleeren chinesischen Westen verloren. Die gigantische, mehr als 4000 Meter hohe Westflanke bestand im Grunde genommen aus mehreren übereinander gestaffelten Eisbrüchen. Ihnen begann zu dämmern, warum seit Jahren keiner mehr von dieser Seite des Berges eine Besteigung versucht hatte.

Gerade als Wagner sich wieder gefasst hatte und seinen Gefährten eine mögliche Aufstiegslinie durch die bedrohlichen Eisbrüche und Wandfluchten beschrieb, grollte der Berg und eine riesige Eislawine donnerte durch die Batura-Mauer. Entsetzt registrierte Wagner, wie seine mit dem Finger in die Wand gezeichnete Route von einer mächtigen weißen Wolke ausradiert wurde. Noch Minuten später hing ein feiner Nebel aus Eiskristallen in der Wand. Von diesem Moment an war allen klar, dass sie die Gejagten sein würden. Kein Bergsteigen im klassischen Sinne erwartete sie hier, sondern ein Rennen von Unterstand zu Unterstand unter den Eisbalkonen hindurch, hüfttief sich durch lawinenschwangere Hänge nach oben wühlend, immer als Hetzbeute unter den Klauen des Batura II; vom launischen Karakorum-Wetter mit seinen verheerenden Wetterstürzen ganz zu schweigen.

Sein Kollege Holger Herwig hatte ihn auf die lateinische Herkunft des Wortes *expeditio* aufmerksam gemacht und in der Tat schien diese Expedition mehr auf einen Kriegszug als auf eine sportliche Unternehmung hinauszulaufen. Wagners Vorfahren hatten in den Schützengräben vor Verdun gelegen und in den russischen Steppen gegen Rotarmisten gekämpft; vielleicht war ja Wagner dazu verdammt, stellvertretend für seine Jahrgänge an diesem unwirtlichen Ort die langen Jahrzehnte des behäbigen Friedens zu Hause abzubüßen.

Wagner musste unwillkürlich daran denken, wie sie alle vor der Abreise Verfügungen unterschrieben hatten, was im Todesfall mit ihrem Leichnam geschehen sollte. Eine Einäscherung, welche am wenigsten aufwändig gewesen wäre, schied aufgrund der rigiden Bestimmungen im streng islamischen Pakistan aus. Bis auf Zumstein, welcher familiäre Rücksichten ins Feld führte, wollten alle vor Ort in ihren geliebten Bergen begraben werden. Wagner hatte noch kurz mit dem Gedanken gespielt, sich daheim einäschern und seine Urne auf dem Schulhof beisetzen zu lassen. Die Vorstellung, dass dann

Generationen von Schülern lärmend auf ihm herumtrampeln und ihn um seine ewige Ruhe bringen würden, hatte ihn dann doch bewogen, sich rasch von dieser Idee zu verabschieden. Robert Metzler hatte sich sogar in einer für ihn völlig unüblichen sentimentalen Aufwallung zum Wunsch verstiegen, man solle ihn tief in einer Gletscherspalte versenken, damit er im Lauf der Jahrzehnte ganz langsam talwärts fließen könne.

An diesem Abend herrschte im Messezelt eine bedrückende Stille. Alle Versuche, die grauenhafte Wand über ihnen wegzuwitzeln, scheiterten kläglich. Sie spürten, dass der Tod ihnen ganz nahe war. Wagner warf sich noch heute vor, an jenem Abend nicht das erlösende Wort gesprochen zu haben: „Lasst uns einfach weiterziehen und einen ungefährlicheren Berg besteigen."
Unbestiegene Berge, wenn auch nur Sechstausender und keine prestigeträchtigen Siebentausender, gab es noch genügend in der weiten Runde. Doch er war damals wie alle anderen zu sehr Gefangener dieses Berges, um so einfach von ihm lassen zu können. Zu sehr hatte er sich daheim auch aus dem Fenster gelehnt, hatte getönt vom höchsten noch unbestiegenen Berg der Erde, welcher er und seine Gefährten nun in gefahrenvollem Kampf als erste zu erobern gedachten, und einen entsprechend großen Rummel hatte die heimische Presse um diese Unternehmung entfacht. Wagner hatte sich vor dem Abflug ausgemalt, wie sein Kollege Alexander Zeisig nach der erfolgreichen Expedition auf dem Bahnsteig den Schulchor dirigieren und wie seine neueste Flamme Claudia Kobler ihn begehrlich in seine Arme schließen würde, vor Stolz nahezu berstend, diesen Helden allen anderen neidisch dreinblickenden Frauen entziehen zu können. Er konnte doch nicht vor seine

Claudia hintreten und ihr gestehen, dass er die Hosen gestrichen voll gehabt hatte. Das würde ihn ja in die Nähe von Männern rücken, welche vor ihrer Frau knieten und sich dafür entschuldigten, dass sie den Abwasch nicht ganz geschafft hatten, oder welche ihrer Frau zuliebe auf ein wichtiges Fußballländerspiel verzichteten, nur weil im anderen Programm *Herzkino* lief. Und all seine Kollegen, welche schon für ihre Erlebnisnächte in einem bayerischen Heustadel eine Risikoversicherung abschlossen, würden ihn dann kübelweise mit Häme überschütten.

„Ich habe Verständnis für jeden, der morgen im Basislager bleibt und nicht mitmacht, das erste Hochlager einzurichten", hatte Wagner stattdessen seinen Expeditionsgefährten mitgeteilt und fatalerweise hinzugefügt: „Ich jedenfalls werde aufsteigen."

Vermutlich trieb ihn Grundmanns hämisches Grinsen nach oben, dieses Grinsen des verhinderten Ruder-Olympioniken, der immer noch darunter litt, damals im Deutschland-Achter nur die ewige Neun gewesen zu sein. Seitdem gierte er vermutlich unersättlich nach Verlierern, um sein eigenes Scheitern zu relativieren. Wie er diesen Angeber hasste, der es mit einem scheinbar vieldeutig wirkenden Lächeln geschehen ließ, wenn man ihm das Gerücht hinterbrachte, Grundmann lasse sich vor schweren Ruderregatten im Training von sudanesischen Turnierkrokodilen jagen.

Wagner stellte befriedigt fest, dass seine Worte ihre Wirkung nicht verfehlt hatten. In deren Gesichtszügen glaubte er zumindest statt der heftigen Ablehnung ein zauderndes Jein herauslesen zu können.

Countdown für den Besuch aus Stuttgart

Kommt ein Mercedes mit Stuttgarter Nummer,
droht der Schule erheblicher Kummer.

Dr. Hans Burgers *Gesammelte direktorale Weisheiten*

Morgen war der große Tag. Der Kultusminister persönlich hatte angekündigt, sich im Monat Februar samt seinem Gefolge in den tiefen Süden des Ländles hinab zu begeben, um Wagners Gymnasium einen Besuch abzustatten. Heute war der 27. Februar und da kein Schaltjahr war, würde der Minister morgen logischerweise erscheinen. Seit Wochen arbeitete ein Planungsstab fieberhaft daran, den Kultusbürokraten ein Programm mit besonderen Schaustunden ausgewählter Lehrkräfte in handverlesenen Klassen zu liefern. Dr. Burger hatte diesem Planungsstab eine streng vertrauliche Dienstanweisung erteilt, das Kollegium und die Schüler in drei Gruppen einzuteilen.

Zur ersten Gruppe gehörten die Subversiven, also die Widerwärtigen und Widerborstigen. Diese gab es sowohl im Kollegium als auch in der Schülerschaft. Vertreter dieser Gruppe sollten für die Dauer des hohen Besuches nach Möglichkeit aus dem Schulhaus verbannt werden. Finke war an diesem Tag zu einer Fortbildung genötigt worden, um dem Minister diesen gewerkschaftlichen Wadenbeißer vom Leib zu halten. Einige besonders unbotmäßige Schüler wurden mit Grundmann zur Landesruderregatta geschickt.

„Das sind doch alles nikotinsüchtige Schlaffsäcke! Da können wir gleich daheim bleiben und uns so wenigstens nur aus der Ferne blamieren", knurrte dieser im Lehrerzimmer.

Zur zweiten Gruppe zählten die Ewiggestrigen, welche seit Jahr und Tag die erprobten Unterrichtsstunden hielten und deren Kopien schon den Eltern aus deren Unterricht bekannt waren. Kuno Keller galt als reinster Vertreter dieser Gruppe. Er hatte es nie ganz verwunden, dass der letzte Projektor für 16mm-Filme vor etlichen Jahren unwiderruflich ausgemustert worden war und man ihn auf diese Weise zwang, neue Unterrichtsfilme in sein Repertoire aufzunehmen. Seitdem sehnte sich Keller nach den alten Zeiten zurück, als es noch den schulzeitbegleitenden Unterrichtsfilm gab, der auch nach 30 Jahren nichts von seiner Wirkung eingebüßt hatte – ganz im Gegensatz zu den modernen schnelllebigen Filmen. Zu Kuno Kellers Favoriten zählten *In finnischen Wäldern, 1964*, der *Flug über die Schwäbische Alb, 1969*, und *Scotts letzte Reise, 1962*. Im Grunde genommen stand ihm damit auch Jahrzehnte später ein vollständiger Fundus für seine Erdkundestunden zur Verfügung.

In *Finnischen Wäldern* balancieren muskelbepackte Finnen mit nacktem Oberkörper über schwimmende Baumstämme, um diese zu Flößen zu bündeln, während der Forstmeister zur Schneeschmelze in seinem zerbrechlichen Kahn auf dem schäumenden Wildbach hinab schießt, von ebenfalls bachabwärts treibenden Baumstämmen ständig bedroht, um nur wenige Glanzlichter dieses filmischen Meisterwerkes zu benennen. Als Keller, damals noch junger Assessor, zum ersten Mal diesen Film vorführte, wurden in den Abspann hinein frenetische „Rückwärts! Rückwärts!"-Rufe in der Klasse laut und nach einer Weile dämmerte ihm, das hier ein alt geübter Brauch eingeklagt wurde, dessen didaktischer Hintersinn sich ihm erst allmählich offenbarte: Während man heutzutage nach Kurzfilmsequenzen überstürzt den Schülern unausgegorene Aussagen entlockt, wurde damals das eben Erlernte durch das rückwärtige Abspulen im Langzeitgedächtnis der Schüler verankert. Und wenn bei dieser Urform des schülerzentrierten Unterrichts der Fladen in der weidenden Kuh sich wieder selbst entsorgte – wie im Film *Milchwirtschaft im Allgäu, 1967* –, dann zählte dies zu den Sternstunden eines geglückten Schülerlebens. So erklärte sich auch die ideale Filmlänge von 20 Minuten, welche den problemlosen Vor- und Rücklauf in einer Unterrichtsstunde ermöglichte.

Der aus Dokumentaraufnahmen zusammengesetzte Schwarzweißfilm *Scotts letzte Reise* mit dem tragischen Tod Scotts und dessen Gefährten am Ende war Keller so geläufig, dass er mühelos die Rolle des Sprechers übernehmen konnte, als einmal bei einer Vorführung die Tonspur des Films versagte. In der ihm fremd gewordenen Gegenwart – ohne den 16-mm-Film mit seinen didaktisch vielfältigen Möglichkeiten – rettete sich Keller mit Stapeln von Arbeitsblättern aus Kopiervorlagen über die Runden und kam nur dann ins Straucheln, wenn er versehentlich das Lösungsheft zu Hause vergessen hatte.

Diesen Kollegen würde Dr. Burger morgen ins Dachgeschoss verbannen. Man hatte ihm nämlich zugetragen, dass der Kultusminister mal wieder von seiner Arthritis gequält wurde und daher das Treppensteigen hasste.

Zur Gruppe der Ewiggestrigen zählte auch Rainer Barmer. Der verfügte mittels seiner abgegriffenen Karteikarten seit Jahrzehnten über einen bewährten Fundus an Unterrichtsstunden. Sogar seine gelegentlich eingestreuten Witze pflegte er von Karteikarten abzulesen. Seine Klausuren wurden von Schülergeneration zu Schülergeneration weitergereicht und auf diese

Weise erzielte er regelmäßig beachtliche Resultate, welche ihn aus der Schusslinie der anspruchsvollen Elternschaft hielten. Zu Dr. Burgers Verdruss konnte er diesen Kollegen nicht zu Kuno Keller in die oberste Etage schicken, denn zum Schuljahresbeginn hatte Rainer Barmer ein ärztliches Attest eingereicht, was zum Entzug der Dachgeschosslehrbefähigung geführt hatte. Hier half nur eines: Er musste den Kollegen dazu verdonnern, am Besuchstag jede Unterrichtsstunde eine Klausur schreiben zu lassen. Da konnte am wenigsten schiefgehen und Dr. Burger konnte sich nicht vorstellen, dass der Kultusminister darauf erpicht sein würde, Schüler beim Schwitzen über Chemie- und Biologieaufgaben zu beobachten. Er wusste freilich, dass auch das riskant war: Eltern hatten ihm zugetragen, dass es bei Barmers Klausuren drunter und drüber ging und im Grunde genommen jeder von jedem abschreiben konnte.

Uli Wagner würde er auf jeden Fall ins Dachgeschoss schicken. Dessen Frontalunterricht ließ sich nicht mehr mit der *Neuen Pädagogik* vereinbaren, zu der man sich an dieser Schule im Leitbild bekannte. Immerhin würde er dem Minister zwischen zwei Schaustunden diesen stadtbekannten Bergsteiger in der kleinen Pause als eine der Sehenswürdigkeiten, welche das Gymnasium sonst noch zu bieten hatte, vorführen. Dr. Burger stellte sich vor, wie der Minister wohl staunen würde, wenn Wagner ganz unkonventionell über die Außenfassade hoch zu seinem Klassenzimmer kraxeln würde. Er verwarf diesen Gedanken jedoch gleich wieder. Das passte nämlich überhaupt nicht zum Anspruch der Schule, wo der Lehrer nur noch der Lernbegleiter seiner Schüler war und gleichsam als scheuer Kiebitz aus dem Hintergrund die zaghaften intellektuellen Gehversuche seiner Schutzbefohlenen beobachtete.

Auf die dritte Gruppe setzte Dr. Burger seine ganzen Hoffnungen: Die Innovativen, Kreativen und nicht zuletzt die Inklusiven. Mit einer regelrechten Bildungsoffensive wollte er auf diese Weise den Kultusminister samt seiner Evaluationsmannschaft überrollen. Gott sei Dank konnte man hier auf einen Florian Wessenberg zurückgreifen. Sein Fachleiter in Englisch hatte schon in dessen Zeit als Referendar seinen wegweisenden Unterricht gerühmt. Sein messianischer Eifer, mit dem er diesen betrieb, wurde ihm auch später nach jedem Unterrichtsbesuch bescheinigt. In seinen Unterricht würde er den Kultusminister als Erstes schleusen, am besten in seine Englischdoppelstunde, wo Wessenberg alle Register der modernen Pädagogik ziehen konnte. Wessenberg war der einzige Lehrer, den Dr. Burger kannte, der in seinen Stunden so schnell die Methode wechseln konnte, dass man als Laie von der einzelnen Methode überhaupt nichts mitbekam. Das Herzstück dieser Doppelstunde – darum würde Dr. Burger seinen jungen Kollegen bitten – würde die *Kugellagermethode* bilden. Hier standen sich die Schüler in einem Außen- und einem Innenkreis gegenüber und drehten sich auf ein bestimmtes Kommando in entgegengesetzter Richtung um einen Platz weiter, um so dem mit dem jeweiligen Gegenüber ins Gespräch zu kommen, beispielsweise als Einheimischer und Tourist oder Gast und Kellner. Das war allemal viel innovativer als den Minister zu Wagner zu schicken, welcher vermutlich am Stundenbeginn wie üblich durch benotetes Vokabelabhören Angst und Schrecken verbreitete.

Lautes Kreischen drang vom Flur ins Direktionszimmer und riss Dr. Burger jäh aus dessen Überlegungen. Ungehalten stürmte er nach draußen, um abrupt vor einer Gestalt im Trenchcoat mit hoch geklapptem Kragen zu landen. Mit seinem Schlapphut und der Sonnenbrille sah er aus wie die schlechte Kopie eines Agenten. Als sie ihren Schulleiter bemerkten, verstummten die Schüler, welche bislang die Gestalt bedrängt hatten und wichen etwas zurück. Erst jetzt bemerkte Dr. Burger, dass sich Florian Wessenberg hinter dieser Gestalt verbarg. Der fühlte sich umgehend zu einer Erklärung genötigt:

„Ich bin als *Wissensdealer* unterwegs. Die Schülerinnen und Schüler können sich bei mir Wissen für die nächste Klausur einkaufen. Die Erfahrung hat gezeigt, dass auf diese Weise der Lernerfolg weitaus größer ist als im herkömmlichen Unterricht, wo die Lehrkräfte quasi zum Nulltarif Bildung verschleudern. Selbstredend behalte ich das Geld nicht, sondern stifte es unserem *Wir-sind-eine-Welt*-Projekt."

„Großartig, weitermachen!", brach es aus Dr. Burger hervor, und rasch zog er wieder hinter sich die Tür ins Schloss, um seinen Jubel vor der Schülerschaft zu verbergen.

Wessenberg war schon mal für den Besuch aus Stuttgart fest gesetzt. Anschließend konnte man dem Kultusminister, dem man ein Faible für hübsche Blondinnen nachsagte, zu Frauke Hamkens in die Sporthalle lotsen. Diese ansehnliche junge Kollegin hatte in ihrer Jugend Triumphe als friesische Meisterin im Wattlauf gefeiert. Ein völlig aufgekratzter Udo Kammerer hatte ihm kürzlich fassungslos berichtet, er habe diese Dame im Freibad beim Beachvolleyball beobachtet und dabei ihr mit vielen Schnörkeln ausgestattetes Arschgeweih entdeckt. Genau das brauchte Dr. Burger jetzt, junge Menschen, welche sich nicht wie Kammerer störrisch gegen den Zeitgeist sperrten, sondern sich diesem freudig unterwarfen. Außerdem traf es sich besonders gut, dass Frauke Hamkens in ihrem Sportunterricht Spiele ohne einen Sieger favorisierte und sich auf diesem Gebiet einen schier unerschöpflichen Fundus an Spielen erarbeitet hatte. Dr. Burger rieb sich die Hände, wenn er sich die Begeisterung des Kultusministers vergegenwärtigte. Er würde dann hinterher den theoretischen Oberbau nachliefern und ihm erläutern, dass nicht jeder Schüler psychisch dazu in der Lage sei, mehrere Niederlagen hintereinander zu verkraften und man daher an dieser Schule bewusst einen Gegenpol zur gewinnorientierten Welt da draußen schaffe. Sein Gymnasium sei ein geschützter Raum, wo auch das unscheinbarste Pflänzlein aufs Prächtigste gedeihe.

Für das Kreative bot sich natürlich Luise Karrenbacher-Dellbrink an. Diese Kunsterzieherin hatte es schon mit mancher wilden Performance in die Schlagzeilen der örtlichen Presse geschafft. Dr. Burger musste sie heute nur noch im Lauf des Tages zu sich bitten, um sie darauf einzuschwören, bei Aktionsformen wie *Body Painting* den Kultusminister nicht mit ins Kunstwerk einzubeziehen.

Des Weiteren war in Sachen Kreativität von Natur aus die Musik gefordert. Dr. Burger dachte einen Augenblick daran, dem hohen Gast aus der Landesmetropole vom Schulchor das *Badnerlied* entgegen schmettern zu lassen, besann sich dann doch eines Besseren und wollte die Musiklehrer beauftragen, ein die multikulturelle Gesellschaft preisendes Kinderlied zu intonieren. Da fiel ihm siedend heiß ein, dass Alexander Zeisig die ganze Woche über mit den tragenden Stimmen des Schulchors in einer Burg auf der Schwäbischen Alb weilte, um dort ein Musical einzustudieren. Nun musste wohl oder über Britta Garbold aktiviert werden, eine heikle Mission, hatte er doch diese Kollegin erst kürzlich wegen ihrer Unart gerügt, die Klasse schon zehn Minuten vor dem Läuten in die Pause zu entlassen.

Angeblich, so schob sie die Begründung nach, sei eine Musikstunde bei ihr an Intensität nicht mehr zu überbieten, und nach mehr als einer halben Stunde drohe dem sensiblen, musisch veranlagten Schüler Überspanntheit und dem unbegabten Rest eine sich auf alle weiteren Stunden übertragende Lethargie.

Dr. Burger hatte dieser Dame damals offen mit einem Eintrag in die Dienstakten gedroht, was ein heftiges Burnout-Syndrom ausgelöst hatte. Die darauffolgenden drei Monate verbrachte Britta Garbold in einer Klinik. Seit einer Woche unterrichtete sie wieder und ließ gegenüber ihrem Schulleiter durchblicken, dass dieser fragile Zustand des mühsamen Unterrichtens einem Gnadenakt gleichkam. In ihrer Kur, so munkelte man hinter hervorgehaltener Hand, habe sie den Stadtrat der Freien Wähler und Bauunternehmer Peter Rangnitz tatkräftig dabei unterstützt, dessen Genesung zu beschleunigen.

In der nächsten kleinen Pause bat Dr. Burger die Dame mit der goldenen Stimme und den heilenden Händen zu sich, um seinen Gang nach Canossa möglichst rasch hinter sich zu bringen. Er schwor sich zähneknirschend, im Fall der Weigerung seine letzten Dienstjahre ausschließlich daran zu setzen, bei dieser maßlos sich selbst überschätzenden Musikerin andere Saiten aufzuziehen und diese überspannte Ziege an eine möglichst weit entfernte ländliche Schule abzuordnen. Diese launische Diva hatte es nach dem Studium noch nicht einmal zum Vorsingen an ein Provinztheater geschafft.

Natürlich ließ die Kollegin die komplette Pause verstreichen und erschien erst mehrere Minuten nach Unterrichtsbeginn auf der Direktion. Dr. Burger unterdrückte die Frage, ob Britta Garbold jetzt nicht in den Unterricht müsse. Das Grölen vor dem Musiksaal verriet nur allzu deutlich, dass ihre Klasse unbeaufsichtigt war, und ihre Primadonnenmiene signalisierte ihm, dass sie das Gespräch mit dem Direktor vorschieben würde, um ihre Unterrichtsstunde auf das gewohnte Maß zu reduzieren.

„Wissen Sie überhaupt, warum ich ausgerechnet Sie auserwählt habe, vor dem Kultusminister zu musizieren?" Ohne ihre Antwort abzuwarten, beschied er der verdutzten Kollegin, dass es schon die Spatzen von den Dächern pfiffen, dass nicht Alexander Zeisig, sondern sie, Britta Garbold, für die Musik hier an der Schule das Maß aller Dinge sei, und er, Dr. Burger, bitte deshalb sie darum, dem Kultusminister zu zeigen, wie fortschrittlicher Musikunterricht an dieser Schule aussehe. In dem Moment durchzuckte Dr. Burger ein Geistesblitz: Aus dem Hang dieser überspannten Kollegin, ihre Schüler zehn Minuten vor Unterrichtsende schon aus dem Musiksaal zu entlassen, würde er endlich Kapital schlagen.

„Sie können mir einen großen Gefallen erweisen, liebe Frau Garbold, und ich verspreche Ihnen, dass der Herr Minister Ihre berufliche Laufbahn wohlwollend beschleunigen wird. Wie wäre es, wenn Sie in Ihrem Unterricht zwei fünfminütige Pausen mit sportlichen Übungen einbauen würden?"

„Wie bitte?"

„Noch nie etwas von *Bewegter Schule* gehört?"

„Doch, schon. Ich weiß aber ehrlich gesagt überhaupt nicht, zu welchen Leibesertüchtigungen ich meine Schülerinnen und Schüler anhalten könnte."

„Da machen Sie sich mal keine Sorgen. In Ihrer 9c sitzt doch Sven Behringer. Der ist ausgebildeter Bewegungsmelder und kann die beiden Einheiten leiten. Hinterher verleiht uns der Minister sicher das Zertifikat als *WSB-Schule*."

Britta Garbold sah ihren euphorisierten Schulleiter fragend an:

„WSB-Schule?"

„Weiterführende Schule mit bewegungserzieherischem Schwerpunkt", belehrte sie Dr. Burger mit einem nachsichtigen Lächeln. „Ihnen fallen sicher viele Möglichkeiten ein, das Ganze noch rhythmisch zu untermalen und zu einer regelrechten Performance auszugestalten. So fächerübergreifend hat noch niemand die *Bewegte Schule* durchgeführt. Damit machen Sie unser Gymnasium zur Speerspitze der modernen Bewegung in Baden-Württemberg! Sie fühlen sich doch dieser Aufgabe gewachsen?"

Anstelle einer Antwort jauchzte Britta Garbold laut auf und Dr. Burger zog sich geistesgegenwärtig hinter sein Bollwerk aus Akten zurück, um nicht noch zu allem Überfluss von seiner dankbaren Kollegin umarmt oder gar geküsst zu werden.

Nun fehlte nur noch ein Schüler mit Behinderung, um dem Kultusminister auch eine erfolgreiche Inklusionsklasse vorzuführen. Ihr einziger Schüler, der im Rollstuhl saß, war dummerweise langfristig erkrankt. Nun war guter Rat teuer. Durch ein verhaltenes Klopfen an seine Tür wurde Dr. Burger aus seinen Überlegungen gerissen. Leon Kleiber und Titus Tatzelmann, zwei Schüler aus der 8. Klasse, traten in Büßerhaltung herein, und im selben Moment hellte sich die Miene des Schulleiters auf. „Euch ist klar, dass man für dieses Vergehen von der Schule fliegen kann?"

Die betretenen Mienen verrieten ihm, dass die Übeltäter mit dem Schlimmsten rechneten. Leon und Titus waren kürzlich dabei ertappt worden, wie sie die Hauswand von Cosima Baierlein mit obszönen Symbolen besprüht hatten. Im anschließenden Kreuzverhör in zwei voneinander abgetrennten Räumen stellte sich auch noch heraus, dass die beiden auch schon einige Monate zuvor die Fassade von Petra Gehring-Schüsselhards schmucker

Villa mit ordinären Parolen eingeferkelt hatten. Der übergroße schlaffe Phallus prangte tagelang von der Hauswand, weil der beauftragte Handwerker sich erst nach einer Woche dazu bequemte, die Schmiererei zu entfernen. Hinterher hatte sich herausgestellt, dass der säumige Handwerker einst nach der 8. Klasse das Gymnasium verlassen musste, weil er zum zweiten Mal hintereinander sitzengeblieben war.

„Setzt euch bitte ins Vorzimmer und wartet. Ich habe noch etwas Wichtiges zu erledigen."

Die Delinquenten erst einmal schmoren zu lassen, war Dr. Burgers bewährte Methode, sein Gegenüber richtig gar zu kochen. Eine halbe Stunde später beauftragte er seine Sekretärin, ihm die beiden Wandbeschmierer hereinzuschicken.

„Setzt euch!"

Betretenes Schweigen.

„Morgen werdet ihr beide im Rollstuhl sitzen."

Blankes Entsetzen.

Dr. Burger jubilierte innerlich. Eine weitere halbe Stunde später schickte er die beiden Schüler nach draußen und rieb sich zufrieden die Hände. Die beiden würden morgen in der unter-richtsbesuchserprobten 8b eine gelungene Inklusionsklasse simulieren. Und sie würden ihre Aufgabe im Rollstuhl mit Bravour erfüllen, da ihnen ansonsten der finale Rauswurf aus der Schule drohte. Denen aus Stuttgart würde er es dieses Mal so richtig zeigen. Zwei Behinderte in einer Klasse, damit toppte er alle anderen Gymnasien der Stadt. Nach diesem Besuchstag müsste dann der Minister bei ihm kleinlaut dafür Abbitte leisten, dass man seiner Schule nach der letzten Fremdevaluation ein verheerend schlechtes Zeugnis ausgestellt hatte.

Lauter praxisferne Sesselfurzer saßen in diesen Gremien, verkrachte Existenzen, von welchen die meisten vermutlich als Lehrer vor der Klasse versagt hatten. Dr. Burger spürte, dass er auf der Stelle seinen inneren Monolog beenden musste, um nicht von seinem Hass auf die Kultusbürokratie zerfressen zu werden. Viel besser war es, stattdessen seinen Arbeitstag harmonisch ausklingen zu lassen. Flugs griff er in seine Schreibtischschublade, zog eine Schachtel edler Schweizer Pralinen hervor, bat telefonisch Nicole Krämer, seine Sekretärin, zu sich, um ihr, „dem rettenden Fels in der Brandung", für deren verlässliche langjährige Arbeit zu danken und ihr die edlen Leckereien zu überreichen.

Nachdem er diesen verblüfften Menschen beglückt hatte und Nicole Krämer auf einer Wolke der Seligkeit aus der Direktion geschwebt war, konnte er dem Feierabend gelassen entgegensehen. Für den Besuch des Kultusministers am nächsten Tag war er jedenfalls bestens gewappnet. Diesen Tag konnte er getrost jetzt schon als weiteres Ruhmesblatt seinem glänzenden Portfolio hinzufügen. Den sicheren Triumph würde er nachher mit seiner Gattin bei einem Glas eines besonders erlesenen Weines aus der Spitalkellerei schon einmal ausgiebig vorkosten. *Grauburgunder, Trockenbeerenauslese, lieblich.* Den hatte ihm der Personalrat zu seinem 60. Geburtstag geschenkt.

Am späten Abend radelte Uli Wagner ganz gegen seine Gewohnheit nochmals zur Schule. Er wollte seine umfangreichen Unterrichtsmaterialien, auf die er normalerweise verzichtete, in Ruhe kopieren, um den zu erwartenden Massenandrang am Kopierer am nächsten Morgen zu vermeiden. Wenn er schon einmal seinen Unterricht gründlich vorbereitete, dann durfte das nicht an einem banalen Papierstau scheitern. Auf dem Weg über den dunklen Flur drang aus einer halb geöffneten Klassenzimmertür ein schwacher Lichtstrahl. Als Wagner leise den Raum betrat, stand drinnen an der Tafel Christian Bülow. Hatte etwa jemand vergessen, das Schulhaus abzuschließen?

„Was machst denn du hier?", fragte Wagner verblüfft seinen pensionierten Kollegen.

„Unterricht ohne Schüler, lieber Uli. Das war mir leider in meiner aktiven Dienstzeit nie vergönnt. Nur so gelingt die perfekte Stunde. Du kannst in Ruhe das Tafelbild entwickeln. Ohne Störgeräusche aus der Klasse. Das habe ich in all den Jahrzehnten erst allmählich begriffen: Der Schüler ist das eigentliche Problem am Unterricht. Ohne ihn funktioniert Schule tadellos."

Wagner entschuldigte sich für seine Störung und wünschte noch einen weiteren angenehmen Unterrichtsverlauf. Er nahm sich im Weitergehen fest vor, seinen innovativen Kollegen Wessenberg auf diese bahnbrechende Form des Unterrichtens hinzuweisen.

Mittwoch Elternabend

Die Wälder wären sehr still, wenn nur die begabtesten Vögel sängen.

Henry van Dyke

Der nächste Morgen verstrich, und wer nicht kam, war der Kultusminister. Am Ende des Schultages zogen die Schüler erschöpft nach Hause, weil sie unaufhörlich in detailliert ausgearbeiteten Schaustunden zur Höchstleistung angehalten worden waren. Auch Uli Wagner kam am frühen Abend völlig ausgelaugt daheim an. Mittwoch war ohnehin sein Großkampftag, da er da acht Stunden am Stück unterrichten musste. Für den heutigen Tag hatte er ganz gegen seine Gewohnheit alle Stunden akribisch vorbereitet. In seine Geschichtsstunde war er sogar mit einem Wehrmachtshelm auf dem Kopf in die Klasse marschiert, um zusammen mit seinen Schülern Polen zu überfallen. So handlungsorientiert war die Unterrichtseinheit *Zweiter Weltkrieg* vermutlich noch an keiner deutschen Schule eingeführt worden. Wagner ärgerte sich tierisch, dass es mal wieder kein Schwein mitbekommen hatte, wie didaktisch ausgefuchst er sein konnte, wenn es darauf ankam. Immerhin konnte er dank seiner Kopienstapel vom Vorabend seine Klassen mit Material bis zu den nächsten Ferien eindecken.

Nach einem hastig hinuntergeschlungenen Abendessen, einer aufgebackenen Fertigpizza Napoli vom Discounter um die Ecke, war Wagner schon im Begriff, seine Sporttasche zu schultern, um gut gegen die Kälte eingepackt zur 20 Kilometer entfernten Kletterhalle zu radeln, dort zwei Stunden intensiv die Wände hoch und runter zu turnen und dann wieder in hohem Tempo den Heimweg zurückzulegen. Das würde einen intensiven Vierstundenabend ergeben, eine harte Trainingseinheit, wie er sie jetzt brauchte, um weiter seine Form für den Sommer aufzubauen. Solche entbehrungsreichen Abende entschädigten ihn für die stundenlange ermüdende Hockerei im Klassenzimmer. Endlos anmutende vier Wochen waren schon seit den letzten Ferien vergangen und Wagner begann allmählich, den Abdruck der Gitterstäbe in seinem Gesicht zu spüren. Einmal mehr wurde ihm schmerzlich bewusst, dass er nicht für die Käfighaltung in viel zu engen Klassenzimmern taugte, sondern für das entbehrungsreiche Leben draußen in der Wildnis bestimmt war.

Da ertönte auf seinem Smartphone ein Signal, das sich als die Erinnerungsfunktion seines Google-Kalenders entpuppte. Uli Wagner schwante nichts Gutes, denn zum Abend in der Kletterhalle hatte er sich spontan entschieden; der konnte also nicht gemeint sein: *Mittwoch 20 Uhr Elternabend 9b*. In der 9b war er der Klassenlehrer, also blieb ihm nicht der Hauch einer Chance, diesen Termin zu ignorieren. Immerhin stand er bei den meisten Eltern immer noch im Ruf, seinen Beruf halbwegs gewissenhaft auszuüben, wobei man ihm seine Korrekturfaulheit als liebenswerte Schrulle durchgehen ließ. Sie war sozusagen sein Markenzeichen und schuf außerdem einen zuverlässigen Anlass, ihn zu kontaktieren. Diesen Ruf galt es heute Abend zu verteidigen, denn er wusste, dass die Gunst der Eltern flatterhaft war wie eine tibetische Gebetsfahne an einem sturmumtosten Passübergang.

Die Stimmung des Klassenlehrers der 9b stürzte von himmelhochjauchzenden Höhen hinab in die tiefsten Katakomben einer manischen Depression. So wurde also *zum Schneckengang ver-*

dorben, was Adlerflug geworden wäre. Wieder einmal war ihm sein Hang, unangenehme Dinge einfach auszublenden und erfolgreich zu verdrängen, beinahe zum Verhängnis geworden. Der Gedanke an die Rednerliste, die sich nun vor dem wohlverdienten Feierabend auftürmte, vertiefte seine schlechte Laune. Mindestens drei Kollegen waren als notorische Vielredner gefürchtet. Da war Petra Gehring-Schüsselhard, welche in gewohnter Weise ihr Fach Sport durch eine halbstündige Rede zum Hauptfach schönzureden versuchte. Dann Barbara von Waltershausen, die sicherlich ihre vielfältigen Aktivitäten in Religion schildern würde, und nicht zuletzt Rainer Barmer, der zwar meistens nichts Wesentliches zu vermitteln hatte, in den letzten Jahren jedoch zunehmend an verbaler Inkontinenz litt, was vermutlich auch auf seinen exzessiven Alkoholkonsum zurückzuführen war. An den weiteren Kollegen, die sich noch zum Elternabend angemeldet hatten – Wagner registrierte verwundert, dass er dies damals alles haarklein unter seinem Termineintrag notiert hatte – war äußerlich nichts Heimtückisches zu erkennen. Lediglich Britta Garbold neigte hin und wieder dazu, die Eltern durch aktives Singen für ihren fortschrittlichen Musikunterricht einzunehmen. Neuerdings zählte sie jedoch nach Unterrichtsschluss zu den spurtstärksten Lehrkräften, die als erste den Lehrerparkplatz erreichten. Man vermutete hinter dieser ungewohnten Eile einen neuen Liebhaber.

Wagner knallte wütend seine Sporttasche in die Ecke, zwängte sich aus seinem engen Radlertrikot und zog missmutig seine Dienstkleidung an. Vor dem Spiegel überprüfte er, ob er seriös genug wirkte, um auf dem Elternabend einen soliden Eindruck zu hinterlassen. Sein Sakko schuf einen wirkungsvollen Kontrast zum wettergegerbten Gesicht, welches ihm im Lehrerzimmer unlängst den Beinamen *Keith Richard der Berge* eingebracht hatte. Gerade noch rechtzeitig, kurz bevor der Sekundenzeiger der Klassenzimmeruhr auf die volle Stunde schnappte, betrat Wagner das voll besetzte Klassenzimmer. Als Meister der Selbstinszenierung signalisierte er mit seiner Körpersprache, dass er selbstredend davon ausging, dass alle anwesenden Mütter genau diesem Augenblick entgegengefiebert hatten.

Seine Kolleginnen und Kollegen saßen schon wie die Hühner auf der Leiter vorne an der Tafel. Offenbar hatte man schon die Reihenfolge des Auftritts untereinander ausgehandelt. Die Pole-Position hatte wohl Kuno Keller erobert, denn sobald Wagner die Eltern begrüßt hatte, stellte er sich mit einem forschen Ausfallschritt hinter das Pult. Kuno Keller genoss wegen seiner legendären Kurzauftritte auf Elternabenden im Kollegium einen gewissen Kultstatus.

Guten Abend, meine Damen und meine Herren.
Ich möchte Sie nur kurz beehren.
Bei Kuno Keller
geht alles schneller.
In dieser Klasse unterrichte ich Erdkunde und Latein
Probleme gibt es keine; das finde ich fein.
Wenn Sie keine Fragen haben,
würde ich gleich nach Hause traben.

Das schüchterne Handzeichen einer Mutter und das anschließende allgemeine Raunen bekam Kuno Keller schon nicht mehr mit, weil er längst die Klassenzimmertür hinter sich zugezogen hatte und in die Nacht entschwunden war. Nach dem abflauenden Gemurmel folgten zwei weitere kürzere Auftritte und verleiteten Wagner zur voreiligen Hoffnung, er könne im Anschluss an den Elternabend vielleicht doch noch eine verkürzte Trainingseinheit durchführen.

Doch dann trat Barmer nach vorn. Wortreich erklärte er in den nächsten zwanzig Minuten, was er in seinem Chemieunterricht alles nicht mehr machte. Seit die Bürokraten in Stuttgart ihn zum Ausfüllen von Formularen nötigten, um für jeden Versuch eine Risikoabwägung zu beschreiben, verzichte er ganz auf Chemieversuche. Er empfahl den Eltern daher, einen Chemiekasten anzuschaffen, damit die Sprösslinge daheim die Versuche durchführen könnten, die er im Unterricht nur theoretisch erklärte.

„Und kümmern Sie sich bloß nicht um das Gerede von angeblich ausgebrannten Zimmern und unbewohnbaren Küchen. Wer einen späteren Nobelpreisträger wünscht, darf sich von solchen kleinlichen Bedenken nicht abhalten lassen. Es kommt nur auf die richtigen Versuche mit dem richtigen Chemiekasten an."

Die Wahl dieses richtigen Chemiekastens beanspruchte weitere zehn Minuten. Dann war es endlich so weit: Barmer setzte an, allen Anwesenden noch einen schönen Abend zu wünschen und zu gehen, falls die Eltern keine Fragen mehr hätten.

„Doch, ich habe da noch eine Frage", beschied eine Mutter und Wagner sackte in sich zusammen, wie ein Kriegsteilnehmer, den ein Schuss aus dem Hinterhalt niedergestreckt hatte.

„Stimmt es, dass Sie unsere Kinder mit dem Tageslichtprojektor anstrahlen? Ich dachte bisher immer, der sei dazu da, um Folien auf die Leinwand zu projizieren."

Barmer beschied den Eltern, dass er nur in äußersten Notfällen zu diesem letzten Mittel greife, um geistig unterbelichteten Klassen, wie die 9b eine sei, wenigstens hin und wieder eine Erleuchtung zu gewähren. Das konsternierte Schweigen nutzte

Barmer, um endlich das Klassenzimmer zu verlassen. Im Raum hinterließ er einen feinen Nebel aus Rasierwasser und Pfefferminzpastillen und dazu Ratlosigkeit über allen Häuptern.

Britta Garbolds Auftritt geriet im Anschluss daran erstaunlich kurz. Mit ihrer Bemerkung, zum Musikunterricht in der Klasse gebe es nur wenig zu sagen, weshalb sie gleich wieder sang- und klanglos abzutreten gedenke, erntete sie sogar einen kleinen Heiterkeitssturm.

In der nächsten Viertelstunde beglückwünschte sich Wagner zu seinem Smartphone. Während seine Kollegin Gehring-Schüsselhard ihren Unterricht als den Wichtigsten von allen pries, den Eltern haarklein erläuterte, warum der Sportnote eine Schlüsselrolle zufiel und gerade im Mädchensport in dieser Altersstufe die Grundlage für ein glückendes Frauenschicksal im späteren Leben gelegt werde, konnte sich Wagner in aller Seelenruhe durch die verschiedenen Wetterprognosen fürs nächste Wochenende durcharbeiten und so sein nächstes Gipfelziel festlegen. Anschließend thematisierte sie die verschiedenen Verkümmerungen des Bewegungsapparates, welche durch die Unart, Kinder im Elterntaxi bis vors Klassenzimmer kutschieren, ausgelöst würden. Die von Wagner befürchtete Redezeit von einer halben Stunde hatte die Kollegin längst schon überschritten, als sich der folgende Dialog entspann, den Wagner sich unbedingt merken wollte, um ihn bei seinem nächsten Männerstammtisch vorzutragen.

„Frau Gehring, stimmt es, dass…"

„Entschuldigen Sie, dass ich Sie unterbreche, aber ich heiße Gehring-Schüsselhard. So viel Zeit muss sein – auch wenn mein Kollege Wagner noch so seine Augen verdreht."

„Entschuldigung, dann: Frau Gehring-Schüsselhard. Stimmt es, dass unsere Töchter bei Ihnen im Sportunterricht ihren Namen tanzen müssen?"

„Ja. Das müssen sie. Ich habe mich da von den Anthroposophen inspirieren lassen. Das schafft ein vertiefendes Bewusstsein für die eigene Identität."

„Können Sie uns das mal vorführen?"

„Oh ja, tanzen Sie doch bitte mal Ihren Namen!"

Der Zwischenruf Wagners – „Aber bitte nur den Vornamen!" – erzeugte allgemeines Gelächter. Als es verebbt war und sie Wagner mit einem verächtlichen Blick gestraft hatte, tanzte die Kollegin das, was vermutlich Petra bedeuten sollte.

„Da gibt es nichts zu lachen!"

„Aber genau da liegt für meine Tochter Isabella-Pipalotta das Problem. Petra, das sind ja nur fünf Buchstaben. Bis Isabella-Pipalotta ihren Namen fertig getanzt hat, ist ihre Freundin Lea jedes Mal schon längst in der Umkleide."

„Da hätten Sie bei der Auswahl des Namens besser aufpassen müssen; jetzt ist es zu spät."

Nur mit großer Mühe gelang es Wagner, den aufbrausenden Tumult wieder zu bändigen. Er dankte der Sportkollegin für deren deutliche Worte und erinnerte alle Anwesenden an das pralle Restprogramm, das noch abgearbeitet werden müsse.

Schüchtern nahm Cosima Baierlein den Platz ein, welchen ihre abgehende Sportkollegin frei gemacht hatte. Ihre ganze Körpersprache verriet ihre Unsicherheit und dass sie im Grunde schon damit rechnete, von wütenden Elternbestien öffentlich zerfleischt zu werden. Doch nichts von alledem geschah und als Cosima Baierlein brav ihre Informationen zum Englisch-Vokabel-Lernen und der nächsten Klassenarbeit gestammelt hatte, wurde sie zu Wagners Verblüffung kommentarlos mit verhaltenem Klopfen auf die Tische in ihren Feierabend entlassen. Offenbar war heute niemand auf Krawall gebürstet, worauf auch der geringe Anteil an Vätern hindeutete. Die wurden meist nur auf Elternabende geschickt, wenn wirklich Zoff zu erwarten war. Oder aber die vor Angst bibbernde Cosima Baierlein löste einfach nur Mitleid und Beißhemmung bei den anwesenden Eltern aus.

Karlheinz Kammerer trat dagegen betont offensiv auf. In markigen Worten schilderte er die desaströsen Rechtschreibschwächen der Klasse, gepaart mit der Unfähigkeit zur stilistischen Gewandtheit, was nicht zuletzt auf die Unbelesenheit der meisten aus der Klasse zurückzuführen sei. Normalerweise waren die Eltern froh, von Kammerer nicht öffentlich examiniert zu werden und wagten daher selten eine Frage an den Deutschlehrer. Doch dieses Mal gab es eine Wortmeldung:

„Warum lesen Sie ausgerechnet Schillers *Maria Stuart*? Gibt es denn keine neueren Texte für den Unterricht?"

Kammerer ließ eine kleine Kunstpause verstreichen, um dann süffisant zu fragen: „Welchen Text sollten wir denn Ihrer Ansicht nach stattdessen lesen?"

Mit dieser Frage hatte die Mutter offenbar nicht gerechnet. Das ratlose Schweigen bildete den Auftakt zu einer fünfzehnminütigen Belehrung über die Bedeutungslosigkeit der Literatur seit Friedrich Schiller. Danach kam keine weitere Frage auf.

Als letzte Rednerin betrat Barbara von Waltershausen den Ring. Wagner stellte sich vor, wie es aussehen würde, wenn diese Dame vorn in der Kirche ihren vollständigen Namen tanzen müsste. Aber das Schmunzeln wich sofort aus seinem Gesicht, als er bemerkte, dass seine Kollegin ein eng bedrucktes Manuskript vor sich ausbreitete. Durch das geöffnete Klassenzimmerfenster konnte Wagner mitzählen, dass die Turmuhr zehnmal schlug. In der Folgezeit wunderte er sich, für was die Religion alles zuständig war: Da wurden Aktionen veranstaltet, um Gelder für die Rettung der Weltmeere einzutreiben. Notorischen Fleischessern wurde die in engen Ställen gemarterte Kreatur anklagend entgegengehalten, Fremdenfeindlichkeit durch die Einladung von Menschen aus allen Erdteilen in den Unterricht bekämpft, und durch einen Moschee-Besuch sollten gängige Vorurteile gegenüber fremden Religionen abgebaut werden.

Wagner, den ein Tibeter die einfache Technik gelehrt hatte, durch eine spezielle Atmung sich in den neutralen Zustand des Nichtmehrleidens zu versetzen, schaffte es, die weiteren Ausführungen auszublenden. Erst als die Turmuhr elfmal schlug, kam er wieder zu sich und hörte noch, wie Barbara von Waltershausen den sichtlich ermüdeten Eltern erklärte, warum sie kürzlich die Schüler der 9. Klassen mit einer Augenbinde und einem Blindenstock in die Stadt geschickt hatte. Dies sei geschehen, um den Alltag von Menschen mit Behinderung erfahrbar zu machen. Auf die Schlussfrage, ob die Eltern denn noch Fragen hätten, folgte allgemeines Schweigen. Offenbar war mittlerweile der letzte Rest an Widerspruchsgeist erlahmt und jeder sehnte sich nur noch ein Ende dieser Veranstaltung herbei.
Wagner wollte schon erleichtert sein Schlusswort anstimmen, als die Tür aufging und Gabriele Reemstma den Raum betrat. Den meisten Eltern stand mittlerweile ihre Erschöpfung überdeutlich ins Gesicht geschrieben, aber dies wurde von der Suchtpräventionsbeauftragten geflissentlich ignoriert.

„Hier geht es nicht um irgendein Unterrichtsfach; nein, hier geht es um die existenzielle Frage, ob Ihr Kind später im Sumpf der Drogen qualvoll verendet oder Wege für ein gelungenes, selbstbestimmtes Leben vermittelt bekommt."

Zum Glück verzichtete Gabriele Reemtsma an diesem Abend wenigstens auf ihr komplettes Horrorszenario mit abgestorbenen Raucherbeinen, unheilbaren Leberzirrhosen und wundgestochenen Venen. Sie war offenbar lediglich hier, um auf die in der Jahrgangsstufe 9 bevorstehende Suchtpräventionswoche hinzuweisen. Natürlich kämen in dieser Woche auch die Aufklärung und die Information nicht zu kurz, allerdings würden Themen wie die gehaltvolle Ernährung einen viel breiteren Raum einnehmen. Sie habe eigens dafür in der örtlichen Berufsschule die Küche angemietet, wo die Schüler dann leckere Vollkorngerichte zubereiten würden, und zwar in solchen Mengen, dass da auch sicher eine Mahlzeit für die ganze Familie zum häuslichen Verzehr übrig bleibe. *Vollkorn statt Vollrausch!*

Den anwesenden Vätern glaubte Wagner schon die stille Vorfreude auf die Grünkernbratlinge, welche fortan das Schweineschnitzel ersetzen würden, anzumerken.

„Da werden Ihre Kinder wichtige Schüsselkompetenzen erwerben", warf Wagner ein und registrierte zufrieden, wie er mit dieser Bemerkung laute Lacher bei den Eltern erzeugte.

Gabriele Reemtsma dagegen quittierte dieses schale Witzchen mit einem eisigen Blick, um dann unbeirrt die weiteren Schwerpunkte der Projektwoche vorzustellen. Da gebe es noch weitere Bausteine, um die Persönlichkeit des Kindes zu stärken. Sie sei besonders froh, dass es ihr gelungen sei, mit Jo Spielhagen den renommiertesten Erlebnispädagogen im Landkreis für diese

Aufgabe zu verpflichten. Nun danke sie den Eltern für deren Aufmerksamkeit und wünsche allen noch einen schönen Abend, am besten bei einem Glas Mineralwasser oder einem wohl mundenden Kirschsaftschorle.

Bei allem Ärger über diesen ungeplanten, den Elternabend noch weiter in die Länge dehnenden Auftritt bewunderte Wagner dennoch insgeheim, wie sicher und ohne sich zu verheddern seine Kollegin dieses *Kirschsaftschorle* auszusprechen vermochte. Den wohl verdienten Alkohol zur Betäubung nach diesem strapaziösen Elternabend hatte sie vermutlich allen Anwesenden gründlich ausgetrieben.

Kurz vor Mitternacht kam Wagner endlich wieder zu Hause an, entkorkte eine Flasche Wein, um diese dann gleich wieder angewidert zur Seite zu schieben und sich sofort schlafen zu legen. Offenbar hatte Gabriele Reemtsma in ihm eine akute Trinkhemmung ausgelöst. In dieser Nacht wurde er von wilden Träumen gepeinigt, in denen immer neue Kolleginnen und Kollegen ihn auf einer endlos langen Rednerliste nach hinten drängten. Nach stundenlangem zermürbendem Warten floh er verzweifelt aus dem Klassenzimmer, verlor aber gleich darauf die Orientierung und quälte sich in rabenschwarzer Nacht über tief verschneite Hänge nach unten, getrieben von der irrsinnigen Hoffnung, irgendwann einmal sein warmes Bett zu erreichen.

Die gescheiterte Batura-Expedition II

Rumpeldipumpel, weg war der Kumpel!

Georg Arthur Schramm

Immerhin gelang es Wagner und seinen Berggefährten in den nächsten zehn Tagen, im mühseligen Auf und Ab das erste von insgesamt drei geplanten Hochlagern einzurichten und mit Lebensmitteln, Brennstoff und Material für den weiteren Aufstieg auszustatten. Zur besseren Akklimatisation hatten sie dort oben auch schon zwei Nächte verbracht. Die Aussicht war atemberaubend, vor allem wenn am Abend die höchsten Eisriesen in der weiten Runde im letzten Licht verglühten. Allerdings lauerten überall Gefahren und wehe dem, der in der Nacht vor dem Zelt sein großes Geschäft erledigen musste. Bis zum Abgrund waren es nur wenige Schritte und in der Tiefe gähnte eine besonders abscheuliche Gletscherspalte und machte auch den abendlichen Gang auf das eisige Freiluftklo zu einer abenteuerlichen Angelegenheit. Während er in der arktischen Kälte in der Hocke bibberte, ertappte sich Wagner dabei, wie er sich zum ersten Mal in seinem Leben nach der vorgewärmten Brille im Lehrerklo sehnte.

Nach einer langen Schönwetterperiode zeigte sich das Wetter von seiner scheußlichen Seite und verdammte die vier Bergsteiger zum tagelangen Herumsitzen im Basislager. Wagner war am Ende durch diese Warterei so zermürbt, dass er in seiner Verzweiflung kurz davor war, den Unterricht für das kommende Schuljahr zu planen. Nur weil er keine Ahnung hatte, welche Klassen er überhaupt unterrichten würde, blieb ihm dieses grausame Schicksal erspart.

In der Nacht zerrte der Sturm wütend an ihren Zelten und nur mit größter Mühe konnten sie mit vereinten Kräften verhindern, dass ihr Messezelt davongeblasen wurde. Man musste eigens ein Bergseil opfern, um die Behausung halbwegs sicher zu verankern. Als Wagner am nächsten Morgen aus dem Zelt kroch, rutschte ihm eine Ladung Neuschnee in den Nacken und der Batura II hielt sich hartnäckig hinter grauen Wolken verborgen. Robert Metzler brachte es auf den Punkt:

„Der Revolver ist gespannt, und es ist nur noch eine Frage der Zeit, bis sich der erste Schuss löst."

Der Gedanke, von einer Lawine aus der Wand gewischt zu werden, sollte von nun an alle beherrschen. Mit einem schweren Durchfall konnte Thomas Zumstein glaubhaft Zeit gewinnen und im sicheren Basislager verharren. Jürgen Groß verweigerte kategorisch einen Aufstieg, weil er seinen Ruhepuls als noch viel zu hoch erklärte und auf einen weiteren Tag zur Akklimatisation im Basislager pochte, um nicht weiter oben ein lebensbedrohliches Hirnödem zu erleiden.

Nur Wagner sehnte sich an diesem Morgen fatalerweise danach, als Held der Berge in die Annalen des Höhenbergsteigens einzugehen. Obwohl ebenfalls nur notdürftig an die Höhe angepasst, wollte er heute schon besonders viel Material nach oben schleppen und beim ersten Hochlager eine Rast einlegen, um dann weiter hoch durch den tiefen Schnee zu spuren und auf einer kleinen halbwegs ebenen Fläche dann das zweite Hochlager zu errichten. Als Erstes ließ er sich von Abdul, dem unermüdlichen Helfer in der Küche, lauwarmes Wasser bringen, um sich draußen in der klirrenden Kälte zu rasieren. Im Gegensatz zu den anderen Expeditionsteilnehmern ließ er auch bei harten Auslandseinsätzen keinen Vollbart zu. Damit wollte er vor allem verhindern, dass in der Truppe sich das Gefühl durchsetzte, man befände sich in einer Notsituation, die solche alltäglichen Verrichtungen nicht mehr zulasse. Außerdem wollte er damit signalisieren, dass er an eine glückliche Wiederkehr glaubte. Wagner fand es schon lächerlich, wenn einige seiner Kollegen sogar von mehrtägigen Fortbildungen unrasiert zurückkamen, um den Daheimgebliebenen zu demonstrieren, dass sie sich in einem unentwegten Ausnahmezustand befunden hatten.

Das Messezelt knatterte im Sturm und nur mit Mühe gelang es Wagner, draußen mit seinem schweren Rucksack halbwegs aufrecht nach oben zu stapfen. Metzler folgte dicht hinter ihm im Windschatten. Er wollte sich nicht vorwerfen lassen, schon bei der ersten Unannehmlichkeit gekniffen zu haben. Außerdem hatte er sehr wohl bemerkt, dass Zumstein schon in diesem frühen Stadium sentimental zu werden drohte, und das bedeutete erfahrungsgemäß stundenlange Geschichten über dessen Frau und die gemeinsamen Kinder. Am Ende dieser selbstzerfleischenden Sitzungen pflegte dann die ganze Bergsteigerei als verwerfliches Treiben in Bausch und Bogen verdammt zu werden. Da schien die Einrichtung eines weiteren Hochlagers trotz des tobenden Sturmes die weitaus angenehmere Aufgabe zu sein.

Schon bald knüpften sich beide ins Seil ein und gingen vorsichtig über den zerrissenen Gletscher, dessen Spalten sie von allen Seiten bedrohlich angähnten. Noch bedrohlicher allerdings waren weiter oben die scheinbar makellosen Schneehänge, unter denen furchterregend tiefe Spalten verborgen lagen. Vor ihnen steilte sich der Hang auf und zwang sie zum Gehen auf den

Frontalzacken ihrer Steigeisen. Nach einer Weile stellte Wagner befriedigt fest, dass beide sich gleichmäßig in zügigem Tempo hocharbeiteten. In rhythmischen Abständen schlugen sie die Haue ihres Eisgeräts in die Wand vor ihnen und gewannen so Schritt für Schritt an Höhe. Das hier war ihre Welt, in der sie sich souverän bewegten und die sie vollkommen beherrschten. Deutlich schneller als erwartet, erreichten die beiden das erste Hochlager. Sie warfen ihre schweren Lasten ab, um rasch in das windgeschützte Zelt zu kriechen. Durch die im Sturm knatternden Zeltbahnen konnten sie sich innen nur schreiend verständigen und so beschränkten sie sich darauf, mit stummen Gesten Schnee vor dem Zelt in einen Topf zu schaufeln, den Kocher in Gang zu setzen und zu warten, bis sie dem geschmolzenen Schnee ein Getränkepulver beimischen und dann die dringend benötigte Flüssigkeit trinken konnten. Derart gestärkt und wieder ausgeruht, krochen Wagner und Metzler nach draußen, wo der Sturm mittlerweile deutlich abgeflaut war, und setzten ihren Aufstieg fort. Schon nach wenigen Minuten fanden die beiden wieder zu ihrem gleichmäßigen Gehrhythmus.

Drei Stunden später lehnte sich der Hang zurück und Wagner frohlockte, weil er eine geeignete Verebnung für das zweite Hochlager entdeckt hatte. Im selben Moment gab der Boden unter ihm nach und er rauschte nach unten. Entsetzt stellt Wagner fest, dass er in einer Spalte baumelte und sich unter ihm das bläulich schimmernde Eis in grundloser Tiefe verlor. Panisch zappelte er am Seil, das ihn mit Metzler verband – wie ein Tier, das in eine Falle geraten war. Als das Blut stoßweise durch seinen Schädel pulsierte, zwang sich Wagner dazu, seine Panik niederzukämpfen. Nur durch kühles Handeln konnte er sich aus seiner misslichen Lage befreien. Dass er am straffen Seil hing und nicht noch tiefer in die Spalte gefallen war, konnte jedenfalls nur bedeuten, dass sich Metzler noch oben befand. Vermutlich hatte Wagners Sturz ihn zu Boden gerissen und ihn noch eine Strecke bis vor den Spaltenrand geschleift, bevor er zum Stillstand gekommen war, und jetzt überlegte er sich wohl fieberhaft, wie sie sich beide aus der misslichen Situation befreien könnten. Wagner wusste, dass es für Metzler nur schwer möglich war, ihn von oben aus der Spalte zu ziehen. Gott sei Dank hatten sie Situationen wie diese immer wieder in den heimischen Alpen im Gletscherbruch geübt. In ihrer Alpenvereinssektion galten sie daher nicht zu Unrecht als wahre Meister der Spaltenbergung. Wagner vergegenwärtigte sich all ihre gemeinsamen Bergungs-übungen, um seine innere Ruhe wiederzuerlangen, die nötig war, wenn er sich aus eigener Kraft wieder ans Tageslicht emporarbeiten wollte. Zum Glück hatte er schon beim Anlegen des Seils auch seine beiden Reepschnurschlingen mit ins Seil geknüpft. So musste er nur noch mit den Füßen in die jeweilige Schlinge treten, dann ruckweise mit den Händen wechselweise den einen und dann den anderen Knoten entlasten, um sich auf diese Weise am Seil nach oben zu arbeiten. Immer wieder musste er innehalten, weil sich hier oben der Sauerstoffmangel schon stark auswirkte und er bei jeder Anstrengung nach Luft japste. Am kraftraubendsten war es, am Ende den Spaltenrand zu über-winden, da sich dort das Seil tief in den Schnee eingeschnitten hatte. Wenig später lag Wagner völlig ausgepumpt neben seinem Seilgefährten, der ausnahmsweise darauf verzichtete, die Lage mit einem derben Witz zu kommentieren.

Später kamen beide überein, auf der von Wagner für geeignet befundenen Fläche ein Zelt zu errichten und im Inneren das mit-gebrachte Material – im Wesentlichen Brennstoff, Lebensmittel und Fixseile – zu deponieren und dann nach einer Kaffeepause ohne die Last des schweren Gepäcks zügig den gefährlichen Abstieg ins Basislager anzutreten. Wagners verhängnisvolle Spalte hatten sie zuvor mit einem roten Fähnchen markiert. Im Basislager angekommen wurden sie von Thomas Zumstein und Jürgen Groß mit heißem Tee empfangen und zur Feier des Tages gab es für jeden eine Sonderration Whisky. Den hatten sie wohlweislich im Duty-free-Shop gekauft, um im trockenen Pakistan nicht zu völliger Abstinenz verdammt zu sein. Die Suchtpräventionsbeauftragte seiner Schule, Gabriele Reemtsma, hätte in diesem Land schon mal den Rücken frei und könnte alle ihre Kräfte darauf konzentrieren, die Nikotinsucht zu bekämpfen.

Draußen tobte ein neuerlicher Sturm, starkes Schneetreiben setzte ein und lieferte den vier Helden im Zelt einen willkommenen Grund, am nächsten Tag auszuschlafen und auf einen weiteren Gipfelvorstoß zu verzichten. Als ihn mitten in der Nacht der Harndrang nach draußen vor das Zelt trieb und er sich im Schneesturm nur notdürftig bekleidet Erleichterung verschaffte, ertappte sich Wagner dabei, wie er sich in diesem Moment nach den Wonnen der Gewöhnlichkeit sehnte: nach einem Sonnenbad am heimischen Bodensee, nach einem feuchtfröhlichen Abend im Biergarten. Sogar der ihm bis dahin völlig fremde Gedanke an ein Wellnesshotel mit Infrarotkabine, Seidenhandschuhmassage und anschließendem Harmonisierungsbad schlich sich in seine Phantasien. Endlich mal kein Held mehr sein müssen – Wagner stellte befremdet und belustigt zugleich fest, wie sein unbändiger Gipfeldrang schon durch ein paar Schneeflocken verwässert werden konnte. Sobald wieder die Sonne schien, würde sich das sicher alles legen und er in der gewohnten Unnachgiebigkeit nach oben streben. Doch die Sonne schien nicht. Auch nicht in den nächsten Tagen. Dafür schneite es unaufhörlich. Wagner stellte sich vor, dass er sich genauso gut daheim ins Gefrierfach seines Discounters hätte legen und für dieses Privileg täglich 100 Euro bezahlen können. Das wäre ihn immer noch billiger gekommen, als sich hier im hintersten Winkel des Karakorum den Hintern abzufrieren.

Am Morgen des fünften Tages mit ununterbrochenem Schneefall lag Wagner im Zelt und spürte, dass etwas anders war als in den letzten Tagen. Als er sich aus seinem Zelt nach außen schälte, rutschte ihm die übliche Ladung Schnee ins Genick, aber als er hochblickte, stellte er erfreut fest, dass die Sonne schien. Der Himmel war stahlblau und der mit frischem Weiß gepuderte Batura II schrie förmlich danach, endlich bestiegen zu werden. Hektisch kleidete Wagner sich an und lief zu den anderen Zelten, um seine Gefährten zu wecken. Kurze Zeit später versammelte sich das Team im Messezelt und beratschlagte das weitere Vorgehen. Wagner plädierte dafür, einen letzten beherzten Vorstoß zum Gipfel zu wagen; viel Zeit blieb ja nicht mehr. Die Situation verlange also nach einer kühnen Tat, versuchte er seine Gefährten zu motivieren. Sein flammender Appell erntete betroffenes Schweigen. Nach einer Weile ergriff Metzler das Wort:
„Ich weiß, wir haben alle monatelang für diesen Berg hart trainiert. Aber angesichts der extremen Neuschneemassen der letzten Tage und der damit verbundenen großen Lawinengefahr halte ich es für ein Himmelfahrtskommando, jetzt da hoch zu steigen. Außerdem läuft uns die Zeit davon. Ich plädiere daher schweren Herzens für den Abbruch der Expedition. Lasst uns unten im Tal noch ein paar schöne Tage verbringen und dann heimreisen."

Die anderen beiden Bergsteiger schlossen sich seiner Meinung mit einem stummen Kopfnicken an. Wagners Verstand gab den anderen Recht, aber wider jede Vernunft erklärte er feierlich:

„Dann werde ich eben allein zu einem letzten Gipfelvorstoß aufbrechen. Heute steige ich noch zügig bis zum zweiten Hochlager auf, morgen dann errichte ich ein weiteres Lager in ungefähr 6800 Metern Höhe. Das ist hoch genug, um einen Tag später einen beherzten Vorstoß zum Gipfel zu wagen. Wenn alles nach Plan läuft, bin ich nach vier Tagen wieder bei euch im Basislager."

Wagners fanatisches Blitzen in den Augen signalisierte den anderen, dass er gegen jegliche Form von Einwänden immun war, und so ließ man ihn achselzuckend gewähren. Wortlos verschwand Wagner aus dem Messezelt, um eine halbe Stunde später mit einem beachtlich schweren Rucksack wieder zu erscheinen. Die Gefährten umarmten sich stumm zum Abschied.

Eine Stunde lang konnten sie ihn noch beobachten, wie er sich mühsam durch den hohen Schnee nach oben kämpfte, allerdings mit der Präzision einer Maschine gleichmäßig an Höhe gewann, bis er nur noch als kleiner schwarzer Punkt sichtbar hinter einem riesigen Eiswulst ihren Blicken entschwand. Allmählich dämmerte den Zurückgebliebenen, dass ihnen Wagner mit seiner One-Man-Show die Arschkarte untergejubelt hatte: Wenn er es wider Erwarten ganz nach oben schaffte, wären sie die kleinkarierten Bedenkenträger, die Warmduscher, die sich nicht aus dem behaglich-warmen Mief des Messezelts getraut hatten. Und wenn Wagner tragisch scheiterte oder gar da oben krepierte, dann müssten sie sich den bohrenden Fragen stellen, warum sie ihn nicht mit allen Mitteln von diesem selbstmörderischen Treiben abgehalten hatten.

Metzler beendete das allgemeine Grübeln, indem er den befreienden Vorschlag machte, den restlichen Alkoholvorrat gewissenhaft aufzubrauchen, um für den Marsch in die Zivilisation nach Wagners Rückkehr möglichst wenige Träger engagieren zu müssen. Dieses zwingende Argument fand sofort allgemeinen Beifall und so schraubte Zumstein umgehend die erste Flasche auf, was den Auftakt für ein wüstes Besäufnis bildete. Kurz vor Mitternacht torkelten alle sich unterhakend nach draußen, um sich in der sternenklaren Nacht zu erleichtern. Stumm konzentrierten sich die drei schwankenden Gestalten darauf, nicht beim Pinkeln vornüber zu fallen und zum ersten Mal seit Stunden kehrte absolute Stille im Basislager ein, nachdem das sanfte Plätschern ihres Harns verklungen war und sich zu ihren Füßen drei gelbe Krater im Neuschnee gebildet hatten. Über ihnen wölbte sich ein fantastischer Sternenhimmel und im fahlen Licht des Mondes gleißte der Batura II.

Plötzlich zerfetzte ein dumpfes Grollen die Stille und entsetzt erkannten die drei Bergsteiger, wie eine mächtige Staublawine den Berg herab auf sie zuraste. Kurz darauf erfasste sie die Druckwelle und riss sie beinahe zu Boden. Erst nach einer Weile löste sich ihre Schockstarre und krampfhaft belustigt stellten die drei Freunde fest, dass sie wie mit Puderzucker bestäubte Weihnachtsmänner herumstanden und ihnen das kalte Grab in der Lawine offenbar erspart geblieben war.

Wie es wohl Wagner da oben ergangen war, dieser Gedanke drängte sich erst am nächsten Morgen auf, als sie mit einem ordentlichen Brummschädel erwachten.

Kein Aprilscherz: Der Besuch des Ministers!

Hier wendet sich der Gast mit Grausen.

Friedrich Schiller, *Der Ring des Polykrates*

Der Vibrationsalarm in Dr. Burgers Hose zu dieser frühen Morgenstunde verhieß nichts Gutes. Einer seiner Segelfreunde konnte das nicht sein. Die erfreuten sich alle schon ihres Ruhestands und schliefen noch zu dieser Zeit. Sobald sie wach waren, pflegten sie ihn per WhatsApp mit ihren neuesten flachwitzigen Filmchen einzudecken. Ein banger Blick auf das Display übertraf seine schlimmsten Befürchtungen:

„Achtung, kein Aprilscherz: Der Kultusminister kommt heute Morgen. Habe es selbst eben erst erfahren."

Der Absender war Fred Eckermann, ein enger Mitarbeiter des Kultusministers. Mehrmals war dieser Besuchstermin in den letzten Wochen verschoben worden und mittlerweile schrieb man den 1. April. Eckermann, der zufälligerweise Mitglied im selben Yachtclub wie Dr. Burger war, hatte diesem schon vor langer Zeit unter dem Siegel der Verschwiegenheit zugetragen, dass sein Chef eigentlich nie zum angekündigten Besuchstermin zu erscheinen pflegte. Zu oft habe er erlebt, dass da nur Potemkinsche Dörfer vor ihm aufgebaut wurden. Er sei aber an einem ungeschminkten Einblick in das Schulleben interessiert. Mit vorher einstudierten Schaustunden sei ihm genau so wenig gedient wie mit irgendwelchem ausgefuchsten Schnickschnack, um ihm pädagogische Geschmeidigkeit vorzutäuschen. Daher erscheine er am liebsten überfallartig, am besten dann erst, wenn schon niemand mehr mit seinem Besuch rechne.

Zu seinem Leidwesen hatte Dr. Burger diese Information damals auf alle anderen Schulen in Baden-Württemberg, nicht jedoch auf seine eigene bezogen und ihr daher keine sonderliche Beachtung geschenkt. Das würde sich heute bitter rächen. Nach mehreren Fehlalarmen glaubte nämlich keiner mehr im Lehrerzimmer daran, dass der Kultusminister tatsächlich irgendwann einmal persönlich erscheinen würde. Jemand hatte sogar das Gerücht in Umlauf gebracht, Dr. Burger habe sich diesen hohen Besuch aus der Landeshauptstadt perfide ausgedacht, um auch die Improvisationskünstler in seinem Kollegium dazu zu bringen, ihren Unterricht ständig gewissenhaft vorzubereiten, um so ständig für eine ministeriale Schaustunde gewappnet zu sein.

Passend zu dieser Hiobsbotschaft begann es draußen zu regnen. Sogar die Natur schien den nahen Untergang widerzuspiegeln und mit einer rabenschwarzen Wolkenwand die passende Kulisse zu liefern. Wenigstens die zwei Rollstühle für die vermeintliche Inklusionsklasse standen immer noch in der Behindertentoilette, jederzeit einsatzbereit. Das war aber das einzig Beruhigende an diesem Morgen. Ansonsten war sich Dr. Burger sicher, dass der Besuchstag in einer beispiellosen Katastrophe enden würde, vergleichbar dem Reaktorunfall in Tschernobyl oder der Ernennung von Hella Frei-Barenbeck zur stellvertretenden Schulleiterin. Und das Schlimmste war: Seine sämtlichen Problembären liefen heute frei im Schulhaus herum. Schon die Begegnung mit einem von ihnen würde genügen, um den Kultusminister von der hoffnungslosen Vorgestrigkeit seines Gymnasiums zu überzeugen.

Als draußen ein schwarzer Mercedes mit Stuttgarter Nummer auf dem Schulhof vorfuhr, blieb gerade noch eine halbe Minute Zeit, per Lautsprecheransage auf den Besuch des Ministers hinzuweisen. Dr. Burger konnte nur hoffen, dass dieser brachiale Wink mit dem Zaunpfahl genügen würde, damit seine Kolleginnen und Kollegen umgehend ganz gegen deren Gewohnheit pünktlich das Lehrerzimmer verließen, dann in ihre Klasse eilten, dort für Ruhe sorgten und mit dem Unterricht begannen. Ein kurzer Blick auf den Schulhof genügte, um den Schulleiter auch diese Hoffnung zu rauben. Dort schlenderten Horden von Schülern seelenruhig dem Schulhaus entgegen, und das, obwohl der Unterricht längst begonnen hatte. Das hatte er nun davon, dass er sich von den Reformkräften dazu überreden lassen hatte, die Schulglocke abzuschaffen. Seitdem wurde der Beginn der ersten Stunde am Morgen von den meisten Schülern nur noch als unverbindliche Empfehlung betrachtet. Lediglich bei wenigen Lehrkräften wagte man es weiterhin nicht, auch nur eine Minute zu spät zu kommen. Roland Raabe traute man sogar zu, dass er Zuspätkommende im Physiksaal mit Stromstößen folterte. Dr. Burger rettete sich einstweilen in die verzweifelte Vorstellung, er könne dieses nachlässige Verhalten dem Kultusminister als eine bahnbrechende Errungenschaft moderner Pädagogik verkaufen. Man sei an dieser Schule nämlich gerade dabei, die Möglichkeiten der Gleitzeit auszuloten.

Er ertappte sich bei dem Gedanken, das Schulhaus fluchtartig zu verlassen und auf diese Weise wenigstens die unweigerlich folgende Katastrophe nicht mit eigenen Augen ansehen zu müssen. Ganz kurz spielte er auch mit der Möglichkeit, die kleine Scheibe an der Wand einzudrücken und Amokalarm auszulösen. So könnte er wertvolle Zeit zum Nachdenken gewinnen.

Vielleicht würde die herbeieilende SEK-Truppe sogar den Minister als vermeintlichen Amokläufer überwältigen und abführen. Nicht auszuschließen, dass dieser Vorfall dann weitreichende politische Konsequenzen nach sich ziehen würde, denn jedermann wusste, dass der Kultus- und der Innenminister einander nicht grün waren. Dr. Burger wurde klar, dass er auf den Amokalarm verzichten musste, um so dem Land eine ernsthafte Koalitionskrise zu ersparen. Dass sogar die Geschicke des Landes letztendlich von ihm abhingen, ließ Dr. Burger für einen Moment wohlig erschaudern.

Zu allem Überfluss trat seine Sekretärin Nicole Krämer ins Zimmer und teilte ihm mit, dass die Kaffeemaschine fauchend ihren Geist aufgegeben habe.

„Außerdem hat sich soeben Florian Wessenberg telefonisch krankgemeldet. Bei seiner Katze haben überraschenderweise jetzt schon die Wehen eingesetzt."

Dr. Burger japste nach Luft wie ein Karpfen, dem man das Wasser aus dem Teich abgelassen hatte. Damit war seine komplette Strategie für diesen Tag futsch. Und einen Plan B hatte er nicht in der Hinterhand. Während sich Dr. Burger den Schweiß von der Stirn tupfte, zwang er sich dazu, nüchtern überlegen, wie er die Katastrophe doch noch vermeiden konnte. Als Allererstes fingerte er aus seiner Anzugsjacke seine Schachtel mit den blutdrucksenkenden Tabletten, befreite zwei davon aus ihrer Hülle und schluckte sie hinunter, indem er ein Glas Wasser hinterherschickte.

Beim anschließenden Blick auf den Vertretungsplan erfasste er das gesamte Ausmaß der drohenden Blamage: Frauke Hamkens war ausgerechnet heute mit der Volleyball AG in Freiburg bei *Jugend trainiert für Olympia*. Vermutlich hatte die Kollegin den

Jahresurlaub ihres Tätowierers genutzt, um in diesem Zeitraum sämtliche außerunterrichtlichen Aktivitäten außerhalb der Stadt durchzuführen. Befremdet stellte er fest, dass er selbst diese Dienstveranstaltung genehmigt hatte.

Luise Karrenbacher-Dellbrink, seine Vorzeigekunsterzieherin, hatte an diesem Tag erst am Nachmittag Unterricht. Da würde der Minister längst wieder auf der Autobahn unterwegs sein und folglich nichts von ihrem avantgardistischen Unterricht mitbekommen.

Also würde es weder eine forsche Vorzeigeblondine noch eine durchgeknallte Performance-Künstlerin für den Minister geben. Diesen Wessenberg würde er sich morgen als Erstes zur Brust nehmen. Wegen einer trächtigen Katze setzte er das Wohl seiner Schule aufs Spiel. Das war so was von niederträchtig! Dr. Burger zwang sich dazu, seine Mordgelüste zu bezwingen. Überbordende Hassgefühle brachten ihn jetzt nicht weiter. Stattdessen war der besonnen handelnde Krisenmanager gefragt.

Wie ein Fußballtrainer, dem soeben der letzte Leistungsträger vom Platz gehumpelt war, suchte er angestrengt auf der Ersatzbank, wen er stattdessen aufs Feld schicken könnte. Vielleicht sollte er Christiane von Schwanau ins Spiel bringen. Sie hatte er ursprünglich nicht als vorführtauglich eingestuft, denn die Qualität ihres Unterrichts unterlag extremen Schwankungen. Es gab Wochen, in denen sie ihre Erdkundestunden ausschließlich mit Filmen gestaltete und in Deutsch seitenlange Texte aus dem Lesebuch abschreiben ließ. Dr. Burger war ansonsten das Privatleben seines Kollegiums bestens vertraut.

Dafür sorgte in erster Linie seine Kollegin Felicitas Fux, welche einen großen Teil des Vormittags plaudernd im Lehrerzimmer verbrachte und dieses nur gelegentlich verlassen musste, um eine ihrer acht Wochenstunden zu halten oder eben ihren Schulleiter mit dem neuesten Kollegentratsch zu beliefern. Wenn Dr. Burger darauf angewiesen war, dass eine Nachricht sich in Windeseile im Lehrerzimmer verbreitete, konnte er sich ebenfalls auf seine Kollegin Fux verlassen. Sie war allemal schneller und erreichte auch wesentlich zielsicherer seine Adressaten, als er das mit seinen dienstlichen Rundmails ans Kollegium vermochte, zumal diese ohnehin von den meisten kaum gelesen wurden oder angeblich im Spam-Ordner landeten. Wenn besondere Eile geboten war, teilte er Felicitas Fux solche Nachrichten „unter dem Siegel der Verschwiegenheit" mit. Ein Kollege hatte ihm einmal süffisant lächelnd mitgeteilt, dass im Lehrerzimmer *1 Fux* als Maßeinheit für die kürzeste Übertragungsdauer einer Nachricht gelte.

Nur im Fall seiner Kollegin Christiane von Schwanau zeigte sich seine Informationsbeschafferin erstaunlicherweise ahnungslos. Auch sonst schien niemand außerhalb der Schule Kontakt zu der Kollegin zu pflegen, sodass deren Privatleben völlig im Dunkeln blieb und Dr. Burger folglich auch keine Anhaltspunkte lieferte, wie sich die stark schwankenden Leistungen im Unterricht erklären ließen. Daher konnte er nur hoffen, dass sie heute eine ihrer bemerkenswert originellen Stunden hielt, wenn der Minister hinten drin saß. Eine solche Stunde hatte Dr. Burger einmal erlebt, als er sie in einer Deutschstunde besuchte. Dort trug sie ihren Elftklässlern im abgedunkelten Klassenzimmer selbst verfasste Gedichte vor:

Hartes Lehrerinnen-Los.
Mit Arbeit den halben Tag versaut.
Nichts fällt ihr in den Schoß.
Schon Bammel, wenn der Morgen graut.

Dr. Burger fand das zwar reichlich deplatziert, vor Schülern der Oberstufe solch ein Gedicht mit dem Titel *Ausgebrannt* vorzutragen, zumal seine Kollegin über jeden Verdacht erhaben war, sich in ihrem Beruf zu überarbeiten. Aber dies schloss ja nicht aus, dass sich die Dichterin probeweise in ein überarbeitetes lyrisches Ich hineinversetzte, um sich so die Gefahren des Burnouts warnend zu vergegenwärtigen. Hauke Boysen hatte sich einmal in einem seltenen Anfall von Häme in Dr. Burgers Gegenwart zur Bemerkung hinreißen lassen, ausgebrannt sei lediglich die Schreibtischlampe der Kollegin, denn immer wenn er nach einem kurzen abendlichen Spaziergang wieder zu seinem Schreibtisch zurückkehre, habe sich über das Schwanau'sche Arbeitszimmer längst rabenschwarze Nacht gelegt. In der Not frisst der Teufel Fliegen, befand Dr. Burger verzweifelt, und dies hier war mehr als nur ein Notfall und erzwang rasches und vor allem unorthodoxes Handeln. Immerhin war er schon einmal versehentlich in ihren Unterricht geraten, als sich ihre Schüler ekstatisch zuckend zum wilden Rhythmus von Trommeln durch den Erdkunderaum bewegten. Dass hier die Umrisse von Afrika ertanzt wurden, um so die Topographie des Kontinents nachhaltig im Gehirn zu verankern, hatte Christiane von Schwanau ihrem verdutzt dreinblickenden Schulleiter dann beim anschließenden Gespräch auf der Direktion erklärt. Einmal hatte diese Kollegin es sogar geschafft, den Schülern das Leben in einem indischen Slum erfahrbar zu machen.

Zu diesem Zweck ließ sie kübelweise stinkenden Müll in ein Klassenzimmer kippen. Der Raum konnte erst nach einer umfassenden Generalreinigung nach drei Wochen wieder zur Nutzung freigegeben werden. Immerhin war diese Aktion in einem ausführlichen Artikel von der Lokalpresse ausführlich gewürdigt worden. Vielleicht konnte ja die Kollegin von Schwanau die Kastanien aus dem Feuer holen und mit ihrem unkonventionellen Unterricht dem Minister vorgaukeln, er sei gerade rechtzeitig aus Stuttgart in die Provinz gekommen, um der Geburtsstunde der modernen Pädagogik beizuwohnen.

Jetzt galt es erst einmal Zeit zu gewinnen, den Minister abzufangen und am besten bei sich auf der Direktion in ein langes Gespräch zu verwickeln. Draußen vor der Tür erkannte er mit einem Blick, wie am anderen Ende des langen Flurs der Kultusminister, flankiert von zwei seiner Hofschranzen, mit festem Schritt auf ihn zukam. Im selben Moment musste er entsetzt mit ansehen, wie Leon Kleiber und Titus Tatzelmann ungebremst in den hohen Gast aus Stuttgart hineinrannten. Vermutlich wollten sie zur Behindertentoilette gegenüber stürmen. Der Minister strauchelte kurz; offenbar war der Zusammenprall durch dessen Leibesfülle gedämpft worden. Bevor er die beiden Übeltäter fassen konnte, waren jene schon in einen Nebengang entwischt.

Am Direktor vorbei lief Kuno Keller und balancierere einen Stapel Filme auf dem Weg in den Erdkunderaum. Mit ziemlicher Sicherheit waren es sechs Unterrichtsstunden füllende Filme – genug, um den kompletten Schulvormittag zu gestalten, ohne von den Schülern in zähe Unterrichtsgespräche verwickelt zu werden. Kaum auszumalen, wenn der Minister in dessen

Unterricht platzte und dann genötigt war, im abgedunkelten Raum irgendeinen stundenfüllenden Film aus dem letzten Jahrhundert anschauen zu müssen.

Neben sich vor dem digitalen Vertretungsplan entdeckte Dr. Burger zu seinem Missfallen ein Schülerpärchen in enger Umarmung. Die beiden Münder hatten sich aneinander festgesaugt und nun versuchte man offenbar, sich gegenseitig wiederzubeleben. Der Direktor kam jedoch nicht dazu, die beiden auseinanderzubringen und in ihr Klassenzimmer zu scheuchen. Denn am anderen Ende des Flurs erspähte er den Kollegen Barmer, welcher in seinem fleckigen weißen Kittel irgendwelche Flaschen zum Chemiesaal transportierte. Dr. Burger wusste, was sich dort gleich abspielen würde: Barmers Schüler würden sich absichtlich dumm stellen, sodass der Nachweis von Alkohol wie üblich bei Barmer durch eigene ausgiebige Geschmacksproben erfolgen musste. Als Nachweis galt in diesem Fall die allgemein einsetzende Trunkenheit der Probanden. Wenigstens widersprach das nicht dem Anspruch seiner Schule, nur *zeitweise alkoholfrei* zu sein.

Jetzt fehlte ihm zu seinem Unglück nur noch Knut Finke. Der wurde schon beim täglichen Anblick seines Schulleiters in klassenkämpferische Stimmung versetzt. Wenn dem erst sein oberster Dienstherr leibhaftig gegenübertrat, würde sich dieser *GEW*-Pitbull vermutlich sofort mit wahrer Wollust in der Wade des Ministers verbeißen – dies umso mehr, als die *Gewerkschaft Erziehung und Wissenschaft* dem Minister seit dessen Dienstantritt leidenschaftliche Kämpfe lieferte. Finke würde sich schon aus diesem Grund verpflichtet fühlen, die Schlacht hier an der Basis fortzuführen.

Noch schlimmer wäre mit Sicherheit nur noch Roland Raabe. Der würde garantiert schon zu Beginn der Stunde vor den Augen des Kultusministers einen Schüler an der Tafel fertigmachen. Hierin war Raabe der grausame Meister seines Faches. Empörte Eltern hatten ihm geschildert, wie Raabe die ersten Minuten der Mathematikstunde dazu nutzte, selbst die hartgesottensten Schüler gar zu kochen, indem er mit quälender Langsamkeit in seiner Namensliste im Notenbuch stöberte oder scheinbar ziellos durch das Klassenzimmer strich, um sich einen Delinquenten auszusuchen. Wenn endlich dessen Name fiel, pflegte der Aufgerufene willenlos in sich zusammenzusacken, um möglichst in einer Art Schockstarre die Exekution vorn an der Tafel zu überstehen. An der Schule war kein Fall bekannt, dass es einem Schüler gelungen war, die Aufgaben vorn an der Tafel zu lösen. Auch Schüler, welche in bundesweiten Mathematikwettbewerben geglänzt hatten, wurden bei Raabe an der Tafel zu stammelnden Idioten degradiert. Dr. Burger wusste, dass mehrere Psychologen in der Stadt voll damit ausgelastet waren, sich an den seelischen Langzeitschäden abzuarbeiten, um ihren Raabe-geschädigten Patienten wenigstens zu ermöglichen, wieder selbständig den Alltag zu meistern. Einer der Psychologen, Dr. Friedhelm Berger, hatte sich sogar eine lebensgroße Puppe mit dem Aussehen von Roland Raabe herstellen lassen. Auf die konnten seine Patienten mit Stricknadeln einstechen, um sich auf diese Weise für die erlittenen Qualen zu rächen. Als er dies erfuhr, ertappte sich Dr. Burger beim Gedanken, sich Teile seines Kollegiums als Puppen anfertigen zu lassen, befand aber schließlich, dass sein aufgeklärter Geist zu diesem Voodoo-Zauber nicht passte.

Jäh wurde Dr. Burger aus seinen düsteren Gedanken gerissen, als sich vor ihm auf der Treppe eine abgerissene Gestalt bewegte. Er war schon im Begriff diesen Obdachlosen, der sich offenbar in die ehrwürdigen Hallen seines Gymnasiums verirrt hatte, des Hauses zu verweisen. Da erkannte er im letzten Moment, dass es sich hier um seinen Kollegen Philipp Kreuzer handelte, das teilobdachlose Scheidungsopfer. Der war gerade im Begriff, mit einem Stapel leerer Pizzaschachteln unter dem Arm und einem Schlafsack auf den Rucksack aufgeschnallt an ihm vorbei zur Treppe zu eilen. Eine Kollegin hatte ihm kürzlich zugetragen, dass die Oberstufenschüler ihre Pizzakartons aus der Mittagspause sammelten, um diese ihrem Französischlehrer als wärmedämmenden Isomatten-Ersatz zu schenken. Mit dieser großzügigen Geste wollten diese all die behäbigen Lehrer beschämen, welche auf ihre Brückentage fixiert waren und darüber die Brückennächte ihres obdachlosen Kollegen geflissentlich verdrängten. Mit einem beherzten Ausfallschritt trat Dr. Burger den Rückzug in sein Zimmer an, griff dort zielsicher nach einer Dose Raumspray und versuchte, wieder draußen angekommen, die Spuren der im Freien verbrachten Nacht sprühend zu beseitigen, bevor der Minister die Witterung aufnehmen konnte.

Zwei Türen weiter konnte er ein leises Wimmern vernehmen. Als er sich darauf zubewegte, entdeckte er zu seinem Schrecken Cosima Baierlein, welche schluchzend, mit dem Rücken außen an die Klassenzimmertür gelehnt, am Boden kauerte. Offenbar hatte sie die lärmende Klasse eingeschlossen und sich vor der wilden Meute vor die Tür gerettet und das, obwohl Dr. Burger ihr dies eindringlich verboten hatte. Hier halfen jedoch keine langen Reden und schon gar nicht das Raumspray, welches er immer noch in der Hand hielt.

Rasch öffnete Dr. Burger das Zimmer, sandte einen vernichtenden Blick ins Klassenzimmer, worauf der Lärm sofort erstarb und blankem Entsetzen wich, um dann Cosima Baierlein mit einem beherzten Schubs ins Klassenzimmer zu bugsieren und hinter ihr die Tür abzuschließen. Ihm blieb gerade noch Zeit, sich den Schweiß von der Stirn zu tupfen, als der Minister auch schon vor ihm stand und ihm jovial lächelnd die Hand schüttelte. Beinahe hätte er ihm die Sprayflasche in die Hand gedrückt, so durcheinander war er von dem Stakkato der nahezu zeitgleich auftauchenden Problembären.

Dr. Burger schob den Minister sanft weg vom Klassenzimmer in Richtung Direktion, denn jeden Moment konnte der Lärm hinter der Klassenzimmertür wieder aufbranden und peinliche Fragen aufwerfen. Kurz darauf schloss er hinter dem Minister und den beiden Begleitern die gepolsterte Tür. Diese hatte er sich gleich nach seiner Ernennung zum Schulleiter einbauen lassen, um seine Direktion in einen schalldichten Rückzugsraum zu verwandeln. Drinnen räumte er rasch die bereit stehenden Kaffeetassen vom Tisch und beschied den verdutzten Besuchern, er werde ihnen ein wesentlich bekömmlicheres Getränk auftischen. Beim Blick auf seine Minibar war ihm nämlich eingefallen, dass dort ja noch einige Flaschen Bier lagerten, welche vom Neigungskurs Chemie stammten. Dort hatte man in einer Unterrichtseinheit Bier gebraut, welches zu seiner Verblüffung exzellent schmeckte. Ihm war natürlich klar, dass er hier ein gefährliches Vabanquespiel betrieb, indem er alles auf eine Karte setzte. „Keine Angst meine Herren, dieses Bier ist weitgehend alkoholfrei!", zerstreute er deren Bedenken, bevor sie überhaupt geäußert werden konnten.

Viermal ploppte es, die Bügelflaschen knallten aneinander und wurden anschließend in großen Schlucken geleert. Den Laut, den der korpulente Minister daraufhin absonderte, wertete Dr. Burger als zufriedenes Grunzen. Endlich hatte er den hohen Besuch in ruhiges Fahrwasser gelotst. Dr. Burger unterdrückte das Bedürfnis, die Runde dazu aufzufordern, dem Schul-Bier einen Grappa hinterherzuschicken. Den hatten ihm die italienischen Kollegen zum Abschluss des letzten Schüleraustauschs überreicht. Langsam gewann er wieder die Souveränität über sein Handeln zurück. Egal, wie der Besuch ausging, ihm selbst konnte ohnehin nicht mehr viel passieren: Ihm blieben noch zwei Jahre bis zu seiner Pension. Da konnte er das meiste, was noch auf ihn zukam, in Ruhe aussitzen. Nach ihm kam zwar nicht die Sintflut, aber vermutlich Hella Frei-Barenbeck, was für Dr. Burger auf das Gleiche hinauslief. Die scharrte jetzt schon hörbar mit den Hufen und auch aus dem Regierungspräsidium in Freiburg hatte man ihm unmissverständlich signalisiert, dass mit Dr. Burger für die nächsten Jahrzehnte auch der letzte männliche Schulleiter in den Ruhestand verabschiedet würde. *Bei gleicher Qualifikation werden Frauen bevorzugt eingestellt.* Mit dieser Ausschreibung konnten seine jungen Kollegen wohl jetzt schon ihre Karriere-Pläne begraben. Bei allen Nachteilen, die sein Alter mit sich brachte, beglückwünschte er sich in solchen Momenten zur Gnade seiner frühen Geburt.

Dr. Burger wusste aber auch, dass der Minister sich nicht ewig mit dem Aufenthalt in der Direktion begnügen würde. Wenn er sich den gegenwärtigen Unterricht in den nächstliegenden Klassenzimmern vergegenwärtigte, wurde ihm klar, dass das Ganze auf russisches Roulette hinauslief, nur dass in seinem Fall in der Fünfer-Trommel gleich vier scharfe Patronen steckten.

Durch forsches Klopfen an seine Tür wurde Dr. Burger aus seinen angestrengten Überlegungen gerissen.

„Herein!" – trat die Rettung aus all seinen Nöten. Tanja Buhl fragte bemüht schüchtern, ob sie gerade störe. Dem begehrlichen Blick des Ministers war zu entnehmen, dass dies keineswegs der Fall war und ihn diese attraktive Dame weit mehr interessierte als ein Klassenzimmer voll mit sich gelangweilt vor ihm lümmelnden Zahnspangen tragenden Mittelstufenschülern. Ob er mal die Runde sich selbst überlassen könne, fragte Dr. Burger den Minister, welcher freudig bejahte, und überließ Tanja Buhl den Herren, nicht ohne zuvor die volle Flasche Grappa und vier Gläser auf den Tisch gestellt zu haben.

Mit wenigen Schritten hatte er das Sekretariat erreicht. Dort ließ er sich sofort von der Sekretärin mit Florian Wessenberg verbinden. Allerdings sprach nur der Anrufbeantworter mit ihm.

„Dann muss sofort Wagner her!"

Eine Minute später stand Uli Wagner im Schlepptau der völlig abgehetzten Nicole Krämer im Sekretariat.

„Schaffen Sie mir so schnell wie möglich den Kollegen Wessenberg herbei! Der wohnt nicht weit von hier in der Altstadt. Sie sind der Einzige, der das in weniger als einer halben Stunde schaffen kann. Jetzt haben Sie die einmalige Chance, Ihre hervorragende Kondition endlich mal in den Dienst der Schule zu stellen."

Kaum hatte Dr. Burger dies gesagt, spurtete Wagner davon. Vielleicht nahm doch noch alles eine glückliche Wendung. Der Minister war ja vorläufig in besten Händen und würde sicher nicht das Zusammensein mit der umwerfend gut aussehenden Kollegin ohne Not beenden, nur um sich hinten auf einem harten

Stuhl in ein miefiges Klassenzimmer zu setzen. Dr. Burger blieb also noch etwas Zeit, um fieberhaft weiter an seinem Plan B zu arbeiten. Am besten verfrachtete er den hohen Gast nachher als erstes in den Musiksaal. Die hellen Kinderstimmen würden allemal selbst das härteste Politikerherz erweichen. Hinterher ginge man dann zu Hauke Boysen. Dessen Unterricht folgte zwar herkömmlichen Prinzipien, galt jedoch – oder gerade deshalb? – als überragend. Es kam nicht selten vor, dass Schulbuchmacher bei diesem bienenfleißigen Kollegen hospitierten und seine Jahresstoffverteilungspläne unverändert als Gliederung für ihr neues Lehrwerk übernahmen. Eine sichere Bank war auch Regina Westermann. Deren Unterricht war ebenfalls nicht originell, dafür aber immer bestens vorbereitet. Als ausgewiesener Workaholic pflegte Studienrätin Westermann häufig auf der Krankenliege zu nächtigen, wenn sich der Nachhauseweg nach der Unterrichtsvorbereitung in der Chemiesammlung nicht mehr lohnte. Felicitas Fux hatte ihm vor den Weihnachtsferien zugetragen, dass die Ehe der Kollegin sich in Auflösung befand, weil der Mann offenbar nicht einsah, warum frau sich für die Schule aufopfern und darüber den Ehemann chronisch vernachlässigen konnte.

Beim Blick aus dem Fenster erblickte Dr. Burger zu seinem Entzücken den Kollegen Wagner. Ein rascher Blick auf die Uhr verriet ihm, dass seitdem noch nicht einmal eine Viertelstunde vergangen war. Wagner radelte mit Karacho auf einem schwarzen Lastenfahrrad, welches man in dieser Stadt neuerdings an verschiedenen Stationen mieten konnte, auf den Schulhof, hinten auf dem Gepäckträger ein ziemlich zerzauster Florian Wessenberg, vorn im Lastenkorb offensichtlich die Katze mit ihren frisch geworfenen Jungen.

„These are my fresh born baby cats!"

Dr. Burger hätte am liebsten aufgeschrien vor Begeisterung, wenn er sich den nun folgenden Unterricht in der nächsten Schaustunde vorstellte. Wenn dann noch ein Schüler neugierig nachfragte: „Do you know the father?", und Wessenberg schlagfertig antwortete:

„No, all cats are grey at night!", dann war die Stunde praktisch gelaufen. Handlungsorientierter und zeitnaher konnte man einen Unterricht wohl kaum gestalten. Und überhaupt: An dieser Schule stand die Neugier des Schülers im Zentrum des pädagogischen Schaffens und Wessenberg war ein wahrer Meister darin, diese kindliche Neugier stets aufs Neue zu entfachen.

Gerade wollte Dr. Burger triumphierend seine Siegerfaust zur Stuckdecke recken, als er plötzlich merkte, dass die Tür zur Direktion sperrangelweit offen stand. Was da bloß hinter seinem Rücken passiert war? Mit wenigen Schritten hetzte er zur Tür. Ein Blick ins Innere des Raumes bestätigte seine schlimmsten Ahnungen: Kein Mensch war mehr da, nur noch Tanja Buhls Parfüm hing in der Luft. Unverkennbar *Black Opium* von Yves Saint-Laurent. Das hatte er kürzlich seiner Frau zum 30. Hochzeitstag geschenkt. Die Kollegin selbst war jedoch offenbar wie die Ministerialbeamten verduftet.

Als er wieder nach draußen trat, kam ihm im Eilschritt das Trio der Kultusbürokraten entgegen, vorneweg wie ein blutrünstiger Großinquisitor mit hochrotem Kopf der Minister.

„Großen Lauschangriff erfolgreich beendet, Herr Dr. Burger. Die von meinen beiden Mitarbeitern und mir durchgeführten Hörproben an den Klassenzimmertüren des dritten Obergeschosses ergeben einen eindeutigen Befund: An Ihrer Schule erstickt der Lehrermonolog jede Schüleräußerung schon im Ansatz. Moderne Methodik: Fehlanzeige. Schülerzentrierter Unterricht: Findet nicht statt! Selbst organisiertes Lernen: Nie gehört! Stattdessen allerorten Frontalunterricht. So hat man vor 40 Jahren unterrichtet.

Wenn alles schläft und einer spricht, so nennt man dieses Unterricht.

Sie sind der Direktor eines Schulmuseums, mit all den hoch bezahlten Lehrkräften allerdings das teuerste Museum in ganz Baden-Württemberg! Wenn mir nach Nostalgie zumute ist, schaue ich mir die *Feuerzangenbowle* an. Aber im wirklichen Leben möchte ich Schulen sehen, welche für die Zukunft gewappnet sind. Mit Leuten wie Ihnen werde ich es nicht erleben, dass meine Vision von der *Schule 6.0* flächendeckend zum Standard und Baden-Württemberg als pädagogisches Musterland prämiert wird."

Dr. Burger hob zaghaft den Finger, wie ein Unterstufenschüler, der etwas zu seiner Entlastung vorbringen möchte, wurde jedoch vom Minister barsch abgebügelt:

„Widerspruch zwecklos: Vorhin kam Ihr Kollege Herwig in die Direktion, um Sie zu sprechen. Als er wieder den Raum verließ, haben wir die verräterischen Spuren von Kreidestaub hinten an seinem Sakko entdeckt. Klares Zeichen von Frontalunterricht mit dem Rücken zur Tafel. Dieser Lehrertypus passt längst nicht mehr in unsere Zeit. Wir brauchen den Lerncoach, den Lebensabschnittsbegleiter, den kreativen Gestalter von Lernumgebungen! Sagen Sie jetzt besser nichts!

Unser Evaluationsbericht geht Ihnen in den nächsten Wochen zu, dann können Sie sich selbstredend schriftlich äußern. Dass wir Sie mit einer Top-Lehrkraft wie Frau Buhl verstärkt hatten, war wohl aus heutiger Sicht Perlen vor die Säue. Diese Frau taugt jedenfalls für höhere Aufgaben als hier die Karre aus dem Dreck zu ziehen. Auf Wiedersehen!"

Wie auf ein Kommando machte die ministeriale Trias auf dem Absatz kehrt und marschierte mit laut hallenden Schritten über den Flur von dannen.

Dr. Burger fühlte einen leichten Schwindel, schaffte es gerade noch, sich an der Wand abzustützen und in sein Zimmer zu taumeln. Dort beugte er sich über sein Waschbecken und erschrak über das aschgraue Gesicht, das ihn aus dem Spiegel anstarrte: „Macht macht einsam – und alt!" Warum hatte er sich bloß damals auf diesen verdammten Schulleiterposten beworben? Seine von Ehrgeiz zerfressene Edeltraud hatte ihm monatelang ihm in den Ohren gelegen, bis er irgendwann ihrem Drängen nachgegeben hatte. Er spürte, wie der blanke Hass auf seine Frau von ihm Besitz zu ergreifen drohte. Wie ein Feldherr, dessen Heer gerade bis auf den letzten Mann niedergemetzelt worden war, sackte er auf seinem Chefsessel kraftlos in sich zusammen.

Schulmuseum! Das Ranking konnte er sich jetzt schon vorstellen: Sein Gymnasium würde einen beispiellosen Absturz erleben, verstoßen aus dem Wissensolymp hinab in den düsteren Hades der bildungsfernen Schülerverwahrungsanstalten. Das war das Todesurteil. Wenn er Glück hatte, konnte er im nächsten Schuljahr gerade noch drei Klassen statt bisher fünf füllen, und diese überwiegend mit Schulversagern aus der ganzen Region. Wenn er an die damit verbundenen Probleme dachte, sehnte er sich jetzt schon zurück nach dem pädagogischen Paradies, aus dem er gerade verstoßen worden war.

Immerhin hatte dieser Großinquisitor mit seinem Gefolge seinen Grappa nicht angerührt. Das würde er nun besorgen. Zielsicher griff er eines der Gläser auf dem Tisch und kippte die hochprozentige Flüssigkeit in sich hinein. Mit einem wohligen Stöhnen quittierte er das Brennen in seinem Hals und spürte sofort, dass er noch ein zweites Gas nachschütten musste, damit der Alkohol in seinem Körper eine beruhigende Wirkung entfalten konnte. Unten sah er den wild gestikulierenden Minister sich in die schwarze Limousine zwängen. Wie durch einen dichten Nebel drangen einige Wortfetzen hoch an sein Ohr: Bis auf „Augiasstall" und „ausmisten" konnte er allerdings nichts davon verstehen.

Elternsprechtag

Beißwütige Eltern-Hyänen
weiden sich an meinen Tränen.
Soll ich deren Bestien loben,
die bei mir so schrecklich toben!

Christiane von Schwanau, *Leidensjahre einer Lehrerin*

Ein lauer Aprilwind wehte Horden von Eltern in das Schulhaus. Dort fragte man sich durch das Labyrinth der Flure durch, bis man endlich den Raum fand, in welchem die gewünschte Lehrkraft saß.

In zehn Minuten würde der Elternsprechtag beginnen. Dann würden im 15-Minuten-Intervall vornehmlich Mütter, seltener Elternpaare und noch seltener Väter allein, in sein Klassenzimmer kommen, oft in der Hoffnung, von ihm als Fachmann bestätigt zu bekommen, dass es sich bei ihrem Kind um ein allgemein verkanntes Ausnahmetalent handelte. Wagner warf einen Blick auf die lange Liste von zwölf Eltern, welche ihn an diesem Nachmittag über ihren Sprössling aushorchen würden. Er war sich nicht sicher, ob er überhaupt alle diese Schüler unterrichtete, aber im Zweifelsfall waren es wohl tatsächlich seine Schutzbefohlenen, denn Wagner musste einräumen, dass er nach mehr als einem halben Jahr immer noch viele seiner Schüler namentlich nicht auseinanderhalten konnte.

„Wie nehmen Sie denn unseren Florian wahr?" Das Problem war nur, dass Wagner keinen blassen Schimmer hatte, wer dieser Florian überhaupt war. Seine Festplatte quoll von Schülernamen über, und Floriane gab es an seiner Schule zuhauf. In den letzten Jahren kam es immer häufiger vor, dass er einen Teil seiner Schüler sogar am Ende des Schuljahres immer noch nicht mit deren Namen ansprechen konnte.

Für die mündlichen Noten pflegte er Selbsteinschätzungsbögen auszuteilen, deren Resultat er hinterher der Klasse vorlas. Der jeweils aufgerufene Schüler musste sich dann kurz erheben und Wagner konnte dann gegebenenfalls noch gegensteuern, wenn er beispielsweise den Eindruck gewann, dass seiner Erinnerung nach dieser Schüler niemals etwas zum Unterrichtsgeschehen beigetragen hatte – außer vielleicht der Frage „Darf ich mal aufs Klo?" Oder er griff noch korrigierend ein, falls die Klasse empört protestierte, wenn die angegebene Note sich mit der Wirklichkeit nicht deckte. In solchen seltenen Momenten ertappte sich Wagner dabei, wie er seine arbeitseifrigen Kollegen bewunderte, welche nicht in jeder freien Minute für eine Expedition trainieren mussten, sondern stattdessen Zeit im Überfluss besaßen, um all die Nicolasse, Niklasse und Nikoläuse auseinanderhalten zu können.

Und Florian? War das etwa der pickelige Zahnspangenträger in seiner 7a?
„Was die mündliche Mitarbeit anbelangt, kann sich Florian noch deutlich steigern."
„Das wundert mich jetzt aber: Die anderen Lehrer betonen einhellig, dass Florian sich überdurchschnittlich stark am Unterrichtsgeschehen beteiligt."
Wagner spürte, dass nun eine radikale Kurskorrektur vonnöten war: „Selbstredend zählt Florian auch in meinem Unterricht zu den Leistungsträgern. Ich glaube jedoch, dass er die Qualität

seiner Beiträge noch verbessern und dadurch in eine noch höhere Liga aufsteigen kann – dorthin, wo Ihr Florian eigentlich hingehört."

Das Glänzen in den Augen der Mutter zeigte ihm, dass er einen klugen Schachzug ausgeführt hatte. Allerdings zückte sie nun ihren Stift.

„Was schlagen Sie denn konkret vor, wie er sich hier noch verbessern kann?"

Wagner spürte, dass dieser Elternsprechtag ihm alles abverlangen würde, um sich nicht zu blamieren.

Am besten verliefen die Gespräche, wenn es Wagner schaffte, den Spieß umzudrehen und die Eltern dazu zu bringen, von ihrem kleinen Hoffnungsträger zu reden. Durch geschicktes Nachfragen – „Wie verhält er sich denn bei Ihnen zu Hause?" oder „Müssen Sie Leon bei den Hausaufgaben unterstützen?" – gelang es ihm bisweilen sogar, dass er keinerlei Aussagen über den Schüler machen musste und stattdessen eine fünfzehnminütige Lobeshymne auf das begabte Kind zu hören bekam, an deren Ende er sich fragte, ob dieser Leon tatsächlich bei ihm im Unterricht saß oder nicht ein reines Phantasieprodukt seiner stolzen Eltern war.

Besonders kurzweilig entfaltete sich das Zwiegespräch, wenn Wagner beide Eltern vor sich hatte und intuitiv spürte, dass der eingangs vorgespielte Ehefrieden äußerst brüchig war. Wenn es ihm hier gelang, geschickt Öl ins Feuer zu gießen – „Sehen Sie das genauso wie Ihr Mann?" –, passierte es häufig, dass Wagner in der Folge einem leidenschaftlichen Streit über den rechten Weg in der Kindererziehung beiwohnen durfte und die Viertelstunde wie im Flug verging.

Auf diese Weise schaffte es Wagner, sich durch das erste halbe Dutzend Elterngespräche hindurchzuarbeiten. Gleich würde ihm eine viertelstündige Kaffeepause vielleicht einen kleinen Wissensvorsprung verschaffen, wenn es ihm in dieser Zeit gelang, wichtige Informationen zu den Schülern, deren Eltern danach zu ihm in die Sprechstunde kamen, zu sammeln.

Doch plötzlich stand Lisa Behrens vor ihm. Wagner war schleierhaft, warum diese Dame bei ihm auftauchte. Seit jenem desaströsen Nachmittag auf der Almwiese hatte sie den Kontakt zu ihm brüsk abgebrochen und alle seine Kontaktversuche ins Leere laufen lassen. Einen Monat später war, wie man ihm erzählt hatte, offenbar ihr Mann reumütig heimgekehrt und hatte tränenreich eine zweite Chance erbettelt. Seine langbeinige Vorzimmerdame hatte ihn mit ihrem libanesischen Fitnesstrainer nach Strich und Faden hintergangen, wo immer sich die Gelegenheit geboten hatte. Wagner hatte sich damals, als Lisa ihn dazu zwang, sie zu entbehren, zwei Wochen lang in seinem Elend gesuhlt. In den sich anschließenden Herbstferien radelte er dann besinnungslos über die steilsten Alpenpässe, um so seine Enttäuschung über diese Abfuhr erfolgreich abzubauen. Bergwüten nannte er diese Form der Selbsttherapie, welche darauf baute, dass sich auf die tägliche Erschöpfung nach einiger Zeit wieder der erträgliche Zustand der Gleichgültigkeit gegenüber erlittenen Niederlagen einstellte.
Nun war er wild entschlossen, dieses Mal standhaft zu bleiben, um auf diese Weise Lisa dafür zu bestrafen, dass sie sich für den schnöden Mammon ihres vor schlechtem Gewissen winselnden Staranwalts und gegen Wagners nicht auf Materiellem fußenden Tiefgang entschieden hatte. Ob ihr Mann schon wieder mit einer neuen Geliebten durchgebrannt war?

Ein guter Freund hatte ihm vor Wochen ein Buch mit dem Titel *Frauen verstehen in 60 Minuten* geschenkt, und jetzt rächte es sich bitter, dass Wagner dieses vielversprechende Werk noch nicht einmal aus dessen Zellophanhülle befreit hatte.

„Womit kann ich dienen?", eröffnete Wagner betont frostig das Gespräch. Statt einer Antwort flossen Tränen, und zwar ausgerechnet mitten auf Wagners Elternliste für den Sprechtag, welche er feinsäuberlich mit seinem Füllfederhalter auf ein blütenweißes Blatt notiert hatte. Nach einer Weile des wortlosen Schluchzens lösten sich alle Namen in einem hellblauen Tintenaquarell auf.

„Ich habe dir doch damals gesagt, dass ich erst zu dir kommen werde, wenn du nicht mehr mit mir rechnest!"

Mit solchen perfiden Spitzfindigkeiten brauchte sie Wagner nun auch nicht mehr zu kommen. Wenn er nur daran dachte, wie sie ihn ums Haar splitternackt auf dem Tisch des Lehrerzimmers der öffentlichen Blamage preisgegeben hatte, kam in ihm die kalte Wut hoch. Am liebsten hätte er ihr eine runtergehauen. Nur mit Mühe konnte er diesen Wunsch unterdrücken. Er hielt ihr stattdessen die Tür auf und komplimentierte die vollkommen perplexe Lisa Behrens mit einem entschiedenen „Raus hier!" hinaus.

Hatte er zu überstürzt gehandelt? Wäre es nicht weitaus besser gewesen, dem leidenschaftlichen Versöhnungssex eine Chance zu eröffnen, anstatt zu schmollen und seinen ohnehin stark schwankenden Prinzipien zu huldigen?

Viel schlimmer als die Abfuhr, welche er Lisa Behrens erteilt hatte, war jedenfalls für den Augenblick, dass er nun nicht einmal mehr eine leserliche Namensliste besaß und somit auch keinen blassen Schimmer, welche Eltern ihm noch bevorstanden.

Er würde sich nun ganz behutsam an den jeweiligen Namen herantasten müssen. Eine schier unlösbare Aufgabe, die ohne größere Peinlichkeiten gar nicht zu lösen war. Ganz kurz hegte Wagner den Gedanken, ein heftiges Unwohlsein vorzutäuschen und die Schule durch den Hinterausgang fluchtartig zu verlassen, aber gleichzeitig wusste er, dass diese Möglichkeit nur in seinem Kopf existierte. Mit dieser Flucht würde er ohne Not seinen Nimbus des Unzerstörbaren opfern. Das hatte er nun davon, dass er bei jeder Gelegenheit, wenn wieder einmal ein Kollege mit einem leichten Kratzen im Hals daheim im Bett blieb und er ihn vertreten durfte, mit seiner robusten Gesundheit prahlte, welche er sich durch seine vielen Freinächte im Hänge-biwak unter dem Balkon erworben hatte.

Kaum hatte Lisa Behrens konsterniert den Raum verlassen, betrat forsch eine offensichtlich auf Krawall gebürstete Mutter das Klassenzimmer. Wagner kannte die Dame vom Sehen, da diese einmal wöchentlich in einer feuchtfröhlichen Frauenrunde in dessen Stammkneipe saß. Seine Freunde und er waren dann jedes Mal aufs Neue fasziniert, wie diese Frauenrunde es schaffte, bei jeder neuerlichen Runde verschiedenartige Geträn-ke zu bestellen, ohne dass sich nur ein Getränk wiederholte.
„Herr Wagner, ich komme zu Ihnen, weil Hugo ein Problem mit Ihnen hat."
Wagner musste innerlich schmunzeln, denn er wurde den Eindruck nicht los, dass diese Mutter ihren Sohn nach deren Lieblingsgetränk benannt hatte.
„Wissen Sie denn überhaupt, was sich hinter dem Kürzel ADHS verbirgt?"
„Oh ja, das weiß ich wohl. Bei Ihrem Hugo sehe ich allerdings eher Anzeichen von Hochbegabung. Ohne Grund zerfetzt doch

kein Kind die Bluse seiner Biologielehrerin. Und warum wohl hat Hugo seinen Mitschüler mit einem beherzten Zirkelstich durch die Hand an die Schulbank getackert? Genau aus demselben Grund, warum er minutenlang im Klassenzimmer kreischt und seinen Lehrer als Wichser beschimpft. Weil Ihr Sohn permanent unterfordert wird! Für mich ist Hugo der Inbegriff des Hilfeschreis. Jedenfalls ist er kein Flegel, sondern ein verhaltensorigineller junger Mensch, in dem der spätere Nobelpreisträger schon keck aufblitzt."

Die Wahrheit war, dass er diesen kleinen ungezogenen Wicht hasste. Am liebsten würde er ihn mit einem Ätherbausch zur Strecke bringen und ihn zur allgemeinen Abschreckung in die Vitrine zu all den anderen ausgestopften Tieren vor den Biologiesaal stellen. Vorerst schien es Wagner allerdings ratsamer, die vermeintlichen Talente dieses kleinen Terroristen hervorzuheben. So gelang es ihm, nach einer Viertelstunde eine Mutter zu verabschieden, welche mit einem verklärten Lächeln im Gesicht den Raum verließ.

Wagner bot sich keine Gelegenheit, kurz durchzuatmen, denn nahezu zeitgleich mit Hugos abgehender Mutter betrat eine zerbrechlich wirkende modisch gestylte junge Dame den Raum, an ihrer Seite ein älterer Herr, der ihr Vater sein konnte, dies aber vermutlich nicht war. Der übernahm sogleich die Gesprächsführung:

„Guten Tag, schön, dass es mit dem Gespräch bei Ihnen geklappt hat. Meine Frau und ich finden es äußerst spannend, einen Blick von außen auf unsere Tochter zu erhalten. Jetzt sind wir natürlich neugierig, wie Sie unsere Eva erleben."

Jetzt saß er richtig in der Tinte. Ihm fiel beim besten Willen keine Eva ein, die bei ihm im Unterricht saß. Da half wohl nur noch die Flucht nach vorn.

„Ich bin so froh, dass Sie das Gespräch mit mir gesucht haben. Gerade bei Eva stelle ich mir immer wieder die Frage, ob ich sie angemessen in den Unterricht einbeziehe. Können Sie mir bitte schildern, wie Ihre Tochter sich bei mir wahrgenommen fühlt?" Wagner fand, dass er den Ball gekonnt ins gegnerische Feld zurückgespielt hatte. Der Silberfuchs vergewisserte sich mit einem sanften Blick bei seiner rehäugigen Schönheit, dass er weiterhin die Rolle des Sprechers übernehmen durfte. Die nickte ehrfürchtig zu ihm hinüber. Mittlerweile witterte Wagner das süßliche Parfüm, das sich wie ein bunter Duftteppich über den Raum legte. Er musste sich höllisch konzentrieren, um den Elterndialog nicht durch irgendwelche schlüpfrigen Phantasien aus dem Blick zu verlieren. Dies fiel ihm umso schwerer, als der ohnehin knappe Rock der Dame noch weiter hoch gerutscht war und viel Bein preisgab. Da half nur noch der angestrengte Blick zwischen den Eltern vorbei hinten auf die Wand, wo ein Lern-plakat hing, das von Rechtschreibfehlern nur so strotzte.

„Herr Wagner, unsere Tochter fühlt sich in der Tat von Ihnen nicht richtig wertgeschätzt. Meine Frau ist ja Engländerin, wes-halb wir Eva von klein auf zweisprachig erzogen haben. Von daher wundern wir uns schon, dass sie in Englisch bei Ihnen nicht über ein Befriedigend hinauskommt. Zeigen Sie mir bitte eine Achtklässlerin, welche Eva in diesem Fach das Wasser reichen kann."

Wagner spürte, dass er sich total verzockt hatte: Jetzt musste er wohl oder übel bekennen, dass er weder Englisch als Fach noch in diesem Schuljahr eine 8. Klasse hatte:

„Da haben Sie sich wohl in der Tür geirrt. Die Eva, welche ich meine, sitzt in meiner Französisch-Klasse in der Neunten."

Das war zwar vermutlich glatt gelogen, obwohl Wagner nicht ausschließen mochte, dass es sich genau so verhielt.

Die nächsten Eltern kannte Wagner ausnahmsweise. Denn die Bredendörfers hatten kürzlich einen Erziehungsratgeber verfasst. Ihr Werk *Helikoptereltern haben erfolgreichere Kinder* schien den Nerv der Zeit zu treffen und hielt sich seit Monaten auf den vordersten Plätzen der *Spiegel*-Bestsellerliste. Die Leser wurden dazu ermutigt, die Lehrkräfte ihrer Kinder online zu bewerten. Die Skala reichte von der Top-Lehrkraft bis zum Karriere-Schädling an deren unterem Ende. Bislang hatten die Bredendörfers erfolglos versucht, sich für ihre Tochter die geeigneten Lehrkräfte selbst auswählen zu dürfen. Doch Wagner mutmaßte, dass sein Schulleiter auf Dauer diesem offensiv auftretenden Elternpaar nicht die Stirn würde bieten können. Charlotte-Sophie wurde täglich von ihrer Mutter zur Schule gefahren. Diese wollte dadurch wie viele andere Eltern ihr Kind vor dem Verkehr schützen, den sie selbst erst erzeugte. Ihr schriftlicher Antrag, mit dem Auto auf den Schulhof fahren zu dürfen, um dort erst im verkehrsberuhigten Bereich ihr Kind auszusetzen, war von der Schulleitung entschieden abgelehnt worden. Bredendörfers ließen daraufhin Dr. Burger über ihren Anwalt mitteilen, dass dann im Fall eines Unfalls außerhalb des Schulgebäudes die Schule haftbar gemacht werde.

„Unsere Charlotte-Sophie ist kürzlich völlig in Tränen aufgelöst zu Hause angekommen, weil sie in Geschichte nur eine 1-2 geschrieben hat."

„Und wo ist da das Problem?" fragte Wagner perplex.

„Unsere Tochter weigert sich, ihre Niederlage zu akzeptieren. Und wir sind da ganz nahe bei ihr."

Es folgte eisiges Schweigen. Auf Herrn Bredendörfers Stirn bildeten sich Sorgenfalten wie bei einem Notfallchirurgen, der fürchtet, sein Patient könne den Eingriff nicht überleben:

„Herr Wagner, wir haben die besagte Geschichtsarbeit einem renommierten Historiker zur kritischen Durchsicht gegeben und dessen Urteil war eindeutig: Die Aufgabenstellung ist teilweise recht fragwürdig. Über Ihr – drücken wir es einmal milde aus – zügiges Korrekturverfahren wollen wir an dieser Stelle generös hinwegsehen. Uns ist an einer einvernehmlichen Lösung gelegen und sicher ist es auch in Ihrem Interesse, wenn wir uns einen aufwendigen Beschwerdeweg ersparen. Deshalb unterbreiten wir Ihnen einen Vorschlag in Güte: Lassen Sie uns doch bitte künftig gemeinsam die Klausuren in Geschichte konzipieren, damit Sie fachlich auf der sicheren Seite sind."

Wagner fühlte sich wie ein zum Tode Verurteilter, dem der Henker gerade erklärt hat, die Hinrichtung müsse verschoben werden, weil der Paketbote mit dem Seil noch auf der Autobahn im Stau feststeckt. Völlig perplex willigte Wagner ein, künftig mit den Bredendörfers besser zu kooperieren.

Draußen klopfte es verhalten an der Klassenzimmertür. Wagner blickte auf die Uhr und stellte fest, dass die Sprechzeit längst um war. Rasch verabschiedete er die Bredendörfers, die ihr breites Siegerlächeln nach draußen trugen.

Das hübsche Gesicht, das sich schüchtern im Türspalt zeigte, kannte er nur allzu gut. Andrea Kießling war fast immer mit von der Partie, wenn Wagner Bergtouren für den Alpenverein führte. Schade, dass nur noch zehn Minuten Gesprächszeit übrig blieben, denn hier war klar, dass nicht über Andrea Kießlings

Kinder gesprochen werden musste, sondern Uli Wagner ausgiebig über seine Bergabenteuer schwadronieren durfte, während diese Mutter selig an seinen Lippen hing.

Zu Wagners Verwunderung ging auch das Restprogramm problemlos über die Bühne, sodass er erleichtert das Schulhaus verließ. Den Gedanken an sechs nicht vorbereitete Stunden am nächsten Tag konnte er beim Heimradeln noch erfolgreich verdrängen. Daheim angekommen schoss ihm jedoch die Erkenntnis durch den Kopf, dass ihm morgen in der 3. Stunde Charlotte-Sophie in Geschichte gegenübersitzen würde. „Jetzt ist nicht Kleckern, sondern Klotzen angesagt!", befand Wagner und nahm sich vor, die anderen fünf Stunden auf Lücke zu setzen, um dafür diese eine Stunde umso gründlicher vorzubereiten.

Donnerstag – *nomen est omen*!

Da rast der See und will sein Opfer haben.

Friedrich Schiller, *Wilhelm Tell*

Schon am Morgen lastete eine unerträgliche Schwüle über der Stadt. Als Wagner im Lehrerzimmer ankam, klebte sein Hemd an ihm und er sah schon vor der ersten Stunde aus, als hätte man einen Eimer Wasser über ihm ausgegossen. Zu seinem Leidwesen erwartete ihn heute ein endlos langer Unterrichtstag mit einer Fachsitzung Französisch zum Ausklang am Nachmittag.

Als Wagner zehn Stunden später geistig völlig ausgelaugt ins Freie trat, schlugen die Kirchturmuhren gerade 18 Uhr. Es blieb also noch genügend Zeit, den Untersee radelnd zu umrunden und vor Einbruch der Dunkelheit wieder zurückzukehren. Sein Bergkamerad Robert Metzler hatte ihm vor wenigen Minuten per WhatsApp mitgeteilt, dass er ihn vor seiner Haustür erwarte. Offenbar standen heute keine weiteren Operationen an oder er hatte das Skalpell gegen seine Gewohnheit jetzt schon an einen seiner Oberärzte übergeben, um sich für diese abendliche Radelrunde freizumachen. Mit etwas Glück würde auch noch Thomas Zumstein dazu stoßen; dessen Auftragsbücher waren zwar gähnend leer – den letzten Plan für ein Reihenhaus hatte er vor zwei Monaten gezeichnet –, aber gerade deshalb täuschte er hektische Betriebsamkeit vor, um seinen momentanen beruflichen Misserfolg als Architekt zu verschleiern. Beide waren bei der letzten Batura-Expedition mit von der Partie gewesen und beide wollten es in diesem Sommer erneut versuchen, während ihr vierter Mann Jürgen Groß sich endgültig vom Expeditionsbergsteigen verabschiedet hatte. Wagner wunderte sich noch immer, dass Zumstein und Metzler mitzogen, hatte doch spätestens sein Überlebenskampf allen die Gefahren dieser Unternehmung deutlich vor Augen geführt. Aber anscheinend war die Sucht nach Abenteuer viel tiefer ausgeprägt als das Bedürfnis nach Sicherheit.

Im Scherz hatte einmal ein gemeinsamer Bekannter festgestellt, dass man sich als Trio in idealer Weise ergänze: Wagner besitze als Lehrer die Zeit, Metzler das Geld und Zumstein keines von beidem. Vermutlich war es genau das, was Zumstein den beiden anderen als persönliche Bosheit anlastete. Immerhin war Zumstein gelungen, was sich Wagner in seinem Leben vergebens erträumt hatte: Er war mit einer liebenswerten Frau verheiratet und gemeinsam hatten sie drei Kinder: die älteste Tochter stand kurz vor dem Abitur, die jüngste besuchte drei Klassen tiefer dieselbe Schule und der Sohn absolvierte gerade eine Lehre als Zimmermann, wobei Zumstein davon träumte, dass jener noch ein Architekturstudium anhängen würde, um dann mit seinem Vater das Architekturbüro gemeinsam zu betreiben.

Robert Metzler hatte damals im Hunzaland den tiefsten Eindruck bei der eingeborenen Bevölkerung hinterlassen. In seinem Gepäck befand sich auch sein umfassendes chirurgisches Besteck und es mutete schon gespenstisch an, wie Metzler mit primitivsten Mitteln, teilweise ohne Betäubung, die waghalsigsten Operationen im Schein seiner Stirnlampe durchführte. Schon in den frühen Morgenstunden standen die Hunza vor Metzlers Zelt Schlange, um ihm ihre eiternden Wunden, Schorfe und Knochenbrüche anzuvertrauen. Manchmal peinigte Wagner der Verdacht, Metzler bereite es eine unbändige Lust, Gliedmaßen zu amputieren und schon aus diesem Grund hatte er sich seinen Zeh nicht von ihm, sondern von seinem Kollegen amputieren lassen. Er hatte einmal im Fernsehen eine Reportage gesehen, der zufolge deutsche Ärzte dafür berüchtigt seien, ohne Not Brüste zu amputieren, und wie niedrig mochte da erst die Hemmschwelle bei einem Zeh anzusetzen sein. Wagner glaubte auch ein fanatisches Blitzen in Metzlers Auge ausgemacht zu haben, als dieser nach Wagners Rückkehr ins Basislager schon einmal mit seinem Skalpell am „toten Gewebe" herumgestochert hatte. Auf jeden Fall würde er Tanja Buhl diskret dazu raten müssen, ihre phänomenalen Brüste vor diesem Schlächter zu verbergen. Manchmal fragte sich Wagner, woher diese latenten Aggressionen gegen Metzler herrührten. Vielleicht hatte er es ihm ja immer noch nicht verziehen, dass dieser den Berufstand des Lehrers gering schätzte.

„Ihr könnt ja nie zur Verantwortung gezogen werden, wenn ihr schlechte Arbeit leistet. Denn es dürfte wohl nur in Ausnahmefällen möglich sein, den Verursacher ausfindig zu machen, wenn euch ein Schüler unter der Hand verblödet. Meist waren mehrere von euch daran beteiligt", höhnte Metzler.

„Bei mir dagegen bleibt eine Leiche auf dem Operationstisch zurück, wenn ich Murks mache."

Wenn man daher die Risiken der beiden Berufsstände gegeneinander abwägt, sei er immer noch notorisch unterbezahlt und Wagner streiche eindeutig zu hohe Bezüge ein. Auch die vielen Ferien der Lehrer brachte Metzler in schöner Regelmäßigkeit auf die Palme. Da half es auch wenig, wenn ihn Wagner auf die außerordentlich hohen Kosten dieser unterrichtsfreien Zeit hinwies – ganz zu schweigen vom Einfallsreichtum, welcher erforderlich war, um diese Freiräume sinnvoll auszugestalten.

„Am allerwichtigsten ist jedoch der pädagogische Aspekt: Besonders in den langen Sommerferien reift auch in dem faulsten und bildungsfernsten Schüler allmählich eine unbändige Lust auf Schule, weil er die durch Ferien aufgebaute Langeweile noch unerträglicher als den Unterricht empfindet."

Aber all diese Gegenreden fruchteten nichts, denn Metzler schien es darauf anzulegen, seine Bergkameraden zu brüskieren. Zumstein hatte er einmal auf die Palme gebracht, als er den Glücksfall pries, dass infolge der Batura-Expedition seine geliebte Bodenseelandschaft wenigstens für einen Monat davor bewahrt werde, von Zumsteins einfallslosen Betonwürfeln verschandelt zu werden.

Bald hatte Wagner die Metzler'sche Villa erreicht. Als er hinter der Hecke in das Grundstück einbog, wäre er ums Haar in Metzlers Allradmonster hineingeradelt, aus dessen Innenraum dieser gerade sein voll gefedertes Zehntausend-Euro-Mountainbike mit ultraleichtem Karbonfaserrahmen hievte. „Zumstein zickt zurzeit", begrüßte ihn stabreimend Metzler. Beide kamen überein, an dessen Wohnung vorbeizuradeln, zumal sie ohnehin auf dem Weg lag, um ihn zum Mitmachen zu nötigen.

Eine Trainingsrunde um den Untersee allein war lästiges Pflichtprogramm, zu zweit lief es auf einen harten Wettkampf hinaus, aber zu dritt versprach es Krieg und simulierte in idealer Weise die psychischen und physischen Strapazen einer Karakorum-Expedition. Es galt bei dieser Runde nur eine Regel, dass nämlich der Vorausfahrende die Route bestimmte. Wer sich also schwach fühlte, versuchte diese Schwäche zu kaschieren, um vorn an der Spitze kraftschonende Anstiege zu wählen, und dies auf Pfaden mit einem möglichst wenig ruppigem Belag. Asphalt wurde nur in solchen Fällen geduldet, wo es keine Alternative gab, und selbst dann war es schon vorgekommen, dass der Mann an der Spitze das Rad geschultert und im Laufschritt das Feld am Rand durchquert hatte. Solch ein schikanöses Vorgehen musste nicht näher begründet werden, waren doch die Gefährten übereingekommen, dass das Training gar nicht strapaziös genug sein konnte und nur rücksichtsloseste Härte gegen sich selbst ein Überleben am Batura wahrscheinlich werden ließ. Dieser Bergriese konnte nur bezwungen werden, wenn man auf den Punkt das letzte Quäntchen Leistung aus seinem durchtrainierten Körper herauskitzeln konnte. Nur als Zumstein einmal mit geschultertem Rad den Rhein durchschwimmen wollte, hatte Metzler protestiert, weil er um sein teures Mountainbike fürchtete.

Heute übernahm Metzler von Beginn an die Führung und Wagner versuchte sich in dessen Windschatten zu halten, um sich nicht schon auf den ersten Kilometern zu verausgaben. Ein kurzer Blick zum Himmel zeigte ihm, dass sie geradewegs in eine pechschwarze Gewitterfront hineinradelten. Als sie die Altstadt durchquert hatten, steuerten sie eine ruhige Straße im Paradies an, dieser Konstanzer Stadtteil hieß tatsächlich so, und Zumstein hatte bei der letzten Expedition stets alle Lacher auf seiner Seite, wenn er erklärte, dass er im Falle eines tödlichen Absturzes sich im Paradies gleich wie zu Hause fühlen würde.

Zumstein erwartete sie schon vor der Haustür; offenbar hatte er es aufgegeben, den beiden anderen eine Komödie vorzuspielen, indem er den überarbeiteten Stararchitekten mimte. Hinter der Gardine lugte missmutig seine Frau Angelika hervor. Sie war auf

Metzler und ihn nicht gut zu sprechen, da diese, wie sie glaubte, ihren Mann in verantwortungsloser Weise zu lebensgefährlichen Unternehmungen anstachelten. Der Batura II, gegen den die besten Bergsteiger schon seit Jahrzehnten vergebens anrannten, stand ohnehin im berüchtigten Ruf, ein Witwenmacher zu sein. Zur Begrüßung grollte in der Ferne Donner und spätestens jetzt war allen klar, dass für das nötige Abenteuer bei dieser Ausfahrt gesorgt war. Immerhin war jeder mit einer Regenjacke ausgestattet, denn eine Erkältung konnte man sich in dieser heißen Vorbereitungsphase kaum leisten. Wagner ärgerte sich, dass er aus aerodynamischen Gründen auf seine Schutzbleche verzichtet hatte. Sein Rücken würde mal wieder die Färbung eines Streifenhörnchens annehmen. Immer dicht im Windschatten des Vordermannes radelte das Trio gleich hinter der Schweizer Grenze den ersten Anstieg zum Thurgauer Seerücken hoch. Die schwüle Hitze lastete lähmend auf ihnen und Wagner spürte, dass er heute, früher als ihm lieb war, an seine körperlichen Grenzen gehen musste. Er versuchte hinter Metzler im gleichmäßigen Wiegeschritt sich nicht jetzt schon zu verausgaben. Beinahe wäre er abrupt in seinen Vordermann hineingerast, weil Metzler eine Vollbremsung hinlegte, fluchend vom Rad stieg und sein Handy aus dem Rucksack fingerte. Jetzt konnte auch Wagner den Klingelton hören: Es war die Melodie von *Spiel mir das Lied vom Tod*. Metzler, der für seinen bisweilen brachialen Humor bekannt war, hatte diesen Klingelton für Anrufe aus der Klinik gewählt.

„Mist, ich muss auf schnellstem Weg in die Klinik. Angelina Baccardi ist gerade eingeliefert worden. Die pfeift aus dem letzten Loch. Da kann ich nicht meinen Assistenten ranlassen!" Angelina Baccardi war zu ihrer aktiven Zeit, welche schon einige

Jahrzehnte zurücklag, eine berühmte Opernsängerin gewesen und hatte sich ein kleines Schweizer Dörfchen in unmittelbarer Nähe zu ihrem Altersdomizil erkoren. Wagners Mutter pflegte früher ihre ganzen Arien mitzuträllern, wenn diese im Radio liefen.

Ein prüfender Blick zu Thomas Zumstein verriet Wagner, dass der auch nicht unglücklich war, wenn sie gemeinsam mit Metzler in die Stadt zurückradelten, zumal der Donner bedrohlich grollte, die ersten schweren Tropfen auf sie niederprasselten und sich auf dem Untersee schon die ersten Schaumkronen bildeten. Die Abfahrt hinab ans Seeufer verlief äußerst heikel, weil sich der Feldweg unter ihnen mittlerweile in einen braunen Sturzbach verwandelt hatte. Metzler hielt das aber nicht davon ab, seinen beiden Gefährten in abgehackten Sätzen zuzuschreien, dass die alternde Operndiva wohl von ihrem Pudel, welcher einer Katze nachhetzen wollte, aus dem Stand gerissen und über die Straßenböschung geschleudert worden war. „Mehrfache komplizierte Knochenbrüche, vermutlich auch schwere innere Verletzungen!"

Vollkommen durchnässt und verdreckt kamen sie unten am Uferweg an. Mittlerweile kochte der Untersee und sie mussten aufpassen, vom Sturm nicht umgeweht zu werden. Inmitten des brodelnden Infernos konnte Wagner auf- und abtauchende Köpfe entdecken, und einer davon kam ihm sehr bekannt vor. Er schrie Metzler zu, er solle allein weiterradeln und blieb mit Zumstein zurück, um zu schauen, ob sie eventuell vom Ufer aus den verzweifelten Schwimmern helfen konnten. Ins Wasser hinein wagten sich beide nicht, Wagner wegen seiner begrenzten Schwimmkünste und Zumstein, weil der keine Lust verspürte, ins um diese Jahreszeit noch eiskalte Wasser zu steigen.

Zwischen den Schwimmenden trieb die Hälfte eines Ruder-
bootes und etwas weiter weg erschien ganz kurz auf einem
Wellenkamm die andere Hälfte. Vermutlich war das Achterboot
im Sturm auseinandergebrochen. Bei der gekenterten Besatzung
handelte es sich offenbar um routinierte Schwimmer, denn
allmählich schafften sie es, dem rettenden Ufer näher-
zukommen. Mittlerweile war sich Wagner ganz sicher, dass
einer der Schwimmer Grundmann war. Sofort begann Wagner
das gewaltige Naturschauspiel, welches sich ihm bot, zu
genießen. So fühlte sich also Weihnachten mitten im Mai an.

Sobald es absehbar war, dass alle gekenterten Bootsinsassen
demnächst wohlbehalten das Land erreichen würden, drängte
Wagner seinen verdutzten Gefährten zum Aufbruch, gerade
noch rechtzeitig, bevor sie womöglich für endlose Telefonate ihr
Handy zur Verfügung stellen mussten. Dieses Argument
leuchtete auch Zumstein ein, zumal der nur über eine Prepaid-
Karte verfügte und die teuren Auslandstarife scheute. Hier
handelte es sich um durchtrainierte Sportler, die auch dazu in
der Lage waren, die zehn Kilometer nach Konstanz zu Fuß
zurückzulegen. Die Vorstellung, dass Grundmann am Abend
seiner Claudia dann nur noch zum schlaffen Bettvorleger taugte,
trieb Wagners gute Laune noch weiter in die Höhe.

Beim entspannten Heimradeln sahen sie in Ermatingen Wagners
Kollegin Christiane von Schwanau auf dem Steg der Bootsan-
legestelle sitzen. Vermutlich sog sie das Unwetter begierig ein,
um Material für ihre in der ganzen Region berüchtigten
depressiven Bodensee-Gedichte zu sammeln. Auch im Lehrerzimmer hing ein Kalender, den sie künstlerisch mitgestaltet
hatte. In diesem Kalender gab es für jeden Monat ein stimmungs-

volles Bild vom See und dazu jeweils ein bedeutungsschweres kurzes Gedicht. Wagner konnte sich noch lebhaft an Christiane von Schwanaus Verse für den Monat November erinnern:

Böse Seezungen lästern dich.
Dichter Nebel wallt.
Löffelweise trostloses Novembergrau.
Kalt leckt der See den müden Fuß.
Abtauchen in grundlose Tiefe.
Hämisches Kichern hinter dem Teufelstisch.

Nach der Veröffentlichung dieses Kalenders pflegte die Selbstmordrate in der Region signifikant anzusteigen. Ein Bekannter hatte Wagner unter dem Siegel der Verschwiegenheit erzählt, dass sein bester Freund es vorgezogen hatte, sich schon vor dem Lesen der Schwanau'schen Verse zu erschießen. Immerhin war es Wagners schreibender Kollegin gelungen, mit ihrem teilweise autobiographisch gefärbten Lyrikband *Leidensjahre einer Lehrerin* auch in den Feuilletons der großen Tageszeitungen gewürdigt zu werden. Dieses Werk enthielt bedeutungsschwere Gedichte wie *Stillarbeit*, wo die Doppelbelastung, erzeugt durch Säugling und Unterricht drastisch geschildert wurde, oder *Brandherde*, wo die unmenschliche Bürde durch Haushalt und Beruf thematisiert wurde. Christiane von Schwanau war, soweit Wagner wusste, kinderlos und wohl zurzeit auch ohne festen Partner. Im ganzen Gedichtband wurde nie von Schülern oder Klassen gesprochen, sondern stets von der *Herde*. Diese schien vornehmlich nur zu existieren, um der jungen Lehrerin eine verlässliche Hölle zu bereiten und sie von den schönen Dingen des Lebens fernzuhalten. Dem Werk vorangestellt, daran erinnerte sich Wagner noch, war ein Gedicht aus der Feder der Autorin:

Tag für Tag ans Rad geflochten.
Noch ist die Schlacht kaum ausgefochten,
stürzt begierig sich die Herde,
auf dass die Lehrerin vernichtet werde.

Die ersten dicken Regentropfen prasselten auf die beiden Radler nieder und rissen Wagner aus seinen literarischen Betrachtungen. Forsch trat er in die Pedale und ließ, Zumstein stets in seinem Windschatten, die dichtende Kollegin im Regen sitzen. Klatschnass zu Hause angekommen, nahm Wagner sich vor, Christiane von Schwanau darum zu bitten, sein tragisches Ringen um den Batura II in einer fesselnden Heldenballade zu gestalten.

Daheim im hellen Klassenraum
reifte in ihm der kühne Traum,
zu bezwingen die düstre Baturawand
im fernen zerklüfteten Hunzaland.

So in etwa stellte er sich deren Anfang vor. Beim Blick auf den Stundenplan für den nächsten Tag musste Wagner erkennen, dass sich die Unterrichtsvorbereitung bis zum späten Abend hinziehen würde. Nebenan lockte sein frisch bezogenes Bett. Der nun einsetzende innere Kampf zwischen Pflicht und Neigung war rasch entschieden: Wieder einmal triumphierte sein Schlafbedürfnis über sein Pflichtgefühl. Mitten in der Nacht wachte er schweißgebadet auf und schlug panisch um sich, um gegen das Ersticken anzukämpfen. Erst nach einer Weile bemerkte er, dass er in seinem warmen Bett lag und nicht unter einer Lawine begraben war.

Die gescheiterte Batura-Expedition III

Ich wage mal eine Prognose: Es könnte so oder so ausgehen.

Ron Atkinson, Fußballer

Wagner spürte, dass er in der Form seines Lebens war. Gestern war er mühelos hoch zum zweiten Hochlager gelangt und hatte dort eine erstaunlich erholsame Nacht verbracht, ganz ohne die befürchteten Kopfschmerzen in der dünnen Luft. Die Weite um ihn herum erschien ihm grenzenlos und stand im denkbar größten Kontrast zur qualvollen Enge in seinem Lehrerzimmer. Dort wurde anscheinend jeder Kollege, der sich in den Ruhestand verabschiedete, zum Schuljahresbeginn durch zwei bis drei Kolleginnen ersetzt, welche jeweils nur wenige Stunden Unterrichtsverpflichtung hatten. Wagner kam das Ganze wie unkontrollierte Zellteilung vor, mit dem Ergebnis, dass sich in dem Lehrerzimmer, das wohl ursprünglich für nur halb so viele Insassen konzipiert war, nun über 80 Menschen zusammendrängten und sich auf den Tischen gegenseitig ihre überbordenden Hefte- und Bücherstapel zuschoben. Ein Mathematikkollege hatte kürzlich errechnet, dass Legehennen in der EU im Verhältnis zu ihrer Körpergröße mehr Raum zur Verfügung stand als seinem Kollegium im Lehrerzimmer.

Dies schien Wagner umso schlimmer, da er ohnehin im Gegensatz zu den meisten seiner domestizierten Kollegen nicht zur Zimmerhaltung taugte. Hier draußen jedenfalls war er frei und blickte stolz auf sein Tagewerk zurück.

Heute früh war er beim ersten fahlen Licht aufgebrochen. Ein stahlblauer Himmel wölbte sich über einem endlos erscheinenden Gipfelmeer. Mehrere Bergsteigerleben würden nicht ausreichen, um nur einen Bruchteil von all diesen wilden Bergen, darunter etliche noch unbestiegene, zu erklimmen. Und hoch über seinem Haupt, gar nicht mehr unerreichbar fern, lockte der Höchste von allen bislang unbezwungenen Gipfeln. Die tausend Höhenmeter Spurarbeit durch hüfttiefen Schnee hatten ihn nicht vollends erschöpft und seine Angriffslust war am Abend immer noch ungebrochen. Morgen würde er nach den Sternen greifen und den jungfräulichen Gipfel des Batura II als erster Mensch betreten, während seine zaudernden Gefährten unten in der Sonne hocken und sich schwarz ärgern würden. Schon allein dieser Gedanke überspülte seinen Körper mit Endorphinen. Die Aussicht, die er sich von seinem Meteorologen aus Innsbruck per Satellitentelefon hatte bestätigen lassen, dass die Hochdruckwetterlage mit etwas Glück auch noch den nächsten Tag anhalten würde, beflügelte ihn obendrein. *Wer nicht wagt, der nicht gewinnt!* Ein knapper Schönwettertag musste genügen, um zum Gipfel zu gelangen und wieder hinab zu seinem Zelt. Das würde er dann abbauen, um am selben Tag noch so weit wie möglich abzusteigen. Den restlichen Weg zum Basislager traute er sich auch noch im dichten Schneetreiben zu. Nachdem Wagner eine Plattform aus dem Schnee geschaufelt und darauf sein Zelt aufgebaut hatte, war er zufrieden in seinen Schlafsack gekrochen. Vorn in der Apsis schmolz der Kocher fauchend im Topf den Schnee, um seinem dehydrierten Körper die erforderliche Flüssigkeit zuzuführen. Wagner spürte bei jedem Handgriff, dass er mit sich in absolutem Einklang war.

Das hier war seine Welt, hier bestimmte er furchtlos die Gesetze des Handelns. *Den schreckt der Berg nicht, der darauf geboren.* Dieses Schiller-Zitat galt offenbar auch für ihn als dem Mann aus dem Mittelgebirge. Nachdem er ausreichend getrunken und auch seine mit heißem Wasser aufgequollene Astronautennahrung ausgelöffelt hatte, stellte er seinen Weckalarm auf eine Stunde nach Mitternacht. Seine Innenschuhe nahm er mit in seinen Schlafsack, um sich am nächsten Morgen nicht gleich kalte Füße zu holen. Die Stille draußen war vollkommen. Ihm fiel auf, dass solch eine Stille daheim in der Zivilisation überhaupt nicht mehr existierte. Der Himmel dort war lichtverschmutzt und selbst die tiefste Nacht nicht ohne das ferne Dröhnen des Verkehrs, von seinem verlärmten Schulhaus tagsüber ganz zu schweigen. Die größtmögliche Stille herrschte dort nur, wenn seine Schüler über einer Klausur brüteten und lediglich das leise Kratzen der Füllfederhalter auf dem Papier zu vernehmen war. Diese Gedanken führten Wagner zurück zu seiner eigenen Schulzeit und bald darauf schlummerte er mit den friedlichsten Erinnerungen an seine unbeschwerten Bubentage im Schwarzwald ein.

Bevor er überhaupt wusste, wie ihm geschah, war ihm, als sei ein Güterzug in voller Geschwindigkeit durch sein Zelt gerattert. Besinnungslos wurde er durcheinandergewirbelt.

Dann trat Grabesstille ein: Ob er wohl schon tot war?

Als er wieder zu sich kam, stellte er mit panischem Entsetzen fest, dass er in tiefster Stockdunkelheit gefangen war und überhaupt nicht wusste, wo oben und wo unten war. Sobald sein Entsetzen abgeflaut war, nahm die Kälte ihn in ihren Würgegriff. Offenbar steckte sein Oberkörper nicht mehr in seinem Schlafsack. Mit Mühe gelang es ihm, einen Arm freizubekommen. Vor seinem Gesicht ertastete er einen kleinen Hohlraum, begrenzt durch Zeltstoff, gegen den von außen kalter Schnee gepresst war. Er saß in einer tödlichen Falle. Keine Ahnung, wie weit er unter den Schnee geraten war. Dass er von einer Lawine erfasst worden war, dämmerte ihm sofort. Dass er nun qualvoll verrecken würde, mutterseelenallein, im hintersten Winkel dieses Planeten, kroch dagegen nur schleichend in sein Bewusstsein. Seine Schreie und sein Schluchzen verhallten ungehört und irgendwann war Wagner selbst dafür zu erschöpft. Immerhin verhalfen ihm seine Tränen, welche ihm über die Stirn liefen, zur Erkenntnis, dass er wohl kopfüber unter dem Schnee begraben lag.

Als er aus seinem Dämmerzustand erwachte, gewahrte er, dass ein harter Gegenstand gegen seinen Oberschenkel drückte: sein Taschenmesser! Nun musste er nur noch das Unmögliche schaffen: mit seiner freien Hand dorthin zu gelangen. Er wusste, dass ihm die Zeit davonlief. Bald würde ihm in seinem kleinen Hohlraum der Sauerstoff zur Neige gehen und er unbemerkt von der Menschheit in den ewigen Schlaf hinübergleiten. Nach endlos anmutenden Minuten hatte Wagner es geschafft, das Messer aus der Hosentasche zu fingern und es aufzuklappen – zum Glück trug er bei Bergunternehmungen sein Messer immer am Körper. Wo immer er um sich herum Zeltstoff ertasten konnte, schlitzte er diesen auf. Schnee füllte die so entstandenen Ritzen, aber zu seiner Verblüffung gab der Schnee unter dem Druck seiner Füße nach, ohne dass neuerlich Schnee nachgeströmt wäre. Offenbar war Wagner nur oberflächlich verschüttet worden. Wenige Zeit später lag er schweißgebadet und vollkommen erschöpft unter einem klaren Sternenhimmel.

Sofort ergriff die beißende Kälte von ihm Besitz und drang in jede Faser seines Körpers. Mit viel Mühe gelang es ihm seinen Schlafsack auszugraben und darin zusammengekauert den Rest der Nacht zähneklappernd zu überstehen.

Im ersten fahlen Tageslicht versuchte Wagner seine Situation nüchtern zu analysieren. Soweit er es beurteilen konnte, hatte er den nächtlichen Lawinenabgang bis auf zahlreiche Prellungen und Schürfungen – wie durch ein Wunder – ohne ernsthaftere Verletzungen überlebt. Da sein Zelt durch die Lawine zerfetzt worden war, besaß er an Ausrüstung nur noch das, was er am Leibe trug, dazu noch seinen Schlafsack, seine beiden Innenschuhe und – nochmals wie durch ein Wunder – eine Außenschale zum rechten Innenschuh. Die Außenschale zum linken Innenschuh fehlte, ebenso der Kocher. Aber selbst wenn er einen Kocher gehabt hätte, wäre es ihm unmöglich gewesen, ohne ein Gefäß Schnee zu schmelzen, um auf diese Weise an Flüssigkeit zu gelangen. Seine Zunge, welche ihm jetzt schon am trockenen Gaumen klebte, erzeugte einen Vorgeschmack auf die bevorstehenden Durstdelirien. Beide Handschuhe fehlten ebenfalls. Sein Pickel und seine Steigeisen waren erwartungsgemäß auch verschwunden, er hatte diese vor seinem Zelt deponiert. Wie er ohne diese Utensilien sich über steile Eishänge nach unten ohne abzustürzen durchschlagen konnte, war ihm schleierhaft. Wagner hatte außerdem keine Ahnung, wo am Berg er sich befand, denn zu allem Überfluss hatte dichtes Schneetreiben eingesetzt und die Sicht auf nahezu Null reduziert. Seine Uhr mit dem Höhenmesser hatte offenbar einen Schlag abbekommen und funktionierte nicht mehr.

Wagner war klar, dass er sich in einer hoffnungslosen Lage befand. Sich von hier wegzubewegen, mündete todsicher in den Absturz ins Bodenlose oder falls ihm das erspart bleiben sollte, mit nur einem Außenschuh zum langsamen Tod des Erfrierens. So etwas nannte man wohl eine tragische Situation, welche er bisher nur aus seinen spannenden Bergbüchern kannte.

Da konnte er sich genauso gut weiterhin in seinen Schlafsack kauern und ganz allmählich sanft ins Jenseits hinwegdämmern. Die Verlockung, auf diese Weise einfach das unweigerliche Ende abzuwarten, war nahezu übermächtig. Nie mehr zur Schule müssen, keine Konferenzen mehr ertragen, auf ewig korrekturfrei, wunschloses Nichts …

Sporttag

Ich bin körperlich und physisch topfit.

Thomas Häßler, Fußballer

Heute müssen wir wieder den Sportlehrern beim Notenmachen helfen!", ätzte Wagner und sein Kollege Kammerer ergänzte: „Wir beide werden es noch erleben, dass regulärer Unterricht nur noch in Ausnahmefällen erteilt wird."

Im Gegensatz zu seinem Kollegen war es Wagner jedoch ziemlich egal, dass sich im Bodenseestadion die gesamte Schüler- und Lehrerschaft versammelt hatte, um einen so genannten Sporttag zu veranstalten. Die herkömmlichen Bundesjugendspiele waren vor einigen Jahren durch ein moderneres Format ersetzt worden, damit die *öffentliche Demütigung*, wie man dies auf der Homepage der Schule formuliert hatte, durch *sportliches Miteinander* ersetzt wurde. Eine Mutter hatte sich erfolgreich darüber beschwert, dass ihr Sohn deprimiert nach Hause gekommen sei, weil man ihm keine Urkunde verliehen hatte. Seitdem bekam beispielsweise beim Weitsprung nicht zwangsläufig der die beste Note, der am weitesten sprang, sondern derjenige, der seine Sprungweite am präzisesten vorhergesagt hatte.

Wagner zählte zu den wenigen Lehrkräften, welche die Bundesjugendspiele gar nicht so schlecht fanden, eben weil die Schüler hier gezwungen waren, mit ihren Niederlagen klarzukommen. Und wer keine Urkunde bekam, konnte ja trainieren, damit ihm das beim nächsten Mal nicht noch einmal passierte. Aber die Hauptsache war für ihn an dieser Sportveranstaltung, dass ihm heute fünf Stunden ausfielen, fünf Stunden, die er nicht vorzubereiten brauchte und ihm deshalb gestern eine richtig lange Trainingseinheit auf dem Rennrad ermöglicht hatten.

Neben dem Weitsprung sollten heute noch verschiedene Laufwettbewerbe und Sackhüpfen durchgeführt werden. Das Kugelstoßen war vor einigen Jahren aus dem Programm genommen worden, nachdem eine fehlgeleitete Kugel Roland Raabe hinterrücks getroffen und für mehrere Tage ins Krankenhaus befördert hatte. Der Schüler, dem dieses vermeintliche Missgeschick unterlaufen war, blieb am Ende des darauffolgenden Schuljahres wegen zweimal mangelhaft in Mathematik und Physik sitzen und musste, weil er schon im Vorjahr eine Ehrenrunde gedreht hatte, auf die Realschule überwechseln. Raabe hatte damals in der Notenkonferenz scheinheilig beteuert, dass er alles versucht habe, um die tragische Nichtversetzung doch noch abzuwenden.

Zu den unbestrittenen Höhepunkten des Sporttages zählte traditionell der abschließende Staffelwettkampf, bei dem ein gemischtes Schülerteam gegen ein gemischtes Team der Lehrer antrat. Dieses Mal wurde das Ganze jedoch getoppt durch ein Wagenrennen der besonderen Art. Sieben Lehrerinnen hatten sich gemeldet, um auf ihrem Rad mit Kinderfahrradanhänger zwölf Stadionrunden zurückzulegen und auf diese Weise die Siegerin zu ermitteln.

Um acht Uhr sollten die Wettkämpfe pünktlich starten, und bevor ihn Hella Frei-Barenbecks strafender Schulleiterstellvertreterinnenblick treffen konnte, trabte Wagner eine Minute vor Beginn missmutig zur Weitsprunggrube. Dorthin hatte ihn Grundmann eingeteilt, auf dass er nun in den folgenden Stunden unter einem Sonnenschirm sitzend die Ergebnisse in die Listen eintrug, nachdem ein Schüler nach jedem Sprung mit einem Maßband akribisch die Weite gemessen und an ihn durchgeben hatte. Danach ebnete ein zweiter Schüler mit seinem Rechen den Krater im Sand ein, damit die Sprunggrube wieder bereit für den nächsten Wettkämpfer war. Dazwischen blieb nur wenig Zeit, um nach den anderen Stationen Ausschau zu halten und das dortige Treiben zu beobachten. Hella Frei-Barenbeck sah in ihrem eng anliegenden Puma-Trainingsanzug aus wie eine kaukasische Freistilringerin und Wagner konnte sich gut vorstellen, wie sie bei einer Olympiade die Flagge ihrer Republik mit stolz geschwellter Brust vor ihren Athleten ins Stadion trug.

Am anderen Ende des Rasens konnte er Tanja Buhl erkennen. Mit einer Stoppuhr in der Hand nahm sie zusammen mit Grundmann und den siamesischen Zwillingen der Fachschaft Sport die Zeit für den 50-Meter-Lauf. Schade, dass er seinen Feldstecher daheim gelassen hatte. Dass seine Kollegin allerdings knappe Shorts und darüber eine knallenges Träger-hemd trug, welches im Grunde genommen waffen-scheinpflichtig war, das konnte er mit bloßem Auge erkennen. Wenn er Schüler wäre, würde er alles daran setzen, um mit letzter Kraft über die Ziellinie ihr direkt in die Arme zu taumeln. „Von der möchte ich auch einmal handgestoppt werden!", grinste Kammerer, der die begehrlichen Blicke seines Kollegen sehr wohl registriert hatte. Vor drei Wochen hatte Wagner im Lehrerzimmer geistesgegenwärtig eine seltene Zischpause der Kaffeemaschine genutzt, um Tanja Buhl zum Abendessen in die Pizzeria *Don Alfr*edo einzuladen. Offenbar von dieser Einladung überrumpelt, hatte sie zwar nicht Nein gesagt, ihn jedoch auf später vertröstet, wenn ihr Terminkalender nicht mehr so prall gefüllt sei.

„Nicht nur der ist prall gefüllt!", wäre ihm damals beinahe herausgerutscht, aber er konnte diese anzügliche Bemerkung gerade noch unterdrücken, um sich nicht schon im Vorfeld des Rendezvous um Kopf und Kragen zu reden. Wagner begann sich das Hirn zu zermartern, wer alles Tanja Buhls abendlichen Terminkalender füllte. In seinen wüstesten Phantasien tauchte sogar sein Intimfeind Grundmann auf, dem man ohnehin nachsagte, dass er nichts anbrennen ließ. Das war doch kein Zufall, dass er heute zusammen mit Tanja Buhl die Zeiten stoppte. Ob seine Claudia von den polygamen Neigungen ihres Matratzensportlers wusste, oder hatte sie es womöglich geschafft, diesen testosterongeschwängerten Muskelmenschen an die Kette zu legen?

„Niklas Janßen, vier Meter zehn!" Wagner wurde wieder an den Rand der Sprunggrube zurückgeholt.

Drei Stunden später war dann der letzte Schüler in seiner Grube gelandet und auch an den anderen Stationen herrschte offensichtlich kein Betrieb mehr, sodass die Schüler-Lehrer-Staffel ihren Lauf nehmen konnte. Mittlerweile brannte die Sonne erbarmungslos vom Himmel herunter, weshalb die meisten Schüler auf Zuschauerrängen unter dem Schatten spendenden Stadiondach Zuflucht gesucht hatten.

Frenetischer Beifall brandete auf, als die vier Schülernamen vom Stadionsprecher angesagt wurden. Hauke Boysen übte dieses Amt mit der souveränen Routine eines Nachrichtensprechers aus. Im gemischten Team der Lehrer traten bei den Frauen, wie nicht anders zu erwarten, Carmen Müller-Mayer und Frauke Hamkens an. Bei den Männern liefen sich zur allgemeinen Verwunderung Philipp Kreuzer und Florian Wessenberg warm. Bei Ersterem, dem Scheidungsopfer, hatte vermutlich die ausgelobte Siegesprämie – ein warmes Abendessen im *Pinocchio*, einem angesagten gehobenen Italiener – den Ausschlag gegeben. Florian Wessenberg war dagegen die große Unbekannte. Durch sportliche Aktivität war er bisher noch niemandem aufgefallen. Daher erschien es noch rätselhafter, warum man ausgerechnet ihn als Schlussläufer aufgestellt hatte. Wagner erfuhr erst hinterher, dass Wessenberg in seiner Heimat einmal niedersächsischer Jugendvizemeister im Hundertmeterlauf geworden war.

Hauke Boysen stimmte das Publikum auf der Tribüne auf den folgenden Wettkampf ein:

Unten auf heißer Tartanbahn
schicken sich Jungen und Mädchen an,
gegen Lehrerinnen und Lehrer anzutreten.
Um höchste Aufmerksamkeit wird nun gebeten.

Ob Boysen diese Verse vorher sorgfältig einstudiert hatte? Wagner traute ihm jedoch zu, diese aus einer spontanen Eingebung heraus kreiert zu haben. Weil Wagner in der Folge wie gebannt auf Tanja Buhl starrte, welche zwei Sitze neben ihm lasziv die Beine übereinander schlug, bekam er weder den Startschuss noch Carmen Müller-Mayer und Philipp Kreuzer mit. Er schaltete sich erst wieder als Zuschauer ins Wettkampf-geschehen ein, als unter ohrenbetäubendem Lärm die beiden Stäbe an Frauke Hamkens und Judith Abele nahezu zeitgleich übergeben wurden. Die Schülerin explodierte förmlich auf der Tartanbahn, so schien es wenigstens Wagner, und ließ die auf zahlreichen Turnieren gefeierte Beachvolleyballerin Frauke Hamkens weit hinter sich. Das Rennen schien gelaufen, als Florian Wessenberg geschätzte fünf Meter nach Volker Wittke, dem Schlussläufer der Schüler, den Stab übernahm. Was sich aber dann in den folgenden Sekunden ereignete, sollte sich tief in das kollektive Gedächtnis der Schulgemeinschaft eingraben. Hauke Boysen verstieg sich sogar hinterher zur Behauptung, er habe an diesem Tag der Geburtsstunde der modernen Leichtathletik beigewohnt. Unbestritten war allerdings, dass Wessenberg in einem nicht für möglich gehaltenen Spurt Volker Wittke kurz vor der Ziellinie überrannte. Petra Gehring-Schüsselhard, welche zuvor Wessenberg frenetisch mit ihrem stakkatohaften „Flo – ri – an! Flo – ri – an!" angefeuert hatte, überkletterte den Zaun, der die Zuschauer von der Rennbahn trennte, und nahm den Sieger zur Überraschung aller leidenschaftlich in ihre Arme. Da hatte wohl einer seine Chance bei der Beauftragten für Chancengleichheit gleich genutzt, als sich dazu die Gelegenheit ergeben hatte, mutmaßte Wagner, dem die Bilder von den glückselig auf der Wiese sich wälzenden Schafen wieder lebhaft vor die Augen traten.

Allmählich verebbte der Beifall und gespannte Stille stellte sich ein. In diese Stille brach der blecherne Ton des Stadionsprechers. „Gleich dürfen wir die moderne Antwort auf das Wagenrennen in *Ben Hur* erleben, wenn der Startschuss fällt für das *Ultimate Bicycle Race*. Weiblich allesamt und dennoch nicht weniger wild entschlossen, treten sieben Kolleginnen mit ihren Kinderfahrradanhängerinnen an, um den Sieg zu erringen."

Wagner wunderte sich, dass Hauke Boysen sich heute ganz gegen dessen Gewohnheit dem Zeitgeist beugte und die gendermäßig korrekte Sprache auf eine lächerliche Spitze trieb.

Die Initiative für dieses Wagenrennen war von der Beauftragten für Chancengleichheit Petra-Gehring-Schüsselhard ausgegangen. Sie wollte mit dem Wettkampf die unmenschlichen

Strapazen einer Mutter am frühen Morgen in den Fokus der Schulöffentlichkeit rücken. Mit dem Wagenrennen sollte sozusagen auf sportliche Weise simuliert werden, wie morgens das Kind schlaftrunken aus dem Bett gezerrt und zur Kindertagesstätte gebracht werden musste, um danach mit voller Kraft zur Schule zu strampeln und dort völlig abgehetzt anzukommen. Das *Ultimate* sollte wohl signalisieren, dass bei diesem Weg zur Schule alle Mittel eingesetzt werden mussten, um gerade noch pünktlich im Klassenzimmer zu erscheinen. Wegen der hohen Verletzungsgefahr wurde das zu transportierende Kleinkind durch einen halben Zentner schweren Sack Kartoffeln ersetzt – aus biologischem Anbau und festkochend. Schließlich sollten damit hinterher vegane Kartoffelpuffer für den nächsten Kolleginnenstammtisch gebacken werden.

Da es anscheinend keine Regeln gab, konnte sich Hauke Boysen darauf beschränken, auf die einzelnen Schauplätze hinzuweisen: Auf der einen Seite der Rasenfläche standen die sieben Wettkämpferinnen bereit, um nach dem Startschuss loszustürmen, und auf der gegenüberliegenden Seite befand sich die Hochsprungmatte, auf der nebeneinander gereiht sieben prall gefüllte Säcke lagerten – das schlummernde Kind sozusagen noch im heimischen Bett. Von dort aus mussten dann mit dem geschulterten Kartoffelsack rund 50 Meter zurückgelegt werden, wo am Ende der Aschenbahn die acht Fahrräder samt Anhänger standen. Nach zehn Stadionrunden würden dann die Fahrräder abgestellt und der Kartoffelsack in eine bereit stehende Tonne – die Kindertagesstätte – abgelegt werden. Zum Abschluss mussten noch mit leerem Anhänger zwei Runden bis ins Ziel – also die Schule – zurückgelegt werden. Wie im wirklichen Schulalltag wachte im

Zieleinlauf Dr. Burger mit Argusaugen über die Zeit, hier allerdings unterstützt durch weitere Helfer.

Wagner vermutete, dass es bei diesem Wettbewerb auf ein erbittertes Duell zwischen Sandra Wolf und deren erklärter Feindin Heike Mattern hinauslaufen würde. Sandra Wolf mühte sich von früh bis spät ab, um ihr Kind zu versorgen, gleichzeitig eine gute Lehrerin zu sein und ihre Stundenplanwünsche maßvoll zu formulieren. Umso mehr hasste sie es, wie ihre Widersacherin durch ihr egoistisches Gebaren jede alleinerziehende Mutter in Misskredit brachte. Nun gierte sie förmlich danach, ihr vor den Augen der versammelten Schulgemeinschaft eine vernichtende Niederlage zu bereiten. Wagner wusste, dass Sandra Wolf seit Monaten verbissen trainierte. Schon oft war sie ihm begegnet, als er durch die Wälder des Bodanrück trabte. An den mit ihrem Kind besetzten Fahrradanhänger hatte sie noch einen LKW-Reifen gekettet, den sie zusätzlich hinter sich her schleifte, um sich so die erforderliche Kondition aufzubauen.
Auch Heike Mattern schien in den Monaten zuvor nicht untätig geblieben sein. Barmer hätte schwören können, dass sie ihn kürzlich in knallbunter Radlermontur in vollem Karacho beinahe auf einem Zebrastreifen überfahren hätte – an einem Vormittag, wo er sie zwei Stunden zuvor krankheitshalber vertreten musste. Dr. Burger war der Sache nicht nachgegangen, weil er erstens zur Überzeugung gelangt war, dass die Wahrnehmung Barmers schon in den frühen Morgenstunden durch dessen Alkoholkonsum erheblich getrübt sein konnte, und er zweitens einen Konflikt mit Heike Mattern tunlichst vermied. Er wusste aus leidvoller Erfahrung, dass ihm im schlimmsten Fall eine mehrwöchige Krankschreibung drohte, wenn er hier die Kollegin auch nur ansatzweise höflich zur Rede stellte.

Mittlerweile hatten sich alle Wettkampfteilnehmerinnen im Startbereich eingefunden und versuchten offensichtlich mit irgendwelchen Dehnungsübungen ihre Spannung abzubauen. Hauke Boysen schien sich erstaunlicherweise mit seiner Rolle als Stadionsprecher angefreundet zu haben. Seinen Ärger über den ausgefallenen Unterrichtsvormittag merkte man ihm jedenfalls nicht an. Geradezu euphorisch ermunterte er das Publikum zum Countdown – „Zehn, neun, acht, sieben …!" –, in den prompt alle einstimmten, bis dann der Startschuss ertönte und alle Athletinnen lossprinteten. Um möglichst die Bedingungen eines normalen Schulmorgens zu simulieren, bestand deren Wettkampfkleidung einheitlich aus einem Sommerkleid und einer engen Leggins darunter. Wagner mutmaßte, dass mit letzterem Kleidungsstück beim schnellen Radeln tiefere Einblicke verhindert werden sollten. Ansonsten fand er diese Mode, unter einem Kleid auch noch eine Hose zu tragen, genauso ablöschend wie die 7/8-Hose bei Männern. Deren Sinn hatte sich ihm bis heute auch noch nicht erschlossen und er kannte keinen einzigen Mann, der es schaffte, mit diesem Beinkleid sein Aussehen zu verbessern.

Das Bodensee-Stadion glich mittlerweile einem tobenden Hexenkessel. Nach der Hälfte der Rasenstrecke hatten sich drei Kolleginnen vorn etwas vom restlichen Feld abgesetzt. Neben Wagners beiden Favoritinnen lief auch Gabriele Reemtsma vorn an der Spitze mit. Die jahrzehntelangen Mineralwasserexzesse schienen sich zumindest hier auf den ersten Metern auszuzahlen. Die drei kamen gleichzeitig bei der Sprungmatte an und griffen nach dem Kartoffelsack. Heike Mattern schulterte die Last mit einer heftigen Drehbewegung und riss dabei Sandra Wolf zu Boden. Das war natürlich aus purer Absicht geschehen.

Das Publikum tobte und bereitete der Übeltäterin ein gellendes Pfeifkonzert. Mattern rannte unbeirrt davon. Die Gestrauchelte hob ihren Sack auf und hetzte hinter Gabriele Reemtsma her, welche durch das Missgeschick ihrer Kontrahentin den zweiten Platz erobert hatte – sehr zum Missfallen Barmers, der nun rhythmisch „Sandra, Sandra, Sandra!" brüllte, womit er offensichtlich auch den Nerv des Publikums traf, denn dieses stimmte in Sprechchören in Barmers Anfeuerungsrufe ein.

Inzwischen war Heike Mattern mit einem hauchdünnen Vorsprung bei den Rädern angelangt, wuchtete ihren Kartoffelsack in den Anhänger und strampelte mit voller Kraft voraus. Die beiden anderen Kolleginnen waren ihr dicht auf den Fersen. Der Rest des Feldes folgte mit wenigen Sekunden Verzögerung. Vorn an der Spitze radelten Kopf an Kopf Heike Mattern und Gabriele Reemtsma um die Wette, gerade waren die ersten anderthalb Runden geschafft, als von hinten Sandra Wolf ohne Rücksicht auf Verluste in die kleine Lücke zwischen den beiden stieß. Krachend verhakten sich die drei Anhänger ineinander. Nun eröffnete sich auch der Sinn der Handtasche, welche sich Heike Mattern umgehängt hatte. Mit einer Hand umkrallte sie den Fahrradlenker, mit der anderen schleuderte sie die Handtasche mit vollem Schwung unaufhörlich Sandra Wolf an den Kopf. Die konterte wütend mit Tritten gegen das Rad der Angreiferin. Gabriele Reemtsma, deren Anhänger sich hoffnungslos in den Wolf'schen verkeilt hatte, war vollauf damit beschäftigt, Kurs zu halten, um nicht innen auf den Rasen neben der Tartanbahn geschleudert zu werden.

Durch das heftige Gerangel schaffte es die Verfolgergruppe wieder zum führenden Trio aufzuschließen. Carmen Müller-

Mayer führte diese Gruppe an. Offenbar hatte ihr der vorausgegangene Laufwettbewerb lediglich als lockeres Aufwärmtraining gedient. In ihrem Windschatten hatte sich Karin Pfeifer festgesetzt. Die war eigentlich als Oma keine Mutter mehr, durfte aber dennoch am Wettkampf teilnehmen, weil sie an drei Tagen in der Woche vor dem Unterricht ihre Enkelin mit dem Rad zum Kindergarten brachte. Ihr war aufgrund ihres vorgerückten Alters als einziger Teilnehmerin ein E-Bike zugebilligt worden, welches sie allerdings nur auf der niedrigsten Unterstützungsstufe benutzen durfte. Die Schaltung war zu diesem Zweck zuvor von einem Fahrradmechaniker fixiert worden. Carola Blum komplettierte diesen Dreierpulk. Wagner konnte genau die blinkende Kette auf ihrem Gepäckträger erkennen. Die führte diese streitbare Umweltschützerin immer mit sich, um sich notfalls sofort unter Protest an einen von der Fällung bedrohten Baum ketten zu können. Diese Gefahr bestand hier im völlig baumfreien Stadion Gott sei Dank nicht.

Schon deutlich abgeschlagen, bildete Luise Karrenbacher-Dellbrink das Schlusslicht im Feld. Dies lag vermutlich auch daran, dass sie ihren Kinderanhänger mit einem besonders kunstvollen Aufbau versehen hatte. Motive aus der antiken Mythologie zierten dieses Werk, aus dem die Göttermutter Hera als Figur aus Pappmaché emporragte. Dies beeinträchtigte in empfindlicher Weise die Aerodynamik, auf die es natürlich ankam, wenn man ganz vorne mitmischen wollte. Wagner mutmaßte, dass es seiner Kollegin ohnehin weniger um den Sieg als um die größtmögliche Aufmerksamkeit für ihr Kunstwerk ging und es daher ganz in ihrem Sinn war, wenn sie möglichst lang im Rennen blieb. Und wenn genau das Bild von ihr am nächsten

Tag in der Lokalausgabe der Tageszeitung erscheinen würde, dann wäre ihr Triumph vollkommen.

Bei der Spitzengruppe spitzte sich plötzlich die Lage dramatisch zu: Sandra Wolf war es gelungen, Heike Matterns Handtasche am Riemen zu fassen. Mit einem heftigen Ruck zog sie daran. Heike Mattern wurde vom Rad gerissen und stürzte vor das Rad ihrer Feindin. Die flog durch die Kollision ebenfalls vom Rad und riss Gabriele Reemtsma mit sich. Das Ganze ereignete sich so rasch, dass den drei Verfolgerinnen keine Chance blieb, auszuweichen. Nahezu ungebremst rasten sie in das Knäuel aus Kinderanhängern, Kartoffelsäcken und keifenden Kolleginnen.

Wagner konnte sehen, wie die vier Schulsanitäter von ihrer Bank hochsprangen und mit ihrem Notfallkoffer auf die gegenüberliegende Seite rannten. Dort wanden sich fünf gefallene Jungmütter, auf die eine Oma mit ihrem schweren Elektrofahrrad gelandet war, mit wut- und schmerzverzerrten Gesichtern auf der Tartanbahn,.

Das Bodensee-Stadion bebte. Anscheinend traf es das Publikum völlig unvorbereitet, was zum Vorschein kam, wenn die Zivilisation plötzlich ihrer dünnen Decke beraubt wurde. Die Stimmung reichte vom blanken Entsetzen bis hin zur unverhohlenen Faszination für die Gewalt, die sich da eben in der Arena entladen hatte. Die BfC und Streitschlichterin Petra Gehring-Schüsselhard hatte ihr Gesicht in den Händen vergraben. Kein Wunder, wurde doch soeben vor aller Augen ihr gesamtes Lebenswerk vernichtet. Diese entfesselten Teilzeit-Gladiatorinnen dort unten machten alles kaputt, was sie mühsam in all den Jahren aufgebaut hatte. *Immer feste druff!*

So einfach brach also das Archaische in ihre sorgsam gestaltete Welt des friedlichen Miteinanders ein. *Gehen Sie zurück auf Los, gehen Sie direkt dorthin, ziehen Sie keine 4000 Mark ein!* Petra-Gehring-Schüsselhard fühlte sich in das Monopoly-Spiel ihrer Kindertage zurückversetzt.

Karin Pfeifer war die erste, die sich wieder aufrappelte und ihr Fahrrad aus dem Durcheinander aus Rädern, Frauenleibern und Anhängern befreite. Beinahe wäre sie auf einer Kartoffel ausgerutscht, von denen etliche aus einem aufgeplatzten Sack gekullert waren und nun verstreut auf der Tartanbahn lagen. Dann schwang sie sich auf ihr Rad, um die fehlenden zehneinhalb Runden bis zum Ziel zurückzulegen.

Der einzige Mensch, der sich durch die Massenkarambolage nicht ablenken ließ, war offensichtlich Luise Karrenbacher-Dellbrink. Die war völlig ungerührt an der Unfallstelle vorbeigeradelt und lag nun mit zwei Runden Vorsprung an der Spitze. Daran hatte auch die nach dem Unfall durchgeführte Safety-Bike-Runde nichts zu ändern vermocht, denn sie war ja ohnehin die Einzige, welche nicht in den Zusammenprall verwickelt war. Der Rest des Rennens war reine Formsache. Zwar schaffte es Karin Pfeifer noch, durch einen gewalttätigen Griff ihre Schaltung von der hemmenden Plombe zu befreien, aber trotz des dazu geschalteten Elektro-Turbos konnte sie ihre Gegnerin nicht mehr einholen. Begleitet von verhaltenem Applaus schaffte es die Kunsterzieherin, sich und ihr Gespann mit einem hauchdünnen Vorsprung ins Ziel zu retten, natürlich nicht ohne zwei Runden zuvor regelkonform den Kartoffelsack in der Tonne versenkt zu haben.

Heike Mattern wurde mit Schmerz verzerrtem Gesicht von den Schulsanitätern auf einer Bahre vom Platz getragen. Als würde sie Dr. Burgers sorgenvollen Blick spüren, simulierte sie gekonnt Leichenstarre. Diese Botschaft wurde verstanden, denn Dr. Burger wusste nun, dass ihre Verletzung bis weit in das nächste Schuljahr hinein auskuriert werden musste. Zum Glück schienen die anderen Wettkämpferinnen die Karambolage mit unbedeutenderen Blessuren überstanden zu haben. Sandra Wolfs Platzwunde am Kopf konnte mit wenigen Kunstgriffen von den Schulsanitätern getackert werden. Alle anderen waren mit leichten Schürfwunden oder kleineren Prellungen davongekommen. Dr. Burger beschloss im Stillen, dass der nächste Sporttag erst wieder stattfinden würde, wenn er als Pensionär den kompletten Sommer auf dem See verbrachte. Dann wäre es ihm möglich, die vereinzelten Klangfetzen aus dem Stadion nostalgisch verklärend vom Boot aus wie fernes Möwengekrächze wahrzunehmen.

Erst Krawall, dann Abiball

Wehe, wenn sie losgelassen.

Friedrich Schiller, *Das Lied von der Glocke*

Als Uli Wagner eines Morgens aus unruhigen Träumen erwachte, stellte er fest, dass er sich im Tag geirrt hatte. Heute war
erst Donnerstag und nicht wie erhofft schon Freitag. Wieder
einmal war sein Wunsch nach einem baldigen Wochenende der
Wirklichkeit vorausgeeilt. Die einzige gute Nachricht dabei war:
Er hatte ausnahmsweise erst zur dritten Stunde Unterricht, weil
eine Klasse im Schullandheim war. Daher blieb genug Zeit, nach
einem ausgiebigen Frühstück den Unterricht vorzubereiten.

Beim Surfen im Internet stellte er fest, dass es zu manchen
klassischen französischen Chansons eine Karaoke-Version gab.
Somit war seine letzte Vormittagsstunde schon mal gelaufen:
„Alle Pisa-Tester gut herhören, hier wird ein neues Kapitel der
Fachdidaktik Französisch aufgeschlagen: Wir singen die Voka-
beln in unser Langzeitgedächtnis!"
In der Stunde davor wollte er mit seinen Schülern die Berliner
Mauer einreißen. Dazu hatte er sich erst kürzlich eine 45-
minütige *Spiegel*-Doku heruntergeladen. Den Abspann würde er
weglassen und in der eingesparten Zeit am Stundenbeginn den
Schülern drei Aufgaben zum Film ins Heft diktieren. Damit
wurden alle dauernörgelnden Eltern mundtot gemacht, die
Wagner vorwarfen, er zeige bloß Filme, um sich nicht vorbereiten zu müssen. Von wegen: Das hier war Arbeitsunterricht in
seiner reinsten Ausprägung!

Die verbleibende Doppelstunde in seiner Kursstufe erforderte da schon eine gründlichere Planung. Wagner spürte, dass sein Zeitpolster für einen ausgeklügelten Stundenaufbau mittlerweile zu knapp war. Zum Glück besaß er eine DVD mit den Abituraufgaben der letzten beiden Jahrzehnte. Da musste er sich nur eine passende Klausur heraussuchen und schon waren 90 Minuten mit schülerzentriertem Unterricht in absoluter Konzentration und Stille garantiert. Wagner jubelte und bedauerte gleichzeitig, dass mal wieder niemand mitbekam, was für ein Meister der Improvisation er war. Einmal mehr zwang ihn diese Welt zum Eigenlob.

Gerade als er losradeln wollte, um seine ausgedruckte Klausur in der Schule rechtzeitig vor dem Unterrichtsbeginn zu kopieren, erreichte ihn eine WhatsApp-Nachricht seines Kollegen Harald Schmuck: „Gib mal auf Youtube *Abistreich* und den Namen unserer Schule ein!"

Das tat Wagner auf der Stelle und vor ihm ploppte ein siebenminütiges Filmchen auf, dem man bald anmerkte, dass es kurz zuvor in aller Hektik zusammengeschnitten und dann hochgeladen worden war. Vor seinen staunenden Augen entfaltete sich das totale Chaos. Hunderte von Tischen und Stühlen verstopften heillos ineinander verkeilt die Treppenhäuser und Flure des Schulhauses. Auf einen Blick erkannte Wagner, dass es sich hier tatsächlich um seine Schule handelte. Die Abiturienten mussten wohl schon tief in der Nacht ins Gebäude eingedrungen sein, um dieses beachtliche Ausmaß an Verwüstung rechtzeitig bis zum Morgen zu schaffen. Vermutlich hatte einer der Schülerversteher in seinem Kollegium der Bande zu diesem Zweck seinen Schulschlüssel geliehen. Wahrscheinlich Wessenberg.

Oder irgendeinem Helfer der Abiturienten war es gelungen, Cosima Baierlein ihren Schlüsselbund vom Lehrerpult zu klauen. Dies war ihr schon einmal passiert. Anschließend musste für viele Tausend Euro die komplette Schließanlage ausgetauscht werden.

Die nächste Einstellung gab den Blick in das Lehrerzimmer frei, das halbhoch mit aufgeblasenen Luftballons gefüllt war. Ganz hinten ragte aus dem Meer von Ballons sein Stapel mit den unkorrigierten Französischarbeitsheften wie ein Fels aus der Brandung empor. In Wagner begann eine riesige Wut auf die Abiturienten hochzukochen. Sein Lehrerzimmer, das war bislang die letzte schülerfreie Zone. Dieser Zufluchtsort wurde von allen Lehrkräften gemeinsam gegen unbefugte Eindringlinge verbissen verteidigt. Und jeder Schüler, der verhalten an die Tür klopfte, um dann einen scheuen Blick ins Innere zu ergattern, wusste, dass er sich schon dadurch zum allgemein verhassten Störenfried machte. Nun war diese letzte Bastion von vollkommen enthemmten Abiturienten geschliffen worden. Empört klickte Wagner unter dem Video auf den Daumen nach unten.

Die nächste Szene führte den Betrachter auf den Pausenhof, wo Menschen im fleckigen Tarnanzug, das Gesicht unter einer Sturmhaube verborgen, mit ihrer Wasserpistole im Anschlag kreischende Schülergruppen über den Pausenhof vor sich hertrieben. Die Unterstüfler flatterten aufgeregt herum wie Käfighühner, denen militante Tierschützer unverhofft die Freiheit geschenkt hatten. Da tobte sich also die vermeintliche intellektuelle Elite bei kindischen Wasserspielen aus. Wagners aufkeimende Verachtung schlug sofort in helle Begeisterung um, als plötzlich Grundmann auf seinem Flachbildschirm erschien. Die Kamera schwenkte von seinem vor Wut verzerrten Gesicht nach unten und gab den Blick auf dessen Hose frei, die aussah, als ob sich sein Widersacher gründlich eingenässt hätte. Schade, dass der Spritzpistolenattentäter nicht zu sehen war und sein Antlitz vermutlich ohnehin unter einer Sturmhaube verbarg. Auf diese Weise wusste Wagner leider nicht, wem er heute Abend auf dem Abiball zur Belohnung ein Glas Champagner spendieren konnte.

Offenbar hatten die Abiturienten sämtliche Türen ins Schulgebäude bis auf einen blockiert und den einzigen offenen Zugang mit einem riesigen blanken Hintern aus Pappmaché drapiert. Über dem Hintern waren noch im Ansatz zwei Hosenträger zu erkennen, die mit *Dr. Burger* beschriftet waren. Kammerer schrie den vermummten Abiturienten und der ausgesperrten johlenden Schülerschar zu, dass er seiner Dienstpflicht nachkommen werde und sich auch durch solche Kindereien nicht davon abhalten lasse, pünktlich vor Unterrichtsbeginn das Schulhaus zu betreten. Die Aktentasche voraus zwängte er sich durch die enge Po-Ritze nach innen. Das laut geschriene „Arschkriecher!" schien er dabei geflissentlich zu überhören. Zur allgemeinen Begeisterung folgten ihm unmittelbar auf diesem Weg Holger Herwig und Hella Frei-Barenbeck durch den Spalier gezückter Handys, die Vize-Chefin vermutlich in der kühnen Absicht, die Oberherrschaft über die Schule zurückzuerobern. Dr. Burger war nirgends zu sehen. Ob er sich wohl oben in seiner Direktion verschanzt hatte und das anarchische Treiben aus sicherer Entfernung beobachtete?

Ein weiterer verwackelter Schwenk erfasste triefend nasse Schüler und Lehrkräfte. Seinen Kollegen Armin Krombacher hatte es wohl voll erwischt. Der sah aus wie sein Spanielrüde nach einem ausgiebigen Bad im Bodensee. Mit einem kräftigen Schubs wehrte Krombacher einen weiteren tarnfarbenen Abi-Krieger ab. Der riss, als er zu Boden ging, gleich noch eine unbeteiligte Schülerin mit sich nach unten. In einem weiteren Knäuel sich wild bespritzender Menschen nässte mittendrin ein völlig entfesselter Florian Wessenberg mit einer riesigen Wasser-Pumpgun die Vermummten um sich herum ein. Ob er die Waffe wohl einem Abiturienten zuvor in einer Rangelei entwendet hatte? An Wessenberg selbst schien keine Faser mehr trocken zu sein, was dieser offenbar jauchzend genoss. Der Film endete mit dem finalen Schwenk auf eine an der Fassade aufgespannten schwarzen Banderole, links und rechts geschmückt mit zwei Totenköpfen und in der Mitte dem Motto des diesjährigen Abiturjahrgangs *rABIat!* in weißen Lettern aufgepinselt.

Wagner wusste, dass er sich den Weg zur Schule sparen konnte. Bis er erschien, würde sich die komplette Schülerschaft in alle Himmelsrichtungen zerstreut haben. Darin bestand ja letztlich der Zweck eines Abistreichs, den regulären Schulbetrieb lahmzulegen, um auf diese Weise den jüngeren Jahrgängen in dankbarer Erinnerung zu bleiben. Wagner verspürte keine Lust, in die Überreste dieses Schlachtfeldes hineinzuradeln und womöglich noch zu Aufräumarbeiten genötigt zu werden. Das war ein Fingerzeig des Schicksals und schrie förmlich nach einer ausgedehnten Mountainbiketour in den Alpen, bevor er dann am Abend beim Abiball mit einem erlesenen Mehrgänge-Menü seine verbrannten Kalorien wieder auffüllen konnte.

Als er sein Fahrrad in sein Auto verfrachtet hatte und zu seinem spontanen Tagesausflug in die Berge durchstartete, musste er zweimal rechts ranfahren, um freie Bahn zu schaffen für mehrere

Streifenwagen, die mit lautem Martinshorn an ihm vorbeirasten. Später erfuhr er, dass Dr. Burger die Polizei gerufen hatte, um die exzessiv ausufernden Wasserspiele auf seinem Schulhof zu beenden. Irgendwann musste das Ganze nämlich in eine wüste Massenschlägerei ausgeartet sein, an der sich wohl auch einige Lehrkräfte beteiligt hatten.

Derweil strampelte Wagner auf seinem Mountainbike schweißtreibende anderthalbtausend Höhenmeter auf einen Berg hoch. Anschließend erholte er sich beim Sinkflug nach unten, um sich den Berg gleich noch einmal vorzunehmen. Immer wenn er beim zweiten Durchgang etwas schwächelte, bescherte ihm der Gedanke an den eingenässten Grundmann einen regelrechten Leistungsschub. Geradezu beglückt kehrte Wagner von dieser harten Trainingseinheit heim, um sich anschließend frisch geduscht und im feinen Galaanzug auf den Weg ins Konzilgebäude zu machen, wo der Abiball stattfand.

Je näher er dem Ort des Geschehens kam, desto mehr festlich gekleidete Menschen begegneten ihm, ganze Drei-Generationen-Familienverbände, bunt zusammengewürfelte Patchwork-Familien und allein erziehende Mütter, die eigens für diesen Abend ihrem gemeinsamen Kind zuliebe mit ihrem Ex-Mann einen Waffenstillstand vereinbart hatten; sie alle schienen wild entschlossen, diesen Abend harmonisch zu verbringen. Wer all diese jungen Menschen im Kreis ihrer Familie gesittet und artig grüßend umher wandeln sah, konnte sich kaum vorstellen, dass dieselben kultivierten Schülerinnen und Schüler am Morgen noch als prügelnde Hydro-Terroristen einen Polizeieinsatz ausgelöst und ihren Direktor an den Rand eines Nervenzusammenbruchs getrieben hatten.

Oben im Festsaal offenbarte sich Wagner das ganze Ausmaß der galanten Garderobe. Da waren vom knappen Abi-Kleidchen mit einem Hauch von Nichts bis zum langen Abendkleid, auf dem ein tölpelhafter Mitschüler schon mal seine Trittspuren hinterlassen konnte, alle Nuancen der Galakleidung vertreten. Wagner trat zielstrebig hinaus auf die große Sonnenterrasse, wo all die festlich gekleideten Menschen mit Blick auf den See an ihrem Sektglas nippten und in anregender Konversation vertieft waren. Hinten am Horizont erglühten die Berge im milden Abendlicht, im Vordergrund schauten sich zwei versehentlich nebeneinander geratene Mädchen betreten an, weil sie beide auf das gleiche flamingofarbene Kleid gesetzt hatten. Eine Kollegin nahm Wagner beiseite und flüsterte ihm hinter hervorgehaltener Hand ins Ohr:

„Das passiert halt, wenn man sein Kleid online bestellt. Wer hier beim Edelausstatter ein Abi-Kleid erwirbt, hat die Garantie, dass kein zweites Kleid von diesem Modell an die gleiche Schule verkauft wird."

Zu den beiden bruchgelandeten Flamingos gesellte sich mit einem Glas Sekt Orange in der Hand Anja Eichhorn, die Ausschussvorsitzende des Abiball-Komitees. Das pummelige Mädchen sah in ihrem knallengen türkisfarbenen Minikleid aus wie eine Presswurst auf der Flucht. Wagner war peinlich berührt, dass niemand in deren Umfeld dieses unvorteilhafte Kleid verhindert hatte. Er hoffte insgeheim, dass die beratende Verkäuferin zur Strafe dafür eine zweiwöchige Haftstrafe in einem Kleiderschrank verbüßen musste. Zielstrebig steuerten zwei schlaksige junge Männer diese Damengruppe an. Dem Konfirmandenanzug waren die beiden Burschen sichtbar entwachsen. Ihre Hosen gaben jedenfalls viel Strumpf preis.

Offenbar rechneten die beiden noch auf dem Nachhauseweg mit einem plötzlichen Hochwasser.

In vielen Fällen schien es Wagner, dass sich ganze Familien zu diesem feierlichen Anlass komplett neu ausgestattet hatten. Vermutlich hätte man mit dem Gegenwert einen Kleinwagen erwerben können, wobei sich Wagner sicher war, dass die betreffenden gut betuchten Familien für solch ein Gefährt überhaupt keine Verwendung hatten. Er kam nicht dazu, diesen Gedanken zu vertiefen, denn aufgescheucht durch eine Abiturientin mit Glöckchen in der Hand wurden alle Gäste gebeten, sich von der Terrasse hinein in den Saal zu begeben, damit das offizielle Programm beginnen konnte.

Nachdem alle an ihren festlich eingedeckten Tischen Platz genommen hatten, bauten sich oben auf der Bühne zwei adrette junge Menschen auf, die in munterer Wechselrede die Anwesenden begrüßten und anschließend den Programmverlauf vorstellten. Unter anderem wurde mit Verschwörermiene angedroht, bald werde man erfahren, welche Lehrkraft dieses Mal das *Goldene Faultier* verliehen bekomme. Wagner zuckte innerlich zusammen und wusste, dass er ab sofort den Abend in verkrampfter Habachtstellung verbringen würde. Der Schüler dort oben, den Wagner nicht kannte, sah mit seinem gegelten Bürstenhaarschnitt aus wie ein Hamster, dem man einen Stromstoß verpasst hatte. Seine Co-Moderatorin stakste mit ihren hochhackigen Schuhen derart unbeholfen über die Bühne, dass man jeden Moment befürchten musste, sie könne umknicken. Immerhin schaffte sie es, sturzfrei den Salat anzukündigen, der nun von den zahlreichen Servicekräften an allen Tischen verteilt wurde.

Sobald der bunte Salatteller vor Wagner stand, spachtelte er auch gleich darauf los, ohne abzuwarten, bis seine Tischnachbarn auch ihr Gedeck vor sich stehen hatten. Die harte Trainingseinheit in den Bergen forderte ohne Aufschub ihren Tribut von seinem ausgezehrten Körper. Zum Glück schob ihm Barmer, der neben ihm saß, als Wagner in Windeseile seinen Teller leer gegessen hatte, auch noch seine Portion rüber. Barmer vertrat nämlich den Standpunkt, Salat werde von Ernährungsberatern völlig überbewertet. Seine streng vegan lebende Kollegin Carola Blum hatte ihn deswegen schon kürzlich im Lehrerzimmer als fleischgierigen Vitaminleugner öffentlich gebrandmarkt. Außerdem schienen Barmer wichtigere Dinge zu beschäftigen:
„Sollen wir uns jetzt schon betrinken oder warten wir noch das Hauptgericht ab?"
Wagner riet seinem Kollegen zum verhaltenen Auftakttrinken:
„Womöglich bitten uns die Schüler später noch auf die Bühne!"
Bei dem großen Feld an in Frage kommenden Kandidaten für das *Goldene Faultier* war es nicht ausgeschlossen, dass es statt Wagner womöglich seinen Tischnachbarn erwischen würde. Schließlich stand Barmer bei den Schülern auch nicht im Verdacht, mit ausgefeilten Unterrichtsentwürfen zu glänzen. Dieses Argument leuchtete Barmer ein, weshalb er sein Weinglas ganz gegen seine Gewohnheit nur halb füllen ließ.
Mittlerweile hatte sich vorn auf der Bühne eine Abiturienten-Rockband installiert und heizte dem Publikum mit dem Nirvana-Hit *Smells like teen spirit* ein. Ein völlig aufgedrehter Möchtegern-Kurt-Cobain wirbelte über die Bühne, als habe er zuvor die komplette kolumbianische Kokain-Jahresernte weggeschnupft. Im Hintergrund lief auf der Großleinwand das Youtube-Video vom Abi-Streich am Morgen. Dr. Burger, der am

anderen Ende der Tafel Wagner gegenüber saß, war das körperliche Unbehagen förmlich ins Gesicht geschrieben. Hier wurde über viele Jahrzehnte sorgsam gehegte klassische Festkultur mit wüstem Trommelwirbel und harten Gitarrenriffs aus dem Saal gefegt. Als sich Kammerer oben auf der Leinwand durch die Po-Ritze aus Pappmaché zwängte, brandete orkanartiger Lärm auf, der sogar die Nirvana-Imitatoren übertönte.

Wenigstens trug man den Hauptgang zügig auf, was im Saal allgemeinen Anklang fand. Auch die Rockmusiker verspürten wohl Hunger und verließen nach dem einen Song fluchtartig ihre Wirkungsstätte. Es folgte gedämpfte Musik aus der Konserve, dazu wurden in einer Diashow Bilder auf die Riesenleinwand hinter der Bühne projiziert. Eine Stunde lang war man nun gezwungen, grobpixelige Photos von den Abiturienten anzuschauen, die Jungs mit cooler Sonnenbrille, die Mädchen oft mit laszivem Kussmund wie angesagte It-Girls, dazu zur großen Belustigung des Publikums die Bilder derselben Menschen in ihren Anfängen als Fünft- und Sechstklässler, damals noch mit einem unschuldigen zukunftsfrohen Kinderlachen im Gesicht. Wagner musste selbstkritisch einräumen, dass auch er beim einen oder anderen Schüler im Lauf der Jahre maßgeblich an dessen Verblödung mitgewirkt hatte. Dazwischen gestreute Bilder von Lehrpersonen wurden allgemein mit gellenden Pfiffen oder johlendem Beifall quittiert. Offenbar besaßen Leute wie Wagner schon kraft ihres Amtes einen hohen Unterhaltungswert. Als Raabe auf der Leinwand erschien, setzte ein ohrenbetäubendes Pfeifkonzert ein. Dies war nur deshalb gefahrlos möglich, da die allgemeine Hassfigur dem Abend wohlweislich ferngeblieben war.

Nach einer gefühlten Ewigkeit – die leeren Gedecke waren mittlerweile abgeräumt worden – bat das Moderatoren-Duo den Schulleiter zu dessen traditioneller Abiturrede auf die Bühne.

Wagner erschrak, als er Dr. Burger zum Mikrophon schreiten sah. Normalerweise blühte der Schulleiter bei seinen Abituransprachen regelrecht auf, boten diese ihm doch die ersehnte Bühne, um vor allen Anwesenden rhetorisch geschliffen seine universale Bildung auszubreiten. Nun stand er leichenblass da oben und schuf durch sein ernst vorgetragenes Schweigen eine Aura des Grauens. Gerade als die Spannung im Saal fast nicht mehr auszuhalten war, donnerte er unvermittelt wie ein alttestamentarischer Rachegott aus seiner Gewitterwolke heraus nach unten in das grabesstill verstummte Publikum:

„Sehr geehrte Anwesende, ich begrüße Sie alle zur heutigen Abiturfeier, und dass ich alle begrüßen kann, bezeichnet schon das einzige Wunder dieses Abends. Selten haben wir an dieser Schule solch einen faulen Jahrgang voller Schulschwänzer und Leistungsverweigerer zum Abitur geführt. Ihre Anwälte, sehr geehrte Eltern, haben ganze Arbeit geleistet, und meinen Kolleginnen und Kollegen, die Ihre Kinder allen Widrigkeiten zum Trotz zum Abitur geführt haben, gebührt eigentlich eine Schwerarbeiterzulage.
Mens sana in Campari Soda, so ließe sich das Lebensmotto Ihrer Schutzbefohlenen während der letzten beiden Jahre trefflich umschreiben. Bei jeder Party am Start und bei jeder zweiten Klausur sterbenskrank im Bett. Mir ist bis heute schleierhaft, wie fragil die Gesundheit unserer jungen Menschen ist und wie viele heimtückische Krankheiten es gibt, welche diese schwächelnden Wesen stunden- oder tageweise an ihr Bett zu fesseln vermochten.

Ich empfehle jedem anwesenden Erwachsenen aus diesem Grunde, die private Altersvorsorge aufzustocken und nicht auf den Beitrag unserer jüngeren Generation zu bauen. Schweigen möchte ich in diesem Zusammenhang über die gewissenlosen Ärzte in dieser Stadt, die durch ihre Gefälligkeitsatteste dem Schulschwänzen die Absolution erteilten."

An einem der hinteren Tische brandete bei diesen Worten Unruhe auf und Wagner mutmaßte, dass da einer der Gescholtenen im Kreis seiner Familie auf heißen Kohlen saß und sich direkt angesprochen fühlte.

„Just in Time, so lautete bisher das Credo unserer florierenden Wirtschaft", fuhr Dr. Burger fort. „Unsere Abiturienten stehen bereit, massenhaft Sand in dieses gut geölte Getriebe zu streuen. Notorische Unpünktlichkeit ist ein weiteres Markenzeichen dieses Abiturjahrgangs. Ich weiß um die maroden Straßen unserer Stadt, die nur langsames Vorankommen ermöglichen und Fahrradpannen geradezu bedingen, ich weiß auch um die trägen Ampelschaltungen und ich weiß auch um die störanfälligen Wecker, von Naturgewalten wie Hagel, Blitzeis und starkem Gegenwind ganz zu schweigen. Seltsam nur, dass in all den Jahren nichts von alledem den raschen Heimweg zu hemmen vermochte.

Schweigen möchte ich auch von dem impertinenten Verhalten zahlreicher Abiturientinnen und Abiturienten, die jetzt mit dem unschuldigsten Blick hier vor mir im Kreise ihrer Familie sitzen. Sie forderten von uns Lehrkräften den behutsamen Umgang mit einem zarten Pflänzchen ein und wüteten selbst wie die Axt im Walde. Heute Morgen haben Sie Ihrem schändlichen Treiben der letzten Jahre mit dem vermeintlichen Abiturstreich die Krone aufgesetzt. Bravo, Sie haben es geschafft, unser Gymnasium weit über die Grenze unserer Stadt hinaus bekannt zu machen, indem Sie als prügelnder Mob der Schule zu einem zweifelhaften Ruhm verholfen haben! Nur unserem zahnlosen Schulgesetz verdanken Sie es, dass es uns im Lauf der Jahre nie gelang, wenigstens die Schlimmsten unter Ihnen der Schule zu verweisen, sodass nun alle das Reifezeugnis in Empfang nehmen dürfen. Dieses wird Ihnen nachher meine Kollegin Hella Frei-Barenbeck überreichen. Ich selbst kann das mit meinem Ethos nicht vereinbaren, denn diese Reife, die Ihnen da scheinbar mit dem Abiturzeugnis attestiert wird, kann ich beim besten Willen bei den meisten von Ihnen nicht entdecken. Treten Sie nun hinaus in das Leben. Es wird Ihnen all das abverlangen, was wir in den letzten Jahren nicht vermocht haben. Dass Sie Ihren beruflichen Weg gehen werden, daran zweifle ich dennoch nicht, gelang es Ihnen doch schon in Ihrer Schulzeit, jedes Schlupfloch, das unsere Gesetze bieten, schlau zu nutzen. Wir dürfen gespannt sein, auf welche Weise Sie in Ihren Berufen die Menschheit weiterhin in Atem halten werden."

Dr. Burger ging ab, begleitet von einem sehr verhaltenen Beifall, den man schon als offenen Widerstand deuten konnte. Nur vom Lehrertisch schallten einzelne trotzige Bravo-Rufe in den Saal.

Bei der Preisverleihung beschritt man dieses Mal Neuland. Um nicht Frustrationen bei den Nichtausgezeichneten auszulösen, hatte man das alte System mit Preisen für herausragende Leistungen in einzelnen Fächern und für die Jahrgangsbesten abgeschafft. Dr. Burger hatte damals mit wenigen anderen in der GLK gegen dieses Preismodell gestimmt und sich vehement dagegen gewehrt, die „Flachpfeifen" seiner Schule auch noch öffentlich auszuzeichnen.

Seine Stellvertreterin Hella Frei-Barenbeck übernahm freudig diese Aufgabe. Als sie in ihrem Hosenanzug auf das Podium stieg, schien es Wagner kurz, als würde sich Angela Merkel persönlich hinter dem Rednerpult aufbauen. Der Lärm verebbte, eine erwartungsvolle Stille breitete sich im Saal aus. Mit einem Räuspern hob die stellvertretende Schulleiterin zu ihrer Rede an:

„Nichtstun ist viel besser, als mit viel Mühe nichts schaffen. Sehr geehrte Menschen, dieser Jahrgang hat die Worte des chinesischen Philosophen Laotse in trefflicher Weise umgesetzt. Sanfte Schonung statt schwerem Schuften, mit dieser Haltung haben Sie, liebe Abiturientinnen und Abiturienten, Ihre Kräfte schlau für das spätere Erwerbsleben aufgespart. Wir haben mit unseren Noten unmenschlichen Druck ausgeübt und Sie sind dem Druck wie ein Bambus dem Winde weise ausgewichen. Wir wollten Sie ins enge Klassenzimmer pferchen und Sie sind pfiffig zu neuen Lernorten am See und im Café ausgebüxt.
Wann kommt endlich das bedingungslose Grundabitur für alle, so wie es unserem jungen Kollegen Florian Wessenberg als Vision von einem besseren Gymnasium vorschwebt? Wann endlich bieten wir jungen Menschen einen anforderungsfreien Wohlfühlraum, ein Lernen nach Lust und Laune statt nach Stundenplan und Leistungswahn? Ich verspreche Ihnen, liebe Abiturientinnen und Abiturienten: Ihre schlechten Noten sollen nicht umsonst gewesen sein. Wir haben Ihre Botschaft verstanden und werden künftig der eisernen Faust entschlossen unseren Samthandschuh überstreifen. Danke für Ihre Aufmerksamkeit!"
Brandender Applaus folgte, was neben dem Inhalt wohl auch der Kürze der Rede geschuldet war und vermutlich auch ihren Vorredner abermals demütigen sollte.

Nachdem sie ausgiebig im warmen Beifall gebadet hatte – an den hinteren Tischen wurde sogar stehend applaudiert –, ergriff Helga Frei-Barenbeck erneut das Wort:

„Ich darf Sie nun alle in alphabetischer Reihenfolge auf die Bühne bitten, damit ich Ihnen Ihr Abiturzeugnis aushändigen und auch die Preise verleihen kann."

Uli Wagner kam zum ersten Mal dazu, seinen Blick im Saal schweifen zu lassen. Tanja Buhl fehlte an diesem Abend. Da sie erst seit diesem Schuljahr hier war, hatte sie folglich diesen Abiturjahrgang überhaupt nicht unterrichtet. Dafür entdeckte er nur zwei Tische weiter, auf halber Strecke zwischen seinem Tisch und der Bühne, eine atemberaubend schöne Frau: Lisa Behrens! Richtig. Die hatte ja noch neben ihrer Tochter einen älteren Sohn im diesjährigen Abiturjahrgang. Von nun an drangen nur noch einzelne Wortfetzen der Zeugnisausgabe an sein Ohr. Nur manchmal horchte Wagner auf, wenn ein Schüler mit einem Preis beglückt wurde.

„Stefan Mayer hat sich im letzten Halbjahr selbst übertroffen und war zwei Wochen lang ohne einen einzigen Fehltag im Unterricht anwesend. Außerdem hat er in der 5. Klasse über mehrere Wochen hinweg den Gummibaum im Klassenzimmer gegossen und ihn damit vor dem Vertrocknen bewahrt."

Wagner starrte unentwegt auf Lisa Behrens, deren gewagtes dunkelblaues Kleid ihre nackten Schultern preisgab. Unbedarfte Außenstehende konnten den Eindruck gewinnen, dass Wagner hoch konzentriert der Preisverleihung folgte.

Gerade wurde eine Abiturientin unter lautem Gejohle für ihre leckeren Geburtstagstörtchen ausgezeichnet, die sie jedes Jahr in ihrer Klasse zu verteilen pflegte. Dann folgte ein Preis für das regelmäßige Schrubben vollgeschmierter Schulbänke (wobei unterschlagen wurde, dass dies stets die Strafe dafür war, beim Einferkeln dieser Bänke erwischt worden zu sein) und ein weiterer junger Mann mit überdimensionierter Hornbrille wurde dafür ausgezeichnet, dass er seine trunkenen Mitschüler nach dem halben Dutzend Abi-Warm-up-Partys jedes Mal bis vor deren Haustür gefahren hatte.

Lisa Behrens gegenüber saß jemand, der vermutlich ihr Mann war. Dem braungebrannten Schönling sah man auf einem Blick den Schwerenöter und Herzensbrecher an. Die beiden anderen Tischdamen hingen jedenfalls wie beseelt an seinen Lippen und lachten ergeben über jedes Späßchen, das er in die Runde schickte. Warum hatte Wagner bloß diese umwerfend gut aussehende Frau so brüsk aus der Elternsprechstunde komplimentiert?

Irgendwann war man nach einer gefühlten Ewigkeit bei der Zeugnisvergabe zu Florian Wussow und somit dem Letzten im Alphabet gelangt. Der bekam neben seinem Zeugnis noch einen Gutschein für ein Jahr in einem Fitness-Studio, weil er als Bewegungsmelder seine Mitschüler unermüdlich dazu ermuntert hatte, den regulären Unterricht durch gymnastische Einheiten zu verkürzen oder, aus der Sicht Hella Frei-Barenbecks, diesen „aufzuwerten".

Daraufhin verließ die stellvertretende Schulleiterin die Bühne, abermals begleitet von leidenschaftlichem Beifall. Vermutlich spürte jeder im Saal, dass sie die neue Zeit verkörperte, während die alte mit Dr. Burger dem Untergang geweiht war.

Während die Servicekräfte durch die Reihen wuselten und das Dessert auftrugen, erklomm das Moderatoren-Duo erneut das Podest:

„Liebe Gäste, leider haben wir eine schlechte Nachricht für Sie. Die Verleihung des *Goldenen Faultiers* muss dieses Jahr ausfallen, nicht etwa, weil es an geeigneten Kandidaten gefehlt hätte, sondern weil es unser Faultier-Beauftragter verpennt hat, das Plüschtier rechtzeitig über Amazon zu bestellen."

Zahlreiche Ausrufe des Bedauerns aus dem Publikum verrieten, dass man eigentlich diesem Höhepunkt des Abends entgegen gefiebert hatte. Wagner und Barmer dagegen bot diese freudige Nachricht das ersehnte Signal, beim gerade vorbei patrouillierenden Kellner eine Flasche Wein zu ordern.

„Auf eine Abiturrede der Schüler haben wir bewusst verzichtet, obwohl wir allen Grund hätten, an dieser Stelle gnadenlos mit unseren Lehrern abzurechnen."

Empörte Zwischenrufe erschallten von den Lehrertischen.

„Wir haben uns nach langen leidenschaftlich geführten Diskussionen für das versöhnliche Motto *Bacchanal statt Tribunal!* entschieden. Aus dem Grund endet mit dem nächsten Stück unserer Rockband der offizielle Teil der Abiturfeier, und wir Abiturienten ziehen im Anschluss daran geschlossen in eine Diskothek, um die restliche Nacht durchzufeiern. So, und jetzt lassen wir alle noch einmal die Korken knallen. Heben Sie das Glas auf uns. Wir sind jung und wild, und wir lassen uns nicht verbiegen, denn wir wissen, was Sie im Saal nur dunkel ahnen: Die Zukunft gehört uns!"

Offenbar hatte das Duo mit diesen Worten den Lebensnerv der Abiturienten getroffen, denn diese entfachten johlend und trampelnd einen ohrenbetäubenden Lärm. Auf der Bühne baute sich die Abiturienten-Rockband auf und mit ein paar fetzigen Gitarrenakkorden signalisierte sie, dass sie für den Schlusstitel bereit war. *Boulevard of broken dreams* ertönte, wie man schon nach wenigen Takten unschwer erkennen konnte.

I walk alone. I walk alone.

Der Refrain traf Wagner mitten ins Herz. Was hatte er in einem Jahr nicht alles verbockt: Zuerst Claudia Kobler, dann Lisa Behrens, und Tanja Buhl lockte immer noch in unerreichbarer Ferne, von seinen gescheiterten alpinen Ersatzhandlungen im fernen Pakistan ganz zu schweigen. Warum war er überhaupt Lehrer geworden? Weil ihn seine schlechten Lehrer dazu angestachelt hatten, es einmal besser zu machen? Trieb ihn gar sein brennender Wunsch, in den Schülern die Begeisterung für seine Fächer zu wecken? Oder lockte ihn etwa nur die Sicherheit des Lebenszeitbeamten? Egal was es war, Wagner ahnte dunkel, dass seine edlen Beweggründe im Lauf der Jahre verblasst waren und er mittlerweile selbst tatkräftig daran mitwirkte, dass das Gymnasium seine Ansprüche immer mehr nach unten schraubte.

Er kam nicht dazu zu überlegen, warum die Abiturienten ausgerechnet diesen Titel ausgesucht hatten, denn bevor das Lied zu Ende war und man womöglich ewig auf eine Bedienung warten musste, stoppte Wagner geistesgegenwärtig den Kellner neben sich und bat um die Rechnung für sich und Barmer.
„Du bist heute eingeladen."
Der Beglückte versprach, sich in der nächsten Kneipe zu revanchieren. Schon zuvor hatte man sich an Wagners Tisch darauf verständigt, nach dem Abiturball in einer Altstadtkneipe in kleiner gemischter Lehrerrunde bis zur Polizeistunde weiter zu feiern.

Der Schlussbeifall ertönte und mit ihm begann die allmähliche Auflösung der Festgesellschaft. Lisa Behrens` Mann ließ es sich nicht nehmen, seine Gattin eng umschlungen direkt an Wagners Tisch vorbei abzuführen. Die zwei anderen Tischdamen folgten im Schlepptau. Das Alphamännchen demonstrierte ihm damit unverhohlen, wer in der Urhorde die Oberherrschaft über die Weibchen besaß.

Stunden später dröhnte aus den Boxen des Weinlokals der ABBA-Hit *The winner takes it all.* Um ihn herum hatte man schon an allen Tischen aufgestuhlt. Wagner saß betäubt vom vielen Alkohol allein da – offenbar waren die anderen schon gegangen – und sog in seinem Weltschmerz jede Zeile dieses Liedes begierig auf, bis ihn Elisa, die Serviererin, sanft in das Morgengrauen hinausschob. Dort atmete er begierig die laue Luft ein und trat leicht schwankend seinen Heimweg an.

I walk alone. I walk alone.

Finkes Freitag

Bürger, lasst das Glotzen sein,
kommt herunter, reiht euch ein!

Alter Demospruch

Wie jeden Morgen schallten aus Knut Finkes Radiowecker die Klänge der Internationalen. Bevor er aufstand, verharrte er noch in den Daunen, bis sich seine geballte Rotfrontfaust wieder entspannte, dann stand er auf, zog die Gardinen zurück und blinzelte nach draußen in die Morgensonne, wo im grellen Gegenlicht zwei leicht schwankende Gestalten an seinem Fenster vorbeizogen. Der junge Mann hatte sein weißes Hemd weit geöffnet und den Sakko locker geschultert, seine Begleiterin lief barfuß neben ihm und trug ihre hochhackigen Stöckelschuhe in der Hand. Finke erkannte die beiden sofort als Abiturienten seiner Schule. Vermutlich waren sie nach durchfeierter Nacht in der Diskothek auf dem Nachhauseweg. Er selbst war dem Abiturball wie immer ferngeblieben, weil er solche festlichen Veranstaltungen aus tiefer Überzeugung ablehnte. Vielleicht scheute er auch den Anblick der jungen Menschen, die im Gegensatz zu ihm ihr Leben mit all den unerfüllten Träumen noch vor sich hatten. *Ach, wer da mitreisen könnte/ In der prächtigen Sommernacht!*

Bevor er womöglich noch von romantischen Sehnsüchten überwältigt wurde, wandte sich Finke rasch ab und seinem in der Küche schon gedeckten Frühstückstisch zu. Dort rekapitulierte er noch einmal die Unterrichtsstunden, welche an diesem Freitag auf dem Plan standen.

Beim Gedanken an die erste Stunde musste er lächeln. Er hatte den Kleinen als Hausaufgabe einen Aufsatz mit dem Thema *Wie ich zu Hause einmal mächtig Ärger bekam* aufgegeben. Hier würde er ungefilterte Einblicke in archaische Bestrafungsrituale erhalten. Das war Wasser auf seine Mühlen, die seit Jahren das Lied der antiautoritären Erziehung klapperten. Anschließend kam eine Doppelstunde Deutsch mit Schillers *Kabale und Liebe*, schon aufgrund der dort thematisierten Standesunterschiede ein Heimspiel. Er nahm sich fest vor, den Kammerdiener selbst zu sprechen, um mit Lady Milford schonungslos ins Gericht zu gehen und sie über die menschenverachtenden Praktiken ihres despotischen Liebhabers aufzuklären. Seine Lieblingsschülerin Beatrice Kohn würde er bitten, den Part der Lady Milford zu übernehmen. Für die vierte Stunde hatte er sich noch nicht vorbereitet, ja er wusste ehrlich gesagt nicht einmal mehr, was er in der vorausgegangenen Stunde durchgenommen hatte. Dies versprach einen spannenden Auftakt! Es galt in einer als Wiederholung getarnten Schülerbefragung herauszufinden, wo man sich befand, um daraus den weiteren Unterrichtsverlauf aufzubauen. Manche seiner Kollegen gingen da weitaus plumper vor und praktizierten die so genannte *Hammermethode*: „Was hammer die letzte Stunde gemacht?" Diese Blöße wollte sich Finke nicht geben und stattdessen den Anschein erwecken, dass er sich selbstredend akribisch auf diese Stunde vorbereitet hatte.

Gestern hatte sich Finke bei der Vorbereitung ganz auf die letzte Stunde konzentriert und sich dabei in seinen abgegriffenen Marx-Engels-Bänden bis tief in die Nacht verloren. Dass die Deutschen damals die Novemberrevolution vergeigt hatten, lag wohl nicht zuletzt daran, dass dieser Bewegung geschulte Köpfe vom Schlage eines Knut Finke gefehlt hatten. Hier würde er die ganze Stunde damit zu tun haben, die Klasse in die historischen Grundlagen des Kommunismus einzuführen. Noch immer hatte er es nicht verwunden, dass seine Schüler hinter Rosa Luxemburg eine Werbekampagne des gleichnamigen Kleinstaates vermuteten, welcher für die schwule Bewegung trommelte.

In einer der letzten Geschichtsstunden hatte ihm eine Elftklässlerin endlich die ersehnte Steilvorlage geliefert, indem sie ihn auf sein textiles Markenzeichen, seine Schlabberpullis und ausgebeulten Cordhosen, angesprochen hatte. Finke ließ erst eine Kunstpause von einer halben Minute verstreichen, bevor er sich vor der Tafel aufbaute:

„Weiß hier denn überhaupt jemand, wie viele vietnamesische Arbeiterinnen zwölf Stunden am Tag gekrümmt über ihrer Nähmaschine saßen, und dies für 50 Cent die Stunde, nur damit die Fragestellerin und all ihre anderen modisch gestylten Mitschülerinnen zu ihren billigen Markenklamotten kommen?"

Finke genoss das betroffene Schweigen und holte aus zum lange geplanten Gegenschlag:

„Meine Hosen sind in einem volkseigenen Textilbetrieb auf Kuba gefertigt worden und jeder Arbeiter hat von mir seinen gerechten Lohn für die nicht entfremdete Arbeit an meiner Hose erhalten. Ich jedenfalls kann jedem Kubaner offen ins Gesicht schauen, und habe dies auch bei meiner letzten Karibik-Reise ausgiebig getan."

Die Klasse nahm dies stumm zur Kenntnis.

„Wer weiß übrigens etwas über die Schweinebucht-Affäre?"
Finke genoss abermals das vielstimmige Schweigen.

„Um allein die Machenschaften der CIA zu enthüllen, bräuchte ich ein ganzes Schuljahr. Dass die Menschen in Kuba fröhlicher und offener sind, verschweigen natürlich die hiesigen bürgerlichen Medien: Ich jedoch habe dieses authentische Lachen hautnah erlebt."

Von seinen Nächten zu dritt im Bacardi-Taumel, wo sich seine Ute einem muskulösen, rastabelockten Kellner hingab und so gelebten Kommunismus praktizierte, während er die orgiastische Szene filmte, durfte er natürlich in der spießigen Enge dieses Provinzgymnasiums nicht berichten. Deshalb stellte er wieder seine durch die Arbeit an Finkes Hose beglückten Werktätigen in den Mittelpunkt seiner weiteren Ausführungen.

„Nur so kann man internationale Solidarität praktizieren und nicht etwa, indem man sich in der Diskothek einen Cuba Libre durch die Kehle rinnen lässt. Meinen Pulli habe ich in einem Dritte-Welt-Laden in Berlin-Kreuzberg in den 80er-Jahren des 20. Jahrhunderts gekauft. Er ist aus afghanischem Hanf gefertigt und kann, sollte er in einigen Jahren verschlissen sein, vollständig aufgeraucht und auf diese Weise umweltschonend entsorgt werden, wohlbemerkt CO_2-neutral."

Seine Birkenstocksandalen wiederum seien nicht Ausdruck seiner politischen Grundhaltung, sondern seines Bedürfnisses nach bequemem Schuhwerk. Schließlich stehe er den ganzen Vormittag über vor der Klasse seinen Mann. Nur auf Demonstrationen, wo er sich auch für schnellere Gangarten und vor herabfallenden Gegenständen wappnen müsse, trage er grundsätzlich Sicherheitsschuhe. Er habe mehrere Exemplare gleich nach der Wiedervereinigung aus der Konkursmasse eines ehemals volkseigenen Betriebes kostengünstig erworben.

„Wir hämmern und sicheln wie Spechte auf unsere demokratischen Rechte! Habe ich euch eigentlich schon erzählt, wie ich einmal als Student zwischen zwei Wasserwerfer geraten bin, und das nicht zur Sommerzeit, sondern an einem nasskalten Tag im Februar?

Da hat der Staatsapparat damals bewusst die massenhafte Einweisung der Demonstranten ins Krankenhaus wegen Unterkühlung in Kauf genommen."

Die Klasse kannte diese Geschichte schon in- und auswendig, und verlangte dennoch begierig danach, da sie mit Sicherheit den Rest der Stunde beanspruchen würde. Finke lief bei dieser Gelegenheit stets zu rhetorischer Hochform auf und pflegte seine Erlebnisse als Straßenkämpfer mit immer neuen Details zu veranschaulichen.

„Solidarisieren: Mitmarschieren!" Seine Begegnung mit einer glutäugigen Schönen namens Veronika, welche ihm in einer Gefechtspause am Straßenrand das Schweißtuch reichte, hatte er aus seiner Rede gestrichen, da diese Dame die Phantasien seiner Schüler vollkommen absorbierte und ihnen den Blick auf den eigentlichen revolutionären Anlass verstellte:

„Laos, Kambodscha, Vietnam – Haut den Kapitalismus zamm! So waren wir skandierend durch Schwabing gezogen. Mit den Nutten aus dem Sperrbezirk haben wir hinterher Rotwein getrunken und sie auf den Kampf für die gemeinsame Sache eingeschworen. Von dieser Münchner Freiheit könnt ihr heute nur noch träumen!", sprach Finke zur Klasse wie der letzte Überlebende einer verlorenen Schlacht.

Immerhin gab es auch in seinem düsteren Schulalltag Lichtblicke. Gestern erst hatte ihn sein Schüler Volker Wittke mit der Begründung in helles Entzücken versetzt, er sei nicht etwa zu faul für seine Hausaufgaben gewesen, sondern habe sie ganz gezielt aus Protest gegen die Rüstungsexporte aus der Bodenseeregion in Krisengebiete unterlassen. Hier schien auf der ausgedorrten Flur endlich ein Saatkorn aufzugehen. Finke nahm sich

vor, diesen Schüler zu der Friedensdemonstration am über-
nächsten Wochenende einzuladen.

Bei seiner Einstellung in den 80er Jahren hatte Finke aus
taktischen Gründen seine revolutionäre Gesinnung verheim-
licht, um nicht als Opfer des Radikalenerlasses vom Schuldienst
ferngehalten zu werden. *Wie ein Fisch im Wasser schwimmen!*
So trat Finke als frisch gebackener Studienassessor seine erste
Stelle an dem Gymnasium an, wo er heute noch unterrichtete
und wo Kammerer von der ersten Stunde an sein erbittertster
politischer Gegner war. Kammerer machte aus seiner ideologischen Nähe zu den Christdemokraten keinen Hehl und ließ
keine Gelegenheit aus, Finke als rote Socke öffentlich zu
schmähen. Die beiden kannten sich aus gemeinsamen Studientagen und hatten sich schon damals leidenschaftlich bekriegt:
Verpasst dem Finke eine Linke auf das Kinn, dann ist er hin!

Nach der Schule drehte Finke in seinem klapprigen VW-Bus die
Musik lauter – *Working class hero* –, nicht ohne zuvor in einer
klassenkämpferischen Aufwallung die Fahrertür hörbar gegen
Karlheinz Kammerers Audi gestoßen zu haben. *Macht kaputt, was
euch kaputt macht!*

Nach solch einem harten Freitagmorgen stand ihm nicht der Sinn
nach völkerverständigendem Döner bei Ömer, zumal er dort
vermutlich Wagner antreffen würde. Er verachtete Wagner, der
auch in Länder mit den niederträchtigsten Diktaturen reiste, nur
weil dort hohe Berge herumstanden, welche er besteigen konnte.
Kein Urlaubsort wo Dissidentenmord! lautete Finkes Devise.

So fuhr er nach dem Unterricht direkt nach Hause, zumal heute
seine Frau mit dem Kochen an der Reihe war und ihm zum

Nachtisch ein Tiramisu versprochen hatte. In seinen Ohren klang das immer noch nach bolivianischer Urwaldguerilla, weshalb er dieses Gericht ganz besonders schätzte. Die Zeit zwischen Mittagessen bis zum frühen Abend verschlief er, um für den Stammtisch gerüstet zu sein, den er wie jeden Freitag im *Wilden Mann zu* verbringen gedachte.

In dieser Kneipe, die mit ihrem Publikum gealtert war, fanden sich seit Jahrzehnten die Gesinnungsgenossen Finkes ein. An der Wand hingen vergilbte Zeitungsausschnitte aus wilden Hausbesetzertagen, auf denen auch Finke mit dunklem Vollbart und schulterlanger Mähne abgebildet war. Mitten auf dem runden Stammtisch stand die Reliquie der Kneipe, ein damals erbeuteter Polizeihelm, der seitdem der Runde als Aschenbecher diente. Falls die Sichtweite wegen des dichten Zigarettenqualmes unter zwei Meter fiel, schaltete sich automatisch ein Suchscheinwerfer ein, den Finke in seiner Sturm-und-Drang-Zeit von einem Einsatzfahrzeug der Polizei abgeschraubt und ihn später dem Wirt geschenkt hatte. In der Vergangenheit war hier schon mancher Umsturzplan geschmiedet worden. Mittlerweile beschränkte sich die revolutionäre Energie darauf, ungeheure Mengen an Alkohol in sich hineinzustürzen.

Kurz nach Mitternacht erschallte ein *Avanti populo, alla riscossa Bandiera rossa*! in den engen Gassen der Altstadt und die trunkene Männerrunde wankte sich gegenseitig stützend dem Taxistand entgegen. Als Finke vor seiner Haustür aus dem Taxi stolperte, landete er bäuchlings in seinem Beet voller roter Rosen. Er verfiel dort sofort in einen bewusstlos tiefen Schlaf. Dort fand ihn im Morgengrauen der vorbeijoggende Wagner und half ihm dabei, die Dornen aus der Stirn und den blutenden Lippen zu

ziehen. Finke befürchtete, dass er diesen freitäglichen Alkoholexzess mit öffentlichem Spott würde bezahlen müssen und
hoffte, dass Wagners Phantasie zu begrenzt war, um ihm nun
den Spitznamen *Rosamund Pichler* zu verpassen. Wagner trabte
weiter, nachdem ihm Finke das Versprechen abgerungen hatte,
den Vorfall im Lehrerzimmer nicht an die große Glocke zu
hängen.

Die gescheiterte Batura-Expedition IV

Niemals aufgeben! Immer weitermachen! Immer weiter! Immer weiter!
Oliver Kahn, Torwart

Als die Kälte in seinen Schlafsack kroch, schreckte Wagner hoch. Nein. Keiner sollte auf der Eröffnungskonferenz nach den Sommerferien behaupten können, er habe sich kampflos in sein Schicksal ergeben. Zum tragischen Helden gehörte der unbedingte Kampf ums Überleben, auch wenn dieser Kampf noch so ausweglos erschien: *Wenn die Nacht am tiefsten ist, ist der Tag am nächsten.*

Wagner schälte sich aus dem Schlafsack und stopfte diesen zusammengeknüllt in den Zeltstoff, den er zu einem tragbaren Bündel schnürte und sich auf den Rücken schnallte. Mit den restlichen Zeltfetzen umwickelte er sorgfältig seine Hände, um diese wenigstens notdürftig gegen die schneidende Kälte zu schützen. Ein harter Gegenstand, der unter seinem provisorischen Rucksack nach außen drückte, entpuppte sich als Eisschraube, die sich vielleicht noch beim Abstieg als nützlich erweisen konnte. Mit nur einem kompletten Expeditionsbergstiefel – ein Fuß steckte nur in einem Innenschuh ohne eine auf rutschigen Untergrund Halt gebende Profilsohle – war an einen gleichmäßigen Abstieg nicht zu denken. Das Ganze war denn auch mehr ein unbeholfenes Humpeln und Rutschen. Wagner fühlte sich wie ein hilfloses riesiges Insekt auf einer schiefgestellten Porzellanplatte. Kleine Ausrutscher auf eisigem Untergrund konnte Wagner durch seine Eisschraube, welche er wie einen Dorn in die Wand rammte, noch rechtzeitig abbremsen.

Aber es schien ihm nur eine Frage der Zeit, bis er endgültig die Kontrolle verlieren und in die Tiefe rauschen würde. Ein endloses Labyrinth aus Spalten und haushohen Eistürmen, die jederzeit einzustürzen drohten, zwang ihn zu einem planlosen Hin und Her. Immer wieder geschah es, dass er zu seinem Entsetzen in diesem von verdeckten Gletscherspalten perforierten Gelände mit einem Fuß einbrach und sich gerade noch zur Seite oder nach vorn werfen konnte, um den Sturz in die Tiefe zu vermeiden. Manche Schneebrücken über gähnende Abgründe schienen ihm so fragil zu sein, dass er sich vorsichtig im Kriechgang über sie hinweg arbeitete und auf diese Weise sein Körpergewicht auf eine größere Fläche verteilte.

Dieses mühsame Kriechen im Zickzack erschien ihm endlos und immer häufiger glitt der Erschöpfte in eine Art Dämmerzustand. Aus Nebelschwaden tauchte eine Gestalt in schwarzem Gewand auf. Sie stand in einem schwarzen Kahn und winkte ihn mit einladenden Gesten zu sich. Als Wagner näher heran robbte, stellte er mit Befremden fest, dass dieser Fährmann Roland Raabes Gesichtszüge trug. Entsetzt wich Wagner zurück, gerade noch rechtzeitig, denn im selben Moment krachte ein riesiger Turm aus Gletschereis in sich zusammen und dessen Eistrümmer bedeckten die Fläche, auf der Wagner eben noch gelegen hatte. In der Wolke aus fein gesplittertem Eis löste sich auch die Fratze seines höhnisch grinsenden Kollegen in Nichts auf.
Nachdem sich sein Schrecken gelegt hatte, zwang sich Wagner dazu, einfach weiter zu robben, immer weiter nach unten, wo doch irgendwann einmal dieser verdammte Gletscherbruch ein Ende haben würde. Über dieses zähe Vorarbeiten im Kriechgang mussten Stunden vergangen sein, denn allmählich begann die Nacht hereinzubrechen und es schneite immer noch.

Mittlerweile hatte sich der bissig kalte Wind zum heftigen Sturm entwickelt. Wenn er nicht bald eine windgeschützte Stelle fand, würde er immer mehr auskühlen und einen qualvollen Kältetod erleiden. Eine gähnend tiefe Gletscherspalte vor ihm, welche er unter normalen Umständen weiträumig umgangen hätte, erschien Wagner nun als Fingerzeig des Schicksals. Als er erkannte, dass der vordere Teil nicht grundlos tief war, sondern durch eine solide dicke Schneebrücke nach unten abgeschirmt war, stieg er hinab und spürte sofort, wie es windstill wurde und die extreme Kälte einer klammen Feuchte wich. Seine Chance, diese Nacht zu überleben, stieg beträchtlich.

Wagner richtete sich auf ein eisiges Biwak in der Gletscherspalte ein. Schon bald drang die Kälte durch den Schlafsack, da ohne seine Isoliermatte der eisige Untergrund sehr rasch zu seinem Gesäß durchdrang. Immer wieder schreckte er aus seinem Schlaf hoch, wenn ihn das Geräusch seiner klappernden Zähne weckte. Dann dämmerte er wieder hinweg und entfloh so eine Zeitlang der beißenden Kälte, zu der sich bald Hunger und quälender Durst gesellten. Irgendwann durchflutete ihn wohlige Wärme. Ein weicher Frauenkörper schmiegte sich an den seinigen. Als er die Augen aufschlug, erkannte er zu seinem Erstaunen seine Kollegin Lucia Pauli. Vor ihrem üppigen Busen dampfte ein Korb frischer Semmeln. Eine davon reichte sie ihm und goss ihm anschließend wie einer verdurstenden Pflanze aus einer messingfarbenen Kanne warmen Milchkaffee in den gierig geöffneten Mund. Wie wohl das tat! Nie mehr würde er sich über seine Kollegin lustig machen: Lucia Pauli, seit Schülergenerationen nur liebevoll Mama Lucia genannt, war seine Retterin aus höchster Not. Ihr ganzes Sinnen und Trachten zielte darauf ab, ihre Schüler zu verwöhnen und zum Dank dafür geliebt zu werden.

Nie kam sie zur Schule ohne einen prall gefüllten Korb mit Selbstgebackenem, kein Schülergeburtstag verstrich ohne ein kleines Präsent von ihr. Vor jeder Klausur dekorierte sie jede Schülerbank mit Süßigkeiten. „Nervenbalsam" nannte sie das. „Noch mehr, liebe Lucia!", flehte Wagner, doch sie wandte sich brüsk von ihm ab, leerte den restlichen Inhalt der Kanne in den Schnee und verschwand so rätselhaft, wie sie erschienen war.

Wagner schreckte hoch und begriff, dass er von einem Traum genarrt worden war. In denkbar größtem Kontrast dazu stand seine tatsächliche trostlose Situation. Nach endlos langen Stunden hellte sich endlich der Himmel über ihm auf und Wagner zwang sich dazu, sich aus seinem Schlafsack zu schälen und wieder aus der Spalte hoch ans Licht zu kriechen, wo ihn sofort ein beißender Sturm erfasste und an den tödlichen Ernst der Lage erinnerte. Noch ungelenk und mit steif gefrorenen Gliedmaßen tastete er sich weiter den Berg hinunter, bis er auf einer Eisplatte ausrutschte und in die Tiefe rauschte. Wie durch ein Wunder landete er nach wenigen Metern auf einem kleinen Vorsprung, von dem aus er den tödlichen Abgrund darunter nur allzu gut erahnen konnte. Als er aufstand und wieder den linken Fuß belastete, raubte ihm der stechende Schmerz in seinem Knöchel fast den Verstand. Er konnte froh sein, wenn er sich den Fuß nur verstaucht hatte und nichts gebrochen war. Wütend krümmte sich Wagner am Boden, um sich im Kriechgang mühsam weiter nach unten zu arbeiten. Mit Entsetzen bemerkte er, dass sich sein linker Fuß taub anfühlte, was ja auch kein Wunder war, weil hier die isolierende Außenschale an seinem Schuh fehlte. Scotts letzter Tagebucheintrag nach dem trostlosen Rückmarsch vom Südpol kam ihm in den Sinn: *Die ganze Landschaft ein wirbelndes Schneegestöber. Wir können jetzt nicht mehr auf Besserung hoffen. Aber wir werden bis zum Ende aushalten; aber wir werden natürlich immer schwächer, und der Tod kann nicht mehr fern sein. – Um Gottes Willen, sorgt für unsere Hinterbliebenen!*

Im Gegensatz zu Scott war er in seinen letzten Stunden mutterseelenallein, Hinterbliebene gab es auch keine, wenn man einmal von Claudia absah, welche er ja als Geliebte noch nicht zum engeren Kreis der Familie zählen konnte. Und im Gegensatz zu Scott hatte Wagner auch kein Schreibzeug dabei, um für die Nachwelt sein heroisches Sterben festzuhalten. Wenn er jetzt wenigstens seinen Lehrerkalender und einen Stift dabei hätte, dann könnte er gegen Scott anschreiben, und eines Tages – vorausgesetzt man fände diese erschütternde Passionsgeschichte – würden seine Zeilen zum festen Bildungskanon jedes Gymnasiasten zählen.

Die Wahrheit war aber: Er würde hier jämmerlich verrecken, ohne dass irgendeine Menschenseele davon etwas mitbekam. Das Schlimmste war, dass er überhaupt nicht wusste, wo er sich befand und welche Richtung er einschlagen musste, um das rettende Basislager zu erreichen. Wenn es dieses Basislager überhaupt noch gab und seine Freunde nicht längst die Zelte abgebaut und den Marsch ins Tal angetreten hatten, was er nach dem mächtigen Lawinenabgang, den er aus ihrer Sicht wohl niemals überlebt haben konnte, sogar gut verstand.
Wagner wusste, dass solche Gedanken pures Nervengift für ihn waren. Nein, seine Gefährten waren noch da und würden alles unternehmen, um ihn zu finden. Wie zur Bestätigung dieser verzweifelten Hoffnung erblickte er vor sich im gleißenden Licht eine Gestalt mit ausgebreiteten Armen. Als er näher zu dieser Gestalt hin kroch, erkannte er Markus Friedlein, der in seiner Soutane ihm aufmunternd zulächelte und ihm dann mit einer

ausladenden Geste eine bestimmte Richtung wies. Als Wagner seinen Religionskollegen ansprach, verschwand jener auf genauso rätselhafte Weise wie er zuvor erschienen war. Wagner kroch in die Richtung weiter, die ihm Friedlein zuvor gewiesen hatte. Die Kälte nahm ihn immer mehr in ihren Würgegriff. Zum ersten Mal in seinem Leben sehnte sich Wagner nach einer Gesamtlehrerkonferenz im chronisch überheizten Lehrerzimmer. Da sich dort die zugempfindlichsten Menschen die ganzen Fensterplätze gesichert hatten, blieben die Fenster meistens hermetisch geschlossen. Die ermüdenden Redebeiträge in solchen Konferenzen hatten offenkundig nur den einen Sinn, durch das Umwälzen der Luft mit der Zunge die Sauerstoffknappheit im Raum zu bekämpfen. Diese befremdliche Sehnsucht nach seiner Schule verdeutlichte ihm auf drastische Weise, wie lebensbedrohlich sein akuter Zustand war. Jetzt sich einfach hinlegen, sich mit seinen unkorrigierten Französischarbeitsheften zudecken und ein Viertelstündchen schlummern.

Panisch schreckte Wagner hoch, weil er wusste, dass dies seinen sicheren Tod bedeuten würde. Er zwang sich zum Weiterkriechen. Wunderbarerweise tauchte Markus Friedlein in seiner wallenden Soutane immer dann in dem Eislabyrinth auf und wies ihm die Richtung, wenn er nicht mehr weiterwusste. Über dieses qualvolle Vorankriechen mussten wohl Stunden vergangen sein. Wagner konnte im dichten Schneetreiben erkennen, dass das Tageslicht schon nachließ. Wieder kroch die panische Angst in ihm hoch, dass er ins Lager kriechen und dort keinen mehr antreffen würde. Ihm war klar, dass er eine weitere Nacht ungeschützt im Freien wohl kaum überleben würde. Als er aus seinem Dämmerzustand hochschreckte, spürte er, dass etwas anders war als bisher.

Erst langsam begriff er, was es war: Er krallte in das Geröll unter sich und bis auf eine lose Neuschneeauflage war anscheinend kein Altschnee oder gar Eis darunter verborgen. Offenbar hatte er den Gletscher tatsächlich überwunden. Wagner brüllte verzweifelt um Hilfe und stellte entsetzt fest, dass nur noch ein klägliches Krächzen seiner Kehle entwich. Das durfte doch nicht wahr sein, er hatte das Unmögliche geschafft, er war dem Tod schon fast von der Schippe gesprungen und jetzt wurde er womöglich kurz vor dem rettenden Basislager doch noch vom Schicksal dahingerafft. Immer wieder brüllte er um Hilfe oder tat zumindest das, was von ihm als Brüllen gedacht war. Irgendwann war er selbst dafür zu müde. Nah an seinem Ohr plätscherte es sanft, und mit der wunderbaren Vision, dass der Wirt seines Stammlokals ihm an diesen unwirtlichen Ort nachgereist war, um eigens für ihn seinen Zapfhahn zu öffnen und ihn mit einem niemals versiegenden Strom aus kühlem Bier zu laben, dämmerte er in einen Zustand des wunschlosen Nichts hinüber.

Wagner kam erst wieder zu sich, als heftig an ihm gezerrt wurde. Er blickte in Metzlers verwildertes Gesicht. Der schrie ihn unentwegt an und rüttelte heftig an ihm. Hinter ihm tauchten Zumstein und Groß auf. Sie hoben ihn hoch und er ließ es willenlos geschehen, dass sie ihn zwischen sich nahmen und zum Lager schleppten. Dort registrierte er gerade noch, wie Metzler ihm eine beachtlich große Spritze in den Arm rammte und er sofort darauf in einen traumlos tiefen Schlaf fiel.

Ein Samstag im Leben Hauke Boysens

Du lieber Gott! was so ein Mann
Nicht alles, alles denken kann!

Johann Wolfgang von Goethe, *Faust I*

Pünktlich wie immer klingelte um sechs Uhr in der Frühe der Wecker, es war ein unerbittlich metallener Klang. Hauke Boysen hatte sich nach langer Suche für dieses Modell entschieden, weil sein Läuten dem der Schulglocke am nächsten kam. Sofort schnellte er hoch und verließ gemessenen Schrittes sein Schlafzimmer, wo sich dessen Gattin Gerda gähnend umdrehte, um noch etwas weiterzuschlafen. Boysen verachtete im tiefsten Grund seines Herzens seine Kollegen, welche, kaum dass es Samstag war, ihren Lebensrhythmus durchbrachen und bis zur Mittagessenszeit im Bett ausharrten: Selbst den Sonntag erachtete er als überflüssig und den schulfreien Samstag empfand er als kläglichen Triumph der Spaßgesellschaft über die Notwendigkeiten eines erfolgreichen Bildungswesens. Er hatte es seinen Kollegen bis heute nicht verziehen, dass sie sich vor vielen Jahren mit überwältigender Mehrheit gegen den Schulsamstag entschieden hatten. Sein erster Weg führte ihn ins Bad, um seinen Körper nach den Verheerungen einer kurzen Nacht wieder für die Forderungen des Tages zu restaurieren.

Neben seinem Lieblingsautoren Stefan Zweig fanden nur wenige Schriftsteller des zwanzigsten Jahrhunderts Gnade vor Boysens strengem Auge und zu diesen zählte in erster Linie Thomas Mann. Wie dessen heimlicher Held Gustav Aschenbach liebte er es, sich mit Stürzen kalten Wassers über Brust und Rücken für seinen Dienst am Schreibtisch zu rüsten, und wie jener brachte er dann die Kräfte, die er im Schlaf gesammelt hatte, in zwei oder drei inbrünstig gewissenhaften Morgenstunden der Kunst zum Opfer dar. Auch Boysen arbeitete nämlich bienenfleißig an einem Jahrhundertwerk.

Ursprünglich hatte er mit dem Gedanken gespielt, für seinen Roman ein Sujet zu wählen, was das Werk unweigerlich zur Abitur-Pflichtlektüre in Baden-Württemberg prädestinieren würde, und er hatte in einem ersten Rohentwurf die Themenfelder so sorgfältig abgesteckt, dass ihm dies zwangsläufig gelingen musste: Das lesbische Pärchen, die eine mit einem SS-Mann als Großvater und daher exzessiv Alkohol konsumierend, die andere im Stasi-Archiv ihre eigene halbjüdische Familiengeschichte aufarbeitend, durchlebt und erleidet in Berlin nahezu alles, was in den letzten Jahrzehnten im deutschen Abituraufsatz erörtert werden musste, die deutsche Teilung mit eingeschlossen. Im letzten Romandrittel wird die Beziehung der beiden Damen durch die Konfrontation mit einer Saudi-Araberin ohne Aufenthaltserlaubnis mit einem behinderten Rennkamel im Schlepptau auf eine Zerreißprobe gestellt, und diese Begegnung bietet die große Gelegenheit zu gelebter internationaler Frauensolidarität über alle ethnischen und religiösen Grenzen hinweg, sozusagen eine Ringparabel, welche dank Boysens einfühlsamer Erzählweise im 21. Jahrhundert angesiedelt würde.

Doch sehr bald hatte Boysens tief sitzende Aversion gegen den Zeitgeist die Oberhand gewonnen und seine Gedanken frei gemacht für sein jetziges Romanprojekt, welches er seitdem mit seiner ganzen Schaffenskraft betrieb und womit er nur eine handverlesene elitäre Leserschaft anzusprechen gedachte.

Sein Protagonist, ein gelehrter Geschichtsprofessor namens Johann Mammerer, stößt beim Studium mittelalterlicher Quellen auf einen erbitterten Streit zwischen zwei angesehenen Konstanzer Familien. Dieser war ausgelöst worden durch einen Kübel gefüllt mit Fäkalien, welcher aus dem ersten Stockwerk in die rückwärtige Gasse entleert wurde, ungeachtet der Tatsache, dass ein Vertreter der anderen Familie just in diesem Moment diese Gasse durchschritt und vom Inhalt quasi ertränkt wurde und dies für keinen unglücklichen Zufall, sondern für eine geplante Bosheit hielt. Über Generationen hinweg bis in die Moderne hinein wirkte dieser Vorfall und war auf wundersame Weise mit Mammerers dunklem Familienschicksal verwoben. Mit diesem historischen Stoff hatte sich Boysen übermenschliche Mühsal aufgebürdet, galt es doch nun Jahrhunderte an Stadtgeschichte akribisch aufzuarbeiten, um keinem noch so klugen Zergliederer, welche die Feuilleton-Abteilungen bevölkerten, auch nur den geringsten Anlass zum Mäkeln zu geben. Da er eine tiefe Abneigung gegen jegliche Reisen hegte, siedelte er das Romangeschehen in seiner Heimatstadt an, was ihm auch die historische Recherche ungemein erleichterte.

Noch vor seinem gewissenhaft-ernsten Dienst setzte er das Teewasser auf, um im Morgenmantel dem Briefkasten die Tageszeitungen zu entnehmen. Zuerst pflegte er die regionale Zeitung durchzublättern, was er eigentlich nur tat, um Druckfehler bloßzulegen oder sich über deren oberflächliche Berichterstattung zu ärgern. Hinterher würde er die Artikel zum selben Thema vertiefend in der *FAZ* goutieren. Seinen Schülern hatte er die tägliche Lektüre dieser überregionalen Tageszeitung zur Pflicht gemacht und sich dafür auf einer eigens einberufenen Elternversammlung das Plazet geben lassen.

Die Krönung seiner FAZ-Lektüre, nach besonders sorgfältigem Studium des Feuilletons – die Kür nach der Pflicht – bildete deren Reiseteil, welcher Boysen in ferne Länder entführte, ohne ihn selbst der Mühsal des Reisens körperlich auszusetzen. Er bewunderte Wagner, der sozusagen stellvertretend für ihn Reisen in diese Länder unternahm und ihm überdies noch hinterher in so trefflicher Weise von all seinen überstandenen Gefahren zu berichten wusste. Dagegen ordnete er Grundmann dem Sportteil zu. Den pflegte er stets ungelesen dem Altpapier zu überantworten. Was er von Grundmann zu halten hatte, stand spätestens fest, als dieser sich damit gebrüstet hatte, seit seiner Schulzeit nie mehr das Semikolon verwendet zu haben. Boysen hatte damals nur spitz bemerkt, bei Grundmann halte er ebenfalls nur ein Ausrufezeichen für angebracht, denn selbst zum Fragezeichen fehle ihm der Tiefgang. Er gebrauche hier absichtlich ein Bild aus der Sprache der Ruderer, um Grundmann in dessen seichter Denkweise entgegenzukommen. Grundmann hatte von dieser Bemerkung gehört und seitdem herrschte zwischen den beiden die stille Übereinkunft, sich im Lehrerzimmer geflissentlich zu übersehen.

Nach dem Frühstück widmete sich Boysen seinem historischen Romanprojekt. Die Lobeshymne des *FAZ*-Rezensenten für den Klappentext hatte er schon entworfen und gedachte ihn gleich nach Vollendung seines Werkes diesem vielbeschäftigten Manne zuzusenden, um ihm unnötige Arbeit zu ersparen: *Endlich hat Hauke Boysen sein jahrzehntelanges Schweigen gebrochen und Deutschland feiert zum ersten Mal seit Thomas Mann wieder einen großen Erzähler. Weltliteratur vom Bodensee: Dies ist der Roman, nach dem ich mich all die Jahre verzehrt habe.*

Pünktlich um zwölf Uhr servierte ihm seine Frau das Mittagessen, welches das Paar samstags immer in Boysens Arbeitszimmer einnahm, damit er Gerda in die nachmittäglichen Korrekturarbeiten einführen konnte. Seit Jahren hatte es sich bewährt, dass sie die Deutschaufsätze vorkorrigierte und er sich darauf beschränken konnte, ihren auf einem Blatt formulierten Kommentar noch sprachlich etwas zu glätten und dann in das Aufsatzheft zu übertragen. Bei den Diktaten gewährte er seiner Frau völlig freie Hand und beschränkte sich darauf, einzelne Stichproben zu nehmen und die Endnote im Heft zu signieren. Dadurch konnte sich Boysen auf die reine Unterrichtsvorbereitung konzentrieren, was ihm natürlich einen qualitativ höherwertigen Unterricht als seinen Kollegen ermöglichte. Boysen hatte einmal vor Jahren erfolglos eine Eingabe an die oberste Kultusbehörde verfasst, um einen bezahlten Korrekturknecht für jeden Deutschlehrer zu fordern. Das ostentative Schweigen der Behörde hatte er als Bankrotterklärung einer ideenlosen Bildungspolitik gewertet.

Nach dem Mittagessen pflegte Boysen wie immer eine halbe Stunde zu schlummern, um danach erquickt und hochkonzentriert seinen Unterricht vorzubereiten. Anschließend raffte er sich zu einem Gang ins Freie auf.
Dieser nachmittägliche Spaziergang besaß rein hygienische Funktion und diente in erster Linie dazu, Boysens Arbeitskraft bis zum Erreichen der Pensionsgrenze zu erhalten. Die Route legte er jeweils am Vorabend fest, meist stand dieser Spaziergang unter einem historischen Motto oder galt einem ganz bestimmten Gebäude. Heute hatte er sich die Imperia vorgenommen, welche einer gängigen Lesart zufolge bis hoch zum Papst den geistlichen Herren als Freudendame die harten Tage

des Konzils versüßt hatte. Sobald sein Romanwerk vollendet wäre, würde Boysen – dies hatte er sich fest vorgenommen – nach reiflichem Studium der historischen Quellen diese offenherzige Dame von ihrem hohen Sockel stoßen. Er ertappte sich beim Gedanken, dass er sich dann an ihrer Stelle in Überlebensgröße auf der Hafenmole um seine eigene Achse drehen würde. Dass er dann auf diese Weise Dr. Burger in den sicheren Hafen lotsen würde, zauberte ein verstohlenes Lächeln in sein vergeistigtes Mienenspiel.

Am frühen Abend verließ Boysen mit seiner Frau das Haus, um ein nahe gelegenes gutbürgerliches Speiselokal aufzusuchen. Dort war er zeitweise in Ungnade gefallen, weil er mit Rotstift die Fehler am Rand der Speisekarte angestrichen hatte. Aus demselben Grund wagten es viele seiner Bekannten nicht mehr, ihm Urlaubsgrüße zu senden: Schon mehrfach war es vorgekommen, dass Boysen diese Postkarten an deren Heimatadresse geschickt hatte mit der Bitte, die rot markierten Fehler zu verbessern. Der um sich greifende, alle Schichten der Bevölkerung erfassende Niedergang der orthographischen Kenntnisse wurde Boysen Tag für Tag in allen Lebensbereichen drastisch vor Augen geführt. Immer wenn er sonntagmorgens sein kühlendes Bad im Seerhein genommen hatte, wurde er beim Verlassen der Tägerwiler Badeanstalt mit dem an schiebende Radfahrer gerichteten Schild *Danke für Ihr absteigen!* an diese traurige Tatsache erinnert.

Mit einem hintergründigen Schmunzeln quittierte Boysen im Lokal, dass die Bedienung ihnen zwei von ihm eigenhändig korrigierte Speisekarten brachte. Was nun folgte, nannte er die dialektische Zwiesprache *à la carte*. Sobald sich seine Frau nach langem Ringen für ein Gericht entschieden hatte, spielte Boysen den Advokaten des Teufels und versuchte, ihr das zu Bestellende auszureden. Dadurch wollte er in Rede und Gegenrede ihre Rhetorik schulen und verfeinern. Boysen achtete hierbei peinlich genau darauf, dass seine Frau die formalen Kriterien des Erörterungsaufsatzes einhielt, auf die These Argumente folgen ließ und diese Argumente anhand treffender Beispiele veranschaulichte. Diese dialektische Zwiesprache konnte sich über Stunden erstrecken und einmal war es sogar vorgekommen, dass das Paar infolge einer Pattsituation das Lokal vor Mitternacht völlig ausgehungert verlassen hatte.

Heute biss sich Boysen am *Jägerschnitzel* fest: Dies führe in doppelter Hinsicht in die Irre, denn weder sei das Fleisch zuvor vom Jäger erjagt worden – das sei heutzutage selbst beim Wild nur noch ausnahmsweise der Fall – noch könne der Jäger selbst als Speise beim zu Verzehrenden gemeint sein. Kannibalismus sei jedenfalls in den hiesigen Breiten nicht üblich und selbst Wagner riskiere bei seinen Reisen in fernen Ländern nicht, einer Hochzeitsgesellschaft als Hauptgericht zu dienen. Schon die Beilage hätte Gerda eigentlich stutzig machen müssen und er spiele da nicht auf die *Pfifferling's-Sauce* an, welche orthographisch völlig verunfallt sei – er habe dies ja auch dick angestrichen – und überdies den sich epidemisch ausbreitenden Deppenapostroph enthalte. Der *Schweinebraten an Marktgemüse und Bratkartoffeln* stieß Boysen aufgrund der unangebrachten Präposition *an* sauer auf. Dies erinnere ihn sofort an die Unarten der Nouvelle Cuisine, wo das Verhungern des Gastes vom Wirt billigend in Kauf genommen werde und wie zum Hohn am Schluss noch ein horrendes Sterbegeld entrichtet werden müsse. Vom *Blatt Salat an Porzellan* habe er jedenfalls gründlich die Nase voll.

Nach quälend langen Stunden dialektischer Zwiesprache beschloss Boysen, seine vom Hunger schon hohlwangig gezeichnete Gattin zu besänftigen und es an diesem Abend bei zwei Scheiben Brot zu belassen, dazu ein Tafelwasser zu ordern und ihr dann zu Hause als harmonischen Abschluss des Tages den Gefangenenchor aus Verdis *Nabucco* vorzuspielen. Mit letzter Kraft gelang es Gerda Boysen, sich zu erheben, bei ihrem Mann unterzuhaken und ihm noch rasch das Versprechen abzuringen, den Gang zur Toilette bis zur Heimkehr aufzuschieben. Sie wusste, dass den Wandschmierereien im Herrenklo keinerlei orthographische Regeln zugrunde lagen und ihren Mann zu stundenlangen Korrekturarbeiten mit dem wasserfesten Filzschreiber nötigen würden.

Draußen hetzte schemenhaft eine Gestalt an ihnen vorüber. Hauke Boysen mutmaßte, dass es sich um seinen Kollegen Uli Wagner handelte, der „getrieben von seiner Niederlage am Berg" verbissen für seinen neuerlichen Versuch trainierte.

Ein außergewöhnlicher Sonntag im Leben Dr. Burgers

Scheint die Sonne auf das Schwert,
macht der Skipper was verkehrt!

Aus dem Logbuch eines Weltumseglers

Der gedeckte Frühstückstisch auf der Sonnenterrasse mit Blick auf den See bewies dem noch etwas abwesend wirkenden Dr. Hans Burger, dass es tatsächlich Sonntag war. Immer noch hallte die Wut aus der Direktorenkonferenz nach, wo er beim Kultusminister nach dem desaströsen Schulbesuch erneut in Ungnade gefallen war. Dieser hatte ihn beiläufig gefragt, was er vom neuen Bildungsplan halte, worauf Dr. Burger nur lakonisch „Schade um den Wald, der dafür gefällt werden musste!" zwischen seinen Lippen hervorgepresst hatte.

Vogelgesang aus dem Buschwerk und das muntere Geplauder seiner Gattin riefen ihn wieder in den strahlend blauen Sonntag zurück. Gleich nach dem Frühstück würden sie ihre Sachen packen, hinunter zum Yachthafen fahren, um dann in See zu stechen und die leichte Brise dieses herrlichen Sommertages zu nutzen. Die meiste Zeit des Sommers über zeigte sich der See ungnädig gegenüber seinen Seglern, narrte sie mit tagelanger Flaute, um dann ganz unvermittelt mit heftigen Böen die meisten Freizeitkapitäne in die Häfen zurückzutreiben oder deren Yachten zum Kentern zu bringen. Daher musste ein perfekter Tag wie dieser unbedingt genutzt werden. Der Wetterbericht hatte zwar von wachsender Gewittergefahr am Nachmittag gewarnt, aber das konnte man getrost ignorieren. Statt seefernen Wetterfröschen vertraute Dr. Burger lieber seinem Gespür als eingeborenem Seemann. Dr. Burger galt schließlich als erfahrener Segler, er hatte schon häufig bei Regatten oben auf dem Siegertreppchen gestanden. Und er verachtete leidenschaftlich jene Yachtbesitzer aus Stuttgart, die beim ersten stärkeren Lufthauch eilends ihre Segel refften, um mit Motorkraft in den sicheren Hafen zurück zu tuckern. Bei der Gelegenheit fiel ihm ein, dass er vergessen hatte, seinen leeren Tank aufzufüllen. Das würde er nächste Woche nachholen, um auch für mögliche Flauten gewappnet zu sein. Heute würde ein stetig wehender Wind diese Fortbewegungshilfe überflüssig machen – jedenfalls für routinierte einheimische Segler wie ihn. Dass sein geliebter See im Volksmund als *Schwäbisches Meer* bezeichnet wurde, drängte sich ihm wieder besonders ärgerlich ins Bewusstsein, zumal er spürte, dass hier das Zerwürfnis mit dem Kultusminister noch nachwirkte. Heute würde er auf seiner *Badenia* trotzig die badische Flagge hissen und einen Moment lang spielte er mit dem Gedanken, nachher bei der Bootspartie genau über der Entnahmestelle für die Bodenseefernwasserversorgung vor Sipplingen in hohem Bogen seinen Harndrang zu stillen und seinem höchsten Vorgesetzten in Stuttgart schriftlich viel Vergnügen beim morgendlichen Zähneputzen zu wünschen. Dr. Burger wusste, dass er auf die praktische Ausführung verzichten konnte, denn allein der Gedanke an diese rebellische Handlung genügte, um seine gute Sonntagslaune wiederherzustellen und ihn von allen Hassgefühlen zu reinigen.

Seine Edeltraud hatte ein leckeres Lunchpaket zusammengestellt, sodass er nur noch in den Keller musste, um den dazu passenden Wein zu besorgen; auch kaltes Bier und Mineralwasser holte er aus dem Kühlschrank, um für sämtliche Getränkewünsche gewappnet zu sein.

Edeltraud hatte ihm schon lange mit dem Wunsch in den Ohren gelegen, er möge endlich Uli Wagner zu einer Segelpartie einladen. Sie wolle diesen Extrembergsteiger, den sie nur aus seinen Erzählungen und den Artikeln aus der Zeitung kenne, endlich einmal hautnah erleben, um sich selbst ein Bild von ihm zu machen. Er hatte dieses Ansinnen, so lange er es konnte, torpediert, bis sich Edeltrauds Laune dauerhaft zu verschlechtern drohte. Ansonsten peinlich darauf bedacht, Schule und Privates zu trennen, musste er hier wohl eine Ausnahme machen. Er würde Wagner diskret bitten, diese Zusammenkunft für sich zu behalten, um keinen Präzedenzfall im Kollegium zu schaffen. Nicht auszudenken, wenn er von nun an jede sonntägliche Segelpartie mit Kollegen verbringen müsste. Mit einem hintergründigen Schmunzeln hatte Dr. Burger registriert, dass Wagner auf die Frage, wen er noch gerne auf die Segelpartie mitnehmen würde, ohne zu zögern Tanja Buhl genannt hatte. Diese Einladung sprach Dr. Burger liebend gern aus. Er selbst hätte es nie gewagt, aus eigenem Antrieb diese atemberaubend gut aussehende Kollegin an Bord zu bitten. Seine Frau war berüchtigt für ihre bisweilen grundlos hervorbrechende Eifersucht und musste nun wohl oder übel diese Kröte schlucken, wenn sie unbedingt diesen stadtbekannten Kraxler in ihrer Nähe haben wollte. Tanja Buhl hatte übrigens sofort freudig zugesagt. Vielleicht war sie auch erleichtert, dass er ihr nicht nachtrug, den Minister nicht lange genug im Direktionszimmer zurückgehalten zu haben.

Nach dem Frühstück fuhr Dr. Burger seinen silberchromfarbenen Mercedes aus der Garage und kontrollierte über den Rückspiegel, wie seine Frau das Gepäck im Kofferraum verstaute.

Sie kamen nahezu zeitgleich im Yachthafen an. Wagner kettete gerade sein Fahrrad fest, Tanja Buhl schloss noch das Verdeck an ihrem Cabrio und stieß dann froh gelaunt zu den anderen. Viel trug sie nicht am Leibe und Dr. Burger war gespannt, was sich unter diesem Wenigen überhaupt noch verbergen konnte. Denn ganz textilfrei würde sich Tanja Buhl doch hoffentlich nicht auf seinem Vorderdeck sonnen, er wüsste sonst nicht mehr, wohin er seinen Blick wenden sollte und überdies war an schönen Sonntagen wie diesen höchste Aufmerksamkeit geboten, um eine Havarie mit anderen Schiffen zu vermeiden. Der See war nämlich an solchen sonnigen Sommertagen vor Booten kaum mehr zu sehen. Vorläufig konnte man dieses Problem noch vertagen.

Alle kletterten an Bord und gemeinsam entfernte man die schützende Persenning, hisste die erforderlichen Segel, um dann langsam aus dem Hafen zu gleiten. Auf der anderen Uferseite drehte sich die Imperia-Statue und Dr. Burger konnte sich durchaus vorstellen, dass der Künstler einen Gipsabdruck von Tanja Buhls Brüsten angefertigt hatte, um die päpstliche Freudendame mit deren phänomenalen Oberweite auszustatten. Dr. Burger gab eine kurze praktische Einführung, wie die einzelnen Schnüre zu handhaben waren und was bei den einzelnen Kommandos zu erfolgen hatte. Mittlerweile hatten sie schon einen beträchtlichen Abstand zum Ufer gewonnen, das Boot lag gut vor dem Wind und Dr. Burger stellte befriedigt fest, dass er seine Yacht mit derselben traumwandlerischen Sicherheit wie seine Schule zu führen wusste. Boysen hatte dies einmal, als er noch Personalratsvorsitzender war, sehr feinsinnig in Worte gefasst und ihm dafür gedankt, dass er die Schule gleich einem Schiff all die Jahre sicher durch sturmumtoste See geleitet habe.

Diese Rede wurde auch in einer späteren Festschrift abgedruckt und Dr. Burger ärgerte sich insgeheim, den besserwissenden Kultusbürokraten diese Festschrift nicht rechtzeitig vor der letzten Direktorenkonferenz zugesandt zu haben.

Er wurde jäh aus seinen Gedanken gerissen, denn vor ihm hatte Tanja Buhl sich ihrer dünnen Bluse entledigt. Dr. Burger starrte sofort angestrengt hoch in die Takelage. Seine Kollegin hatte zwar ihren Oberkörper nicht restlos entblößt, aber das, was sie vermutlich für ein Bikinioberteil hielt, zwang jeden Mann zum pausenlosen Hingaffen. Dr. Burger hatte sich zu allem Überfluss vor einigen Tagen von seinem Hausarzt dazu überreden lassen, seinen Testosteronpegel anzuheben. Das hatte er nun davon und er wusste beim besten Willen nicht, wie er seine libidinösen Greifreflexe unterdrücken sollte. Wie sehnte er sich plötzlich nach seinem vormaligen Zustand zurück, den er schon scherzhaft in seiner Altherrenrunde als seliges Nicht-mehr-Können-Müssen umschrieben hatte. In seinem jetzigen aufgekratzten Zustand konnte er jedenfalls unmöglich die Gewalt über sein Boot behalten. Ob er etwa Wagner bitten sollte, ein Badetuch auszubreiten und sich sozusagen als mobile spanische Wand zwischen ihn und Tanja Buhl zu stellen? Im selben Moment verwarf er diesen Gedanken, als er sah, wie Wagner von Bord sprang und dort, wo dieser in der Tiefe verschwand, das Wasser zischend verdampfte. Vermutlich war einer, der ansonsten in die eisigen Furchen von Himalayawänden starrte, diesem sonnengebräunten Busengebirge noch schutzloser ausgeliefert als er, welcher den sonntäglichen Anblick von nacktem Fleisch auf dem See schon weitaus routinierter zu ertragen vermochte. Ehe er sich versah, sprang Tanja Buhl schon lachend Wagner hinterher.

Dr. Burger war damit beschäftigt, das Boot in einer langsamen Kreisbewegung wieder an die beiden Badenden heran zu manövrieren. Dabei stellte er sich vor, wie es wohl wäre, wenn dieser spontane Sprung ins Wasser den Auftakt zu einer allgemeinen Entsittlichung bilden würde. Schon sah er Wagner und seine Edeltraud im Unterdeck sich in gieriger Umarmung wälzen, während er sich seiner Aufgabe als selbstloser Gastgeber widmete, sich mit Tanja Buhl vorn auf der Bugspitze paarte und immer dann mit ihr zur Galionsfigurenplastik erstarrte, wenn ein anderes Schiff ihren Kurs kreuzte. Sofort entkorkte er seinen Burgunder und füllte sein Glas bis an den Rand: Bald würden der Rotwein und die Hitze hoffentlich sein marodierendes Altmännerhirn betäuben und ihn von seinen quälend-lustvollen Phantasien erlösen.

Wagner paddelte um Luft japsend der rettenden Reling entgegen, während Tanja Buhl schon vor ihm mit dem aufreizenden Hüftschwung einer Stangentänzerin an Bord kletterte. Auf ihrem braun gebrannten makellosen Körper perlten Wassertropfen und Dr. Burger wusste, dass all der Wein nicht helfen würde, ihn sein Alter vergessen zu machen und seine tobende Libido dem mahnenden Über-Ich zu unterjochen. Edeltraud schien zu spüren, wie muttihaft blass sie in ihrem grabschmuckgeblümten Badeanzug gegen diese Schönheit wirkte und machte sich übersprunghaft daran, den Imbiss auszupacken und auf dem Tisch zu servieren. Dr. Burger besann sich auf seine Rolle als Kapitän, gegen dessen Ethos es verstoßen würde, sich an weiblichen Passagieren zu vergreifen. Wie hatte noch Wagner beim Betreten der Yacht angesichts des strahlenden Sonnenscheins gescherzt, heute brauche man wohl den blanken Hans nicht zu fürchten? Er, Dr. Hans Burger, war sich nicht sicher, ob das nicht eine gegen ihn gerichtete boshafte Spitze war.

Zum Glück rettete Wagner jetzt die Situation, indem er lauthals verkündete, zuallererst die Aussicht auf Edeltrauds legendäre gastronomische Fertigkeiten habe ihn dazu bewogen, an Bord zu kommen. Er hatte tatsächlich „Edeltraud" gesagt: Offenbar war man schon hinter seinem Rücken beim vertraulichen Du angekommen und Dr. Burger nahm sich fest vor, sich auf keinen Fall an Bord solch eine kumpelhafte Anrede abringen zu lassen, was ihn nur dazu nötigen würde, gleich am nächsten Schulmorgen zum förmlichen Sie zurückzukehren. Mit Wagner notgedrungen im gleichen Boot zu sitzen mochte gerade noch angehen, aber mit ihm gleichsam auf einer Weide zu stehen und die Schweine zu hüten, das ginge wirklich zu weit. Die Menschen, welche von Dr. Burger geduzt zu werden die Ehre hatten, konnte man an einer Hand abzählen und im Kollegium hielt sich hartnäckig das Gerücht, dass er Edeltraud daheim siezte und nur im Beisein Dritter seine Frau mit dem konventionellen Du bedachte.

Dr. Burger befreite mit zwei Handgriffen das Boot aus der Schräglage, um den Tisch für den Imbiss in eine waagrechte Position zu bringen. Wagner verlangte höflich nach Bier, während Tanja Buhl wie Dr. Burger zum Burgunder tendierte. „Buhl, Burger, Burgunder" – er spürte, wie dieser Gleichklang im Anlaut ihn benommen machte, wie sie sich durch die Wahl des Getränkes gleichsam zu ihm bekannte und von Wagner entfernte. Dr. Burger stellte sich vor, wie sich Tanja Buhl katzenhaft geschmeidig dem harten Griff dieses Klammeraffen entwand und sich seinen feinnervigen gebräunten Händen anvertraute. Zum Glück saß er Tanja Buhl gegenüber, sodass er ausgiebig durch seine blickdichte Sonnenbrille geschützt auf ihre Brüste starren konnte. Durch den nassen Badeanzug zeichnete sich alles ab, wonach er sich in seinen kühnsten Tagträumen verzehrte: Neben ihr saß Wagner, der seine arthritisch verkrüppelten Bergsteigerhände im Tisch verkrallte und gehetzt in die Runde starrte. Vermutlich wartete er händeringend auf das Stichwort, um von seinen alpinen Heldentaten schwadronieren zu können. Aber offenbar bereitete es Tanja Buhl denselben Spaß wie ihm, sämtliche Anlässe gekonnt zu torpedieren, sodass man schon sehen konnte, wie Wagner unruhig auf seinem Sitz hin und her rutschte wie ein Schüler, der unbedingt seine Hausaufgaben vorlesen möchte. Seine Edeltraud konnte er durch gastronomische Kleinaufträge bisher erfolgreich daran hindern, Wagner die ersehnte Steilvorlage zu liefern.

Dr. Burger wollte einen unverfänglichen Versuch starten, sich seinem Gegenüber körperlich zu nähern und schickte zu diesem Zweck seinen Fuß unter dem Tisch auf Erkundungstour. Würde sie bei der ersten Berührung zurückzucken, würde er so tun, als habe es sich um ein Versehen gehandelt. Falls nicht… ihm schwindelte, wenn er nur daran dachte, welche Möglichkeiten sich ihm dann eröffneten. Behutsam arbeiteten sich seine Zehen wie eine Raupe vor, schon spürte er etwas Fleischiges, verharrte erschrocken, um die Reaktion abzuwarten. Zu seiner Verwunderung wurde seinen Zehen gierig erwidert, verkeilten sich in den seinigen fremde, noch nie gespürte, während sein Herz im Stakkato Blut nach unten schickte. Plötzlich lähmendes Entsetzen, als er in eine unerklärliche Lücke vordrang, wo er einen weiteren Zeh vermutete. Peinlicher Schweiß trat ihm auf die Stirn und auch Wagner hatte wohl gespürt, dass er sich dem falschen Objekt genähert hatte.

Fast gleichzeitig ertönte die ohrenbetäubende Schiffsirene des Katamarans, welchem man offensichtlich in die Quere gekommen war. Nur mit einem beherzten Sprung an die Pinne konnte Dr. Burger gerade noch eine Havarie vermeiden. Was für eine Schmach ihm da bereitet wurde! Der Kapitän des Katamarans hatte ihm doch tatsächlich mit der Faust gedroht, ihm, unter dessen Kommando in der Schule mehr als 800 Menschen standen! Gott sei Dank schrie eine völlig aufgekratzte Tanja Buhl dem davon rauschenden Schiff wüste Schmähworte hinterher, welche jedoch in der schäumenden Gischt ungehört verhallten. Selbst ihren Stinkefinger hatte sie wütend zum Himmel gereckt; sie hatte also die Schuldfrage zu seinen Gunsten entschieden, aber trotz dieser solidarischen Reaktion breitete sich von nun an eine beklemmte Stimmung an Bord aus. Selbst Wagners gut gemeinte Versuche, den Beinahe-Unfall kleinzuwitzeln, – „Der hat wohl mit solch einem schnellen Segelboot nicht gerechnet!" –, verfehlten die erhoffte Wirkung.

Zu allem Überfluss hatte sich der Himmel, der sich bei ihrer Ausfahrt aus dem Hafen noch mit kleinen harmlos anmutenden Wölkchen geschmückt hatte, bedrohlich verfinstert. Schwarze Haufenwolken türmten sich auf und verhießen nichts Gutes. Heute war nicht sein Tag, musste Dr. Burger sich zähneknirschend eingestehen. Sie konnten froh sein, wenn sie es noch halbwegs trocken bis in den Hafen schafften. Ihn erschreckte, wie schnell die schwarze Gewitterfront sich ihnen näherte. Kaum blieb ihnen Zeit, die sich kräuselnde Wasseroberfläche zu bestaunen, als der See um sie herum Schaumkronen aufwarf und die Temperatur rasch sank. Dann knallte die erste heftige Böe in die aufgeblähten Segel. Mit einem ohrenbetäubenden Knall zersplitterte der Mast und alle an Bord wurden unter dem herabfallenden Segeltuch begraben. Das dämpfte immerhin die panischen Schreie der darunter gefangenen Besatzung. Endlose Minuten später hatten sich alle an Bord aus den Bergen von Segeltuch befreit und saßen frierend auf dem zerstörten Boot, das nun manövrierunfähig hin und her geworfen wurde. Erst jetzt bemerkte Dr. Burger die nervös blinkenden Sturmwarnleuchten am gegenüberliegenden Ufer. *Frau an Bord, Glück geht fort!* Er verfluchte sich, dass er andauernd auf dieses Vollweib gestarrt hatte, anstatt das Wetter um sie herum im Auge zu behalten. Als er den Motor starten wollte, antwortete ihm nur ein asthmatisches Röcheln. Über ihnen zuckten wilde Blitze, die Donnerschläge jagten sich im Sekundentakt und wurden nur durch Edeltrauds hysterisches Schreien übertönt.

„Du Trottel, ich habe dir doch zehnmal gesagt, dass du unbedingt noch tanken musst! Aber das einzige, was dir darauf einfiel, war dein ewiges ‚Wozu haben wir denn Segel?' Mein Gott, gleich ertrinken wir alle!"

Dr. Burger musste diese Tirade stumm über sich ergehen lassen. Wenn er jetzt noch Widerworte gab, würde seine Frau vollkommen ausrasten. Für diese öffentliche Demütigung würde er Edeltraud vermutlich ewig hassen.

Völlig unerwartet tauchte hinter einem der Wellenberge ein rotweißes Boot auf. An dessen Seite konnte man die gelbe Aufschrift DLRG erkennen. Edeltrauds Toben ging in Hilferufe über, in die auch Wagner und Tanja Buhl lautstark einstimmten. In einem waghalsigen Manöver drehte das Rettungsboot bei. Zwei muskelbepackte Männer zogen Tanja Buhl zu sich hinüber und warfen anschließend Wagner ein Tau zu, das dieser vorn am Bug befestigen sollte. Von panischer Angst getrieben robbte Wagner über das Durcheinander aus Segeln, Leinen und Mastsplittern hinweg nach vorn und knotete dort mit ungelenken Handgriffen das Seil fest. Mit einem Ruck straffte sich das Seil und die Yacht wurde durch den aufgewühlten See vom Rettungsboot hin zum rettenden Hafen gezogen. Dr. Burger hockte wie ein geschlagener Fregattenkapitän auf den Resten seiner Takelage und wirkte so abwesend, als wenn er mit dem Geschehen überhaupt nichts mehr zu tun hätte. Edeltraud, notdürftig bedeckt mit Segeltuch, wimmerte nur noch leise vor sich hin. Wagner verkrallte sich verbissen in der Reling, um nicht bei diesem Seegang über Bord zu gehen. Die beiden athletischen Helfer hatten mittlerweile Tanja Buhl in die kleine Kabine gebracht, von wo aus sie den drei deprimierten Schiffbrüchigen zuwinkte. Dann wurde der Vorhang von einem der Männer zugezogen, was sie mit einem lasziven Lächeln geschehen ließ. Das Weib hatte es faustdick hinter den Ohren! In diesem rabenschwarzen Moment der totalen Niederlage traf Dr. Burger wie ein Lichtstrahl die Erleuchtung: Nun wusste er endlich, wem er ab sofort bis zu den Sommerferien die Überstunden für seine Kollegin im Mutterschutz aufbürden würde.

Morgendliches Training

Es lächelt der See, er ladet zum Bade.

Friedrich Schiller, *Wilhelm Tell*

Zwei Sonntage später hatte Wagner den erlittenen Schiffbruch so weit verarbeitet, dass er sich wieder auf das Wasser wagen konnte. Heute in der Frühe würde er nämlich sein neues Trainingsgerät ausprobieren, das ihm ein israelischer Bergsteiger empfohlen hatte. Er hatte diesen Achttausenderbezwinger in der quirligen Altstadt von Rawalpindi getroffen, unmittelbar nach seiner Rückkehr vom Batura II. Auf die Frage, wie er sich in seiner nicht gerade mit hohen Bergen gesegneten Heimat auf den Nanga Parbat vorbereitet habe – die Klagemauer verbiete sich ja aus Gründen der Pietät - , berichtete ihm jener von seinem Trainingsgerät, welches ihm erlaube, über das Wasser zu marschieren und in verblüffender Weise die Bewegungsabläufe einer Achttausenderbesteigung zu simulieren. Die Presse habe ihn damals ausführlich als den ersten gewürdigt, dem es seit Jesus gelungen sei, über den See Genezareth zu wandeln. Wagner hatte sich gleich nach seiner Rückkehr aus Pakistan bei einem Spezialausrüster dieses Trainingsgerät bestellt. Im Grunde genommen handelte es sich dabei um ein Paar überdimensionierte aufblasbare Skier und ein Paar Stöcke mit einem ebenfalls schwimmfähigen Untersatz.

Ein Schwan plusterte sich auf und zischte angriffslustig, als er das flach zum Hafenbecken abfallende Ufer hinab watschelte, um dann zwischen angeketteten Tretbooten hindurch seinen Weg aus dem Hafen hinaus zu finden. Am Ufer hatte er sich aus

Sicherheitsgründen zwei knallrote Schwimmflügel über die Arme gestreift, denn Uli Wagner war ein miserabler Schwimmer. Der Brandweiher im Schwarzwald war zu flach für erfolgreiche Schwimmübungen gewesen und später im Schulsport hatte er es lediglich geschafft, sich mit hektischen Ruderbewegungen vor dem Ertrinken zu bewahren.

Noch war die ansonsten belebte Hafenpromenade menschenleer und bewahrte ihn auf diese Weise vor spöttischen Kommentaren. Er kam sich sehr unbeholfen vor, als er mit ausladenden unsicheren Schritten und wankendem Oberkörper die ersten Schritte über das Wasser tat. Aber schon wenige Meter nach dem flachen Hafenbecken geriet er in die Fahrrinne, der Bodensee verengte sich hier im Konstanzer Trichter und strömte als Seerhein unter der Alten Rheinbrücke hindurch, bevor er dann einige Kilometer flussabwärts sich neuerlich zum Untersee weitete. Wagner gewann rasant an Tempo und ließ Imperia, die vollbusige Hafenstatue, hinter sich. Nach ihr durfte er sich keinesfalls umdrehen, denn der Brückenpfeiler vor ihm erforderte seine volle Konzentration, und nur mit einem beherzten Ausfallschritt konnte er eine Havarie vermeiden. Über ihm ratterte der erste rote Interregio aus dem Schwarzwald hinweg. Wenig später musste er in einer sanften Flussbiegung mit Riesenschritten einem Fischerboot ausweichen; er konnte es gerade noch verhindern, sich im ausgelegten Netz zu verheddern und dort als Beifang zwischen all den Bodenseefelchen zu zappeln. Mit jedem Meter wuchs aber das Vertrauen in seinen schwimmenden Untersatz und schon gelang es ihm, die erste Entenmutter mit Küken im Schlepptau zu überholen.

Nun ließ sich Wagner treiben, glitt hinein in die amphibische Welt, den Schilfgürtel zu seiner Rechten und das Schloss von Gottlieben, das am Schweizer Ufer in seinen Blick geriet, zu seiner Linken. Eigentümlich begann diese Stille von seinem ruhelosen Körper Besitz zu ergreifen. Ahnungen vom Paradies durchfluteten Wagner, und auf einmal war es ihm, als werde ihm, dem ruhelosen Wanderer zwischen Schule und Hochgebirge, ein Zeichen gegeben, innezuhalten und sein Leben neu zu ordnen. Boysen hatte ihm einmal mit dem Gedanken geschmeichelt, Wagners besinnungsloses Anrennen gegen die Bergriesen Hochasiens sei doch vermutlich nichts anderes als eine radikale Suche nach Gott oder zumindest den Wahrheiten, welche man erst erlange, wenn man eine persönliche Grenze überschreite.

In diese befremdlichen Gedanken des Abschieds vom Ringen um die höchsten Gipfel mischte sich jedoch immer lauter eine blechern verzerrte Stimme, die Wagner nichts Bekanntem zuordnen konnte. Diese Stimme schien näher zu kommen und plötzlich dämmerte ihm, dass dies Grundmanns Stimme war – Grundmann, welcher vom Motorboot aus dem Seniorenachter mit dem Megaphon den Takt vorgab und es sicher als großen Spaß ansehen würde, ihm auf seinem wackligen Untersatz einen gehörigen Schrecken einzujagen. Panik stieg in Wagner hoch und fieberhaft suchte er nach Fluchtwegen. Der dichte Schilfgürtel zu seiner Rechten verhieß rascheres Untertauchen als das besser einsehbare Schweizer Ufer auf der linken Seite. Auf die Belange des Naturschutzes konnte er in dieser Notlage keine Rücksicht nehmen. Wie ein aufgeschreckter Watvogel versuchte Wagner mit hektischen Ausfallschritten den Schilfgürtel zu gewinnen, als er schräg vor sich etwas blinken sah.

Das Schicksal schien sich heute mit aller Macht gegen ihn verschworen haben, denn hinter dem Scherenfernrohr verbarg sich zweifelsfrei seine Kollegin Carola Blum, welche offensichtlich ausgerechnet heute ihren Naturschutzdienst auf dem Solarboot ableistete. Er fürchtete, dass diese streitbare Biologin ihn notfalls ertränken würde, bevor er ihren brütenden Wasservögeln zu nahe kam. Besonders Schwäne standen unter ihrem persönlichen Schutz; dabei störte es sie nicht, dass diese ihrer schützenden Fittiche kaum bedurften, mauserten doch allein in dieser Gegend weit mehr als tausend Schwäne ihr Großgefieder, sodass Wagner manchmal vor lauter Federn kaum mehr das Wasser sehen konnte.

Entsetzt stellte er fest, dass er in eine Falle geraten war: Halb links vor ihm das Solarboot, rechts daneben das Schwanendickicht und hinter ihm Grundmanns Ruderboot samt Begleitfahrzeug – Wagner schwante nicht Gutes, drohte er doch zwischen den Fronten zerrieben zu werden, wenn er nicht rasch handelte. Das Solarboot glitt jetzt in voller Fahrt auf ihn zu und auch Grundmann schien ihn als lohnende Hetzbeute ausgemacht zu haben, denn der Achter hatte seine Schlagzahl abermals erhöht und glitt mit atemberaubendem Tempo auf Wagner zu. Auf dem Solarboot glaubte er erkennen zu können, wie sich jemand an einer Bordkanone zu schaffen machte. Seit Jahren kursierte das Gerücht, dass die Umweltschützer diese Kanone mit faulen Äpfeln von Streuobstwiesen munitionierten und mittels Biogas den erforderlichen Schub erzielten. In seiner Not griff Wagner zum letzten Überlebenstrick, den er bei einer Expedition durch Neuguinea von den dortigen Eingeborenen gelernt hatte. Ein Tümpel und ein vorn an der Spitze gekappter Penisköcher genügten, um vor den Feinden abzutauchen und dennoch genügend Luft zum Atmen zu erhalten. Blitzschnell zückte er seinen Dolch, kappte mangels Penisköcher ein Schilfrohr, riss seine Schwimmflügel herunter und warf sie in hohem Bogen davon. Dann entledigte er sich durch einen kühnen Sprung ins Wasser seines Sportgeräts, um zu seiner Rechten seitwärts im Schilf abzutauchen, durch das abgeschnittene Schilfrohr atmend. Nun konnte er nur noch hoffen, dass das verräterische Sportgerät weit von ihm wegtrieb und sein Absprung unbemerkt geblieben war.

SCHILF. Wagner musste unwillkürlich daran denken, dass dies das Kürzel für schulinterne Lehrerfortbildung war. Das bedeutete neben Konferenzen für ihn die schlimmste Form der Freiheitsberaubung. Die SCHILF fand nämlich im eigenen Schulhaus statt. Bei einer normalen Fortbildung war man wenigstens fort. Die Bildung geriet dadurch mehr zum Nebeneffekt. Dies lag auch daran, dass die eigentlichen Fortbildungsinhalte bisweilen durch ausführliche Kennenlernspiele zum Beginn, der Kaffee- und der Mittagspause, dem komplizierten Ausfüllen der Reisekostenanträge und der abschließenden Evaluation zeitlich überschaubar gehalten wurden. Bei der Evaluation mussten die Teilnehmer ihre Kritik an den Leitern der Fortbildung auf bunten Kärtchen formulieren. Diese wurden dann an eine Tafel gepappt, wo keiner den Inhalt lesen konnte. Die Hauptsache an solchen Fortbildungsveranstaltungen war für Wagner ohnehin, dass der Unterricht ausfiel und darüber hinaus noch die Aussicht bestand, dass er eine neue Kollegin kennenlernte.

Bange Minuten im Schilf verstrichen, ohne dass sich etwas regte. Wagner spürte unter sich weichen Schlamm und nur allmählich klarte das Wasser um ihn herum auf. Ein Schwarm Stichlinge schwamm dicht über ihn hinweg, wobei der Tiefschwimmer im Schwarm den direkten Weg durch seine Zehenlücke nahm. Rhythmischer Wellenschlag deutete kurz später darauf hin, dass Grundmanns Achter an ihm in der Fahrrinne vorbeiglitt.

Als er nach wenigen Minuten, die ihm wie eine halbe Ewigkeit vorkamen, auftauchte, konnte er einige hundert Meter flussabwärts erkennen, dass Grundmann wie Rumpelstilzchen tobte und sich vor Wut in einen von Wagners an der Oberfläche treibenden Schwimmflügeln verbiss. Wagner kroch tiefer in den Schilfgürtel hinein, zog sich dabei am Wurzelwerk der Pflanzen ruckweise vorwärts und hoffte so, irgendwann einmal wieder festen Boden unter den Füßen zu gewinnen.

Da zerfetzte ein dumpfer Knall die Stille und kurz darauf spritzte unmittelbar neben ihm das Wasser auf. Die Luft erfüllte sich mit säuerlichem Mostgeruch, den er noch aus seiner Kindheit kannte, als er auf dem großelterlichen Bauernhof an der Presse mithelfen musste, die Apfelernte zu Saft weiterzuverarbeiten. Offenbar hatte Carola Blum ihren Richtkanonier angewiesen, den flüchtenden Wagner unter Beschuss zu nehmen. Von panischer Furcht getrieben robbte der Flüchtende weiter, dies in der verzweifelten Hoffnung, dass das Solarboot nicht in das Naturschutzgebiet einfahren würde, er also mit jedem Meter, den er gewann, sich aus der Gefahrenzone bewegte. Und tatsächlich schlug die zweite Ladung deutlich hinter ihm ein: Offenbar war die Reichweite dieser Biowaffe doch sehr begrenzt oder die Gärung noch nicht weit genug fortgeschritten. Der letzte Schuss diente wohl nur noch symbolischen Zwecken, denn Wagner befand sich schon in unmittelbarer Nähe zum festen Ufer und rannte nun aufrecht darauf zu. Bald endete das Schilf und ging in einen mit Gras bewachsenen Feldweg über.

Am Ende des Weges an der Einmündung zur Straße parkte ein Kleinwagen und, als er vorbeitrabte, schreckte ein Pärchen hoch und versuchte hektisch alle möglichen Blößen zu verdecken. Schmunzelnd registrierte Wagner, wie er schon im Begriff war, an die Scheibe zu klopfen, um das Pärchen aufzuklären, dass dies ein Vogel- und kein Vögelschutzgebiet sei. Zum ersten Mal seit langem gelang es ihm jedoch, den Oberlehrer in sich zu unterdrücken und diese Zurechtweisung zu unterlassen. Er registrierte dies mit Genugtuung und verfiel in leichten Trab, brachte wenige Meter später blickdichtes Buschwerk zwischen sich und die beiden Sexualartisten – in einem Smart drohte erotischen Normalverbrauchern ja wohl ein Bandscheibenvorfall –, um am Rand der Ausfallstraße kurz anzuhalten. Dort auf dem Radweg reinigte er sich grob von den Spuren des Sumpfes und begann, lediglich mit Badehose bekleidet, die drei Kilometer zurück zu seiner Behausung zu laufen. Mit jedem Schritt, den er barfuß auf den Asphalt knallte, schwor er sich zu seinen herkömmlichen Trainingsmethoden auf dem Festland zurückzukehren, auch wenn er damit um manches Abenteuer gebracht würde.

Der Lehrer*innenausflug

Wie schallt's von der Höh'?
Hollaröhdulliöh!

Wofgang Ambros, *Der Watzmann ruft*

Der Morgen begann wie der Abend geendet hatte: mit brütender Hitze. Die Berge blieben hinter einer Dunstschicht verborgen und Wagners Hemd klebte am Körper. Für den späten Nachmittag hatte der Wetterbericht einzelne lokale Gewitter in den Bergen vorausgesagt.

Wagner hatte sich am Bahnsteig aufgebaut und kontrollierte die Ausrüstung seiner nach und nach eintrudelnden Kollegen. Jeder musste das Päckchen mit der goldbedampften Rettungsfolie vorzeigen, um passieren zu dürfen. Wagner hatte ihnen eingeschärft, dass im Fall eines Wettersturzes diese Folie Leben retten könne. Carola Blum, ganz in Khaki gewandet, begrüßte ihn geradezu leidenschaftlich mit je einem Küsschen links und rechts an der Wange vorbeigepustet. Hatte sie ihn kürzlich, als sie ihn unter Beschuss genommen hatte, etwa doch nicht erkannt?

Seine Helfer hatten in den letzten Wochen nahezu Unmenschliches geleistet, um ihr alle Vorbehalte zu rauben: Aus dem Treibhausschädling Reisebus für die Anreise war die Appenzeller Schmalspurbahn geworden, um den Klimawandel noch etwas hinauszuzögern, und Barmers Mannschaft zur Rettung der Querstreifenlurche hatte vor Ort ganze Arbeit verrichtet.

Seit selbst Dr. Burger eine Querstreifenlurchen-Patenschaft übernommen hatte, war die Vermehrungsrate in dem Ausweichtümpel beispiellos hoch. Stolz hatten die Schweizer Naturschutzbehörden vor wenigen Tagen vermeldet, dass man sogar daran denke, dieser gefährdeten Tierart neue Lebensräume zurückzuerobern. Herwig erschien mit Hosenklammer und wild entschlossen, seinen Radlerhelm erst wieder am Abend nach überstandener Gefahr vom Kopf zu nehmen. Er trug ausnehmend klobige steigeisenfeste Bergschuhe und dokumentierte dadurch allen, was er von Wagners Beteuerungen hielt, bei dem Kollegenausflug handle es sich um eine harmlose Bergwanderung.

Tanja Buhl, mit aufreizend kurzer Hose und fahrlässig aufgeknöpfter Bluse, schien sich dagegen eher für ein Bad im See als auf eine ausgewachsene Bergtour eingerichtet zu haben. In einer Einkaufshängetasche von Gucci hatte sie das bisschen Etwas verstaut, das ihr erforderlich schien, um diese Wanderung zu meistern. Uli Wagner stellte sich vor, dass er gezwungen sein würde, ihre sämtlichen Blößen einzucremen, um sie vor der im Hochgebirge besonders aggressiven UV-Strahlung zu schützen. Eine große Vorratsflasche Sonnenmilch eingepackt zu haben, würde sich dann als großer Glücksgriff erweisen, wenn es galt, ihre bedrohten Hautpartien vor dem Sonnenbrand zu retten – und wenn dann noch seine helfenden Hände zur unter spärlichen Textilien verborgenen Terra incognita vordrangen … Wagner musste sich zwanghaft das Kleingedruckte im Landesbesoldungsrecht vergegenwärtigen, um die aufkeimenden Wallungen seines Körpers vorläufig zu ersticken. Der Blick auf Tanja Buhls rosafarbene Turnschuhe ernüchterte ihn vollständig und schwor ihn ein auf die alpinen Gefahren, welchen sie ohne seinen tätigen Schutz hilflos ausgeliefert sein würde.

Schon wieder drängten sich ihm Bilder von überbordender Sinnlichkeit auf, wie heftiger Gewitterregen ihre Bluse durchtränkte und Wagner sich selbstlos anbot, ihr das nasse Kleidungsstück vom Leibe zu reißen, um einer Unterkühlung vorzubeugen – einen frischen Pullover hatte er eigens zu diesem Zweck eingepackt. Wagner musste sich erneut dazu zwingen, seine Gedanken auf einen erotikfreien Gegenstand zu fokussieren.

Dieses Mal rettete ihn Petra Gehring-Schüsselhard, die gerade ihr lilafarbenes Damenrad zwischen die anderen Räder am Stellplatz zwängte und zu der Gruppe hinzutrat.

„Es ist höchste Zeit, dass man hier endlich Frauenfahrradparkplätze einrichtet und alle Herrenräder mit ihrer protzigen Querstange in den hinteren Bereich verbannt."

Dies lieferte Kammerer den willkommenen Anlass, sich lautstark auf die Bahnhofstoilette zu verabschieden, auf der er nicht im Traum daran denke, im Sitzen zu pinkeln. Er verübelte es der Frauenbeauftragten anscheinend immer noch, dass diese erfolglos eine Kampagne losgetreten hatte mit dem Ziel sämtliche Pinkelbecken aus den Herrenklos der Schule zu entfernen, um auf diese Weise ihre männlichen Kollegen in die Hocke zu zwingen.

„Hier kommt es darauf an, die jahrtausendelange Männerherrschaft auf symbolische Weise zu brechen!", hatte sie damals ihr Anliegen kämpferisch begründet.

Kammerer hatte ihr entgegengehalten, dass der Mann genetisch darauf programmiert sei, die Frau zu beschützen und dazu gehöre es, auch beim kleinen Geschäft aufrecht stehend den möglichen Feind im Auge zu behalten. Aus demselben Grunde halte sich Tanja Buhl vorzugsweise in Schuhgeschäften auf – hier schlage die steinzeitliche Sammlerin durch –, während Männer wie er sich als Jäger auf der linken Autobahnüberholspur heimisch fühlten. Kammerer sorgte durch gezielte Provokationen in regelmäßigen Abständen dafür, dass er für die Feministinnen in seinem Kollegium die unbestrittene Hassfigur Nummer eins blieb. Selbst der ewiggestrige Macho Uli Wagner landete da weit abgeschlagen auf dem zweiten Platz.

Cosima Baierlein bildete den textilen Widerpart zu Tanja Buhl. Sie schien sich durch eine dick wattierte Jacke und einen Stapel Reservewäsche im Rucksack gegen arktische Kälte wappnen zu wollen. Ansonsten machte sie einen völlig entspannten Eindruck, wozu sicherlich Wagners Bemerkung beigetragen hatte, der Alpstein gelte schon seit Jahrmillionen als überwiegend schülerfreie Zone.

Dr. Burger erntete das größte Hallo, als er mit Kniebundhose und rot-weiß kariertem Hemd den siebziger Jahren modisch seine Referenz erwies. Sein Rucksack mit dem Emblem der Studiosus-Reisen kündete von der Weltläufigkeit seines Trägers und Wagner erinnerte sich, wie Dr. Burger ihm einmal vom kulturellen Erweckungserlebnis zwischen Maya-Ruinen erzählt hatte. Seitdem arbeitete er mit Bienenfleiß an einem kulturhistorischen Science-Fiction-Roman, dessen Handlung im Grunde genommen der Frage nachging, was passiert wäre, wenn die Maya einst Europa entdeckt und die Alte Welt mit ihrer Hochkultur bereichert hätten. An Dr. Burgers Seite schritt die Schulsekretärin Nicole Krämer einher, welche tapfer entschlossen schien, an diesem Tag ihrem Chef nicht von der Seite zu weichen und notfalls dessen Leben mit ihren beiden Teleskopstöcken bis zum letzten Schweißtropfen zu verteidigen.

Robert Grundmann erschien in angemessener Bergbekleidung und einem trapezförmig ausgebeulten Tagesrucksack, von dem Wagner sofort ahnte, dass dieser ein Megafon enthielt, um die angestrebte Ruderregatta auf dem Bergsee dirigieren zu können.

Der eben eingetroffene Hauke Boysen wirkte wie immer bleich und übernächtigt. „Ich komme hier lediglich meiner Dienstpflicht nach", belehrte Boysen die Umstehenden ungehalten und schob nach, dass er am heutigen Tag viel lieber seine Oberstufe in die letzten Geheimnisse der romantischen Naturlyrik eingeweiht hätte:

O Täler weit, o Höhen,
O schöner, grüner Wald
Du meiner Lust und Wehen
Andächt'ger Aufenthalt!
Da draußen, stets betrogen,
Saust die geschäft'ge Welt.

Die letzten beiden Verse deklamierte Boysen mit theatralisch ausladenden Gesten zum verkehrsumtosten Bahnhofsvorplatz hin, wo gerade Roland Raabe aus dem Bus stieg. Er erntete die ungeteilte Neugier aller Anwesenden, weil er auf seinem breitkrempigen Hut zwei Helmkameras montiert hatte, angeblich um den Ausflug gleich aus zwei Perspektiven zu dokumentieren. Wagner mutmaßte, dass Raabe wohl eher verhindern wollte, an einer besonders exponierten Stelle von einem seiner zahlreichen Widersacher in den Abgrund gestoßen zu werden. Frauke Hamkens äußerte den Verdacht, Raabe werde hinterher die peinlichsten Filmsequenzen ins Internet stellen, um einige seiner Kollegen der weltweiten Lächerlichkeit preiszugeben.

Mittlerweile war auf dem Bahnsteig der Lehrkörper vollzählig versammelt. Sogar Knut Finke, welcher sonst prinzipiell zu spät kam, um den deutschen Ordnungssinn zu konterkarieren, hatte sich eingefunden. Sein ausgebleichtes Che-Guevara-T-Shirt forderte in blassen Lettern zur Weltrevolution auf.

„Bis zum Ausbruch der Weltrevolution werden wir sicher wieder rechtzeitig daheim sein!", ergriff Wagner die Gelegenheit beim Schopf, mit einer Pointe den allgemeinen Heiterkeitspegel schon mal hochzufahren.

Die nächsten zwei Stunden vergingen bei angeregtem Geplauder, Lachschwaden zogen allenthalben durch die Abteile und beträchtliche Mengen an Lebensmitteln wurden jetzt schon verschlungen. Eine gesteigerte Unruhe erfasste die Reisenden erst hinter Appenzell, als man die Köpfe immer steiler nach oben recken musste, um die Bastionen aus Kalk ihrer beängstigenden Höhe nach zu erfassen.

„Da hinauf müssen wir steigen!", rief Wagner und erntete einen wohligen Schauder aus den Reihen der Sitzbergsteiger um ihn herum.

„Wer will, kann natürlich auch die Seilbahn benutzen", fügte Wagner schmunzelnd hinzu und löste prompt die beabsichtigte Lachsalve aus. Nur Grundmanns Miene verfinsterte sich, schien dieser doch wild entschlossen, hier ein sportliches Zeichen zu setzen und die Seilbahn zu schlagen.

Doch zwei junge Kolleginnen, welche sich im Zug mit ihm angeregt unterhalten hatten, nahmen ihn lachend in ihre Mitte und strebten der Talstation entgegen. Ohnehin schien keiner Lust zu verspüren, bei der zu erwartenden mörderischen Hitze schon vor der eigentlichen Wanderung seine Kräfte zu vergeuden, und so kam man überein, die Lehrerschaft in zwei Gruppen einzuteilen, wobei den Langsameren die erste Gondel zugebilligt wurde, während die Stürmer und Dränger mit der zweiten Gondel nachfolgten und den Rückstand anschließend durch flottes Marschtempo wettmachen sollten, so dass alle gemeinsam im Berggasthof eintreffen würden.

Wagner übergab Kuno Keller, einem passionierten Fernwanderer, den sie wegen seiner markanten Mähne auch den Silberfuchs nannten, die Führung des Voraustrupps, während er selbst die Verfolgergruppe anzuführen gedachte. Hinter der sich schließenden Gondeltür entdeckte Wagner zu seinem Leidwesen Grundmann. Das roch förmlich nach Kriegserklärung und Wagner wusste, dass er die erste Gruppe vor dem Berggasthof einholen musste, um Grundmanns Triumph zu vereiteln: Gleichzeitig wusste er aber auch, dass Grundmann seine Leute mit der maximalen Herzfrequenz antreiben und sich davon auch von einem Keller nicht abbringen lassen würde, um Wagner hier schon zu demütigen. Die erste Gondel schwang aus der Talstation und entschwand steil nach oben. Wagner glaubte an einem Fenster Grundmanns aschfahles Gesicht entdeckt zu haben, doch er kam nicht mehr dazu, seine Wahrnehmung zu überprüfen: Er hatte die Witterung von Tanja Buhls süßlichem Parfüm aufgenommen und in seinem Schädel pulste dumpf das Blut. Vor einigen tausend Jahren hätte er dieses Vollweib einfach geschultert und in eine Höhle getragen, von der es in der Umgebung mehrere gab. Heutzutage waren langwierige Werbungsrituale erforderlich, welche allesamt mit hoher Wahrscheinlichkeit zum Scheitern verurteilt waren. Vielleicht sollte Wagner doch konsequent auf die Kulturkarte setzen und mit sorgfältig ausgewählten Einladungen ins Theater und Konzert Tanja Buhls Widerstandskräfte allmählich lähmen.

Er nahm sich aber dennoch vor, die Höhlenvariante sorgfältig zu prüfen. Vielleicht hatte Kammerer doch Recht, der ihm bei Tanja Buhl keinerlei Erfolgsaussichten einräumte:

„Die steht nicht auf solche Geringverdiener wie uns. Da bist du schon in der ersten Monatshälfte pleite, nur um ihre Schuheinkäufe zu finanzieren."

Wagner ließ diese Einschätzung an sich abprallen und begnügte sich vorläufig damit, die zweite Gruppe in die gerade eingetroffene Gondel zu lotsen.

Frauke Hamkens und Carmen Müller-Mayer, die beiden siamesischen Zwillinge der Fachschaft Sport, stürmten an den anderen vorbei in die Gondel. Das Schlusslicht bildete die schüchterne Cosima Baierlein. Gleich nachdem sich die Gondel schaukelnd aus der Talstation erhoben hatte, wurden die Passagiere allesamt von einer zwanghaften Lustigkeit ergriffen und selbst die schalsten Witzchen erzeugten frenetisches Gelächter. Die Landschaft unter ihnen schrumpfte zu einer lieblichen Schweizer Postkartenidylle zusammen, die Kühe auf Modelleisenbahnformat, und als die Gondel über den ersten Stützpfeiler hinweg rumpelte, ertönte erwartungsgemäß ein kollektiver gedämpfter Aufschrei – wohl dosiertes Abenteuer, wie man es zu diesem Preis auch verlangen durfte. Wagner spähte nach oben, wo er wider Erwarten die erste Gruppe in nicht allzu weiter Entfernung gemächlich wandern sah.

Als sie kurz darauf ausstiegen, blickte Wagner zum Himmel und was er dort sah, gefiel ihm überhaupt nicht. Rings um sie herum hatten sich, früher als erwartet, dicke Cumuluswolken aufgebaut und die Frage schien nicht mehr zu sein, ob sie in ein Gewitter kämen, sondern vielmehr, wo dieses Gewitter sie treffen würde. Den anderen teilte er noch nichts von seinen dunklen Ahnungen mit, wollte er doch die Stimmung nicht trüben, welche nach wie vor ausgezeichnet war.

Gleich nach der Ankunft setzte sich die Gruppe in Bewegung und Wagner stellte befriedigt fest, dass sie die Voraustruppe tatsächlich noch weit vor dem Gasthof einholen würden. Offenbar verzichtete Grundmann doch darauf, schon hier einen Wettkampf zu veranstalten und baute ausschließlich auf die Bergseeregatta. Dass es nun darauf hinauslief, war sich Wagner ganz sicher.

Zur Ouvertüre zerfetzte ein Donnerschlag die Stille und gleichzeitig prasselten die ersten schweren Tropfen auf die Ausflügler. Binnen kürzester Frist steigerte sich das Ganze zum Sturzregen und alle versuchten gleichzeitig, aus dem Rucksack die Regenjacken herauszureißen. Einige hatten auch schon die Rettungsfolien über dem Kopf ausgebreitet, als die ersten heftigen Böen sie vom Grat wegzuwischen drohten. Das hier war kein gewöhnliches Gewitter mehr, sondern Krieg und verlangte nach einem entschlossenen Feldherrn. Rings herum zuckten Blitze, auf die in immer kürzeren Abständen Donnerschläge folgten. Wagner wusste, dass er schnellstmöglich seine Truppe aus dem Inferno führen musste, um vom Grat zu flüchten, denn es war nur eine Frage der Zeit, bis der erste Blitz jemanden von ihnen treffen würde. Er erinnerte sich, bei der Erkundungstour an einer Almhütte vorbeigekommen zu sein. Das Gebäude musste vor ihnen liegen, kurz bevor sich der Weg zum Gasthof Schäfler in Serpentinen nach oben wand. Die Sicht hatte sich mittlerweile dramatisch verschlechtert. Es goss wie aus Kübeln und der Bergweg verwandelte sich in einen braunen Sturzbach. In den Gewitterregen mischten sich schon die ersten Flocken, als endlich vor ihnen schemenhaft das Almgebäude auftauchte.

Dort wartete schon bibbernd in einem dichten Pulk zusammengedrängt die erste Gruppe. Die Tür war mit einem Vorhängeschloss verriegelt, aber es war jetzt nicht die Zeit, um fremde Eigentumsrechte sorgfältig abzuwägen, denn die ersten zitterten vor Kälte. Daher hebelte Wagner mit einer hinter einem Schuppen liegenden Eisenstange die Tür auf und alle quetschten sich ins Innere des Gebäudes.

Das entspannte umgehend die dramatische Lage. Außerdem konnte Wagner die Gemüter beruhigen, indem er versicherte, dass sich das Gewitter bald verziehen werde. Heike Mattern tippte hysterisch auf ihr Handy ein, obwohl längst klar war, dass man sich offensichtlich in einem Funkloch befand. Dass ein Helikopter bei diesem Wetter ohnehin nicht fliegen würde, fachte ihre Hysterie noch zusätzlich an.
„Ich habe meiner Kinderfrau versprochen, um 19 Uhr wieder vom Ausflug zurück zu sein!", kreischte sie Wagner an.
Vermutlich lastete sie ihm das Unwetter als persönliche Bosheit an. Ihr anklagender und gleichzeitig verzweifelter Ton ließ jedenfalls befürchten, dass ihr Maximilian nach 19 Uhr mutterseelenallein und schutzlos allen Gefahren des Lebens ausgesetzt in der dann verwaisten Wohnung qualvoll verenden würde.
In dieser Notlage erwies sich als Glücksfall, dass man sich an dieser Schule für solche schicksalhaften Momente gewappnet hatte. Barbara von Waltershausen, die als evangelische Pfarrerin ebenso wie ihr katholischer Widerpart Markus Friedlein schon von Berufs wegen zur Nächstenliebe verpflichtet war, hatte schon vor Jahren durchgesetzt, dass ihre Schule einen *Trostkoffer* anschaffte, welcher selbstverständlich auch bei einem Lehrerausflug mitgeführt wurde. Dieser *Trostkoffer* enthielt eine Flasche *Gute Schwester*, eine Spirituose aus Wagners Schwarzwälder

Heimat, des Weiteren einen beträchtlichen Vorrat an Papiertaschentüchern und eine Taschenbuchausgabe des Baden-Württembergischen Schulgesetzes. Durch Zufall hatte man nämlich festgestellt, dass dessen Lektüre bei jedem Probanden binnen kürzester Frist eine stark sedierende Wirkung entfaltete. Draußen tobte das Gewitter unvermindert weiter, der Sturm rüttelte an den Läden und immer wieder erzeugte ein ohrenbetäubender Donnerschlag drinnen in der Hütte den einen oder anderen Angstschrei.

Zum Glück war die Hütte mit einem Ofen ausgestattet und Wagner ließ sofort Holz, welches in einem angegliederten Schuppen lagerte, heranschaffen. Und da es die Suchtpräventionsbeauftragte Gabriele Reemtsma immer noch nicht ganz geschafft hatte, die letzten Brandherde im Kollegium zu löschen, konnte Knut Finke, der demonstrativ seine blaue Schachtel *Gitanes* aus dem Rucksack zog, auch ein Feuerzeug zu Tage fördern. Wagner musste unwillkürlich daran denken, wie er damals vor vielen Jahren als junger Assessor an die Schule kam und sich im Lehrerzimmer durch dichte Rauchschwaden hindurch zu seinem Platz vortasten musste. Erst einige Jahre später wurde ein allgemeines Rauchverbot im Lehrerzimmer erlassen und die Raucher in einen kleinen Raum im hintersten Winkel des Schulhauses verbannt.

Nach kurzer Qualmentwicklung begannen die Scheite im Ofen zu prasseln. Bald darauf entströmte ihm eine wohlige Wärme, zu welcher die dampfenden Lehrerkörper ein Übriges beisteuerten. Nach und nach wich die Panik aus den Mienen und stattdessen schien man es zu genießen, dass sich in das nach allen Seiten abgesicherte Dasein eines Lebenszeitbeamten so etwas wie wohl dosiertes Abenteuer eingenistet hatte. Die nasse Kleidung musste getrocknet, die dadurch entstandenen Blößen durch gegenseitiges Austauschen der Reservewäsche bedeckt und die drohende Unterkühlung durch körperliche Annäherung unterbunden werden. Wagner begriff sofort, dass ihm der Himmel nur dieses eine Mal solch ein Zeichen senden würde. Hier musste rasch gehandelt werden, zumal Grundmann im Begriff war, sein breites Ruderkreuz bloßzulegen. So kam es, dass Grundmann und er gleichzeitig bei Tanja Buhl eintrafen, um diese selbstlos zu wärmen. Doch die hatte die Gefahr wohl rechtzeitig gewittert und konnte sich gerade noch im letzten Moment mit einem beherzten Satz in die Arme des völlig verdutzten Alexander Zeisig retten. Der hatte vor einigen Monaten Schulgeschichte geschrieben, weil er sich als erster Lehrer dieser Anstalt öffentlich zu seinem Schwulsein bekannt hatte. Von ihm ging also keine Gefahr aus, während es bei Wagner und Grundmann offensichtlich war, dass bei beiden der Testosteron-Pegel längst die kritische Hochwassermarke überschritten hatte.

Mit einem dumpfen Knall krachten die zwei Alphatiere aufeinander. Sofort bildete sich ein enger Kreis um die beiden Kollegen, von denen jeder wusste, dass sie sich bis aufs Blut hassten. In der gesamten Almhütte herrschte auf einen Schlag erwartungsfrohe Stille. Seit mehr als fünf Jahren hatte es an der Schule keine handfeste Auseinandersetzung mehr gegeben. Selbst der rauflustigste Fünftklässler pflegte seine Prügelei auf den Nachhauseweg zu vertagen, weil er die unweigerlich drohenden Selbstbezichtigungsrituale im Sitzkreis hinterher scheute. Hier hatte das Streitschlichter-Komitee unter der Ägide von Petra Gehring-Schüsselhard ganze Arbeit geleistet.

Wagner unterdrückte angesichts der ihn umgebenden sensationslüsternen Meute seine Mordgier und beschränkte sich darauf, nach dem Zusammenprall mit seinem Feind angewidert über seine Fleecejacke zu streichen, so als müsse er sie von stinkenden Fäkalien befreien. Auch Grundmann ließ von seinem Widersacher ab und gab durch seine Gestik zu verstehen, dass er sich nur mit ebenbürtigen Gegnern ernsthaft auseinandersetzte. Schon nach kurzer Zeit wandte sich das allgemeine Interesse wieder von den beiden ab und alle lärmten durcheinander wie zuvor.

Um Rainer Barmer herum hatte sich inzwischen eine kichernde Gruppe gebildet. Hier brauchte er endlich seinen Flachmann nicht in der Chemiesammlung zu verbergen, sondern konnte ihn unter dem allgemeinen Beifall offen in der Runde kreisen lassen. *Es ist ein Brauch von Alters her*: *Wer Sorgen hat, hat auch Likör. Doch wer zufrieden und vergnügt, sieht zu, dass er auch welchen kriegt.*
Barmer war ein großer Meister im Rezitieren von Wilhelm-Busch-Versen. Es war erstaunlich, welche Mengen an hochprozentigem Alkohol er in seinem Rucksack verstaut hatte. Immer, wenn eine Flasche zum allgemeinen Bedauern zur Neige ging, griff er mit theatralischer Geste in seinen Rucksack und zog eine neue Flasche hervor. Stunden später war der Lärmpegel in der Almhütte so stark angestiegen, wie er sich unten im Tal wohl nur durch mehrere simultan verlaufende Gesamtlehrerkonferenzen bei einem strittigen Tagesordnungspunkt erzeugen ließe.
Barmer schien nicht der Einzige zu sein, der sich reichlich mit Spirituosen eingedeckt hatte, denn auch in anderen Ecken wurden munter Flachmänner reihum gereicht. Allmählich begann der hochprozentige Alkohol in dem einen oder anderen Lehrkörper schon eine fatale Wirkung zu entfalten. Auch bei Heike

Mattern war offensichtlich die reichlich eingeflößte *Gute Schwester* aus dem Trostkoffer mittlerweile in der Blutbahn angelangt und hatte zu deutlich entkrampfteren Gesichtszügen geführt. Hin und wieder wich die allgemeine Heiterkeit wohligem Erschrecken, wenn draußen wieder ein vereinzelter Donnerschlag grollte. Aber schon kurz darauf brandete in allen Winkeln des engen dunklen Raumes wieder schrilles Lachen auf und lediglich in einer kleinen Gruppe von Kolleginnen, welche sich in einer besonders düsteren Ecke zusammengekauert hatten, war immer wieder, wenn der allgemeine Lärm etwas abebbte, heftiges Schluchzen zu vernehmen. Wagner konnte erkennen, dass diese Klagelaute von Cosima Baierlein ausgingen, welche tränenüberströmt am Boden saß. Offenbar, so konnte Wagner den von heftigem Schluchzen unterbrochenen Satzfetzen entnehmen, verfolgten die erlittenen Demütigungen durch die Schüler seine Kollegin bis hier hoch ins Gebirge. Die von allen Seiten einsetzenden Streicheleinheiten wurden durch einen Ruf von draußen unterbrochen: „Kommt alle raus! Das Gewitter hat sich verzogen!"

Tatsächlich bot sich den Hinausströmenden draußen ein gewaltiges Naturschauspiel. Über die gezackte Felssilhouette des Alpsteingebirges wölbte sich ein Regenbogen. Unten in der Bogenmitte hatte sich Friedlein geistesgegenwärtig mit ausgebreiteten Armen vor dem Abgrund aufgebaut. Man konnte unschwer erahnen, dass es selbst in eingefleischten Atheisten wie Roland Raabe zu arbeiten begann. Wenn das hier nicht der lebende Gottesbeweis war! Jedenfalls war der sonst so abgebrüht erscheinende Kollege derart überwältigt, dass er sogar vergaß, eine seiner Helmkameras einzuschalten. Wagner legte ergriffen seine Hand aufs Herz und spürte irritiert in seiner Brusttasche einen harten Gegenstand, der sich als sein roter Korrekturstift entpuppte. Nur mit knapper Not konnte er seinen Drang unterdrücken, zu Friedlein hinzugehen und diesen zu bitten, ihm den Stift zu segnen.

Allein wie herrlich, diesem Sturm ersprießend,
Wölbt sich des bunten Bogens Wechseldauer,
Bald rein gezeichnet, bald in Luft zerfließend,
Umher verbreitend duftig kühle Schauer.
Der spiegelt ab das menschliche Bestreben.
Ihm sinne nach, und du begreifst genauer:
Am farbigen Abglanz haben wir das Leben.

Hauke Boysen war es, der sozusagen aus dem Off heraus der Szenerie die dramatische Tiefe bescherte, indem er diese Goethe'schen Verse feierlich deklamierte.

Durch einen dumpfen Laut hinter sich wurde Wagner aus seiner weihevollen Stimmung aufgeschreckt. Kai Kaltenbach war offenbar der Länge nach auf die Almwiese geknallt und wälzte sich nun mit blödem Gesichtsausdruck und lallender Stimme glückselig auf dem Boden. Bevor er dazu kam, sich um seinen offensichtlich volltrunkenen Kunstkollegen zu kümmern, wurde er beinahe von Florian Wessenberg niedergerissen. Der hatte seine Schulter ergriffen, schwankte wie ein Bambusrohr im Wind und faselte ebenfalls Unverständliches.

Christiane von Schwanau torkelte haarscharf dem Abgrund entlang und rezitierte unzusammenhängende Verse, welche offenbar ihrem neuesten Lyrik-Band entstammten:

Kultus-Ei bricht leicht entzwei.
Ausharren an der Tafel,
gefoltert vom Schülergeschwafel.
Über gebohnerten Böden
lärmen grässliche Kinderflöten.

Unterbrochen wurden diese lyrischen Ergüsse durch hysterisches Lachen. Dies alles zeigte Wagner, dass er rasch handeln musste. Keinesfalls durften sie den Weg hinab ins Tal über den schmalen, glitschigen Bergpfad antreten. Dazu waren die meisten offensichtlich nicht mehr in der Lage. Die letzte Gondel nach unten fuhr in einer Stunde. Mit dieser stark alkoholisierten Truppe könnte er den Fußmarsch zurück zur Bergstation gerade noch schaffen, wenn er verhinderte, dass sich die Betrunkensten unterwegs zum Schlafen niederlegten, im Suff kollabierten oder sich trotzig im Arvengestrüpp am Wegesrand verkrallten. Tanja Buhl klebte wie eine Klette an Alexander Zeisig. Der füllte seine Rolle als deren Beschützer mit sichtlichem Wohlgefallen. Als Wagner sah, mit welcher Inbrunst Zeisig Tanja Buhls Klammergriffe erwiderte, kamen ihm ernste Zweifel, ob es sich hier wirklich um einen lupenreinen Homosexuellen landete. Vielleicht war er ja nur ein Teilzeitschwuler, so wie es ja auch in seinem Lehrerzimmer von Teilzeitbeschäftigten nur so wimmelte. Oder ob sein Musikkollege einfach ein Ohr für Zwischentöne hatte, die ihm verborgen blieben und die ihn, Uli Wagner, aus der Welt der Frauen ausschlossen? Wenn es um diese Frau ging, wurde sich Wagner jedenfalls immer mehr selbst zum Rätsel. Vielleicht wäre er doch besser beraten, künftig Beruf und Privatleben sauber zu trennen und sich das Objekt seiner Begierde außerhalb der Schulhausmauern zu suchen.

Er kam jedoch nicht dazu, diesen Gedanken weiter zu verfolgen, denn am Eingang zur Alm bekundete Barmer lautstark die Absicht, sich einen Melkschemel umzubinden, um beim beschwerlichen Rückweg jederzeit eine Sitzpause einlegen zu können. Abgesehen davon, dass der Melkschemel nicht ihm gehörte, war das Hauptproblem, dass sein dickbäuchiger Kollege jedes Mal beim Versuch, sich den Schemel umzubinden, nach hinten wegsackte und in der von Kuhfladen übersäten Wiese landete. „Rainer, du schaust scheiße aus!", beschied ihm Kammerer nach einem weiteren Volltreffer und erntete damit überbordendes Gelächter.

Als Wagner aus einer verzweifelten Übersprunghandlung heraus in seinem Rucksack herumkramte, entdeckte er ganz unten zwei 50 Meter lange dünne Reepschnüre. Er hatte keine Ahnung, warum er die eingepackt hatte, aber jetzt waren sie Gold wert. Was nun folgte, hatte er kürzlich bei einem Kindergartenausflug auf dem Wochenmarkt gesehen. Lautstark forderte er alle dazu auf, ihr Gepäck zu schultern und sich in einer langen Reihe dicht hintereinander auszustellen. Bei der Reihenfolge achtete er darauf, dass zwischen den sichtlich Betrunken immer jeweils halbwegs Nüchterne standen, welche die Person vor sich notfalls stabilisieren konnten. Gabriele Reemtsma war sichtlich geschmeichelt, dass Wagner ihr die Führung übertrug, während er das Schlusslicht bilden wollte.

Auf sein Kommando hin ergriff jeder die links und rechts neben sich gespannte Schnur. Dann setzte sich der fröhlich lärmende Lindwurm schwankend und immer wieder stockend in Bewegung. Manchmal war Wagner in der Folge der Verzweiflung nahe, wenn mal wieder ein Wessenberg oder ein

Barmer auf den Boden klatschten, aber in den meisten Fällen gelang es, die schwankenden Gestalten noch rechtzeitig abzufangen.

Genau eine Minute vor der letzten Talfahrt kam die ausgelassene Meute in Reih und Glied bei der Bergstation an und wenig später war es dem Seilbahnpersonal gelungen, die erste Hälfte des Kollegiums wohlbehalten in der Gondel zu verstauen. Mit einer ordentlichen Sonderzahlung aus der Personalkasse konnte man erreichen, dass außerfahrplanmäßig eine zusätzliche Gondel hochgeschickt wurde, um die Zurückgebliebenen nach unten zu transportieren. Und selbstredend hinterlegte man an der Talstation einen großzügigen Betrag, um die Almbesitzer für das benutzte Brennholz und das zerstörte Schloss großzügig zu entschädigen.

Am nächsten Morgen erwachte Wagner mit einem ordentlichen Brummschädel. War das die Spätfolge des Lehrerausflugs – oder hatte er das alles nur geträumt und der Ausflug fand erst heute statt? Dann wäre es allerdings höchste Zeit zum Aufstehen, denn ein rascher Blick auf den Wecker verriet ihm, dass es schon kurz nach halb sieben war.

Projekttage

Chuck Norris ist der Einzige,
der die Zeit wirklich totschlagen kann.
       Fakten über Chuck Norris, Kampfkünstler und Schauspieler

Die ganze Stadt stöhnte unter der schon seit Wochen anhaltenden brütenden Hitze, die neuerliche Batura II-Expedition war in greifbare Nähe gerückt und jede reguläre Unterrichtsstunde wurde für Schüler und Lehrer zur Qual. Einfallslose Lehrkräfte marterten ihre Schüler mit Stunden füllenden Filmen, sodass sich bei Dr. Burger schon die Elternproteste häuften, warum das Kind überhaupt den Weg zur Schule auf sich nehmen müsse, wo es doch zu Hause einen viel größeren Flachbildschirm zur Verfügung habe und außerdem nicht dem faden Kantinenessen ausgesetzt sei. Da traf es sich gut, dass kurz vor dem Schuljahresende eine Projektwoche angesetzt war und das quälende Unterrichtsallerlei zu unterbrechen versprach.

Je nach Neigung und Engagement der jeweiligen Lehrkraft wurden völlig unterschiedliche Projekte angeboten, von der nur notdürftig unter dem Deckmantel des pädagogischen Anspruchs verborgenen Freizeitveranstaltung bis hin zum ehrgeizigen Projekt mit hohem wissenschaftlichem Anspruch. Tanja Buhl hatte zu seinem Leidwesen ein Projekt ausgeschrieben, welches Schülerinnen dazu befähigen sollte, Naturkosmetika selbst herzustellen, und Wagner zermarterte ergebnislos sein Hirn, um einen Vorwand zu finden, um sich Tanja Buhl als unterstützenden Helfer anzubieten.

Christiane von Schwanau bot wie in den vergangenen Jahren wieder ihre Dichterinnenwerkstatt an. Dieses Mal lautete das Schwerpunktthema *Liebeslyrik*. Dazu passte, dass Felicitas Fux vor wenigen Tagen in heller Aufregung im Lehrerzimmer von Tisch zu Tisch lief, um das Gerücht zu verbreiten, Christiane von Schwanau habe sich in den Pfingstferien im Rahmen ihrer Bildungsreise durch den Maghreb in einen glutäugigen Orientalen verliebt. Wie sonst ließen sich die Verse erklären, mit denen sie ihr Projekt am Schwarzen Brett den Schülern anpries:

Nach klarer Nacht am Sahara-Rand
sanfte Araberhand
im Halfagras mich schlafend fand.

Wagner erinnerte sich dunkel daran, wie Christiane von Schwanau vor vielen Jahren schon einmal – damals nach einer Südamerikareise – ähnlich beseelte Zeilen zu Papier gebracht hatte:

Mir, der man hier den Unterricht verleidet,
wurde, wo das Lama weidet,
vom Nachfahrn des Inka mitgeteilt,
wie gern er in meiner Nähe weilt.

Im Feuilleton der Lokalzeitung wurde damals das Gedicht, welches mit einigen anderen in einem schmalen Lyrikbändchen herausgegeben worden war, als beachtlicher, wenn auch noch etwas unbeholfener erster literarischer Gehversuch gewürdigt. Als Beleg für ihre handwerklichen Fortschritte war noch ein weiteres bislang unveröffentlichtes Gedicht aus ihrer Frühzeit, als sie noch an einer anderen Schule als Referendarin gewirkt hatte, hinzugefügt worden:

Vor mir, der jungen Lehrerin,
sah ich schon manchen Burschen schmachtend knien.
Vergebens, denn auf mir lastet wie ein Fluch
der nächste Unterrichtsbesuch.

Seit es an dieser Schule Projekttage gab, bot Grundmann dasselbe an und auch dieses Mal reservierte er beim örtlichen Ruderclub, wo er als stellvertretender Vorsitzender seinen Einfluss geltend machen konnte, einige Boote, um junge Menschen in „diesen schönsten Sport der Welt" einzuführen.

Wagner hatte im Vorfeld der Projekttage lange mit sich gerungen, ob er gegen Grundmann um die sportlichsten Schüler buhlen sollte, indem er eine knallharte Alpendurchquerung auf dem Mountainbike anbot. Da er aber noch etliches für seine Expedition zu organisieren hatte, beschloss er, seine Aktivitäten auf den Vormittag zu beschränken oder – noch besser – ein Projekt anzubieten, welches garantiert keine Teilnehmer finden würde. Mit dem Projekt *Walahfrid Strabo – ein Abt verschwindet aus dem Kloster Reichenau* glaubte er einen solchen Volltreffer gelandet zu haben. Er gedachte, den rätselhaften Tod dieses Abtes, der im Alter von 40 Jahren im Jahre 849 in der Loire ertrunken war, ins Zentrum seines Projektes zu stellen, ließ sich dadurch doch vorzüglich eine Brücke zu seinem zweiten Fach Französisch bauen. Durch die bilinguale Ausrichtung des Projektes ließen sich außerdem zwei Fliegen mit einer Klappe schlagen, zum einen für alle sichtbar dem pädagogischen Zeitgeist zu frönen und auf diese Weise fächerübergreifenden Unterricht anzubieten und zum anderen sein Abschreckungs-potenzial bis zur Neige auszuschöpfen. Da er nicht in seinen schlimmsten Albträumen mit Interessenten gerechnet hatte, störte es ihn auch nicht sonderlich, dass die Materiallage zu Walahfrids Tod gelinde gesagt sehr dürftig war. Vielleicht hatte ihn ja ein mittelalterlicher Vorfahr Grundmanns beim Bad im Fluss übersehen und in den Tod gerudert. Umso größer war sein Entsetzen, dass die Auswertung der Schülerwunschlisten zwanzig Teilnehmer ergab – zwanzig Teilnehmer, denen er nur sagen konnte, dass Walahfrid Strabo tot war und die Loire trotzdem noch floss und dass er beides schon seit Jahrzehnten kommentarlos hinnahm.

Grundmann hatte schon bei der Ausschreibung des Projektes gehöhnt, dass solch ein jämmerliches Ende geradezu typisch für Nichtruderer sei. Dass ausgerechnet ein Mönch vom Bodensee wie ein Stein untergegangen sei, halte er überdies für skandalös. Ein Gewässer sei zum Rudern oder wenigstens zum Schwimmen da, aber keinesfalls zum Ertrinken. Der Ruderer meistere die Welt, Beten schütze jedenfalls nicht vor dem Untergang, schon gar nicht in einem Fließgewässer, und Wagner solle ihm jetzt bloß nicht mit seinen abgesoffenen Galeerensträflingen kommen.

„Für mich sind das die wahren Helden der Antike", geriet Grundmann ins Schwärmen, „Ich habe als junger Mensch lange mit mir gerungen, ob ich Lehrer werde oder als aufstrebender Unternehmer Galeerenreisen auf dem Mittelmeer anbiete, übrigens eine todsichere Geschäftsidee und allemal wirtschaftlich erfolgreicher als alle gängigen Sado-Maso-Etablissements." Einen gestaffelten Tarif habe er damals schon ausgeklügelt, angefangen vom rudernden Studenten mit Selbstverpflegung über diverse Zusatzgebühren fürs Ausgepeitschtwerden bis hin zum besonders teuren Rundum-Sorglos-Paket mit Trommel, *vino rosso* und Lichtschutzfaktor 30 inklusive.

Wagner zermarterte sich das Hirn, wie er, ohne sich zu blamieren, seinen Kopf aus der Schlinge ziehen konnte. Aber hier gab es offensichtlich keinen Ausweg: Er musste das Projekt durchführen und nun brauchte er händeringend eine Begleitperson. Dann könnte er sich wenigstens hin und wieder während der Projekttage ein, zwei Stunden von der Gruppe entfernen, um sich den zahlreichen organisatorischen Details für seine bevorstehende Expedition zu widmen. Auch Friedlein wusste keinen Rat, zumal er selbst mit seinen Schülern für vier Tage hinter Klostermauern zu verschwinden gedachte, um dort kontemplative Exerzitien durchzuführen. Meister Eckhart habe einst gesagt:

„Gott kann nur auf eine leere Tafel schreiben. Wenn wir unsere geistige Tafel nur mit Geschwätz voll haben, dann kriegen wir nichts mit von dem, was ist."

Dies scheine ihm gerade auf unsere heutigen Schüler zuzutreffen und deshalb wolle Friedlein mit seinen Schülern in diesen stillen Tagen einmal das Denken schweigen lassen. Vier Tage ohne Smartphone – das werfe ohnehin die meisten Schüler auf den Grund ihrer Existenz zurück.

„Ich könnte bei Carola Blum vorsprechen. Zu deren Projekt *Waldbaden* hat sich kein einziger Teilnehmer angemeldet." Vermutlich hatte es sich schnell herumgesprochen, dass hier überhaupt nicht in irgendeinem Waldsee gebadet werden sollte, sondern ein Bad, in dem, was der Wald freisetzt, gemeint war: *Licht, Ruhe, Farben, Geräusche, Gerüche und viel Sauerstoff.* Vielleicht lag es auch an dem schon reichlich überspannt wirkenden erläuternden Text in der Ausschreibung:

Ich lade dich ein zum Schlendern, wir schnuppern an Moos, Pilzen, Totholz oder knabbern an einem jungen Buchenblatt.

Offenbar verspürten die Schüler darauf keinen Appetit.

„In der Not trinkt der Teufel Weihwasser", fügte Friedlein schmunzelnd hinzu und genoss es, wie sich Wagner zierte, die streitbare Baumschützerin um eine Notgemeinschaft zu bitten. Ihr Beschuss mit faulem Streuobst gärte in ihm immer noch nach. „Nein, nie und nimmer mache ich mit dieser militanten Öko-terroristin gemeinsame Sache!", ballte Wagner die Faust und Friedlein spürte, dass er Wagner nun genug gepiesackt hatte.

Deshalb gab er ihm den Rat, sich an Sandra Wolf zu wenden, deren Projekt *Von der schönen Demeter zur Kräuterhexe* ebenfalls null Resonanz erfahren hatte. Wagners Mönch habe doch im Jahre 827 den Hortulus verfasst, besser bekannt als *Von der Pflege der Gärten*, immerhin eines der wichtigsten botanischen Werke des Mittelalters.

„Ihr könnt doch gemeinsam den in diesem Werk aufgeführten Heilpflanzen auf der Insel Reichenau nachspüren, vielleicht sogar einige davon im Schulgarten anpflanzen und deren Wirkung gemeinsam mit den Schülern erproben. Und vielleicht legt dies ja sogar den Grundstock für eine wunderbare Freund-schaft, schließlich stehen sich die Biologin und der Bergfex von Natur aus sehr nahe."

Zu seinem Erstaunen willigte Sandra Wolf sofort ein, als er ihr in der nächsten Pause seinen Vorschlag unterbreitete, ihre beiden Projekte miteinander zu kombinieren, und, als diese sogar noch vorschlug, nicht nur in den Klostergarten zur Reichenau zu radeln, sondern in ausgedehnten Exkursionen den Bodanrück nach artverwandten Wildkräutern abzustrampeln, geriet Wag-ner in eine freudige Erwartung, wie er sie sonst nur vor großen Bergtouren verspürte. Vielleicht gelang es sogar, ein Kraut aufzuspüren, dessen Verzehr Walahfrids Strabo an der Loire zum Verhängnis geworden war und das an steilen Hängen wurzelte, welche den geübten Kletterer verlangten, um es zu bergen. Markus Friedlein hatte es auf jeden Fall verdient, dass Wagner gelegentlich dessen Messweinbestand ergänzte.

Eine Woche später war es dann soweit: Die Projektwoche nahm ihren Lauf. Als Wagner über den Schulhof schlenderte, wäre er beinahe von einem Buch am Kopf getroffen worden, das knapp vor dem geöffneten Altpapiercontainer landete. Als er sich danach bückte, stellte er fest, dass es sich bei dem Exemplar um eine Taschenbuchausgabe von Astrid Lindgrens *Pippi Langstrumpf* handelte. Gerade rechtzeitig konnte er sich noch ducken, als knapp über ihn hinweg ein weiteres Buch sauste. Da dämmerte es Wagner schlagartig, dass hier Petra Gehring-Schüsselhard, in Personalunion Streitschlichterin und Beauftragte für Chancengleichheit, mit ihrer Gender-Mainstreaming-AG am Werk sein musste. Für diese Projekttage hatte sich die Gruppe vorgenommen, die Schülerbibliothek von allem politisch inkorrekten Ballast zu befreien. Daher musste Pippi Langstrumpf daran glauben – wegen ihres Vaters, der immer noch Taka-Tuka-Land als Negerhäuptling und nicht politisch korrekt als Südseekönig regierte – und gleich darauf landete ein Band mit Schiller-Balladen im Papiercontainer neben ihm. Wagner ahnte, dass seine Kollegin spätestens bei den Versen von Schillers Glocke hyperventilierte:

Und drinnen waltet
Die züchtige Hausfrau,
Die Mutter der Kinder,
Und herrschet weise
Im häuslichen Kreise.

Zu Schillers Zeiten gab es offensichtlich noch keine Lehrerinnen, welche Familie und Beruf unter einen Hut bringen konnten. Dagegen durften offenbar die antiquiert anmutenden Karl-May-Bände in der Bibliothek verbleiben. Nach einer leidenschaftlich geführten *Winne#too?*-Debatte war Nscho-Tschi, die tapfere Schwester des edlen Apachen-Häuptlings als beispielstiftende Power-Frau gewürdigt worden und am edlen Wilden Winnetou konnte trotz gründlichster Recherche nichts Belastendes entdeckt werden.

Frauke Hamkens bot zusammen mit ihrem siamesischen Zwilling Carmen Müller-Mayer Beachvolleyball an. Wie nicht anders zu erwarten, hatten sich 125 Schüler für dieses Projekt eingetragen. Die Aussicht auf eine Woche Sonne, Sand und Strand hatte zu tumultartigen Szenen am Schwarzen Brett geführt, wo die Teilnehmerlisten für die Projekte aushingen. In einem einwöchigen Volleyball-K.o.-Turnier, welches den regulären Unterricht stark einschränkte und in manchen Klassen komplett lahmlegte, konnten dann die glücklichen 16 Teilnehmer ermittelt werden. Sechzehn durchtrainierte und von unzähligen Stunden im Freibad gebräunte junge Menschen radelten gerade mit ihren zwei Lehrerinnen in Richtung Freibad davon, um dort ihrer Beachvolleyball-Leidenschaft zu frönen.

In denkbar größtem Gegensatz dazu drängte sich eine ernste weltentrückt in die Runde blickende Schülergruppe in einer schattigen Ecke des Schulhofs, um ihrer Lehrkraft zu harren. Gerade als Wagner die Gruppe nach deren Projekt fragen wollte, schritt gemessenen Schrittes Hauke Boysen auf diese Gruppe zu. Nun wusste Wagner: Hier handelte sich um die handverlesenen Teilnehmer des ehrgeizigen Projektes *Dem Mittelalter auf der Spur*. Um die Qualität sicherzustellen, hatte Hauke Boysen als

Teilnahmevoraussetzung in der Ausschreibung „Ab 9. Klasse. Mindestens Note 2 in Geschichte" angegeben. Wagner erkannte mit einem Blick, dass sich hier die geistige Elite der nächsten drei Abiturjahrgänge eingefunden hatte. Im Sportunterricht taugten die meisten von diesen bleichgesichtigen jungen Menschen nur als lebende Hindernisse, welche man beim Fußball auf dem Weg zum Tor lästigerweise zu umdribbeln hatte. Bei Hauke Boysen, dem unangefochtenen Meister seines Faches, wähnten sie sich daher weitaus besser aufgehoben.

Felicitas Fux, welche früher stets handlungsorientierte Unterstufenprojekte wie *Lesezeichen selbst gemacht* oder *Wir basteln lustige Schlüsselanhänger* angeboten hatte, überraschte dieses Mal mit dem Projekt *Tinder – Mit viel Pep unterwegs auf der Dating-App!* Viele im Kollegium mutmaßten, dass Felicitas Fux auf diese Weise tief in das Privatleben der Schülerschaft eindringen wollte, nachdem sie durch jahrelanges intensives Aushorchen im Lehrerzimmer das komplette Beziehungsgeflecht weitgehend entwirrt hatte und sich dort keine großen Enthüllungen mehr andeuteten. Dass ein dumpfbackiger Schürzenjäger wie Wagner seiner Kollegin Buhl an die Wäsche wollte, war für sie so offensichtlich wie der Sachverhalt, dass diese Dame für solche aufdringlichen Typen höchstes ein nachsichtiges Lächeln übrig hatte, was Wagner offenbar als einziger Mensch nicht zu begreifen schien. Lediglich das Intimleben der Kollegin Christiane von Schwanau war ihr noch ein großes Rätsel, aber das würde sie mit Sicherheit bald lösen.

Barmers Bierbrau-Seminar hatte bis zum Schluss auf der Kippe gestanden, weil Gabriele Reemtsma, die Suchtpräventionsbeauftragte, ihr energisches Veto eingelegt hatte:

„Herr Dr. Burger, wenn Sie hier nicht mit aller Macht einschreiten, dann ist es nur noch eine Frage der Zeit, bis Sie womöglich auch den Anbau von Tabak im Schulgarten genehmigen."

Erst als Barmer seinem Schulleiter hoch und heilig versprochen hatte, die Hauptmenge des Gebrauten als Bierfallen für die Schneckenbekämpfung im Schulgarten einzusetzen, erhielt er grünes Licht für sein Projekt.

Als Uli Wagner gerade im Begriff war, sein Fahrrad aufzuschließen, um zum vereinbarten Treffpunkt für sein Wildkräuterprojekt zu radeln, spürte er einen Regentropfen in seinem Nacken. Als er irritiert zum Himmel blickte, klatschte ihm der nächste ins Gesicht. Weitere trommelten in immer schnellerer Folge auf ihn herab und kurz darauf öffnete der Himmel seine Schleusen und es goss in Strömen. Wagner schaffte es gerade noch, sich unter das schützende Vordach der Aula zu retten. Seit zwei Wochen hatte es nicht geregnet und nun rächte es sich, dass er sich von diesem Dauersonnenschein hatte einlullen lassen und ganz gegen seine Gewohnheit seine Wetter-Apps nicht mehr täglich geöffnet hatte.

Vor drei Tagen jedenfalls hatten die Prognosen noch eine Regenwahrscheinlichkeit von 30 Prozent vorhergesagt. Und genau diese 30 Prozent begannen nun nicht nur ihn, sondern alle anderen Projektteilnehmer, welche sich im Freien aufhielten, zu durchnässen. Zum Glück hatte Wagner sich dazu überreden lassen, für seine Projektteilnehmer und die beiden Leiter eine WhatsApp-Gruppe einzurichten. Sofort beorderte er alle in die Aula. Dort wollten sie sich dann beratschlagen und im Fall von anhaltenden Regenfällen einen Plan B ausarbeiten.

Kaum hatte er diese Nachricht getippt, als ihm schlagartig klar wurde, dass es zu ihren Heilkräuterprojekt keinen Plan B gab und er nur wertvolle Zeit vergeudete, während vielleicht seine reaktionsschnelleren Kollegen schon auf dem Weg ins Kreismedienzentrum waren, um sich die besten Filme zu sichern. Wichtig waren nur die Filme für heute und morgen, diejenigen für Mittwoch bis Freitag würde er übers Internet direkt an die Schule schicken lassen. Wagner sparte sich den Weg zum Kreismedienzentrum, wo es ohnehin nur Filme gab, die er alle schon in seinem Unterricht gezeigt hatte; stattdessen radelte er im strömenden Regen zur nächsten Videothek.

Gerade als er sein Fahrrad gegen deren Schaufenster lehnte, erschreckte ihn ein metallener Knall. Als er sich reflexartig umdrehte, erfasste er sofort die brisante Lage: Zwei seiner Kollegen, Karlheinz Kammerer und Knut Finke, waren mit ihren Autos ineinander gekracht. Offenbar wollte jeder als Erster den letzten freien Parkplatz besetzen, um ebenfalls die Videothek zu stürmen. Den Impuls, als Ersthelfer zum Unfallort zu eilen, konnte Wagner erfolgreich unterdrücken. Stattdessen raste er zielstrebig ins Innere der Videothek. Zehn Minuten später verließ er das Etablissement als glücklicher Mensch: *Der Mann mit der Todeskralle* und *Die 36 Kammern der Shaolin* würden seine Schüler für die entgangenen Freuden in der Natur mehr als entschädigen. Dazu hatte er sich noch *Der Name der Rose* geben lassen, um nach all dem Gekloppe den intellektuellen Anspruch seines Projekts zu untermauern. Das Thema *Mönche* war also schon mal bestens abgedeckt. So hatte er wertvolle Zeit gewonnen, um sich mit seiner Kollegin Sandra Wolf zu beraten, wie sie die Sache mit den Heilkräutern im Schulhaus meistern würden, wenn das Wetter weiterhin schlecht bliebe.

Und das Wetter blieb schlecht. So schlecht sogar, dass am zweiten Tag des Dauerregens Gullydeckel nach oben gedrückt wurden, die braune Brühe ungehindert durch die Straßen strömte und manchen Keller flutete. Grundmann hatte entnervt sein Ruderprojekt abgebrochen, nachdem selbst extra in den Booten installierte Lenzpumpen das Regenwasser nicht mit der erforderlichen Geschwindigkeit abzusaugen vermochten.

Als ihm zu Ohren kam, die Schüler seiner Anstalt würden im strömenden Regen statt Beachvolleyball zu betreiben einen völlig enthemmten Wet-T-Shirt-Contest veranstalten, wusste Dr. Burger, dass die gesittete bildungsbürgerliche Welt da draußen nach seinem direktoralen Machtwort verlangte. Mit sofortiger Wirkung verhängte er den Regennotstand über seine Schule und verfügte, dass sämtliche Outdoor-Projekte für die folgenden drei Tage – also von Mittwoch bis Freitag – in die Schule verlagert werden mussten. Wohl dem, der sich bisher schon in geschützten Räumen aufhielt, wie beispielsweise Hauke Boysen, dessen Jünger im regengeschützten Stadtarchiv über alten Handschriften brüteten, oder wie die Schülerinnen – Schüler trauten sich offenbar Liebeslyrik nicht zu – , welche sich in Christiane von Schwanaus Dichterinnenschmiede eingefunden hatten und dort mit ihren amourösen Versen zart duftende Briefbögen füllten. Für all diejenigen hatte die Verordnung keinerlei Konsequenzen.

Ein eilig einberufenes und völlig willkürlich zusammengesetztes Gremium beschloss in einer Krisensitzung, für alle Zurückberufenen ein Filmfestival zu veranstalten. Vielleicht bewährte sich ja dieses Format und würde in den Folgejahren die letzte Unterrichtswoche zur Zufriedenheit aller ersetzen können.

Als Wagner davon erfuhr, stellte er befriedigt fest, dass er diese Maßnahme mit seinem Gang zur Videothek gleichsam vorauseilend umgesetzt hatte, ebenso wie Finke und Kammerer, welche dafür allerdings kostenaufwendige Reparaturarbeiten an ihren Autos finanzieren mussten. Dr. Burger suhlte sich derweil in der Vision künftiger glanzvoller Filmfestspiele, wo es vielleicht sogar gelingen würde, die eine oder andere Leinwandgröße für einen Besuch der Schule zu gewinnen. Auf der Berlinale und in Cannes würde man bald aufhorchen, wenn hier im tiefen Süden die Scheinwerfer voll aufgedreht wurden! Dann würde sich der Kultusminister vor Neid in seinen Schreibtisch aus Mahagoni verbeißen.

Draußen waren die Temperaturen in den Keller gesunken. Noch immer goss es wie aus Eimern und Wagner radelte am Ende seines langen Kinotages nur mit seinem T-Shirt bekleidet mit vollem Karacho nach Hause. Dort kam er klatschnass und frierend an. Sofort verkroch er sich in sein Bett, um sich aufzuwärmen. „Jetzt bloß nicht zum Sommerferienbeginn krank werden!", murmelte er, bevor er in einen traumlos-tiefen Schlaf fiel.

Letzter Schultag

Schwamm an Tafel ausgewrungen.
Kreide zu feinem Staub verfallen.
Letzter Lehrermonolog verklungen.
Schultor hart ins Schloss gefallen.

Christiane von Schwanau, *Leidensjahre einer Lehrerin*

Heute war der letzte Schultag vor den Sommerferien. Uli Wagner saß an seinem Küchentisch und verfrühstückte gewissenhaft seine kompletten verderblichen Lebensmittelvorräte. Die Zeitung hatte er für den Zeitraum der Sommerferien abbestellt. Aus dem abgetauten Kühlschrank strahlten ihm leere, frisch gereinigte Fächer steril entgegen. Seine Zimmerpflanzen hatte er im Lauf des Schuljahres komplett auf Kakteen umgestellt. Ohne gegossen zu werden, würden sich diese während der sechseinhalbwöchigen Sommerferien wie zu Hause in der Wüste fühlen und regelrecht aufblühen. Er genoss den Gedanken, endlich autark und nicht mehr von einer Blumen gießenden und seinen Briefkasten leerenden Frau abhängig zu sein. Nach seiner Henkersmahlzeit – von einer solchen konnte man wohl reden, wenn man sich die neuerlichen Gefahren einer Batura-Besteigung vergegenwärtigte – verriegelte er hermetisch seine Wohnung.

Wie sehr sich doch wieder einmal seine Sommerferien von denen der Anderen unterschieden. Hauke Boysen würde wie immer ostentativ seinen Tagesrhythmus beibehalten, auch wenn er jetzt zum Schuljahresende in den Ruhestand verabschiedet worden war. Die für die Unterrichtsvorbereitung eingesparte Zeit würde er eben künftig auf sein Romanprojekt verwenden. Grundmann hatte mit ziemlicher Sicherheit seine Claudia dazu überredet, mit ihm über die Mecklenburgische Seenplatte zu rudern. Gabriele Reemtsma badete vermutlich schon morgen in einem garantiert spaßfreien Kurort in linksdrehendem Mineralwasser und Christiane von Schwanau würde wie üblich eine Bildungsreise in einen entfernten Winkel dieses Planeten unternehmen, um vielleicht irgendwann doch noch einen Exoten fürs Leben zu finden. Der Araber aus dem Halfagras hatte sich zwischenzeitlich als schon zweifach verheiratet entpuppt.

Da rannte er lieber gegen einen Berg im fernen Pakistan an. Auch wenn er wieder scheitern würde, war das allemal besser als die schalen Vergnügungen seiner Kollegen. *Wir müssen uns Sisyphos als einen glücklichen Menschen vorstellen.* Wie oft hatte er diesen Gedanken von Albert Camus erfolglos seinen Schülern zu vermitteln versucht.

Lautes Hupen scheuchte ihn aus seinen bedeutungsschwangeren Gedanken. Unten wartete schon das Taxi, in das er zusammen mit dem Fahrer seine zwei schweren Seesäcke mit dem kompletten Expeditionsgepäck hinein wuchtete. Wie immer würde er direkt nach dem Schlussläuten zu seiner Expedition durchstarten. Schon als junger Assessor hatte er es geschafft, zum Ferienbeginn mit einem beherzten Sprint als Erster den Lehrerparkplatz zu erreichen, sich in seinen VW-Bus zu schwingen und mit einem Kavalierstart von seiner Pole-Position aus in die Ferien zu seinem entlegenen Urlaubsziel durchzustarten. Wagner sandte einen letzten Blick nach oben, wo an der Hauswand verwaist sein Hängebiwak schlaff an der Wand baumelte. Er fühlte sich stark wie nie zuvor.

Das harte Training der letzten Monate würde sich bald auszahlen. Noch wirksamer hätte er seine Kondition aufbauen können, wenn sein Training nicht andauernd durch Unterricht unterbrochen worden wäre. Immerhin hatte sich seine Strategie bewährt, sich nicht durch ein pädagogisches Strohfeuer zum Schuljahresbeginn vorzeitig zu verschleißen und womöglich noch falsche Erwartungen in der Schülerschaft zu wecken, sondern sachte auf Sparflamme zu köcheln und so sein Feuer in die großen Ferien zu retten. Er setzte ganz besonders auf die leistungsstarke Zweierseilschaft mit Robert Metzler. Mit ihm würde er jedes noch so kleine Schönwetterfenster nutzen, um zum Gipfel hoch zu hetzen und nach dem Gipfelerfolg wieder hinab ins sichere Basislager zu stürmen.

Der Taxifahrer, ein jesidischer Türke, den er in Ömers Lokal öfter gesehen hatte, setzte sich hinter das Steuer seines Mercedes, um ihn zur Schule zu fahren. An jeder roten Ampel, von denen es in dieser Stadt alle paar Meter eine gab, um den Autofahrern deren umweltschädliches Tun gründlich zu verleiden, fluchte der Chauffeur und schwärmte von seiner Heimat, wo diese Blinkzeichen von vielen Autofahren nur als unverbindlicher Vorschlag gewertet wurden, hin und wieder auch einem anderen Verkehrsteilnehmer die Vorfahrt zu gewähren. Als sie endlich wieder Fahrt aufnahmen, waren sie auch gleich wieder zu einer Vollbremsung gezwungen und reihten sich hinten in den Stau ein, welcher sich im Schritttempo vorwärts bewegte. Wagner merkte, dass er mit Sicherheit zu spät in den Unterricht kommen würde. Dies beunruhigte ihn keineswegs, da er es sich ohnehin angewöhnt hatte, einige Minuten nach dem Läuten zu beginnen, da er auf diese Weise wirkungsvoll Arbeitszeit einsparen konnte. Als Routinier würde er die fehlenden Minuten einfach durch die

Komprimierung seiner Botschaft kompensieren. Diese würde am letzten Schultag sowieso recht überschaubar ausfallen. Holger Herwig, sein Fachabteilungsleiter in Geschichte, vertrat die Ansicht, dass im Gegensatz zu früher der heutige Schüler ohnehin nur noch 20 Minuten am Stück aufnahmefähig sei und anschließend wieder sein Hirn in den Stand-by-Modus versetzen müsse. Für diesen Missstand machte er die exzessive Nutzung des Handys verantwortlich, welche dazu führe, dass Informationen nur noch häppchenweise und völlig unzusammenhängend aufgenommen werden konnten.

Wagner wurde jäh aus diesen Überlegungen gerissen, als sein Chauffeur Gas gab, um auf einer freien Spur den Stau zügig zu überholen. Ganz vorn am Ende des Staus konnte Wagner eine Hochzeitskutsche erkennen.

„Halt!", brüllte er den Taxifahrer an. Wagner war sich sicher, dass er die Braut schon einmal gesehen hatte. Obwohl hinter ihnen nach der prompt erfolgten Vollbremsung ein Hupkonzert anhob, blieben sie stehen, um die Kutsche, gezogen von zwei edlen braunen Hengsten, langsam an sich herankommen zu lassen. Wagner erkannte schlagartig, dass er sich nicht getäuscht hatte: Die Braut war zweifelsfrei Tanja Buhl. Neben ihr saß der Bräutigam, ein älterer Herr im edlen Zwirn, der seine Hand triumphierend auf Tanja Buhls Schenkel ruhen ließ. Der führte dieses Prachtweib öffentlich wie eine Trophäe vor. Wagner spürte, wie in ihm die blanke Wut hochkochte. Jetzt rächte es sich bitter, dass er sich in den letzten Wochen viel zu wenig mit dem Objekt seiner Begierde auseinandergesetzt hatte und ihm dadurch offenbar manches wichtige Detail entgangen war. Nun war es für ein beherztes Eingreifen wohl zu spät.

Als sie vor der Schule ankamen, drückte er dem Fahrer gekonnt beiläufig einen großen Schein in die Hand. Das Rückgeld schlug er aus. „Mehr Glück bei den Frauen!", wünschte er dem perplexen Taxifahrer, welcher ihm noch half, die beiden klobigen Seesäcke in der Turnhalle zwischenzulagern. Für die Fahrt nach Zürich im Anschluss an den Unterricht hatte er mit den anderen Expeditionsteilnehmern ein Flughafentaxi gebucht.

Als er nach der letzten Schulstunde im Lehrerzimmer ankam, wurde dort gerade eine Hochglanzillustrierte herumgereicht. Wagner erkannte mit einem Blick, dass Tanja Buhl das Titelbild zierte. Der Überschrift konnte er auch entnehmen, dass es ihr gelungen war, sich einen milliardenschweren Ölmagnaten aus Russland zu angeln. Der war mit auf dem Cover und lächelte blöde beseelt seine Beute an, während diese mit glänzenden Lippen zurücklächelte. Wagner erkannte sofort, dass es sich um den lüsternen graumelierten Bock aus der Hochzeitskutsche handelte. Gegen solch einen prallen Geldsack konnte er mit seiner A14-Besoldung natürlich nicht anstinken.

Kaum hatte er seinen Frust und seine Wut etwas gezügelt, kam aufgeregt Nicole Krämer auf ihn zugestöckelt:
„Herr Wagner, Sie sollen ganz dringend zum Herrn Direktor. Er möchte Sie sofort sprechen!"
Wagner schwante nichts Gutes und folgte der Sekretärin auf die Direktion. Dort empfing ihn Dr. Burger mit einem sorgenzerfurchten Blick wie ein Reeder, dem Piraten gerade sein größtes Containerschiff gekapert hatten. Ohne Umschweife kam Dr. Burger zur Sache:
„Seien Sie froh, dass Sie nur Oberstudienrat und Bergsteiger, aber kein Oberstudiendirektor und Schulleiter sind.

Meine wochenlange Personalplanung war mal wieder für den Papierkorb. Wissen Sie schon, dass sich die schöne Buhl einen steinreichen Russen geangelt hat?"

„Ja, ich bin gerade hinter ihrer Hochzeitskutsche hergefahren."

„Wie, sind Sie etwa zur Hochzeit eingeladen? Immerhin hat der Russe das komplette Fünfsternehotel *Riva* für die Feierlichkeiten angemietet."

Wagner stellte den Sachverhalt kurz richtig, um dann zu fragen: „Wo hat sie denn diesen Menschen kennengelernt?"

„Das ist das Resultat von unseren immer mehr in die Ferne ausufernden Studienfahrten. Vor zwei Monaten, als sie mit einem Teil der Kursstufe in Moskau war, muss es passiert sein. Da hat es wohl am Abend in einer Bar zwischen den beiden sofort gefunkt, wie mir ihr begleitender Kollege Herwig berichtet hat."

„Aber kann sie denn überhaupt russisch?"

Dr. Burger lächelte nachsichtig, wie wenn ein Sextaner ein Thema berührt, welches erst in der Oberstufe behandelt wird: „Lieber Herr Kollege, es gibt in Russland Dinge, bei denen man sehr gut ohne Russisch auskommt. Jedenfalls hat Frau Buhl unter Missachtung aller Kündigungsfristen gestern ihre Stelle hier mit sofortiger Wirkung aufgegeben. Und ich finde mit Sicherheit für sie so schnell bis zum Schuljahresbeginn keinen Ersatz. Merken Sie was, Herr Wagner, jetzt kommen Sie ins Spiel!"

Es folgte beidseitiges Schweigen.

„Moskau!" Und er Depp hatte damals in der GLK seiner Kollegin zuliebe für Moskau gestimmt!

„Es kommt aber noch schlimmer: Herr Wessenberg und Frau Gehring-Schüsselhard nehmen zum Schuljahresbeginn ihre zweimonatige Paarungszeit in Anspruch."

„Wie bitte?", fragte Wagner vollkommen perplex.

„Tja, während Sie in den Bergen herumkraxeln, werden hier in Baden-Württemberg neue Landesbeamtengesetze verabschiedet, darunter auch solche, welche ich als Schulleiter für völlig unausgegoren halte. Aber für meine Meinung interessiert sich in Stuttgart ja ohnehin keiner. Mit diesem Gesetz sollen Paare gefördert werden, welche einen späten Kinderwunsch hegen. Voraussetzung dabei ist, dass die Frau über 35 Jahre alt ist, wo ja rein biologisch bedingt allmählich die Zeit fürs Kinderkriegen knapp wird. Und Frau Gehring-Schüsselhard ist schon 38, hat also auf jeden Fall ein Anrecht auf die gemeinsame Paarungszeit mit ihrem Partner."

Wagner musste an die blökende Schafherde damals auf der Almwiese denken, wo die beiden offenbar zueinander gefunden hatten.

„Jetzt müssen leider Sie als altgedienter Kollege ran. Für die Zeit bis zu den Herbstferien müssen Sie vier Überstunden schieben, um – wohlbemerkt: wie andere Kollegen auch – den drohenden Unterrichtsausfall zu verhindern. Protest zwecklos: Ich bin Ihnen ja schon oft großzügig bei der Verlängerung Ihrer Ferien entgegengekommen. Jetzt sind mal Sie an der Reihe."

Mit besten Wünschen für eine glücklich verlaufende Expedition entließ Dr. Burger den ohnehin schon durch den Anblick der Hochzeitskutsche geschwächten Wagner aus seinem Zimmer.

Kaum war er draußen im Schulflur angelangt, als in seiner Hose das Smartphone vibrierte. Ein schneller Blick auf das Display verriet ihm, dass Metzler ihm eine WhatsApp geschickt hatte, vermutlich wieder eines seiner schlüpfrigen Filmchen. Wagner öffnete dennoch die Nachricht und erstarrte auf der Stelle:

Italienern ist die Erstbesteigung des Batura II gelungen! Nun also statt den Berg hoch mit einem gesunden Bruder Abtauchen auf den Malediven mit einer Krankenschwester!?

Wagner war fassungslos. Ausgerechnet die Italiener! Die hatten ihm schon 2006 das Sommermärchen versaut. Mechanisch griff er zu seinem Telefon und löschte die Nummer seines Pizzaservice, um wenigstens auf diese Weise diesen notorischen Spaßverderbern jenseits der Alpen eine rüde Antwort zu erteilen. Danach sackte er vernichtet auf seinem Stuhl zusammen. Das Schuljahr endete, wie es begonnen hatte: Wagner war am Boden zerstört. Um ihn herum wurde es gespenstisch still. Alle spürten wohl, dass einer aus ihrer Mitte gerade in den Grundfesten seiner Existenz vernichtet worden war.

Die weihevoll anmutende Stille, welche immerhin schon eine Minute währte, was in einem Lehrerzimmer einer halben Ewigkeit gleichkam, endete, als Luise Karrenbacher-Dellbrink, anscheinend völlig ungerührt von Wagners Schicksalsschlag, ihrem Gegenüber Hella Frei-Barenbeck beglückt von ihren unmittelbar anstehenden Yogaferien erzählte und dabei aus dem Prospekt des Reiseveranstalters vorlas:

In der Yoga-Urlaubswoche werden Sie Ihr eigenes Potenzial entdecken, vertiefen und zum Leuchten bringen. Sich zu spüren, die eigene Standfestigkeit, Sinnlichkeit, Kraft und Freude ist das Ziel ausgewogener Hatha-Yoga-Praxis in Verbindung mit Atemübungen und Meditation. Der Atem und die Stille sind die Anker zu Ihrem Körper und führen in die Weite des Bewusstseins. Sie öffnen das Herz und befrieden den Geist. Gemeinsames Mantra-Singen führt in das Erleben von Befreiung und Glück.

Uli Wagner spürte zu seinem eigenen Befremden, wie ihn diese Worte in einer eigentümlichen Weise erfassten. Offenbarte sich hier etwa ein ganz neuer Weg zum Glück?

Als er in dem von seiner Kollegin ihm gereichten Prospekt blätterte, nahm er erfreut wahr, dass bei dieser Veranstaltung im glühend heißen Backofen Andalusiens offenbar ein deutlicher Frauenüberschuss herrschte. Sagte man ihm nicht ein Defizit nach, was das Einfühlungsvermögen in das andere Geschlecht betraf? Gab es hier womöglich viel lohnendere Herausforderungen als das Besteigen jungfräulicher Berge?

Das Ewig-Weibliche zieht uns hinan.

Uli Wagner fühlte, dass er sich am Anfang eines langen Weges befand, und er wusste, dass er auch hier scheitern konnte.

Sollte er wirklich diesen Weg einschlagen und den verschlungenen und vermutlich auch halsbrecherischen Pfad des Frauenverstehers beschreiten? Auch wenn die Frau sich vermutlich selbst fremd war, so konnte wenigstens er versuchen, sie zu besser zu begreifen. Uli Wagner spürte in diesem schicksalsträchtigen Augenblick, dass er es in der Hand hatte, seinem unsteten Leben eine neue Richtung zu geben.

Genau da betrat Carola Blum das Lehrerzimmer und umfasste dabei ängstlich behütend ein zartes Löwenzahnpflänzchen, das sie vermutlich gerade noch in letzter Sekunde dem barbarischen Zugriff des Hausmeisters entzogen hatte. War dies etwa ein Fingerzeig, sein künftiges Wirken dem Kleinen, Unscheinbaren zu widmen, auch wenn er dadurch allmählich aus dem Lokalteil seiner Heimatzeitung verschwinden würde? Musste dies nicht billigend in Kauf genommen werden, wenn er sich zu neuen Ufern aufmachte?

Und sollte er sich vielleicht darüber hinaus in seinen verbleibenden Dienstjahren weitaus intensiver als bisher der Schule widmen? Ihm fiel ein, dass Hauke Boysen ja gerade in den verdienten Ruhestand entlassen worden war und nun die Stelle des Kaffeebeauftragten frei wurde. Sollte er nicht alle seine nun brach liegenden Kräfte mobilisieren, um diesen Posten zu ergattern? Ihm schwindelte allein schon beim Gedanken an seinen möglichen kometenhaften Aufstieg in der Lehrzimmer-Hierarchie.

Das schrille Klingelzeichen seines Telefons riss ihn aus seinen Überlegungen. Am anderen Ende der Leitung war Metzler:
„Wo bleibst du denn? Wir warten hier unten auf dich!"
„Wie bitte, ich denke, du fliegst auf die Malediven?"
„Quatsch, das war doch nur rhetorisches Geplänkel!"
„Und dass die Italiener uns den Batura II weggeschnappt haben, wohl auch?"
„Nein, das ist leider Fakt. Aber darum müssen wir doch nicht gleich unsere Unternehmung abblasen. Gleich ein paar Zacken weiter in der Batura-Mauer steht der Muchu Chhish…"
„Der Mutschu was?"
„Der Muchu Chhish. Der ist mit seinen 7453 Metern zum bislang höchsten unbestiegenen Siebentausender nachgerückt. Noch eine Nummer schwerer als der Batura. An dem haben sich schon einige Expeditionen die Zähne ausgebissen. Genau der richtige Berg für uns. Auf geht's! Endlich mal wieder am Busen der Natur! Am Busen der Buhl hängt ja wohl jetzt ein anderer."

Uli Wagner wusste plötzlich wieder, was er zu tun hatte. Die Yoga-Frauen in Andalusien mussten sich vorerst noch gedulden. Jetzt lockte erst einmal der Berg. Sein letzter Blick zurück galt dem verwaisten Lehrerzimmer. Weil in den Sommerferien der Fußboden saniert werden sollte, waren alle Tische leer geräumt worden. So kahl hatte er diesen Raum noch nie erlebt. Nur auf Tanja Buhls Platz lag wie verloren ein Französisch-Buch – *Horizons*.

Als er Stunden später mit seinen Berggefährten im Flugzeug saß und die Maschine von der Rollbahn abhob, konnte er kurz darauf unter sich die silbern glänzende Fläche des Bodensees entdecken. Die Umrisse der mittelalterlichen Altstadt von Konstanz zeichneten sich klar ab und auch die anderen Stadtteile waren wie auf einer Landkarte zu erkennen. Zielsicher konnte er in dem Häusergewirr tief unter sich sein Gymnasium ausmachen. Bevor in ihm melancholische Gefühle aufkeimen konnten, schrumpfte das Schulhaus auf Stecknadelkopfgröße zusammen, bis es unter einem weißen Wolkenvorhang ganz verschwand.

Im Weiterschreiten find' er Qual und Glück,
Er, unbefriedigt jeden Augenblick!

Johann Wolfgang von Goethe, *Faust II*

Danksagung

Für das gründliche Lektorat danke ich Katrin und Michael Zimmermann, die gemeinsam den Fehlerteufel mit der erforderlichen Entschlossenheit bekämpften.

Bei Sabine Zürn aus Wasserburg am Bodensee bedanke ich mich für die hilfreichen Anregungen zum Rohentwurf meines Manuskripts.

Wolfgang Wissler hat mich über die lange Phase des Schaffensprozesses im kritischen Austausch begleitet und gab wertvolle Anregungen. Als Journalist und Autor verfügt er über einen reichen Erfahrungsschatz, auf den ich allzu gerne zugriff.

Gerhard Link, mein Freund aus Jugendtagen, hat sich als erfahrener Grafiker und Künstler bei der Gestaltung des Buchcovers bleibende Meriten erworben.

Meine Frau Lissy Brommer-Kern stand mir stets dann zur Seite, wenn aufkeimende Selbstzweifel meine Arbeit zu lähmen drohten. Außerdem übernahm sie die ganze akribische Arbeit, die erforderlich war, um das Buch für den Druck vorzubereiten.

Und natürlich denke ich mit unendlicher Dankbarkeit an mein halbes Jahrhundert an der Schule zurück; zuerst als Schüler in Offenburg und später dann als Lehrer an einem Gymnasium in Konstanz. Viele der mannigfaltigen Eindrücke aus dem Schulleben sind in mein Schreiben eingeflossen, vieles ist aber auch meiner überbordenden Phantasie geschuldet. So sind sämtliche Personen in meinem Roman fiktive Figuren. Dies schließt natürlich nicht aus, dass Sie manches bekannte Gesicht unter den Lehrergestalten wiederentdecken.